दशक्रिया

बाबा भांड

राधाकृष्ण पेपरबैक्स

पहला पुस्तकालय संस्करण
राधाकृष्ण प्रकाशन प्राइवेट लिमिटेड द्वारा
2005 में प्रकाशित

राधाकृष्ण पेपरबैक्स में
पहला संस्करण : 2005
दूसरा संस्करण : 2019

राधाकृष्ण पेपरबैक्स : उत्कृष्ट साहित्य के जनसुलभ संस्करण

राधाकृष्ण प्रकाशन प्राइवेट लिमिटेड
जी-17, जगतपुरी
दिल्ली-110 051
द्वारा प्रकाशित

शाखाएँ : अशोक राजपथ, साइंस कॉलेज के सामने, पटना-800 006
पहली मंजिल, दरबारी बिल्डिंग, महात्मा गांधी मार्ग, प्रयागराज-211 001
36-ए, शेक्सपियर सरणी, कोलकाता-700 017

वेबसाइट : www.radhakrishnaprakashan.com
ई-मेल : info@radhakrishnaprakashan.com

बी.के. ऑफसेट
नवीन शाहदरा, दिल्ली-110 032
द्वारा मुद्रित

मूल्य : ₹ 199

DASHKRIYA
by Baba Bhand

ISBN : 978-81-8361-020-9

एक

सुबह-सुबह पैठपा गाँव गोदामैया की गोद में किसी शिशु की तरह हल्के जाड़े की मीठी नींद में सोया हुआ था। गाँव का घेरा लगाए अजगर की तरह नदी का जल नीरव था। जमे हुए पानी का काला पर्दा दूर उत्तर की ओर सरकता चला गया था और उत्तर की ओर नाथ सागर की दीवार पर चमक रहे बिजली के दीये ऐसे जगमगा रहे थे मानो उस पर्दे पर झाड़फानूस लटक रहे हों।

गोदामैया ने पैठण को घेर लिया था। समूची बस्ती उत्तर किनारे की ऊँची भूमि पर बसी हुई थी। बस्ती का मुकुटमणि था—नाथ महाराज का गोदा किनारे का मन्दिर। गोदावरी के दोनों किनारों पर अब बिलायती बबूल का बेकाबू जंगल उग आया था। बबूल का यह अतिक्रमण धीरे-धीरे गाँव से बहनेवाली गन्दे पानी की नालियों के किनारे से चुपचाप गाँव में भी घुसने लगा था।

मन्दिर की दाहिनी तरफ भोपले महाराज के मठ में अभी कोई हलचल नहीं दिखाई दे रही थी। मन्दिर के सामने दोनों ओर दूकानों की दो कतारें

हैं। रात देर तक जागे सभी दूकानदार दूकान में सामने की कनातें नीचे खींचकर बेखौफ सो गए थे, और मन्दिर के पीछे का नाथ घाट भी अभी खामोश था।

नाथ मन्दिर का घंटा बजने लगा...

सब हड़बड़ाकर जागने लगे। सुबह की नीरव शान्ति में घंटानाद के कारण चेतना की एक लहर चारों ओर फैल गई। ऊँचे से टीले पर, गली-कूचों में घिचपिच बसे हुए पैठण के घर-घर में यह आवाज पहुँच गई।

गाँव के पूरब की ओर एक ऊँचे से टीले पर सैयद सादात की दरगाह है। सुबह की अज़ान सुनाई देने लगी। मुस्लिम बस्ती इस आवाज से जाग पड़ी।

गोदामैया के किनारे के शिवदिनीनाथ मठ का बड़ा लकड़ी का दरवाज़ा कुर-कुर आवाज के साथ खुल गया। मठ के प्रधान पुरोहित कुलकर्णीजी बाहर आ गए। दक्षिण की ओर गोदावरी की तरफ रुख कर उन्होंने हाथ जोड़े। 'जय गंगे गोदावरी' कहते हुए दंडवत किया। वहाँ पर रखी पानी से भरी बाल्टी उठाई और मठ के सामनेवाली जमीन पर पानी से छिड़काव करने लगे। तरोताज़ा करनेवाली मिट्टी की सोंधी गन्ध नाक में प्रवेश कर गई।

गाँव के दक्षिण की ओर पाषाण महानुभाव के मठ में महन्त शेवलीकर बाबा तड़के ही उठ गए थे। बरामदे में दस-बारह बच्चे अभी भी सोए हुए थे। बाबाजी ने मन्दिर का घंटा बजा दिया। तन पर ओढ़ी चादरें फेंककर बच्चे कूदते-फाँदते बरामदे के बाहर आ गए।

गाँव के मध्य में स्थित गागा चौराहे से जैन मन्दिर के पुजारी मन्दिर की ओर निकल पड़े थे। वह इस बात से बेचैन लग रहे थे कि प्रतिदिन की अपेक्षा आज कुछ विलम्ब हो गया है।

कुल मिलाकर पैठण गाँव में सब तरफ हलचल शुरू हो गई थी। लम्बवर्तुलाकार बसे इस गाँव के ऊपर नाथ सागर से उठी ठंडी हवा के हल्के झोंके आने लगे थे। एक जमाना था। जब कई वर्षों तक इस पैठण नगरी ने दक्षिण भारत पर आधिपत्य स्थापित किया था। गोदावरी के कारण यह स्थान दक्षिण काशी के नाम से जाना जाने लगा था।

शालिवाहन राजाओं ने यहाँ चार सौ वर्ष राज्य किया था। पैठण को

राजधानी बना लिया था। तब यह इलाका हर तरह से विकसित हो गया था। सन्तों की बस्ती बढ़ गई। व्यापार के बढ़ने के चलते व्यवसायियों की बरकत बढ़ी।

गाँव सभी धर्मों का 'धर्मपीठ' बन गया। सभी धर्मों के लोग यहाँ रहते थे। हिन्दू थे। बौद्ध थे। जैन थे। फिर महानुभाव और नाथपन्थी भी आ गए। वारकरी पन्थ यहीं विकसित हुआ।

कालान्तर में मुस्लिम भी आ गए। उनके साथ सूफी सन्त भी आए तथा सभी धर्मसहिष्णु होते गए।

पैठण कलाओं का आश्रय स्थान था। दुनिया में मशहूर पैठणी साड़ी यहीं पर बनी। यहाँ की कला सात समुन्दर पार पहुँच गई।

एक जमाने की यह आदर्श नगरी। दक्षिण भारत की राजधानी का पहला शहर। समतल मैदान में बसा हुआ। धार्मिक अनुष्ठान के कारण इसे महाराष्ट्र के इतिहास में अनन्य महत्त्व प्राप्त हो गया।

भारतीय इतिहास में सातवाहनों का युग बड़े महत्त्व का है। भारतीय संस्कृति और वैभव का विकास इसी युग में हुआ। दक्षिण भारत में एकछत्र इतिहास का आरम्भ इसी काल में हुआ। समूचे भारतवर्ष में यही एक कुल ऐसा था जिसने चार सौ वर्षों तक लगातार राज किया। सातवाहनों का युग दो हजार वर्ष पूर्व का है। इस वैभवसम्पन्न युग में उनकी राजधानी थी पैठण। आर्थिक क्षेत्र में भी पैठण का बोलबाला था। यहाँ के रेशमी वस्त्रों ने रोम के बाजार पर कब्जा कर लिया था।

सातवाहनों का वतन पैठण ही था। उन्होंने चार सौ से अधिक वर्षों में इसे भारत की आदर्श नगरी बना दिया। उद्योग व्यवसाय बढ़ गए। बुनने की कला का विकास हुआ। कला के साथ भिन्न धर्मों के आचार्य यहाँ आ गए। गोदामैया की संगत में धर्मपीठ भी फले-फूले।

धर्म में भक्ति, दान और तीर्थाटन को महत्त्व प्राप्त हो गया और पैठण एक पवित्र धर्म-केन्द्र बन गया। राजाश्रय के कारण दूर-दूर से विद्वान आ गए और यहीं पर बस गए। पैठण एक परिपूर्ण शिक्षा केन्द्र भी बन गया। मुक्त विश्वविद्यालय की शिक्षा का आरम्भ वस्तुतः यहीं से हुआ।

विद्या के साथ कलाओं का भी यह आश्रयस्थान बन गया। एलोरा की विश्वविख्यात गुफाएँ कृष्णराज नरेश के जमाने में उत्कीर्ण हो गईं।

कृष्णराज ने ‘कैलास’ के निर्माण के लिए पैठण के पाँच सौ शिल्पियों को निमन्त्रित किया था। इतिहास बताता है कि ‘कैलास’ के निर्माण में पैठण के कलाकारों का भी योगदान था।

वर्तमान पैठण के बदन पर सुधार की सूजन चढ़ी हुई है। फिर भी पुरातन वैभव के चिह्न पैठण की गन्दी गली-कूचों में अब भी पुख्ता नींव पर खड़ी हवेलियों में दिखाई दे रहे थे। जमाने के साक्षी के रूप में गाँव के बीचोबीच शिवाजी महाराज का आवक्ष पुतला खड़ा था। पुतले के पीछे की तरफ नगर निगम का एक छोटा सा बगीचा था उसमें बच्चों के खेलने के लिए झूले, रपटतख्ता, घोड़ागाड़ी जैसे साधन थे।

पुतले की बाईं ओर की सड़क के किनारे सन्त एकनाथ सार्वजनिक वाचनालय का भवन था। प्रतिमा के पीछे की तरफ एक संकरी सड़क जाती है। सड़क के किनारे ‘लहुजीनगर मातंग विकास मंडल’ का बोर्ड लगा हुआ है। बोर्ड की बाजू से एक गली गुजरती है। सड़क के दक्षिणी किनारे पर छोटे-छोटे मकान हैं। टिन के झुग्गी-झोंपड़ीनुमा एक-दूसरे से सटे पचास मकान। प्रतिमा के पीछे का हिस्सा और टीले पर बसे मूल गाँव की ढलान पर यह समूची बस्ती बसी हुई है।

लहुजीनगर में हर तरह के लोग रहते थे। केवट थे, कहार थे और कुछ मकान मातंगों के थे, बाकी के मकान अन्य हरिजनों के थे। पिछले कुछ वर्षों में वडार (धाँगड़) जाति के पाँच मकान इनमें घुल-मिल गए थे। बढ़ई-लुहारों के दो परिवार यहीं पर नीचे की तरफ संकोच से बसे हुए थे। पुराने और नए पैठण को जोड़नेवाली ढलान पर यह समूची बस्ती बसी हुई थी। पैठण के पुराने वैभव का पतन ही मानो इस बस्ती के रूप में साकार हो गया था। ऊपर गाँव में रहनेवाले सवर्णों के मकान और उसे लटकती हुई सी यह मिली-जुली आबादीवाली बस्ती ! सवर्णों में ब्राह्मणों की तादाद अपेक्षाकृत ज्यादा थी। यहाँ छुआछूत का कठोरता से पालन होता था। व्रतवैकल्य और छुआछूत से चिपकी बुढ़ापे की तरफ झुकी पहली पीढ़ी आज भी हिफाजत से रखे पुराने कपड़ों की तरह घर-घर में जीवट से जी रही थी। इसके विपरीत मँझली पीढ़ी पर्याप्त समझदार लग रही थी। इस

समझदारी को व्यवहार के साथ जोड़ देने के कारण इस पीढ़ी के बहुत से लोग घर से बाहर निकलकर छोटे-बड़े उद्योगों में रम गए थे, कुछ सरकारी नौकरी में लग गए थे। लेकिन तीसरी युवा पीढ़ी की दशा त्रिशंकु जैसी हो गई थी। जन्म से ब्राह्मण होकर भी उन्हें पूजा-अर्चना में रस नहीं था। पढ़ने में उनकी दिलचस्पी नहीं थी। आधुनिकता का जादू सिर पर चढ़कर बोलने लगा था अतः उनकी दशा 'न घर का न घाट का' जैसी हो गई थी।

लहुजीनगर के लोगों की दशा इनसे बिल्कुल भिन्न थी। ये सब गरीब लोग थे। मेहनती श्रमिक थे। हर एक का अपना छोटा-बड़ा व्यवसाय था। अपने पारम्परिक व्यवसाय के साथ कुछ लोगों ने नए काम भी शुरू किए थे। पुरुष अपना काम करते। औरतें घर का काम करके पति की मदद किया करतीं। कभी-कभार ईंधन की लकड़ी के गट्ठर या घास लाकर मंडी में बेचतीं। कुछ औरतें नए और पुराने पैठण के घरों में मजदूरी भी किया करतीं। लहुजीनगर की यह बस्ती किसी रंग-बिरंगी गूदड़ी की थिगली जैसी लगती थी। लेकिन इस तिगड़ियों की गूदड़ी में परस्पर सहकारिता की ऊष्मा थी। इसलिए मुसीबत के समय पूरा लहुजीनगर एक हुआ करता था। इस शक्ति का स्वाद बाकी के पैठणवासियों ने कई बार चखा था।

लहुजीनगर की जातिभेदातीत एकता ऊपर की बस्ती की आँख में चुभ रही थी। लहुजीनगर के युवकों ने अपनी एकता का स्वाद उन्हें कई बार चखा जो दिया था।

लहुजीनगर के लोगों का एक समान सूत्र था। सबकी मेहनत की कमाई थी। दिन-भर अपना-अपना काम करके वे अपनी रोजी जुटाते थे। शाम को रात के लिए और अगली सुबह के लिए दाना-पानी खरीद लाते थे। रात को शान्ति से सो जाते थे। दूसरे दिन तक उन्हें कोई चिन्ता नहीं रहती थी।

इन सबमें कहारों का भगत था। भगत के पड़ोस में तुकाराम नाई था। तुकाराम के पिछवाड़े सुतार की बुआ थी। यह अकेली विधवा बुआ लहुजीनगर की उद्दंडता को अपनी धाक से लगाम दे सकती थी। बुआ अकेली थी, इसलिए तुकाराम नाई का भतीजा महादेव उसकी मदद करता था। छरहरे शहाजी ने भैंसें पाल रखी थीं। हरदम भैंसों के साथ रहने से और गोठ में भैंसों का गोबर साफ करने से उसके बदन से उग्र गन्ध आती

थी। लुहार का मोतिया और वडार का पिराजी युवा बच्चों के प्यारे थे।

नगर निगम के पानी के नल से होती हुई सीढ़ियोंवाली एक सड़क ऊपर की तरफ चली जाती है। इस चक्करदार सड़क की पन्द्रह सीढ़ियाँ चढ़ जाने के बाद बाईं ओर स्थित मकान लहुजीनगर में कुछ अलग दिखाई देता है। उसके आसपास के मकान मिट्टी के थे। कुछ मकानों की दीवारें बाँसपट्टी की थीं। किसी मकान की गिरी हुई दीवार को टाट से ढका गया था या फिर गन्दे कपड़े से। कुछ मकानों की छत मिट्टी की थीं। कुछ मकानों पर बाँस डालकर आसरा बनाया गया था। बीच में प्लास्टिक ओढ़े हुए कुछ मकान अलग से नजर आ रहे थे। ये पुराने मकान ऐसे लग रहे थे जैसे किसी जर्जर बूढ़ी ने रंग-बिरंगी साड़ी ओढ़ ली हो। इन मकानों पर उनके अपने व्यवसाय की निशानियाँ भी दिखाई देती थीं। लुहार की छत पर तारकोल के ड्रम से बना टिन डाला हुआ नजर आता था। कहार के दरवाजे में खूँटी पर टँगी मछलियाँ पकड़ने की जाली दिखाई देती थी। शहाजी के आँगन में सूखे गोबर के टुकड़ों को सँभालती टोकरी औंधी पड़ी हुई नजर आती थी। पिराजी के बाप को मरे हुए चार साल हो गए लेकिन पत्थर तोड़नेवाला अपना हथौड़ा ओलती में खोंसकर बूढ़ा रात में सो गया तो सुबह उठा ही नहीं। पिराजी के इन्तजार में वह हथौड़ा अब भी ओलती में पड़ा हुआ है। तुकाराम नाई के दरवाजे पर उसकी मोटर-टायर से बनी चप्पलें हमेशा दिखाई देती थीं। नहीं दिखाई दीं तो समझना कि तुकाराम घर में नहीं है।

मकान पर टिन पड़े थे। दीवारें मिट्टी की थीं। दरवाजे की दोनों ओर लाल अक्षरों में 'जय विजय' लिखा हुआ था। दरवाजे के ऊपरी हिस्से में 'घोडके निवास' नीले रंग में लिखा हुआ था। बरसात के पानी के कारण रंग फीका पड़ गया था। निवास शब्द का 'नि' अक्षर कुछ ज्यादा ही धुल गया था, इसलिए पहली बार देखनेवाला 'घोडके वास' इतने ही अक्षर पढ़ पाता था।

घोडके निवास का दरवाजा खुल गया।. मँझली उम्र की शान्ता बाहर आ गई। छरहरा बदन साँवला रंग। चेहरा हमेशा खिंचा हुआ। सारी दुनिया की परेशानियाँ अपने सिर पर ओढ़कर ही मानो वह जाग पड़ी थी रात देर तक हमेशा की तरह उसे नींद नहीं आई थी। आज भी उसने सोने की

कोशिश की थी लेकिन नींद नहीं आई। बल्कि एक तूफान गरजता हुआ आता और वह उसमें भटक जाती। जमीन पर पैरों को दृढ़ता से रोककर वह उस तूफान का मुकाबला करती। दृढ़ता से खड़ी शान्ता की नजर आसपास आसरा ढूँढ़ा करती तब उसे आभास होता कि अपना लँगड़ा पति बिट्ठल, बड़ा बेटा निवृत्ति, छोटा भानुदास और बेटियाँ—हेमा, मन्दाकिनी और रेखा सब आसपास तैर रहे हैं। असहाय शान्ता सबको सहारा देने की कोशिश करती। रात-भर ऐसे ही आभास होते रहे। कुछ देर के लिए आँख लग जाती लेकिन फिर दूसरे ही पल वही खेल शुरू हो जाता। सुबह उठने के बाद ही यह खेल खत्म हुआ। हाथ ऊपर उठाकर उसने अँगड़ाई ली। रात सोते समय उसने चुटकी-भर खैनी मुँह में डाल रखी थी। सोते समय थूकना रह गया था। मुँह में बची खैनी के कारण यादों का एक कड़ुआ घूँट जम गया था। अब तक की भली-बुरी जिन्दगी का, अनुभवों का कड़ुआपन ही मानों मुँह में जमा हो गया था। उसमें हालात से आई हतबलता थी, पति का निकम्मापन था। बच्चों की फिक्र के कारण सीने पर पड़ा अदृश्य दबाव का बोझ था। नगर निगम के मजदूरों के सुपरवाइज़र की लालची नजर थी। चौबीसों घंटे ठर्रा ढकोसने के कारण उसकी लाल आँखें और जहरीली नजर सड़क पर झाड़ू लगानेवाली औरतों पर लगी रहतीं। अपनी जाति का होने पर भी इस खारिशी कुत्ते से शान्ता चिढ़ती थी। उसे घिन आती थी। उसे लगता अगर वह औरत नहीं होती तो यह उसके पीछे नहीं पड़ता। इसकी घरवाली का दूसरे से सम्बन्ध है और यह जो अपना नहीं है उसके पीछे सड़कें सूँघा करता है। हाथ न आनेवाले अंगूरों की तरह। इससे तो मजदूरी की रकम बाँटनेवाला सदा बम्मन अच्छा। हँसते हुए हाथ में रकम थमा देता है तब उसका छूना इतना बुरा नहीं लगता, जमी हुई थूक को सड़क पर थूकने के बाद उसे अच्छा लगा।

दरवाजे की बाईं ओर मिट्टी की छोटी सी दीवार से आड़ बनाया गया था जो घोडके परिवार का गुसलखाना था। मिट्टी की छोटी दीवार दो-तीन फुट लम्बी थी। दीवार के ऊपर सिर की ऊँचाई तक बाँस के सहारे प्लास्टिक लगाया हुआ था। आँगन की तरफ खाद के बोरे का पर्दा बँधा हुआ था। यह उस खुले गुसलखाने के दरवाजे का काम दे रहा था। शान्ता पर्दा हटाकर गुसलखाने में आ गई। प्रवेश करने से पहले ही जानी-पहचानी

पेशाबघर के पास आनेवाली बदबू आ गई। सोचने की धुन में वह लोटा-भर पानी लाना भूल गई थी। फिर बाहर आ गई कमरे से लोटा-भर पानी ले लिया। दो-चार बार कुल्ली की। कुल्ली करने से मुँह से खैनी का जायका चला गया। मुँह बेस्वाद हो गया।

शान्ता फिर कमरे में चली आई। चूल्हे के सामने अधूरी जली लकड़ी के कोयले के दो टुकड़े उठाकर मुँह में डाल ली। दाँतों से चबाकर उन्हें अच्छी तरह से चूर-चूर किया। कोयले का चूरा गीला हो गया है, यह जानकर दाहिने हाथ के अँगूठे के पास की उँगली से उसने दाँत माँजना शुरू किया। काफी देर तक दाँत माँजती रही। फिर दो-एक बार कुल्ली की। मुँह पर पानी से भीगे हाथ फेर लिये। चेहरे को पानी का स्पर्श होते ही वह तरोताज़ा हो गई। रात की सुस्ती भाग गई। मन निर्मल हो गया।

कोने में रखे मटके से पानी के दो-चार घूँट पेट में जाने पर उसे और भी अच्छा लगा। पेट में उठी आग कुछ कम हो गई। रात सोते समय सिलवटें पड़ी साड़ी शान्ता ने ठीक कर ली। कमर में बँधी साड़ी की चुन्नटें साफ की। आँचल को दोनों हाथों से पकड़कर झटक दिया। सिर पर आनेवाले पल्लू की चुन्नटें दोनों उँगलियों से साफ कर उन्हें दोनों हाथों के तलुओं से दबा दिया। पल्लू के किनारे पर टेढ़ी-मेढ़ी नक्काशी बनकर वह किनारा चुस्त बन गया। पल्लू की चुस्ती देखकर वह मन में ही बरबस मुस्कुराई। रात-भर सिर के पास तन पर अस्त-व्यस्त पड़ा साड़ी का पल्लू भी ममता का हाथ लगते ही चुस्त बन जाता है। फिर आदमी की क्या बात है ? अपनी मेहनत का महत्त्व कोई नहीं पहचानता। मुझे सहारा देनेवाले हाथ की जरूरत है फिर भी इस तरह के बाँझपन को कब तक सँभालती रहूँगी ? दो घूँट पानी के पेट में जाने से शान्ता के पेट की आग कुछ शान्त हो गई थी। उसने अपने मन को काबू में लाने का प्रयास किया ताकि विचारों का तूफान और अधिक न बढ़े। पल्लू को सिर पर ओढ़कर शान्ता ने एकबारगी घर में देख लिया।

पति विट्ठल कमरे के दाहिने हिस्से में टूटा पैर पेट के पास मोड़कर सो गया था। दाहिनी ओर बड़ा बेटा निवृत्ति टिमटिमाती रोशनी में पढ़ाई कर रहा था। शान्ता के उठने से पहले ही निवृत्ति जाग पड़ा था। निवृत्ति की ओर नजरें जाते ही शान्ता के मन का अदृश्य बोझ कुछ कम हो गया।

निवृत्ति को देखने पर पति की सुस्ती नजरअन्दाज हो गई। शान्ता में दिखावटी उत्साह का संचार हो गया। पढ़ाई कर रहे निवृत्ति की ओर दुलार से देखते उसका भटका मन धीरे-धीरे स्थिर हो गया। ठोस आधार के रूप में वह कृतज्ञ भाव से निवृत्ति को देख रही थी, कल का वही सहारा था। छोटा भानुदास और तीनों लड़कियाँ सोई हुई थीं।

बाहर निकलने से पहले शान्ता ने भानुदास से कहा, "ऐ निगोड़े भानिया, उठ ! पाठशाला जाने में देर हो जाएगी। मैं जा रही हूँ काम पर !"

शान्ता ने कोने से झाड़ू उठा लिया। टोकरी लाई, बगल में पकड़ ली और वह घर के बाहर निकल पड़ी। इस समय पूर्व दिशा प्रकाशमान हो गई थी।

अब चारों ओर उजियारा होने लगा था। रात के अँधेरे में गाढ़ी नींद सोया हुआ पैठण धीरे-धीरे जागने लगा था। सुस्त अजगर की तरह, नगर निगम के बिना टोंटी के नल से फुऽस, फुऽर, फुऽस की आवाजें आने लगीं। फिर सहसा फुआरों के साथ पानी की भदभद आवाज आ गई और एक-एक कर दरवाजे खुलने लगे। भैंस को दुहते समय खाली बर्तन में पहली बार फव्वारे की जैसी आवाज आती है, वैसी आवाज पूरी गली में फैल गई और बाल्टियों तथा बर्तनों की झनझनाहट हर गली-कूचे से सुनाई देने लगी। समूची औंधी पड़ी नगरी जाग रही थी।

उत्तर की ओर स्थित नाथ मन्दिर में हलचल शुरू हो गई थी। नाथ महाराज के दर्शन के लिए दूर-दराज से आए वारकरी नाथ मन्दिर के ही बरामदे में सोए हुए थे। रात काफी देर तक रामबाबा का कीर्तन चलता रहा। कीर्तन के बाद पीठ को जमीन पर टेकने में काफी देर हो गई थी। फिर भी रात-भर हरिनाम में तल्लीन भक्त सुबह जल्दी उठने की आदत के कारण जाग पड़े थे।

मन्दिर के मुख्य प्रवेश द्वार के बाईं ओर एक बड़ा हौज़ था। हौज़ की नौ टोंटियाँ थीं। छह पूर्व-पश्चिम की तरफ और तीन दक्षिण-उत्तर की तरफ। पूर्व-पश्चिम की तरफ की दो टोंटियाँ निकल जाने के कारण उन नलों में लकड़ी की खूँटियाँ ठोंक दी गई थीं। खूँटी को पक्का करने के लिए उसे कपड़े से बाँधा गया था। कपड़े का एक छोर नीचे लटक रहा था। उससे बूँद-बूँद गिरनेवाले पानी के चारों ओर मधुमक्खियों का झुंड झूल रहा था।

एक-एक वारकरी हौज़ के नल पर आने लगा। मुँह में उँगलियाँ डालकर वॅऽ व्याऽ की आवाजें करता हुआ मुँह धोने लगा। मुँह धोने के बाद कुछ लोगों को चाय की तलब लगती थी। वे सीधे सामनेवाली चाय की टपरी की ओर निकल पड़ते। गरम चाय के पेट में जाते ही जल्दी-जल्दी नाथघाट के पास गोदावरी के किनारे-किनारे झुरमुट में जहाँ जगह मिले वहाँ, पाखाने के लिए कतार में बैठने लगे।

लहुजीनगर के लोग बाहर निकलने लगे। किसी के हाथ में तामलोटा, किसी के हाथ में कड़ीवाला टिन का डिब्बा तो कुछ खाली हाथ नाथघाट के झुरमुट में आड़ खोजने लगे। कुछ लोगों का बीड़ी के बिना काम नहीं चलता था। दूसरे से बीड़ी माँगकर काम चला लेते थे।

कभी-कभी तो एक कतार में बीस-पच्चीस लोग बैठे हुए नज़र आते थे। नीचे मुंडी डालकर, कुछ बीड़ी पीते हुए, कुछ नीम का तिनका दाँतों में चबाते हुए गोदावरी की ओर एकटक देखकर निश्चिन्तता से प्रातर्विधि पूरा कर रहे थे।

थोड़ी देर से जो पाखाने के लिए जाते थे उनको पाँव रखने के लिए भी जमीन नहीं मिलती थी। उन्हें इसलिए कसरत करनी पड़ती थी कि पाखाने के लिए सुरक्षित स्थान ढूँढ़ने में पाँव कहीं गन्दगी में न पड़ जाए।

जिनके पास लोटा या तामलोटा नहीं था, वे पत्थर से ही काम चला लेते थे या फिर जाँघों तक धोती को ऊपर उठाकर, आगे झुकते हुए दुलकी चाल से गोदावरी के पानी की तरफ चले जाते थे। धोने के बाद समाधानपूर्वक सिर उठाकर लौट आते थे।

नाथ मन्दिर के सामने दूकानों की कतार थी। कुछ दूकानें किताबों की थीं। उनमें धार्मिक किताबों की तादाद ज्यादा थी। अन्य दूकानों में प्रसाद था। कुछ नारियल की थीं और बाकी दूकानें कुमकुम, अबीर गुलाल की थीं। दो-एक टपरीनुमा होटल थे। दूकानों की कतार जहाँ समाप्त होती है वहाँ से सड़क दो तरफ जाती है। एक सड़क पूरब की तरफ जाकर बड़ी सड़क से मिल जाती है। दूसरी सड़क दाहिनी ओर दक्षिण की तरफ जाती है। इस सड़क से आगे बढ़ जाने पर बाईं ओर सिनेमा हाल है और दाहिनी

ओर नगर निगम के बनाए हुए शौचालय एक कतार में हैं। इसके बाद बाईं तरफ जैनियों का मन्दिर और आगे जाने पर आता है गागाभट्ट का चौराहा।

नाथ मन्दिर के सामनेवाली सड़क के दोनों तरफ की कतारें जहाँ समाप्त हो जाती हैं, वहाँ गोदावरी की ओर जानेवाली और एक छोटी सी कच्ची सड़क है। नाथ मन्दिर और रामलाल बाबा के मठ के बीच से होती हुई एक सड़क गोदावरी की ओर जाती है। इस सड़क पर लोगों की भीड़ हमेशा रहती है। हरदम लोगों का आना-जाना चलता है। बारिश में गोदावरी की ओर जाने के लिए यही एक सड़क ठीक रहती थी। बाकी की सड़कें कीचड़ से भर जाती थीं। बारिश का मौसम न होने पर अन्य सड़कों पर कुछ आवाजाही रहती थी लेकिन दशक्रिया घाट पर जाने के लिए यही मुख्य सड़क थी, सबके लिए सुविधाजनक। गोदामैया में नहाने के लिए भक्त आया करते। गोदामैया के दर्शन होते ही नदी की धारा तक दंडवत करते जाते। भक्तिभाव से सड़क की मिट्टी माथे को लगाते। दोनों हाथों से अपने कानों को पकड़कर अपनी गलतियों की क्षमा मन-ही-मन माँग लेते। मलिन वस्त्रों को गोदावरी के पानी से धो डालने के लिए आतुर होते। बरसों से गोदामैया इन थके-हारे, मस्त हुए लोगों को ममता की ऊष्मा देती रही। मानसिक आधार बनी रही। गोदामैया के पानी में सारी बुराइयों, पापों को छोड़कर भक्तगण निर्मल-तरल होकर अपने गाँव लौट जाया करते।

इस सड़क की बाईं ओर भोपले महाराज और गेंदाई की बड़ी धर्मशालाएँ थीं। थके-हारे मुसाफिरों को बरसों से वहाँ आसरा मिल जाता था। धूप हो या बारिश, सर्दी हो या गर्मी, धर्मशाला के दरवाजे सबके लिए खुले रहा करते थे। धर्मशाला से होकर जानेवाली यह सड़क ऊबड़-खाबड़ थी। गड्ढों ने इस सड़क के सड़कपन को ही मिटा दिया था। कदम-कदम पर गड्ढे और फिर नाथ मन्दिर के सामनेवाले होटलों के गन्दे पानी के कारण जगह-जगह पर कीचड़ भर गया था।

इस सड़क पर एक जीप धड़धड़ करती हुई आ गई। खड़खड़ आवाज के साथ खड़ी हो गई। जीप के सामने के टिन की टिंग-टिंग आवाज आ रही

थी। धूल से सना पूरा दूधिया हो चुका जीप का ड्राइवर झट से जीप से नीचे उतरा। जीप का बोनट खोलकर ड्राइवर ने अपना सिर मशीन पर झुका दिया।

"इसकी माँ की...। अब बूम मारो। फैनबेल्ट टूट गया," कहते हुए ड्राइवर जोर से थूक दिया। गर्दन में लपेटा हुआ गमछा एक हाथ से खींचकर बाहर निकाला। सफेद गमछा पसीने से गन्दा हो गया था।

ड्राइवर ने गमछा मुँह पर फेर दिया। गमछे की जानी-पहचानी पसीने की बू नाक में घुस गई। जीप में बैठे लोगों की ओर देखकर बेफिक्र होते हुए उसने कहा, "उतर जाइए भाइयो, फैनबेल्ट टूट गया है। अब गाड़ी आगे नहीं जा सकती। इसकी माँ की...। अब देर हो गई इसलिए मालिक भी बूम मारेगा।"

फैनबेल्ट शायद इंजन का बड़ा अहम पार्ट होगा ऐसा समझकर गाड़ी में बैठे चार आदमी और एक औरत असहाय होकर एक-दूसरे की ओर देखने लगे। उन सबके चेहरे धूल से पूरे धुँधले हो चुके थे।

"ड्राइवर साब ! सभी गाड़ियाँ नदी के पानी तक जाती हैं न ?" उनमें से एक ने बड़े धीरज के साथ समझाने के स्वर में पूछ लिया।

"एक दफे बोला ना ! गाड़ी बिगड़ गई। उठाव ना बोझा। कितना दूर है। आगे गाड़ी फँस गई तो क्या तुम्हारा नाना खींचेगा ?" ड्राइवर ने घमंड से झल्लाते हुए कहा।

ड्राइवर की आवाज से घबराए उन लोगों ने फिर एक-दूसरे की ओर देखा। वे गाड़ी किराए पर ले आए थे और आगे जाने पर सचमुच गाड़ी कीचड़ में फँस गई तो क्या करेंगे ? ड्राइवर की यह बात भी उनको ठीक ही लगी थी। अगर फँस गई तो बिलावजह की तोहमत आ जाएगी।

चारों आदमी जीप से नीचे उतर पड़े। सबके बाद औरत उतर गई। उसकी मैली साड़ी पर धूल की तह बन गई थी।

दाईं ओर से ड्राइवर पीछे आ गया। एक हाथ से जीप के सीट के नीचे रखी हुई गठरी जोर से खींच ली। गठरी को उठाकर ज़मीन पर पटक दिया। थैले के छोटे-छोटे छिद्रों से राख के कई छोटे फव्वारे सड़क पर फूट पड़े।

"अरी मेरी मैया ! इस माटीमिले ने तो मेरी माँ को पटक दिया,"

कहते हुए वह औरत नीचे बैठ गई। दोनों हाथों से माथा पीटती हुई रोने लगी। मुँह पर हाथ मारने लगी।

साथ के चार लोगों में से एक बुजुर्ग था। सफेद दाढ़ी के छोटे-छोटे गुच्छेवाला वह आदमी उसका बड़ा भाई था। उसने कहा, ''चुप रह बहना ! अब इस तरह नहीं रोते। इस वक्त रोने से उसकी आत्मा को तकलीफ होगी।''

भाई की आवाज सुनकर उस औरत ने सहानुभूति से ऊपर देखा। पल्लू से आँखें पोंछ ली। असहाय होकर भाई की ओर देखने लगी, दूसरा भाई सामने आया। बाएँ हाथ से राख की गठरी उठाई, बड़े भाई ने कहा, ''चलो।''

सब एक-दूसरे के पीछे गोदावरी की धारा की ओर ऐसे चलने लगे जैसे पानी पीने के लिए मवेशी जाते हैं। सहसा उस औरत के ध्यान में आ गया कि उसने कुछ खो दिया है। पल-भर के लिए वह झुँझलाई, अपने आप पर ही गुस्सा हो गई। जीप में बैठते समय आदत के अनुसार हाथ में कोई-न-कोई कपड़ा होना चाहिए, यह सोचकर घर से उसने एक दुशाला लपेटकर ले लिया था। दुशाला नया था। एक बार भी धोया नहीं था। माँ का भस्म लाते समय तह किया हुआ वह दुशाला उसकी गोद में था। दुशाले को सीट पर रखकर वह जीप से नीचे उतरी थी। वह वहीं पर रह गया। दुशाले की याद आते ही वह उठ गई, पीछे मुड़कर देखा। जीप के ड्राइवर ने झट से जीप मोड़ दी थी।

''अरे भैया, मेरा नया दुशाला...'' उसकी आवाज हवा में ही खो गई। टरऽऽटर आवाज करती हुई जीप निकल गई थी। वह रुआँसी होकर जीप की ओर देखती ही रह गई। पल-भर के लिए उसे माँ की मौत का विस्मरण ही हो गया।

पाचोड-पैठण रोड पर थेरगाँव से दक्षिण की ओर दो-तीन किलोमीटर की दूरी पर इन लोगों का गाँव था। पैठण से करीब बीस किलोमीटर दूर। गाँव मुख्य मार्ग से हटकर था। वाहन की सुविधा नहीं थी। तीन दिन पूर्व इनकी माँ का देहान्त हो गया था। कल तीसरा दिन हुआ। माँ की अस्थियाँ

बटोरकर ये लोग थेरगाँव बस स्टैंड पर आए हुए थे। पाचोड-पैठण मार्ग पर निजी मैटाडोर बहुत चला करते थे। घंटे-भर में दो-तीन मैटाडोर अवश्य जाया करते थे।

कल से पाचोड में नए दारोग़ा का अमल शुरू हो गया था। उन्होंने सारे मैटाडोर बन्द कर दिए। थाने के सामने खुले मैदान पर पन्द्रह बीस मैटाडोर जब्त किए हुए खड़े थे।

इन लोगों ने एक-दो बस में चढ़ने की कोशिश की।

"बोरे में क्या है ? लगेज पड़ेगा मामा !" बस में उन्हें बोरा लेकर चढ़ते हुए देखकर कंडक्टर बोला।

"माँ की भस्मी है। पैठण जा रहे हैं," किसी ने धीमी आवाज में कह दिया।

गाड़ी चलने लगी थी कि कंडक्टर ने डोर खींच दी। टन् से घंटी बज उठी। ड्राइवर ने जोर से ब्रेक दबाया और गुस्से से पीछे देखा। सहसा ब्रेक लग जाने से बस में खड़े लोग आगे लुढ़क गए।

"चलो, नीचे उतर जाओ मेरे मालिक, पुण्य का काम करने जा रहे हैं न ? लेकिन बस से भस्मी ले जाने की इजाजत नहीं है। जल्दी कीजिए। किराए पर जीप ले लीजिए नहीं तो गठरी सिर पर लादकर पैठण तक चलते जाइए।"

चारों ने कुछ विनम्रता से बोलने का प्रयास किया, बड़े बेटे ने कहा, "चाहे तो लगेज ले लीजिएगा।"

"मरे हुए का लगेज लेने का पाप मैं कहाँ धो पाऊँगा भाई ? अव्वल तो हमारी ग्रहदशा ही खराब चल रही है। रास्ते में कहीं हमारा खसम मिल गया और गाड़ी चेक हो गई तो सबके सामने साहब हम पर चढ़ बैठेगा ना !"

"वक्त बेवक्त की बात है कंडक्टर साब, आपकी माँ है ऐसा सोचकर..."

"अरे, इसकी माँ की...। सुन रहा हूँ तो क्या मेरी माँ तक पहुँच गए ? चलो फूटो जल्दी से। जाने कहाँ से चले आते हैं ये लोग," दरवाजा बन्द करते हुए चेहरे पर गुस्सा लाकर कंडक्टर बोला। फिर घंटी बजा दी।

ड्राइवर के गियर बदलने की खट्ट से आवाज आई और एक झटका

लेकर धूल उड़ाती हुई गाड़ी चल पड़ी।

ये लोग जब तक बस दिखाई दे रही थी तब तक बस की ओर देखते रहे।

दिन-भर बस स्टैंड पर बैठे रहे। किसी बस ने उन्हें अन्दर नहीं लिया।

शाम को भस्मी का बोझा लेकर वे गाँव लौट आए।

रात में दो-चार स्थानों के चक्कर लगाए। पैसों का प्रबन्ध किया। मँझला भाई तड़के ही उठ पड़ा। पाचोड तक चलता गया। बस स्टैंड के सामने के बोरिंगवाले महाराज के पास जीप किराए पर मिलती थी। महाराज के जागने से पहले ही मँझला भाई उनकी राह देखते हुए दरवाजे पर ही बैठा रहा-।

"कहाँ से आ रहे हो पाटील ?" बोरिंगवाले ने सोचा कि सुबह-सुबह बोर के लिए ग्राहक आ गया।

"जीप होना। गाँवकू जाने का। पैठण कू।"

"दर्शन के लिए जाना है का ?"

"नहीं, बूढ़ी को लेके जाने का।"

"बूढ़ी ? बीमार है का ? यहीं पर क्यों नहीं ले आते भाई ? यहाँ का नया डॉक्टर बहुत अच्छा है।"

"नहीं, बूढ़ी की भस्मी।"

बोरिंगवाले के चेहरे पर शुरू में जो उमंग के भाव थे वे धीरे-धीरे बदल गए।

"फूटो भाई यहाँ से। खाली-पीली सुबह-सुबह क्यों पंख लगा रहे हो ? मैंने तो सोचा था..." बोलते-बोलते वह रुक गया।

मँझला वैसे ही बैठा रहा। बोरिंगवाले ने सोचा ग्राहक को हाथ से जाने देना ठीक नहीं होगा। उसने कहा, "भस्मी का काम है। हम नहीं तो नहीं कह सकते हैं ना ! दो सौ रुपैया किराया होगा। मुसीबत सब पर आती है। पर किराया नकद लाए हो ना ?"

"जी—" मँझले ने कहा।

"बैठो यहाँ ! मैं ड्राइवर को देखता हूँ। साले ड्राइवर भी बड़े हरामी होते हैं। टाइम पर मिलेगा—ऐसा बोल नहीं सकते और गाड़ी है कि ड्राइवर के बिना चल नहीं सकती।"

बोरिंगवाला उठा। जीप में सोए हुए ड्राइवर को देखकर वह खुश हो गया।

"सर्जेराव, अजी ओ सर्जेराव, मुँह धोकर जल्दी चले आओ। जल्दी से होटल पर चाय पी लेना। पैठण का किराया आया है। नौ बजे तक लौटना होगा।"

मालिक की आवाज सुनकर सर्जेराव उठा। बदन को टेढ़ा-मेड़ा बनाकर कड़कड़ आवाज के साथ हड्डियाँ तोड़ दीं। चद्दर को तह करके सीट पर रख दिया। मुँह धो लिया। चाय पी ली। फिर आराम से जीप चलाना शुरू कर दिया।

गोदामैया की धारा के निकट आते ही मँझले बेटे ने गठरी रेती पर टिका दी। सबने कमीजें उतार दीं। बड़े बेटे ने भस्मी के बोरे का मुँह खोल दिया।

औरत ने कमर से बटुआ निकाल ली। उसका हाथ अनजाने में ही भारी हो गया था। जीप में दुशाला रह गया। भाई को यह बात बताए या न बताए। उसके मन में उधेड़बुन चलती रही। कुछ कम कीमत का तो नहीं था। अच्छा खासा अस्सी रुपयों का था। और वह खो गया। बेटे की शादी में आया हुआ। लेकिन पैसे तो लगे ही थे न ? बेटे की फूफी को उसने जता दिया था कि मेरे बेटे के लिए अच्छा सा शॉल ले आना। नहीं तो कुछ भी ले आओगे। ऐसे महँगे दुशाले को खोना नहीं चाहिए था। माँ चल बसी। वह अब लौटकर थोड़े ही आएगी ? पका हुआ पत्ता कभी-न-कभी तो गिर ही जाएगा न ! लेकिन अस्सी रुपए का शाल उस जीप ड्राइवर के मुर्दे पर डाल दिया। वह अपने को रोक न सकी। भाई से कहा, "दादा, दुशाला तो जीप में रह गया।"

"अच्छा हो गया। तेरे काम हमेशा ही ऐसे ढीले रहते हैं। तीन बच्चों की माँ हो गई लेकिन तुझमें कोई फर्क नहीं आया," छोटे भाई ने उसे फटकार सुना दी।

भाई को बताना ही नहीं चाहिए था यह सोचकर वह चुप हो गई। बटुए में हाथ डालकर दो बार सिक्कों को टटोलने की कोशिश की। दोनों बार एक रुपए का कुन्दा ही हाथ आ गया। तीसरी बार ठीक तरह से हाथ बटुए

में डालकर टटोला। बटुए के कोने से पच्चीस पैसे का सिक्का निकालकर बोरे की भस्मी में डाल दिया और हाथ जोड़ दिए।

"अरी मेरी माँ, गंगा स्नान के लिए आ गई ना तू ! मैया ऽ ऽ री," औरत ने सुर में रोना शुरू किया।

"तेरी जीप में बैठने की चाह पूरी हो गई ना मैया ऽ ऽ ! पैठण के नाथ महाराज ने तुझे बुलाया तो भी तू नहीं आई थी री ऽ ऽ अब यह तीरथयात्रा कैसे हो गई री मैया ऽ ऽ !"

"कहा ना, चुप हो जा। अब वह तेरी बातें थोड़े ही सुननेवाली है ?" बड़े भाई ने फिर से कहा। उसने भस्म की गठरी उठाई। वह पानी में चल पड़ा। उसके पीछे चारों चलने लगे।

नदी की दाईं ओर बबूल की झाड़ी की आड़ में पाखाना कर रहे भानुदास ने जब देखा कि भस्म का थैला लिये लोग पानी में चल रहे हैं तो वह झट से उठ गया। दस-बारह वर्ष के छरहरे बदन और साँवले रंग के भानुदास ने जब देखा कि शिकार सीमा के अन्दर आ गया है तो वह पल-भर के लिए अधूरा पाखाना ही भूल गया। झट से उठ जाने के कारण पेट में हूल-सी उठ गई। वह हूक गुदा द्वार तक पहुँच गई। उसने अधूरे पाखाने को रोकने की कोशिश की, पेट की हूक कुछ कम हो गई। गले में काले धागे में बँधा ताबीज था, दाएँ कन्धे की तरफ कमीज के पीछे जाने से वह चुभने लगा। बाएँ हाथ की दो उँगलियों को कमीज के भीतर घुसाकर उसने ताबीज पकड़ लिया। सामनेवाला ग्राहक मिल जाएगा इस खुशी में झट से ताबीज माथे से लगा लिया। सुबह-सुबह आए पहले ही ग्राहक को देखकर वह मन-ही-मन खुश हो गया। पेट दुःख रहा था इसलिए वह गोदावरी की तरफ आ गया था। रोज सुबह उठकर नगर निगम के शौचालय तक जाना पड़ता था। कई बार वहाँ जाने पर भी पेट साफ नहीं होता था। पाठशाला की कक्षा में ही कभी-कभी हूक उठती थी। तब मध्यान्तर में पाठशाला की बगल की झाड़ी में जाना पड़ता था। सुबह नियमित रूप से न जाने के कारण माँ चिल्लाती रहती। आज भी ऐसा ही हो गया था। पाठशाला की ओर मुड़नेवाला चौराहे तक वह आ गया था। बगल में बस्ता था। सहसा पेट से गुऽर गुऽर आवाज आने लगी। पाठशाला की ओर जानेवाला भानुदास झट से घूम गया और जल्दी-जल्दी नाथ मन्दिर

के पासवाली बबूल की झाड़ी तक चला आया। पेट कुछ खाली हो गया था लेकिन उठने की इच्छा नहीं हो रही थी वह वैसे ही बैठा रहा। तभी कन्धे पर भस्मी का बोरा-थैला लिया हुआ आदमी दिखाई दिया।

चड्ढी घुटनों तक खींच ली। पानी तक फुदकता हुआ चला गया। जल्दी-जल्दी में धो लिया। गोदावरी के जल की ऊष्मा महसूस हुई, चड्ढी ऊपर खींच ली। चड्ढी पर करधनी चढ़ा दी। वहीं से वह जोर से चिल्लाया, "अजी पाहुनजी, रुकिए। भस्मी पानी में मत डालिए।" पानी से दौड़ता हुआ झाड़ी तक लौट आया। सामने आदमी देखकर उसमें शक्ति का संचार हो गया था। बबूल की झाड़ी में उसने बस्ता लटका दिया था। बस्ते में 'झोरिया' था। यानी टिन की छलनी। छलनी बाहर निकाल ली। एक बार छलनी की ओर देखा फिर पानी तक पहुँचे हुए आदमी की ओर देखा। उनके सामने ग्राहक ऐसे आया था जैसे चूहे के लिए घात लगा बैठी बिल्ली की सीमा में अनायास कोई चूहा आ जाए। उसने छलनी बाएँ हाथ में ले ली और दाएँ हाथ से पानी के पास पहुँचे लोगों को इशारा करता हुआ वह पानी की ओर दौड़ता चला गया। कमीज के बटनों के टूटने का अहसास उसे हो गया। बटन नहीं थे इसलिए दाएँ हाथ से ही कमीज़ को ठीक कर लिया। इसी समय उसे इस बात का भी अहसास हो गया कि अब पाठशाला पहुँचने में देर हो जाएगी। पाठशाला में देर हो जाने पर, खेल के मास्टर मैदान को पाँच बार चक्कर लगाने की सजा देते थे। कभी-कभी उठा-बैठी भी करवाते हैं, कभी हाथ पर बेंत से सटासट पीट देते। देर किसलिए हुई इस बारे में वह कुछ नहीं पूछते। पिटाई की अपेक्षा सुबह को मिले ग्राहक से होनेवाली कमाई लाभ की है, यह भानुदास का अनुभव था। तुरन्त उसके मन से पाठशाला और सजा का विचार दूर हट गया। आए हुए मौके का सामना करने के लिए वह तैयार हो गया। नदी पर खास भीड़ न हो और ग्राहक मिल जाए, यह तो बड़े नसीब की बात है। अपने मन को समझाता हुआ वह लम्बे डग भरने लगा।

सहसा आवाज सुनकर बड़ा बेटा तो चौंक ही गया। उसने आवाज की दिशा में देखा। दस-बारह वर्ष का भानुदास पानी में छलाँग लगाता हुआ उनके पास पहुँच गया था।

भानुदास के सीने तक पानी आ गया था।

"ऊपर की तरफ मुँह कीजिए। थैले को कन्धे पर उठाइए। बगैर पीछे देखे धीरे-धीरे भस्मी पानी में छोड़ दीजिए," एक साँस में भानुदास ने जैसे आदेश ही दे दिया।

बच्चे का सुझाव सुनकर बड़ा बेटा पल-भर के लिए रुक गया। क्रिया का अनुभव तो पाँचों में से किसी को भी नहीं था। वे सब पहली बार भस्मी लेकर गंगा पर विसर्जन के लिए आए हुए थे। छोटे बच्चे की पुकार और ऊपरी दिशा की तरफ मुँह करने की सूचना सुनकर वे कुछ देर के लिए हड़बड़ा गए। बड़े बेटे के मन में आया कि इस बच्चे ने अपने काम में रुकावट डाल दी। औरत झुँझलाई सी खड़ी थी। माँ की भस्मी के साथ भाभी आना चाहती थी। मैंने ही मना कर दिया। वह अगर आ जाती तो नया दुशाला नहीं खो जाता। बूढ़ी जानेवाली थी। सो चली गई। लेकिन अब अस्सी रुपयों का नुकसान हुआ दुशाले की वजह से। उसके मन से खोए हुए दुशाले की याद जाने का नाम नहीं ले रही थी।

"ऐसा नहीं किया तो इन्हें सरग में जगह नहीं मिलेगी," भानुदास ने कहा।

"भाई, बच्चा जैसा कहता है वैसा करो ना," औरत ने कहा।

बड़े बेटे ने भस्मी का बोरा दाएँ कन्धे पर उठा लिया। ऊपर की तरफ मुँह किया।

"बाकी सब लोग बोरे को हाथ लगाएँगे," भानुदास ने फिर कहा।

आदेश का पालन करते हुए सबने बोरे को हाथ लगाया।

"जो चल बसे हैं उनका नाम लीजिए और धीरे-धीरे भस्मी छोड़ते जाइए," भानुदास ने कहा। बड़ा बेटा धीमी आवाज में कुछ बुदबुदाने लगा और थैले की भस्मी पीछे की ओर से गोदावरी के पानी में छोड़ने लगा।

सुबह का शान्त प्रहर। गोदावरी का काईदार पानी। पानी पर राख के गिर जाने से धीरे-धीरे लहरें चारों ओर फैलने लगीं। उन लहरों की तरंग को भानुदास ने मन-ही-मन अनुभव किया। हाथ की छेदोंवाली छलनी को माथे पर लगाया और वह झट से आगे बढ़ गया।

भानुदास ने छेदोंवाली सूप के आकार की छलनी को पानी के नीचे चार-पाँच उँगलियों के अन्तर पर पकड़ लिया। भस्मी पानी में घुल रही थी। भानुदास की मानो समाधि लग गई थी। आँखों के सामने भस्मी का बड़ा

सा टीला आया। लोगों की अरथियों की लम्बी क़तार लग गई थी। वह हर एक को क्रम से आने के लिए कह रहा था। भस्मी के ठंडा हो जाने पर वे भानुदास के सामने खड़े हो जाते थे। भानुदास भस्मी के टीले पर होनेवाले आघात का मुकाबला करने के लिए ढाल चलानेवाले किसी सूरमा की तरह छलनी को हिला रहा था।

भानुदास ने सामने देखा। बोरे से नीचे गिरनेवाली राख का पतला सा पर्दा बना हुआ था और पर्दे के आर-पार दिखाई दे रही थी जायकवाड़ी बाँध की दीवार। सहसा हवा का झोंका आया और पानी में गिर रही थोड़ी सी भस्मी भानुदास के बदन पर उड़ गई। कुछ कण आँखों में भी चले गए। आँखें चुनचुनाने लगीं। लेकिन पानी में गिर रही भस्मी की जानी-पहचानी उग्र गन्ध उसके उत्साह को दोगुना कर रही थी। पाठशाला में जाकर पढ़ाई करना, वर्तनी लिखना, गणित के उत्तर ढूँढ़ना—इन कामों की अपेक्षा छलनी चलाने में उसे ज्यादा खुशी हो रही थी। वह सोचता था कि जो क़ाम करने में खुशी न होती हो उसे करने में क्या मजा ? दोस्तों के साथ खेलते वक्त कुछ खुशी जरूर होती थी। मीठी-मीठी चीजें खाने में और भी खुशी होती थी लेकिन मुर्दे की राख में छलनी चलाने की खुशी इन सबसे कुछ ज्यादा ही थी।

छलनी से भस्मी का गिरना बन्द हो गया। भानुदास ने ऊपर देखा। बोरे की सारी राख खत्म हो गई थी।

"बोरे को फेंक दो और सब लोग नहा लो," भानुदास ने कहा।

एक बोरे की कीमत अब बारह रुपए हो गई थी। परसों माँ की भस्मी को बटोरते समय घर में बोरा नहीं था। दूकान से खरीदना पड़ा। अब तक तो उस बोरे के पैसे भी चुकाए नहीं गए थे। नया कोरा बोरा फेंक कैसे दें ? छोटा पल-भर के लिए बेचैन हो गया। तीनों भाई अलग-अलग हो गए थे। दूकान से बोरा छोटा ले आया था। उसके नाम पर उधारी लिखी गई थी। दूसरे दोनों तो बोरे के पैसे देने से रहे।

"धोकर साथ में ले ले," औरत ने पानी में नाक साफ करते हुए कहा।

"उसे वापस नहीं ले जाते," झट से भानुदास बोल उठा।

"बूढ़ी को इतने बड़े तीर्थस्थान में ले आए। उसे गंगा स्नान कराया। सब कुछ किया तो पुत्र पाने के लिए ही किया न ? फिर एक बोरे में मन

को क्यों उलझा रहे हैं ? यह दो कौड़ी का बोरा क्या बूढ़ी से बढ़कर हो गया ?"

बड़ा बेटा बोरे को हाथ में लेकर खड़ा था। उसकी समझ में नहीं आ रहा था कि क्या करे।

छलनी में आए फुटकर सिक्के भानुदास ने चड्ढी की जेब में डाल दिए। बड़े बेटे के हाथ से बोरा झटक लिया और बोला, "भस्मी का बोरा घर ले जाकर पाप क्यों मोल ले रहे हो मेहमानो ? यह तो ऐसे होगा जैसे भस्मी को मिट्टी में मिला दिया।"

बोरा लेकर भानुदास पानी से बाहर भाग निकला। सब उसकी तरफ देखते ही रह गए।

दो

भानुदास नाथ मन्दिर के सामनेवाले गुमटीनुमा होटल के सामने खड़ा हो गया। एक हाथ में भस्मी का खाली बोरा था। दूसरे हाथ में छलनी और बस्ता। मुद्रा ऐसी जैसे कोई मैदान मारकर आ गया है। हाथ ऊपर उठाकर बोरा भट्ठीवाले को दिखा दिया। उसने बाईं ओर इशारा किया। बोरा कोने में डालकर भानुदास लौट आया। मन में ही सोचने लगा कि होटल का मालिक बोरे में कितने पैसे देगा। सीमेंट के बोरे में पच्चीस पैसे मिलते थे। खाद के बोरे के चालीस। अनाज का बड़ा बोरा हो तो एक रुपया और शक्कर के नए बोरे को मालिक कुछ सोचकर थोड़े ज्यादा पैसे दे देता था। आखिर यह व्यवहार तो मालिक की मर्जी से ही होता था। भानुदास ने एक हाथ चड्ढी की जेब में डाल दिया। बायाँ हाथ छलनी पकड़े हुए था।

होटल का मालिक एक कप चाय लेकर बाहर आ गया। चाय के कप में उँगली डुबाकर दो बूँद ऊपर की दिशा में उड़ा दिया। जिस दिशा में बूँद उड़ाया उस दिशा में मालिक ने ऊपर देखा। दाएँ हाथ से कप को सँभालते हुए बायाँ हाथ कप के पास लाकर हाथ जोड़ दिए। साथ-साथ भक्तिभाव

से आँखें भी मूँद लीं।

होटल मालिक ने आँखें खोल दीं। सामने भानुदास खड़ा था।

"भान्या, तू !"

"हौ मालिक ! एक नया कोरा बोरा दे दिया है।"

होटल मालिक ने पास में खड़े नौकर के हाथ से पानी का गिलास ले लिया। सड़क पर गिलास का पानी उँड़ेल दिया। भीगी जमीन पर कप की चाय डाल दी।

फिर हाथ जोड़ दिए। आँखें बन्द कर लीं। आँखों के सामने भानुदास का लाया नया बोरा दिखाई देने लगा। विट्ठल रखुमाई की तस्वीर के स्थान पर मुर्दे की भस्मी का थैला दिखाई देना अच्छा नहीं। फिर भी मनःपटल से वह खाली थैले को हटा नहीं पाए। दिन का आरम्भ तो अच्छा ही हो गया था। एक बोरे के रुपया-डेढ़ रुपया भान्या को दे देने पर भी दस रुपए मिलनेवाले थे। मालिक ने आँखें खोल दीं। मुस्कुराकर भानुदास की ओर देखा। मालिक की मुस्कान भानुदास को बेचैन कर गई। जब भी नदी किनारे ब्राह्मण या नाई मुस्कुराकर देखा करते जेब को कैंची मार जाती, यह अनुभव की बात थी। अब मालिक ने मुस्कुरा दिया इसका मतलब तो यही हुआ न कि बोरे के चार आने कम हो गए।

होटल मालिक गल्ले पर आकर बैठ गया। गल्ले के पीछे विट्ठल रखुमाई की तस्वीर के सामने अगरबत्ती जला दी। अगरबत्ती के नोक एकबारगी जल उठे। दाएँ हाथ में अगरबत्ती लेकर आगे-पीछे आग को बुझा दिया। नोक से धुआँ उठा और बेतरतीब ऊपर जाने लगा।

अगरबत्ती को विट्ठल रखुमाई की तस्वीर के सामने धुआँ दिया। गल्ले की दराज खोलकर उसमें भी अगरबत्ती को घुमा दिया। फिर तस्वीर के कोने में अगरबत्ती खोंस दी। दाईं ओर कोने में पड़े बोरे को भी देख लिया।

भानुदास एकटक देख रहा था।

बार-बार देखकर भानुदास को इस बात का पता चल गया था कि हर रोज होटल के खुल जाने पर चाय के पहले कप का कुछ अंश भट्ठी को दिया जाता था। बची हुई चाय धरती के लिए सड़क पर उँड़ेल दी जाती थी। उसके बाद ही ग्राहक को दी जाती थी।

मालिक के अपने कार्यकलापों से मुक्त हो जाने पर भानुदास सामने

आ गया।

लकड़ी की लड़खड़ाती मेज के सामने बैठने से पहले उसने फिर एक बार जेब में हाथ डालकर इत्मीनान कर लिया। लकड़ी की बेंच पर बैठ गया। टिन की छलनी पास में खड़ी रख दी। दोनों कुहनियों को मेज पर टिका दिया। होटल के छोकरे को ऑर्डर दे दिया।

"एक पकौड़ा और सिंगल चाय डबल शक्कर मारके।"

आज सुबह ही भानुदास को देखकर होटल के छोकरे ने पूछा, "आज सुबह-सुबह कहाँ डाका डाल दिया रे भनवा ?"

भानुदास खुशी से हँस पड़ा। मेज पर ठीक तरह से बैठ गया। दोनों हाथों के तलुवे चेहरे पर फेर दिए तब उसे लगा कि शायद आँखों की पलकों के पास चीपड़ चिपका हुआ है। दाएँ हाथ से चीपड़ निकाल दिया। आँखें भली-भाँति मलीं।

"पाखाने गया था," दोनों ओर झूमते हुए भानुदास ने कहा।

"पाखाने गया और नाथ प्रसन्न हो गए सुबह-सुबह, है ना ?" मुस्कुराकर होटलवाले ने कहा और दाएँ पैर को घुटने से मोड़कर जोर-जोर से खुजाने लगा।

होटल मालिक के खुजाने को नजरअन्दाज करते हुए भानुदास ने कहा, "दिन निकलते ही एक ग्राहक आ गया।"

जेब के पैसे बाहर निकालकर भानुदास ने शान से कहा, "आज बोहनी तो मस्त हो गई। फिर सुबह हिस्सा माँगने के लिए कोई बामन भी नहीं था और ऊपर से एक नया कोरा बोरा भी मिल गया।"

आखिरी बात कहते हुए उसने डर से आसपास देख लिया। जब उसे भरोसा हो गया कि कोई सुन नहीं रहा है तब उसे तसल्ली हो गई।

कमाई की रकम में कोई हिस्सेदार नहीं था। आसपास कोई बड़ा लड़का या आदमी भी नहीं था। इस बात की खुशी तो थी ही कि सारे पैसे अकेले को ही मिल गए।

होटल के बच्चे ने एक मैले फटे अखबार के कागज पर छटाँक भर पकौड़े रख दिए। पकौड़े रात के बचे हुए थे। ताज़े पकौड़ों के लिए अभी समय था।

भानुदास ने एक पकौड़ा मुँह में डाल लिया। चटपटा, तीखा, तैलीय

स्वाद मुँह में फैल गया। चैन से घुटनों को हिलाते हुए दूसरा पकौड़ा चबाना शुरू ही किया था कि उसका ध्यान सामने गया। पल-भर के लिए वह सकपका गया। अधूरा चबाया हुआ पकौड़ा वैसे ही निगलकर वह झट से खड़ा हो गया। पकौड़ा ठीक तरह से चबाया हुआ नहीं था। वैसा ही निगल जाने के कारण भानुदास हिलक गया। आँखों के सामने अँधेरा छा गया। सामने देखा तो मालिक, होटल का बच्चा, विट्ठल रखुमाई की तस्वीर और भट्ठीवाला सब धुँधला-धुँधला-सा दिखाई देने लगा। भानुदास ने बाएँ हाथ की मुट्ठी से आँखें मलीं। आँखों के कोने पर जमा पानी हाथ को छू गया। अब आँखें साफ हो गईं। सामने का नज़ारा साफ दिखाई देने लगा।

उसने अपने आपको सँभाल लिया।

पकौड़े की पुड़िया दाएँ हाथ में लेकर उसने कहा, "माँ, पकौड़े खा लेना, फिर आधी कप चाय भी।"

हाथ के लम्बे झाड़ू को डंडे की तरह उठाकर शान्ता गरज पड़ी, "निगोड़े, पाठशाला का वक्त हो गया। मैंने तो सोचा था कि तू पाठशाला गया होगा। मुर्दा कड़मड़ाने इधर चला आया।"

"माँ, सुन तो...," भानुदास अपनत्व से कहने लगा, "मैं पाठशाला ही जा रहा था। रास्ते में पेट में गड़बड़ हो गई। इसलिए दौड़ता हुआ नदी पर चला गया। सुबह-सुबह एक जीप आ गई। बोहनी हो गई।"

"निगोड़े, पाठशाला को छुट्टी मारनेवाली तेरी बोहनी गई भाड़ में," भानुदास उठ गया। बचे हुए पकौड़े चड्ढी की दाईं जेब के हवाले कर दिए। एक घूँट में चाय पी डाली और घर की तरफ बेतहाशा दौड़ पड़ा। दौड़ते हुए पीछे मुड़कर होटल मालिक से जोर से कहा, "जेब में पैसे हैं। बाद में दे दूँगा।"

पहला ही ग्राहक ऐसा आया, यह देखकर होटल मालिक का चेहरा उलटा-सीधा हो गया। लेकिन तुरन्त उसे भानुदास के लाए भस्मी के थैले की याद आ गई। बेटे की चुटिया तो अपने हाथ में है। बोहनी कुछ बुरी नहीं यह सोचकर होटल मालिक ने सन्तोष कर लिया। शान्ता ने कमर की अंटी से एक रुपए का नोट निकालकर सामने रख दिया।

रास्ते में भानुदास को नगर निगम के वाचनालय के सामने एक काले मुँहवाला कुत्ता किसी छोटी सी गठरी से छीना-झपटी करता हुआ दिखाई दिया। वह मुँह से कपड़े को झटकने की कोशिश कर रहा था। एक पैर के पंजे से कपड़ा खींच रहा था।

भानुदास ने पत्थर उठाया। निशाना साधकर कुत्ते के माथे पर दे मारा। मुँह का निवाला छोड़कर कुत्ता कँऽकँऽ करता हुआ गागाभट चौराहे की तरफ भाग गया। दूर जाकर खड़ा हुआ। पीछे मुड़कर मरकही भैंस की तरह देखने लगा।

भानुदास ने फिर एक पत्थर उठाया।

कुत्ता दुम दबाकर भाग गया।

सफेद कपड़े की आधी खुली पोटली में दो रोटियाँ और चटनी बँधी हुई थी। रोटी की पोटली उठाकर भानुदास घर की ओर चल पड़ा।

सामने शिवाजी महाराज का पुतला था। महाराज के जिरहटों पर बैठकर एक कबूतर गुटर गूँ करने लगा।

भानुदास ने फिर एक बार पत्थर उठाया। लेकिन दूसरे ही पल उसने अपने आपको सँभाला। पिछले हफ्ते इसी पुतले पर बैठे एक परिन्दे को पत्थर मार रहा था तब एक आदमी ने उसका कान पकड़ लिया था। इस याद से अनजाने ही उसका हाथ अपने कान की ओर चला गया।

भानुदास ने कबूतर का पीछा छोड़ दिया। वह बड़ी सड़क की बाईं ओर मुड़ गया। वहाँ हनुमान भोजनालय का दरवाजा अभी भी बन्द था। भोजनालय का नौकर पैबन्दवाली गूदड़ी पर नंग-धड़ंग सोया हुआ था। मुँह खुला था। जोर-जोर से खर्राटे ले रहा था।

भानुदास के दिमाग में फिर कोई कीड़ा कुलबुलाया। गूदड़ी का एक धागा हल्के से तोड़ दिया। नौकर की नाक में धागा डालते ही आँऽछीऽ करते हुए वह उठ बैठा। तब तक भानुदास नल के पास पहुँच गया था।

बची हुई सीढ़ियों की चढ़ान पारकर वह घर के सामने आ गया। बापू ओसारे में बैठे हुए थे। मुँह में नीम का तिनका डाल दाँतों से चबा रहे थे।

"क्या ले आया ?"

"रोटी।"

"सुबह-सुबह ?" बापू ने सन्देह से पूछा।

बापू के शक को देखकर भानुदास इत्मीनान से हँस पड़ा। बापू जो सोच रहे थे ऐसा कुछ भी नहीं, यह दिखाने के लिए उसने दोनों तलुए दिखाते हुए कहा, "पाठशाला जा रहा था। रास्ते में यह मिल गया। देखता हूँ तो कपड़े में रोटियाँ बँधी हुई हैं। घर देने के लिए आ गया।"

विट्ठल के दिल का बोझ उतर गया। सन्तोष का भाव उसके चेहरे पर फैल गया।

हेमा, मन्दाकिनी, रेखा बाहर आ गईं।

भानुदास ने एक के हाथ में कपड़े में बँधी रोटियाँ थमा दी।

"आबा, अब मैं जाता हूँ," कहते हुए फिर बाहर निकल पड़ा।

होटल के सामने खड़ी शान्ता दूर तक भागते जा रहे भानुदास को पीठ पीछे से देख रही थी। उसे लगा कि दूर तक भागकर जानेवाला बेटा मानो उस सपने को लेकर भाग रहा है जो वह देख रही थी। पल-भर के लिए वह अपने आप से ही गुस्सा हो गई। अपने आप पर ही झुँझला उठी। असहाय होकर गुस्से में झाड़ू को जमीन पर पटक दिया।

वह तो बस इतना ही चाहती थी कि बेटा ठीक से पढ़े, पाठशाला जाए, फिर मिल जाने पर नौकरी करे, दो पैसे कमाए और उसकी अपनी भागदौड़ कम करे।

अभी उसकी कमाई घर के सात मुँहों में कैसे ख़त्म हो जाती है इसका पता ही उसे नहीं चलता था। हरदम खींचातानी चलती रहती थी।

नगर निगम की उसकी नौकरी। इससे कम-से-कम इतना तो था कि कुछ मिलता था। लेकिन आज महँगाई के जमाने में उसकी अपर्याप्त आय गृहस्थी की गाड़ी चलाने में कब उड़ जाती थी पता नहीं चलता था।

पैठण के चढ़ा-उतरीवाले गली-कूचों में झाड़ू लगाते हुए अपनी डूबती उम्मीद से वह डरने लगी। उसकी दशा उस पुराने कपड़े की तरह हो गई थी जिसके धीरे-धीरे तार-तार होकर कहीं भी फट जाने का खतरा हो।

बड़ा बेटा निवृत्तिनाथ हाईस्कूल में नौवीं कक्षा में पढ़ रहा था। पढ़ाई में ठीक था। इसके अलावा वह सिलाई मशीन का काम भी सीख रहा था।

शान्ता भलीभाँति जानती थी आजकल के जमाने में नौकरी मिलना बड़ा कठिन है। बेटे को अपनी सिलाई मशीन मिल जाए तो दो पैसे कमा सकेगा। निवृत्ति ही उसके लिए आशा की किरण था। भानुदास और बेटियों के बारे में अभी कुछ नहीं कह सकते थे।

घरवाले की याद आते ही उसे अपने आप पर ही दया आ गई। पति एम्.आय्.डी.सी. में कपड़े की मिल में काम पर था। तब भी परिवार के लिए वह किसी काम का नहीं था। सट्टा खेलकर और ठर्रा चढ़ाकर वह रात में घर आया करता था।

पुरुष घर का आधार होता है। विट्ठल ऐसा आधार नहीं था बल्कि घर के लोगों के लिए वह बोझ बना हुआ था।

कभी-कभी शान्ता सोचती, ऐसे घरवाले की जरूरत ही क्या है ? दिखाने के लिए सिन्दूर का धनी और रात का बैरी।

दूसरे ही पल वह सँभल जाती। घरवाला खेत में परिन्दों को डराने के लिए खड़े किए बिजूका जैसा है। अपने बेटे की कल की फिक्र के लिए यही आधार है जो शक्ति देता है।

सारा मैल झटककर शान्ता होटल के सामने से हट गई। झाड़ू-टोकरी लेकर सड़क झाड़ने लगी।

विट्ठल का पैर टूट गया और नौकरी चली गई। कारखाने से मिली क्षतिपूर्ति की छोटी सी रकम दीवाली आ जाने से तुरन्त ही खत्म हो गई।

पति के बारे में जो घिन और झुँझलाहट थी उनका स्थान अनायास ही अनुकम्पा ने ले लिया। पति के बारे में जो गुस्सा था और झुँझलाहट थी उन्हें निगलकर शान्ता नई उम्मीद से सड़क की सारी धूल तनबदन पर लपेटकर सड़कों पर झाड़ू लगाने लगी।

विट्ठल दिन-भर घर के सामने के ओसारे पर बैठने लगा। दो जून की बीड़ी के लिए बीवी के हाथ की ओर देखने लगा। विट्ठल अब इस बात का आदी हो गया।

निवृत्ति पढ़ता है और मशीन भी सीखता है। भानुदास कभी-कभी पाठशाला की जगह नदी पर चला जाता है। मुर्दों की राख से पैसे ले आता है। शान्ता और विट्ठल दोनों इस बात को जानते हैं। उन्हें लगता कि पाठशाला को छुट्टी मारकर बच्चों को घाट पर नहीं जाना चाहिए।

शान्ता के विचारों की शृंखला टूट गई। आँचल खोंसकर वह अन्य औरतों के साथ नाथ मन्दिर के सामने की सड़क पर झाड़ू लगाने लगी।

भानुदास फिर दौड़ता हुआ होटल आ गया। जेब में हाथ डालकर चिल्लर निकाल ली।

महतारी सामने थी, एकदम ही गरम हो गई। वैसे उसकी बात सही थी। पैसे मालिक की ओर बढ़ाते हुए भानुदास ने कहा, "पकौड़े और चाय के पैसे।"

"भान्या, साले बहुत पैसेवाला हो गया क्या ? रख ले अपनी ही जेब में, सुबह की बोहनी मैं उधार नहीं करता। तेरी महतारी ने बिना माँगे ही पैसे दे दिए। बोरे के पैसे ले जाना शाम को। सुबह-सुबह भस्मी के बोरे के पैसे नहीं दिया करते बेटा। नहीं तो ऐसा कर, मैं तेरे नाम पर जमा रखता हूँ।"

मालिक के इस तरह के विकल्प सुझाने पर भानुदास मायूस हो गया। मालिक चाय कभी भी उधार नहीं देता। लेकिन अपने बोरे के पैसे लिख रखने की बात करता है। खाली बोरा लेनेवाला वही तो ग्राहक था इसलिए उसे नाराज भी नहीं किया जा सकता था।

भानुदास ने धीरे से हाथ पीछे हटा लिया। माँ ने पैसे चुकते कर दिए यह अच्छा नहीं हुआ। उसे लगा जैसे माँ ने पीठ पर धप्पा जमा दिया हो। भारी कदमों से वह उसी मेज पर बैठ गया जहाँ सुबह बैठा था। बेंच से टिकाकर रखी छलनी उठा ली। माँ के डर से भागते हुए छलनी वहीं पर भूल गया था। कल दोपहर को पत्रे साहूकार के पास से किराए पर लाई छलनी आज लौटानी थी।

दशक्रिया घाट पर आनेवाले भानुदास के कुछ दोस्तों के पास अपना खुद का झोऱ्या था। सब लोग छलनी को झोऱ्या कहते थे। लेकिन उसके हमउम्र बच्चों के पास अपना खुद का झोऱ्या नहीं था। वे उन्हें पत्रे साहूकार के पास किराए पर मिल जाया करती थी। आज की दोपहर से दूसरे दिन की दोपहर तक के लिए तीन रुपए किराया देना पड़ता था।

भानुदास भारी कदमों से पुराने पैठण की चढ़ान चढ़ने लगा।

नाथ गली, कूचर ओटा, जोशी गली से होता हुआ भानुदास चला जा रहा था। हाथ में छलनी थी। बड़ी-बड़ी हवेलियों और संकरी गलियों से गुजरने में उसे मजा आता था।

विशाल पुरानी हवेली, उनका घना काला बढ़िया दरवाजा और उनमें रहनेवाले लोग इनसे वह डरता, आदर करता और जलता भी था। बड़ी हवेली के सामने से गुजरते हुए उसे अपना टिन का मकान बेहद मामूली लगता था। इन बन्द दरवाजों के पीछे रहनेवाले लोगों के बारे में उसके मन में रहस्य का भाव था।

आखिरी गली शुरू हो गई।

गली के छोर पर साहूकार की बहुत बड़ी पुरानी हवेली थी। सब लोग उन्हें पत्रे साहूकार कहा करते थे। सड़क की दाईं ओर की यह हवेली अच्छी-खासी बड़ी थी। आधी दीवारें पत्थरों से बनी हुई थीं। ऊपर का हिस्सा गहरे लाल रंग की ईंटों से बनाया गया था। कोना लेकिन गोलाकार था।

हवेली का कालाकलूटा दरवाजा बन्द था। हवेली की अपेक्षा दरवाजा कुछ छोटा ही लग रहा था। चौखट के ऊपरी हिस्से में लकड़ी के मोर की तीन सुन्दर आकृतियाँ खोदी हुई थीं। बीच के हिस्से में लकड़ी में ही खोदा हुआ फानूस था। फानूस अगर टूट गया तो अपनी खैर नहीं, यह सोचकर भानुदास हैरान हो गया। उसने इधर-उधर देखा, दाएँ हाथ से दरवाजे पर दस्तक दी, 'ठक्-ठक्।' साँकल खोलने की आवाज आ गई। कर्-कर् आवाज के साथ दरवाजा खुल गया।

साहूकार का नौकर सामने खड़ा था। बीस-पच्चीस की उम्र। छरहरा बदन। गोरा रंग। माथे पर लम्बा टीका। बराबर बीच में काला अबीर। सिर पर गत्ते की काली टोपी। टोपी से बित्ता-भर लम्बी चुटिया पीछे से दिखाई दे रही थी।

"क...क...क्या चाहिए ?" साहूकार के तोतले नौकर ने पूछा, "म... म...मालिक नहाने गए हैं।"

पल-भर के लिए भानुदास खड़ा ही रह गया। क्या करें ? लौट जाएँ या रुक जाएँ ? वह वहीं पर अटक सा गया।

"साहूकार के पैसे देने हैं। छलनी लौटाने आया हूँ," भानुदास ने कहा।

"वाह ऽ वाह ऽ वाह। बैठो यहाँ।"

नौकर ने हाथ से इशारा किया। भानुदास ने बैठक जमा दी। बड़ी हवेली में चारों ओर सुनसान वातावरण था।

दरवाजे से सामने आने पर ही थी सामनेवाली दीवार। दाईं ओर फिर दीवार। बाईं ओर के गलियारे से आगे बढ़ने पर एक चौक था। चौक के परे दीवार से लगी दरी बिछी हुई थी जिसका रंग उड़ गया था। उसके पीछे एक मैला तकिया रखा हुआ था।

चौक के लकड़ी के नक़्क़ाशीदार खम्भे काले कलूटे और चीकट थे। खम्भे के आधे हिस्से में नक़्क़ाशी बनी हुई थी। खम्भे और शहतीर के जोड़ पर नक्काशीदार डंडे थे। उन पर मोर, परिन्दे, कमल, पत्ते बेलबूटे बड़ी नजाक़त से खोदे हुए थे। बाईं ओर सीढ़ियाँ थीं। सीढ़ी की खिड़की में एक कुछ भीगी सी दरी सुखाने के लिए डाल दी गई थी।

"क...क...क...कल पेशवा आए हुए थे। पुणे के पेशवा यानी मराठों के पन्तप्रधान के पूर्वज। हमारे मालिक के सम्बन्धी। सम्बन्धी यानी हमारे साहूकार के यानी अपने मालिक के बड़े जमाई। यानी मालिक के परदादा की बड़ी बेटी है न धनाबाई। उसे पेशवा के यहाँ दिया गया था। वरदक्षिणा के नाम पर चार मन अशर्फियाँ जमाईबाबू को तब दी गई थीं।"

"मालिक के परदादा की बेटी मालिक की कौन हुई ?" हड़बड़ाहटपूर्वक भानुदास ने बीच में ही पूछ लिया।

"म...म...मुझे क्या पता। त...त...तू अशर्फियाँ जानता है ? अशर्फियाँ यानी सो...सो...सोने के सिक्के। सोना यानी खरा सोना। सोलह आने खरा। मालिक ने यानी मालिक के परदादा ने पेशवा को धनाबाई तो दी ही एक बार कर्ज भी दे दिया। इतनी...इतनी बड़ी थी वह गठरी। पेशवा आते तो मालिक के सामने..." तोतला नौकर हाथ से बेलबूटे बना रहा था।

"कौन आया है रे उधर ?"

"मा...मा...मालिक। बच्चा आया है। कहता है खंडनी लाया हूँ।"

"आने के लिए कह दे," पत्रे साहूकार दो पैरों पर टेककर बैठ गए। अभी-अभी नहाकर आए थे। कमर में मैली अधगीली छोटी धोती लपेटी हुई थी। दाईं तरफ धोती में तलुए जितना बड़ा एक छेद हो गया था। उसमें से साहूकार की जाँघ का गोरा चिट्टा हिस्सा जैसे ऊपर आया हुआ दिखाई

दे रहा था। दाढ़ी के खिचड़ी खूँट उभरे हुए दिखाई दे रहे थे। गेहूँ की फसल के काटने के बाद बची हुई सुखड़ी जैसे। "पोट्टे, पैसे लाया क्या ? ला इधर। हाँ, ऊपर से ही डाल दे। अभी मेरी पूजा बाकी है।"

भानुदास ने जेब में हाथ डालकर सारे सिक्के बाहर निकाले। फुटकर पैसों के साथ ही कुछ रकम एक कपड़े में बँधी हुई भी थी। मैले कपड़े की ओर धुँधली नजर से देखते हुए साहूकार ने पूछा, "गठरी बड़ी पक्की बाँधी हुई है रे ! कितने पैसे मिल गए आज ?"

भानुदास सकपका गया। उसने शक की नजर से ऊपर देखा। यह बूढ़ा बामन अपनी सारी कमाई हड़प तो नहीं जाएगा ? यह डर उसके मन को छूकर चला गया।

"आपको देने जितने ही हैं साहूकारजी !" झूठी हँसी हँसते हुए भानुदास ने कहा।

"बदमाश ! बड़ा चतुर है रे तू। नहीं तो भी तू ज्यादा थोड़े ही देनेवाला है ?" कहते हुए वह हँस दिए। मुँह में दाँत न होने के कारण तब उनका पोपला मुँह बड़ा अजीब दिखाई दिया।

पचास पैसों के छह सिक्के भानुदास ने अलग निकाले बाकी पैसों को पक्की गाँठ से बाँधकर चड्ढी की जेब में सुरक्षित रख दिए।

पचास पैसों के छह सिक्के साहूकार के सामने रख दिए।

साहूकार की छलनी दीवार से टिकाकर रख दी।

"यह आपका 'सणंग' यहाँ रख दिया," भानुदास ने कहा।

'सणंग' शब्द सुनते ही साहूकार सिहर उठे। मन-ही-मन मुस्कुरा दिए। बच्चे का शब्दचयन सुनकर कौतुक का भाव उभरा। सणंग कपड़े के थान को कहा जाता है लेकिन व्यंजना से मूल्यवान चीज का संकेत भी होता है।

"बच्चे, तुझे 'सणंग' शब्द के अर्थ का पता भी है ? तुझे पता होगा भी कैसे ? तू तो अभी बहुत छोटा है," कहते हुए साहूकार उठकर हँस पड़े। तब उनके पोपले मुँह में बचा एक ही पीला नुकीला दाँत भानुदास को दिखाई दिया।

"अरे भाई, अब इस साहूकार का सणंग तो ठूँठ हो गया," कहते हुए वह, फिर हुऽ हुऽ हुऽ कर पोपले मुँह से हँसते रहे। हँसते-हँसते उनकी आँखों में पानी भर आया। सहसा उनकी जवानी फुदकती हुई सामने आ गई।

यारबाश एक-दूसरे का मजाक उड़ाते समय 'सणंग' शब्द का जिक्र किया करते थे। फलाँ-फलाँ नाटा है। वह तोंदीला है। तोंदीले को तो अपना 'सणंग' देखने के लिए आईने में ही देखना पड़ता होगा।

साहूकार ने आँखें पोंछ डाली। "जा बच्चे, लेकिन अपने सणंग का सँभालकर इस्तेमाल करना।" साहूकार की आँखों में शरारत का भाव जाग गया। सामने रखे हुए पचास पैसों के छह सिक्के उन्होंने उठा लिये। पीछे मुड़कर देखा। दरवाजे पर पत्नी खड़ी थी। साहूकार का सारा जोश काफूर हो गया। साहूकार ऐसे सटपटाए जैसे मास्टरजी का डंडा देखकर नटखट बच्चा सटपटा जाता है। यह सोचकर वह दहल उठे कि हो न हो पत्नी ने अपनी बात सुन ली होगी। झेंपकर उन्होंने अपराध भाव से पत्नी की ओर देखा। गुजरे हुए जमाने की शान आँखों में समाए वह दरवाजे पर खड़ी थी। बदरंग हुई पुरानी साड़ी। गले में गुरियों का सोने का हार यही उनके ऐश्वर्य की धुँधली होती जा रही एकमात्र रेखा बची हुई थी। आँखों के सामने अमीरी ऐसे सूखती गई जैसे भरी बरखा में मिट्टी के घर की दीवारों में नमी भर जाने से एक-एक कोना ढहने लगता है। चार हवेलियाँ थीं। तीन कब की बिक चुकीं। अब यही हवेली रह गई थी, अपने अवशेषों को सँभालती हुई। आसपास काफी जमीन-जायदाद थी। जमाने के साथ जमाने की हवा भी बदल जाती है। जो असामी थे वे मालिक बन बैठे। महाजनी कानून बन्द कर दी गई। कर्ज़दारों ने हाथ ऊपर कर लिए। जिस घर में हर रोज बाहर के दस-बीस लोगों को भोजन परोसा जाता था उस पर घर के पाँच लोगों के दो जून भोजन की समस्या बन गई।

जिन हाथों ने पैठण के जरूरतमन्दों को पैसे बाँटे वही हाथ मुर्दों की राख छानने के लिए गरीब बच्चों को किराए पर छलनी देने लगे। पन्द्रह छलनियाँ बनाई हुई थीं। इनमें से दस-बारह को ही हर रोज ग्राहक मिल जाता था। दिन की कमाई पचीस-तीस से ज्यादा नहीं हुआ करती थी।

साहूकार ने हाथ के सिक्कों को निहारा। दिन का आरम्भ तो हुआ। "अरी सुनती हो," यह जानकर भी कि पत्नी दरवाजे पर खड़ी है, उन्होंने ज़ोर से कहा, "वूसली जमा हो गई है। माधव को भेजकर सुबह के चाय-पानी का कुछ देख लीजिए।" नौकर के नाम का जिक्र होते ही छरहरा माधव तनकर खड़ा हो गया। दाएँ हाथ से काली टोपी आगे-पीछे कर

ठीक-ठाक कर ली। बाएँ हाथ से कमीज का बटन लगाने की कोशिश थी। जब पता चला कि बटन टूट गया है, वह बेचैन हो गया। वह जानता था कि मालिक के घर में सुबह के चाय के लिए दूध नहीं है और दूध लाए बिना चाय नहीं बन सकती। वह यह भी अच्छी तरह से जानता था कि उधारी के लिए मालिक की साख बची नहीं है।

सिक्के पत्नी को सौंपने के लिए साहूकार ने भीतर की ओर हाथ बढ़ा दिया। पत्नी के हाथ तक पहुँचने से पहले ही साहूकार के बेटे ने पैसे उठा लिये और वह दरवाजे से बाहर चल दिया। दोनों बाहर जा रहे बेटे की ओर ठंडी नजर से देखते रह गए। बेटे की पीठ की ओर देखते हुए साहूकार वहीं दीवार से टेककर बैठ गए। हक्का-बक्का भानुदास साहूकार की हवेली से बाहर निकल पड़ा।

तहसील कचहरी की दक्षिण दिशा में लहू साहूकार की आलीशान कोठी है। कोठी की बाहर की दीवारें आज भी खड़ी हैं। उन पर लोहे के कड़ों की कतार बनी हुई है। इन कड़ों में साहूकार के घोड़े बाँधे जाते थे।

कोठी का पश्चिमी हिस्सा कुछ ढह गया है। इस गिरे हुए हिस्से में एक सिकलीगर रहता था। बरस के चार-पाँच महीने वह पैठण में गुजारा करता।

सिकलीगर टीन के डिब्बे, आटे के लिए छलनियाँ और मटके आदि बनाया करता। पुराने डिब्बे खरीदता। उनसे सामान रखने के लिए नए डिब्बे बनवा देता।

सिकलीगर और एक काम किया करता था। वह था झोऱ्या यानी छलनी बनाने का काम। नाथ घाट पर भस्मी डाल देने के बाद रेती में गिरे सिक्कों को खोजने के लिए बच्चे छलनियों से काम लेते थे। रेती और राख छानने के लिए जो छलनी काम में लाई जाती है उसे झोऱ्या कहा जाता है।

भानुदास के पास अपना खुद का झोऱ्या नहीं था। वह बहुत चाहता था कि उसका अपना झोऱ्या हो ताकि पत्रे साहूकार के पास जाने की जरूरत नहीं पड़े, न किराया देने की भी जरूरत पड़े। अपना झोऱ्या होने पर वह चाहे जब और चाहे जितनी देर गोदावरी पर जा सकता था।

भानुदास पहले ही पूछताछ कर चुका था। झोऱ्या बनवाने के लिए सात रुपयों का टीन जरूरी था। पाँच रुपए मजदूरी के। मजदूरी में टीन में छेद

करना और झोर्‌या के किनारे से हाथ कट न जाए इसलिए गोट मारने का काम शामिल था।

भानुदास ने एक-एक रुपया इकट्ठा कर झोर्‌या बनवाने का इन्तजाम किया। पिछले दस-बारह दिन से भानुदास ने न चाय पी थी, न पकौड़े ही खाए थे।

आज सुबह सहसा अच्छी आमदनी हो गई। चाय-पकौड़ों की चाह जाग उठी। लेकिन ऐन मौके पर वहाँ माँ आ गई। वे पैसे भी माँ ने दिए इसलिए बचत हो गई।

जेब को खनखनाता हुआ भानुदास सिकलीगर के पास आ गया। मुँह में आधी जली बीड़ी और तिरछी गर्दन के साथ सिकलीगर ने गाहक को भाँप लिया। भानुदास को पहचानते ही उसने ठोकने-पीटने का काम रोक दिया।

वह जानता था कि उसे क्या चाहिए। इत्मीनान के लिए उसने भौंहें ऊपर उठाकर इशारे से पूछ लिया।

"झोर्‌या लेना है। यानी छलनी," भारी चीज खरीदने के लिए आए ग्राहक की ठसक में भानुदास शान से बोला।

ग्राहक नाराज न हो और लौट न जाए यह सोचकर सिकलीगर ने बीड़ी का जोरदार कश लगाया। बची हुई बीड़ी बुझा दी और टुकड़ा दाएँ कान पर रखकर वह ठाठ से खड़ा हो गया।

"माल लाया है ? बारह रुपैया। दस और दो," होंठों पर नीचे उतरी सफेद मूँछों को अँगूठे और पासवाली उँगली से ऊपर उठाते हुए उसने पूछा।

भानुदास ने दायाँ हाथ जेब में डाल लिया। बाएँ पैर पर शान से झुक गया। जेब में हाथ को हिलाकर सिक्कों की आवाज सिकलीगर को सुना दी।

"सुन लिया ? पूरी रोकड़ जमा हो गई है," बूढ़ा फूला न समाया। ग्राहक का भरोसा हो जाने पर अनजाने में ही वह झट से बोल गया।

"बैठो सेठ," उसकी बातों में नाटकीयता थी। सफेद मूँछों के पीछे छिपी हँसी को वह रोक नहीं पाता था।

भानुदास मन में खुश हो गया। अब तक किसी ने उसे सेठ कहकर नहीं पुकारा था। सम्मान नहीं दिया था। सराहा भी नहीं था। इसलिए

सिकलीगर ने जब सेठ शब्द का प्रयोग किया तो उसे ऐसा लगा कि मानो पत्रे साहूकार ही हाथ जोड़कर उसकी प्रार्थना कर रहे हैं।

अब तक उसके साथवाले सब उसे भानवा, भान्या कहकर पुकारते थे। बुजुर्ग हैठी करते थे। पाठशाला में मास्टरजी से डर लगता था। घर में माँ के बारे में आदर का भाव था। आदर से डर पैदा हुआ था। बड़े भाई के बारे में प्यार था। छोटी बहनों के लिए दुलार का भाव था। घाट के ब्राह्मण हैठी करते थे लेकिन पैसों का हिस्सा लेते समय निकटता दिखाते थे।

तरह-तरह के इन अनुभवों से भानुदास का मन चकराता रह जाता। इन सब अनुभवों की अपेक्षा सिकलीगर के मुँह से निकले 'बैठो सेठ' इन दो शब्दों से भानुदास को लगा कि वह अनायास ही बड़ा हो गया है। उसमें आत्मविश्वास का भाव पैदा हो गया।

भानुदास जमीन पर बैठ गया। सामने सिकलीगर कुछ प्रशंसा भाव से और कुछ शरारत की नजर से उसकी ओर देख रहा था।

भानुदास को पाठशाला की घटना याद आ गई। सत्र की परीक्षा थी। परीक्षा की फीस देने में इस बार उसे कुछ विलम्ब हो गया था। जिन्होंने फीस नहीं दी उन्हें मास्टरजी खड़ा कर देते थे। भानुदास के साथ और दो बच्चे थे जो फीस नहीं दे पाए थे। परसों परीक्षा थी। वाघमारे मास्टरजी ने तीनों को अन्तिम चेतावनी दी थी, "कल फीस नहीं ले आए तो पाठशाला में नहीं आना। यह गाँठ बाँध लो कि तुम लोगों की परीक्षा डूब गई। कुछ भी करो, कल फीस ले आना।" भानुदास मन-ही-मन गोदावरी के किनारे पहुँच गया। पिछले दो दिनों से मनमाफिक कमाई नहीं हुई थी। जब नहीं चाहिए तब लोग झट-झट मर जाते हैं। तब हुन बरसता है। लेकिन इस हफ्ते बहुत कम कमाई हुई थी। सबके हिस्से देने के बाद एक रुपए में दस पैसे कम ही उसके हिसाब में आए थे।

पाठशाला के छूटने के बाद भानुदास बाहर आ गया। बहनें फाटक के बाहर खड़ी थीं।

"बाहर क्यों खड़ी हो ?" भानुदास ने बहन से पूछा।

"मास्टर ने बाहर निकाल दिया। परीक्षा की फीस नहीं दी इसलिए।"

भानुदास ने कुछ नहीं कहा। बहनों की ओर बस्ता सौंपते हुए कहा, "तुम लोग चलो, आगे बढ़ो घर की तरफ, मैं नदी पर जा आता हूँ।"

"हम भी आएँगे न भैया तुम्हारे साथ," बहन ने कहा।

"नहीं, तुम घर जाओ। रोटी का टुकड़ा खाकर फिर घाट पर आ जाना। तब तक मैं देखता हूँ क्या कुछ मिल जाता है या नहीं," बहनों को घर भेजकर भानुदास पाठशाला के बाहर आया।

दूसरे दिन भानुदास पाठशाला गया ही नहीं दिन-भर घाट पर छलनी से रेती छानता रहा। परीक्षा के दिन मास्टर ने फीस न देनेवाले तीनों को फिर खड़ा कर दिया।

"भान्या कल पाठशाला क्यों नहीं आया ?" वाघमारे मास्टर की आवाज सुनते ही सहमकर भानुदास ने ऊपर देखा, "इधर तू पाठशाला में बहुत कम आता है रे ! पढ़ना चाहता है तो ढंग से पढ़ना चाहिए। तूने क्या पाठशाला को रामलाल बाबा की धर्मशाला समझ लिया है क्या कि जब चाहे आ जाओ, जब चाहे चले जाओ।" वाघमारे मास्टरजी पास आ गए। भानुदास का कान पकड़ा। पीठ पर धप्पा लगाने के लिए हाथ ऊपर उठाया।

"गुरुजी, फीस के लिए पैसे नहीं थे इसलिए दिन-भर काम किया और पैसे ले आया," जेब से पैसे निकालते हुए भानुदास ने कहा।

मास्टरजी ने हाथ को रोक लिया। वाघमारे मास्टरजी को अपना बचपन याद आया। बच्चे पर बिलावजह हाथ उठाया इस बात की टीस उन्होंने महसूस की। भानुदास की पीठ पर हाथ फेरते हुए उन्होंने कहा, "काम करके पढ़ना तो अच्छा ही है लेकिन पाठशाला को छुट्टी मारकर काम करना कुछ ठीक नहीं। आइन्दा इस बात को ध्यान में रखना।"

भानुदास ने स्वीकृति में सिर हिलाया। मास्टरजी आगे बढ़ गए। मराठे का बच्चा और तेली की बच्ची फीस न ले आने के कारण खड़े थे। "तुम लोगों ने आज भी फीस नहीं लाए ? अब परीक्षा में नहीं बैठ सकोगे," मास्टरजी ने कहा।

मराठा बच्चा निर्विकार भाव से मास्टरजी की ओर देखता खड़ा रहा। लेकिन तेली की बच्ची रोने लगी। सिसकती हुई बच्ची के पास जाकर वाघमारे मास्टरजी ने पूछा, "अब रोने से क्या फायदा ? पन्द्रह दिन से तू

जानती है कि फीस देनी है।"

बच्ची सिसकती हुई वैसी ही खड़ी रही तो वाघमारे मास्टरजी ने पूछा, "पिताजी क्या करते हैं ?" वह वैसी ही खड़ी रही। पल-भर के लिए मास्टरजी उस पर गुस्सा हो गए। मैं सवाल कर रहा हूँ और यह कुछ भी बोल नहीं रही है। "तुझे सुनाई देता है क्या ?" मास्टरजी की आवाज ऊँची हो गई थी। बच्ची ने सिर ऊपर उठाया। पड़ोस की लड़की ने हल्की आवाज में कहा, "मास्टरजी, उसके पिता पिछले महीने चल बसे। माँ मजदूरी करती है।" हल्की आवाज में कहे गए ये शब्द मास्टरजी के कानों में गरम तेल की तरह जलते चले गए। आगे कुछ भी कहे बिना उन्होंने कहा, "तुम दोनों बैठ जाओ।"

भानुदास की चुलबुलाहट बढ़ गई। भानुदास मास्टरजी के पास आया। जेब में जितनी भी चिल्लर थी सब बाहर निकाल दी। "इसमें से इन दोनों की भी फीस ले लीजिए," भानुदास ने कहा। मराठा बालक ने सन्तोष से भानुदास की ओर देखा। तेली की बच्ची के चेहरे से रोना अनायास गायब हो गया। उसने आँखें पोंछ डाली उसकी रोनी सूरत कुछ कठोर हो गई। धैर्यपूर्वक उसने कहा, "मास्टरजी, मुझे ये पैसे नहीं चाहिए।"

वाघमारे मास्टरजी ने अचरज से मुस्कुराते हुए पूछा, "क्यों नहीं चाहिए ? तू उसके पैसे बाद में लौटा देना।"

जी को कड़ा करते हुए उसने कहा, "मैं फीस के लिए मुर्दों की राख से निकाले हुए पैसे नहीं लूँगी।" और वह झट से नीचे बैठ गई। भानुदास को ऐसे लगा जैसे उसके हाथ-पैरों की शक्ति खो गई है। भारी मन से उसने पैसोंवाली मुट्ठी बन्द कर दी। पैसे जेब में डालकर वह नीचे बैठ गया। दिमाग़ में खयालों का तूफान मचा। पैसे तो सब जगह एक जैसे होते हैं। पैसों का न तो कोई रंग होता है, न कोई गन्ध। भगवान के सामने रखे पैसे में और मुर्दों की राख से मिलनेवाले पैसों में क्या फर्क है ?

भानुदास ने जेब से चिल्लर पैसे बाहर निकाले। चार-चार आने, आठ-आठ आने की अलग-अलग राशि बनाकर गिन लिये।

कुल तेरह रुपए साठ पैसे।

एक रुपया साठ पैसे जेब में डाल दिए। बारह रुपयों की पूरी रेजगारी सिकलीगर के हाथ पर रख दी।

हाथ के पैसों में से सिकलीगर ने एक रुपया उठा लिया। दाँतों पर टक-टक आवाज करते हुए बजा दिया। माथे पर लगाया। आसमान की ओर देखकर फिर एक बार सिक्के को माथे से लगा लिया।

भानुदास कौतुक देख रहा था।

"बोहनी हो गई सेठ," हँसते हुए सिकलीगर ने कहा।

"गिनकर लीजिए।"

"गिन लेने की क्या जरूरत है बेटे। मुझे कम देकर तू थोड़े ही हवेली बनानेवाला है ? और ज्यादा लेकर मेरे पैंदे की धोती कहाँ छूटनेवाली है।"

पिछले हफ्ते की बात। भानुदास साहूकार के घर आया हुआ था। उस दिन सारी चिल्लर ही इकट्ठा हो गई थी। दस-बीस पैसों के सिक्के अच्छी तरह से गिनकर भानुदास आया हुआ था। मुट्ठी-भर सिक्के साहूकार के सामने डालकर भानुदास सीढ़ियों के पास खम्भे से सटकर बैठा हुआ था। साहूकार पालथी लगाकर जमीन पर बैठ गया। पाँच पैसों, दस पैसों, बीस पैसों के सिक्के अलग-अलग किए। फिर पाँच-पाँच सिक्कों के ढेर बना दिए। दो-दो बार गिनकर देखे। तीन रुपए में बीस पैसे कम पड़ रहे थे। तोतले नौकर को पास बुला लिया। फिर गिन लिये। निश्चय हो गया कि बीस पैसे कम हैं।

"पूरा किराया दे डाल। बीस पैसे लिखने को क्यों रखता है बेट्टे।"

भानुदास पल-भर के लिए हड़बड़ा गया, "पैसे तो गिनकर ही लाया था। फिर कम कैसे होंगे ? मालिक, मैंने तो ठीक तरह से गिन लिये थे," हकलाते, डरते भानुदास ने शक व्यक्त किया। भानुदास के मुँह से शब्द बाहर निकलने की देरी थी कि साहूकार तड़ाक से खड़े हो गए, "पलटकर जवाब देता है। और मुझ पर ही शक करता है ? अबे, इस साहूकार को सामने बात करने की तेरी हिम्मत ही कैसे पड़ गई ? पैसे लिये बिना तुम लोगों को 'सणंग' (छलनी) देता हूँ, यही हमारी गलती हो गई। कह देता हूँ, पूरे पैसे दिए बगैर फिर साहूकार की हवेली की सीढ़ी पर कदम नहीं

रखना," गुस्से से काँपते हुए साहूकार बेकाबू हो गए थे। गुस्सा होने पर उनकी गर्दन 'डुग-डुग' डगमगाने लगती थी। पोपला मुँह ऊपर-नीचे हो जाता था।

भानुदास भारी मन से बाहर निकल आया था। साहूकार की अपेक्षा उसे अपने पर ही क्रोध आया। दो-दो बार पैसे गिन लेने पर भी दस पैसे कम कैसे हो गए ? अपनी गलती न होती तो साहूकार से भला-बुरा तो नहीं सुनना पड़ता। चौराहे पर निवृत्ति मशीन पर बैठा हुआ था। उससे पच्चीस पैसे का सिक्का लेकर भानुदास फिर साहूकार की हवेली पर आ गया। शान्ति से पच्चीस पैसे का सिक्का साहूकार के सामने रखा। कुछ समय पहले साहूकार गुस्से में थे अब पोपले मुँह से मुस्कुराने लगे। भानुदास को इस बात का गम नहीं हुआ कि पाँच पैसे ज्यादा चले गए।

भानुदास मन-ही-मन खुश हो गया। झोर्‍या का किराया लेते समय ब्राह्मण हर एक सिक्का जाँच-परखकर लेता था। और यहाँ सिकलीगर पैसे गिन लेने की भी जरूरत नहीं समझता था।

वहाँ हर रोज आनेवाले जाने-पहचाने आदमी पर भरोसा नहीं और यहाँ बिल्कुल अनजाने आदमी ने पूरा भरोसा किया। भानुदास सोचने लगा।

"अरी, सुनती हो," सिकलीगर ने बीवी को आवाज दी।

"देख भला, वो अच्छा-सा झोर्‍या है न, वही छलनी, कोने में रखी हुई, ले आना तो जरा, छोटे मालिक के लिए," सिकलीगर ने बीवी से कहा।

पीछे तीन पत्थरों का चूल्हा बनाकर वह कुछ बना रही थी। पति की आवाज सुनकर उठ खड़ी हो गई। उठते वक्त घुटने पर हाथ रखने से साड़ी का रफू किया हुआ हिस्सा अनजाने में फट गया। फटे हुए हिस्से को निहारकर दो उँगलियों से जोड़ते हुए वह उठ खड़ी हो गई। पति का काम हो जाने पर सुई-धागा लेकर समय रहते ही इसे सीना होगा। नहीं तो यह और फटती जाएगी।

वह 'रावटी' में चली गई। कोने में काफी कुछ सामान बनाकर रखा हुआ था। उसमें डिब्बे वगैरह थे। आटा छानने की छलनियाँ थीं। पहँसुल भी और चूहों-घूसों को पकड़ने का एक कठघरा भी था। सबके नीचे एक छलनी थी। छलनी लेकर वह बाहर आ गई।

पति के हाथ में छलनी देते समय उसके चेहरे पर यही भाव था कि

चलो, बहुत दिनों बाद आखिर इस छलनी को ग्राहक मिल ही गया।

सिकलीगर ने छलनी को ऊपर-नीचे ठीक तरह से देखने का नाटक किया। अच्छी है इस इत्मीनान के साथ छलनी पर थाप लगाकर कहा, "तुम्हारे लिए बहुत बढ़िया माल बनाया है," कहते हुए भानुदास के हाथ में छलनी दे दी।

बड़ी खुशी से भानुदास ने छलनी को पेट से लगा लिया। फिर हाथ में लेकर ऊपर-नीचे से परख लिया पल-भर उसकी समझ में नहीं आया कि क्या करे ? उसे स्वर्ग जाने की खुशी हो गई थी।

छलनी पर हल्के से हाथ फेरते हुए छेद करते समय बाहर निकली टीन की नोकें भी उसे मुलायम लग रही थीं।

भानुदास छलनी लेकर उठ खड़ा हुआ। उसने सिकलीगर के सामने हाथ जोड़ दिए और दौड़ पड़ा।

छलनी लेकर दौड़ते समय उसे लगा जैसे उसके पंख निकल आए हैं। वह हवा में तैरने लगा। अब तक जो पैठण एक ऊँचे टीले पर बसा हुआ लगता था अब बौना लगने लगा। नाथ मन्दिर का कलश, साहूकार की विशाल कोठी, पाठशाला का दुमंजिला भवन और बड़े-बड़े पैड़ बौने लगने लगे।

पत्रे साहूकार की हवेली के सामने वह आहिस्ता से नीचे उतरा। यह दूरी कैसे कम हो गई उसकी समझ में भी नहीं आया। साहूकार के छोटे दरवाजे के पास और एक बच्चा छलनी किराए पर लेने के लिए आया हुआ था।

भानुदास साहूकार के दरवाजे से भीतर चला गया।

साहूकार का तोतला नौकर टोपी सँभालते हुए सामने आ गया।

"क...क...क्या खंडनी ले...आए हो क्या ?"

भानुदास ने उसे अँगूठा दिखा दिया। जीभ बाहर निकाल दी। तोतला नौकर हड़बड़ा गया।

सामने साहूकार बरामदे में चहलकदमी कर रहे थे। कमर में वही सुबहवाली आधी धोती लपेटी हुई होने के कारण जगह-जगह पर उखड़ गई थी। और साहूकार अपने दाएँ पैर से क्रीड़ा भाव से चलते हुए पपड़ियाँ निकाल रहे थे।

'साहूकार'—भानुदास करीब-करीब चिल्ला ही दिया। पुकारनेवाला कौन है उसे देखने के लिए साहूकार ने चहलकदमी रोक ली और दरवाजे की ओर देखा।

भानुदास तनकर खड़ा था। कुछ समय पहले का डर, लाचारी, दबाव सब छूमन्तर हो गए थे। साहूकार की नजरों से नजरें मिलाते हुए उसमें एक विशेष साहस का भाव उत्पन्न हो गया था। नई कोरी छलनी साहूकार के चेहरे के सामने आड़ी-टेढ़ी घुमा दी। क्या हो रहा है, कुछ समझ में न आने से साहूकार बेचैन हो गए। दूसरे ही पल संशय का भूत धीरे-धीरे उनके दिमाग में उतरा। अब तक गाँव में साहूकार ही अकेले थे जो छलनी किराए पर दे देते थे। हो न हो यह उनका एकाधिकार था। साहूकार के मन को यह डर छू गया कि गाँव में हमारा कोई प्रतिद्वन्द्वी तो पैदा नहीं हुआ।

"साहूकार, मैं आज छलनी का मालिक बन गया हूँ," कहते हुए उसने छलनी के पीछे से मुँह बिचका दिया।

एक हाथ से छलनी बजा दी। साहूकार क्रोध में दौड़े इससे पहले ही वह दरवाजे से बाहर नौ दो ग्यारह हो गया।

तो इसका मतलब है बच्चे ने खुद छलनी खरीद ली। साहूकार ने सन्तोष की साँस ली। एक ग्राहक कम हो गया। गोजर का एक पैर टूट जाने से कुछ खास फर्क नहीं पड़ता। उन्होंने अपने आपको समझा दिया। भानुदास चला गया है, यह देखकर वह लौट आए।

तीन

मेन रोड पर स्टेट बैंक की दाईं ओर शिवाजी महाराज की प्रतिमा है। पुरानी और नई पैठण नगरी की यह जैसे सरहद है। प्रतिमा के दक्षिण और पश्चिम की ओर कुछ ऊँचे से टीले पर पैठण बसा हुआ है। एक-दूसरे से सटकर खड़े मकान, संकरे गली-कूचे और टेढ़ी-मेढ़ी सड़कें मानो पुराने इतिहास के साक्षी हैं।

पैठण गाँव और शिवाजी की प्रतिमा के बीच में लहुजीनगर बसा हुआ है। सड़क के कोने पर 'मातंग विकास मंडल का लहुजीनगर' लिखा टीन का बोर्ड लगा हुआ है। लहुजीनगर मातंग जाति की नई बस्ती है। बीस-पच्चीस मकान हैं। मातंगों के पड़ोस में बँसोड रहते हैं। बँसोडो के पड़ोस में कुछ वडार (धाँगड़) रहते हैं। मातंगों के मकान ज्यादा हैं।

मिट्टी के बने ये सारे मकान ढलान पर जहाँ जगह मिल गई वहीं एक-दूसरे से सटकर बसे हुए हैं। दो मकानों के बीच में ले-देकर तीन-चार हाथ की चौड़ी गली। यही सड़क भी है। इस सड़क पर मकान से गन्दा पानी बहा करता है।

प्रतिमा के सामने नगर निगम का सार्वजनिक नल है। इस एकमात्र नल में पानी आते ही एकबारगी भीड़ उमड़ पड़ती थी। मजे की बात यह कि पानी के आने का कोई नियत समय नहीं था। कभी एक घंटा पहले तो कभी एक घंटा बाद में। इसलिए लहुजीनगर के बूढ़े और छोटे बच्चे नल के पास टीन के डिब्बे, छोटे टूटे बर्तन आदि रखकर नम्बर लगाते और फिर इधर-उधर बिन्दास घूमते रहते। नल में पानी आने की खबर सुनते ही पानी के लिए बाल्टी या बड़ा बर्तन ले आते। पानी के लिए कतार में रखा डिब्बा निकालकर उस जगह पर बाल्टी या बड़ा बर्तन रख देते। इस वजह से नल के सामने की दस-बारह फीट लम्बी कतार हनुमानजी की पूँछ की तरह बीस-पच्चीस फुट लम्बी हो जाती।

शिवाजी की प्रतिमा के सामनेवाली तिकोनी जगह पर नगर निगम ने एक छोटा सा बगीचा बना लिया था। नगर निगम ने इस जगह को बाड़ से घेर लिया था। छोटे बच्चों के लिए एक झूला, एक रपट तख्ती, एक ऊपर-नीचे होनेवाला घोड़ा और 'डबल बार' जैसे खेल के साधन लगा रखे थे। किनारे पर तरह-तरह के ऊँचे पेड़ लगे हुए थे। छाँव के कारण यह स्थान फुर्सत के समय बच्चों के ताश खेलने के लिए अड्डा बन गया था।

नगर निगम के नल का घेरा ईंट-सीमेंट से बँधा हुआ न होने के कारण बारहों मास नल के आसपास कीचड़ भरा रहता था। पास में गड्ढा बन जाने से पानी प्रायः जमा रहता था। जब नल में पानी नहीं आता था तब पानी पीने के लिए मधुमक्खियों का बड़ा दल हमेशा बैठा हुआ रहता था।

लहुजीनगर से सारा गन्दा पानी बहकर आया करता। अलग से नाली या नाबदान न होने से मकानों के सामने की संकरी सड़कों से ही गन्दा पानी बहता हुआ आता था। यह जब नल के पास आकर डबरे में मिल जाता तो पानी की बदबू हवा में चारों ओर फैल जाती थी।

लहुजीनगर से एक सड़क ऊपर की ओर चढ़ती हुई जाती है। इस सड़क ने लहुजीनगर के दो हिस्से कर दिए हैं। वैसे पत्थरों की सीढ़ियोंवाली यह टेढ़ी-मेढ़ी सड़क पहले से ही थी। पुरानी बस्ती में जाने का यही तो मार्ग था। टेढ़ी-मेढ़ी सड़क के दोनों ओर ढलान पर स्थित खाली जगह पर

लहुजीनगर बसा है।

नगर निगम के नल के करीब पन्द्रह सीढ़ियाँ चढ़ जाने के बाद विट्ठल घोडके का मकान आता है। यह टीन का मकान अन्य मकानों से अलग दिखाई देता है। घोडके निवास ऐसे ध्यान आकर्षित करता है जैसे बीस-पच्चीस गरीब लोगों की भीड़ में अच्छे कपड़े पहना हुआ कोई आदमी।

अन्य मकानों की अपेक्षा विट्ठल के घर के सामनेवाला आँगन कुछ बड़ा था। जहाँ आँगन समाप्त होता है वहाँ से करीब डेढ़ फीट नीचे सड़क थी। इसलिए आँगन अनायास ही चबूतरे जैसा बन गया था।

विट्ठल घोडके लहुजीनगर का बड़ा आदमी था। उसकी अपनी नौकरी थी। बीवी की नगर निगम की नौकरी का और एक आधार था। पैसेवाला होने के कारण लहुजीनगर में उसका रोब था। लहुजीनगर में मेहनत-मजदूरी करनेवालों की अपेक्षा नौकरीपेशा लोगों की ओर कुछ सम्मान से देखा जाता था। नौकरीदार का सिर बस्ती में ऊँचा हुआ करता था। घर में दो कमानेवाले हों तो उनका रोब और भी ज्यादा हो जाता। विट्ठल के घर में दोनों कमानेवाले थे। एक-दो बरस में ही विट्ठल का मकान लहुजीनगर में ध्यान आकर्षित करने लगा। विट्ठल हर रोज उत्तर जायकवाड़ी की ओर औद्योगिक इलाके में साइकिल पर जाता। शाम को लौट आता। जेब में दो पैसे खनखन करने लगे। तब विट्ठल की दोस्तों के साथ पार्टियाँ मनाई जाने लगीं। पार्टी से पहले मद्यमान का कार्यक्रम नियमित रूप से होने लगा। शुरू में पति की कमाई को विलक्षणता की नजर से देखने के कारण शान्ता ने विट्ठल का कोई प्रतिरोध नहीं किया। पति के दोस्त विट्ठल की तारीफ करते थे। यह प्रशंसा सुनकर शान्ता को सुख मिलता था। पति के साथ आए दोस्तों को खाने-खिलाने में वह कोई कसर बाकी नहीं रखती थी। बात बढ़ती गई और जब शान्ता के ध्यान में आ गया कि बात बहुत ही बिगड़ गई है, तब बहुत देर हो चुकी थी।

अब विट्ठल कारखाने से घर लौटने में हर रोज देर करने लगा। जब आता तब प्रायः नशे में रहता। शान्ता ने प्रतिरोध करने की बहुत कोशिश की। शुरू में चीखी- चिल्लाई। क्रोध किया। झल्लाकर देखा। लेकिन कुछ असर नहीं हुआ। लहुजीनगर में शराब पीकर घर लौटना कोई अनोखी बात तो नहीं थी। इसलिए उसके चीखने- चिल्लाने की ओर किसी ने ध्यान नहीं

दिया। विट्ठल की तनख्वाह शराब पीने में खत्म होने लगी। इतना ही नहीं विट्ठल शराब पीकर काम पर जाने लगा। पाँच वर्ष पहले उसका पैर मशीन में फँस गया। पंजा चूरचूर हो गया। शान्ता के तो होश ही उड़ गए। पैर सड़ गया। इस दर्दनाक हादसे में पैर को घुटने से काटना पड़ा। कारखाने से जो थोड़ी-बहुत सहायता मिल गई थी वह उपचार में ही खत्म हो गई। गृहस्थी की चलती गाड़ी में रुकावट पैदा हो गई। शान्ता की अकेली की तनख्वाह पर पूरे परिवार का बोझ पड़ गया।

एक पैर के टूट जाने से पानी लाते समय विट्ठल को बड़ी हड़बड़ी हो जाती थी। पानी की बाल्टी ले जाते समय शरीर का सन्तुलन बिगड़ जाता था। उसे इस बात का अहसास हो जाता कि वह अब मामूली काम भी ठीक तरह से नहीं कर सकता। माली-हालत बिगड़ जाने से दूसरे पर निर्भर रहने का अनुभव भीतर से कुरेदने लगा। फिर शरीर भी छोटे-बड़े काम में साथ नहीं दे रहा था। विट्ठल के ध्यान में जब यह सच्चाई आ गई कि गिरी हुई माली-हालत में शरीर भी साथ नहीं दे रहा है तो उसके पैर के तले की जमीन धँसने लगी। फिर भी हाथ पर हाथ धरे बैठकर खाते रहने से अपने होने की निशानी इस घर से नजर अन्दाज न हो इसलिए वह घसीटता हुआ हर काम करता जो उससे हो सकता था। सन्तुलन सँभालता मेहनत करता वह दो-चार बाल्टी पानी नल से ले आता।

आवाज देने से भी लड़कियाँ जाग नहीं रही हैं यह देखकर विट्ठल ने उन्हें जगाने का निश्चय किया। पैर के पास खड़ा डंडा दाएँ हाथ से उठा लिया। हाथ से डंडा नीचे छूट गया। विट्ठल अपने आपसे झल्ला उठा। डंडा बरामदे से होता हुआ सीढ़ियों पर से नीचे फिसलता चला गया। विट्ठल असहाय होकर हाथ से छूटे डंडे की ओर देखता रह गया। जमाना बदल जाने पर ऐसा ही होगा। उसने मानो अपने आपको जता दिया। जिसे हम आधार मान लेते हैं वही भागकर दूर चला जाता है। विट्ठल ऐसे बेचैन हो गया जैसे पहले कभी नहीं हुआ था। पहले हम कमाते थे। तब अपनी ओर सब आधार के रूप में देखते थे। अपने शराब और शेवन्ता के चक्र में उलझ जाने से घर के लोगों के बीच अपनी दूरी अनजाने में ही बढ़ती

गई। बीवी ने शुरू में प्रतिरोध किया था। झल्लाई, झुँझलाई थी। लेकिन तब दिमाग में एक नशा था। जेब में पैसा था। लाला की शराब का चस्का था। शेवन्ता की गलबहियों ने जादू कर डाला था। सोने जैसे बीवी-बच्चों की ओर पीठ फेर दी। अपराध का भाव भीतर से उधेड़ रहा था। पैर टूट गया और सब कुछ खत्म हो गया। गुड़ के पास इकट्ठा दोस्तों के चींटे दस दिशाओं में निकल गए थे। तीन माह तक दुखते पैर से घर में पड़ा हुआ था। जब थोड़ा सा चलना सम्भव हुआ तब मन के दर्द पर पपड़ी जम गई। निगोड़ा बदन चुप नहीं बैठने दे रहा था। घर के लोगों की आँखों से बचकर घसीटते-घसीटते शेवन्ता के दरवाजे पर आ गया।

"तीन महीने हो गए यह भी देखने नहीं आया कि मैं जिन्दा हूँ या मर गई हूँ। अब मस्ती पर आ गया तो मेरी याद आ गई क्या ?" मड़ैया के सामने चारपाई पर बैठी पान की लाल-लाल पीक थूकती हुई शेवन्ता ने हिकारत से कहा। विट्ठल को लगा जैसे उसका शक्तिपात हो गया है। फिर भी हिम्मत करके वह बेशर्म की तरह खड़ा ही रहा। "दैया री ! एक पैर टूट गया तो भी घोड़ा घर के पास घास नहीं खा रहा है। माटी मिले की आदत नहीं छूट रही है। मालपानी कुछ लाए हो क्या ?" शेवन्ता ने साफ-साफ मुद्दे की बात की। विट्ठल ने हाथ के डंडे पर अकारण ही कुछ हरकत की। लाचारी से हँसकर पुरानी याद दिलाने के लिए उसने मुँह खोल दिया, "इलाज में सारे पैसे खत्म हो गए। नौकरी भी चली गई।"

"बीवी के पैसे नहीं ला सकते थे क्या ?" शेवन्ता ने कड़ुवाहट के साथ फटकारा, "चलो निकल जाओ यहाँ से धन्ना सेठ ! मेरे भी पेट का सवाल है। तुम्हारे जैसे मुफ्तखोरों के फन्दे पड़ूँगी तो मुझे दो जून की रोटी के लिए सड़क की धूल छाननी पड़ेगी।"

विट्ठल को लगा जैसे किसी ने उसे पहाड़ पर से नीचे गिरा दिया है। नीचे गिरते हुए उसने आधार के लिए किसी झाड़ी को पकड़कर आखिरी कोशिश करते हुए अधीर होकर कहा, "मैं फिर नहीं आऊँगा। बस आज..." शेवन्ता तैश में आकर अपनी जगह से उठ गई हड़का हुआ कुत्ता निकाल देने पर भी नहीं जाता तब आखिर क्या करना चाहिए यह शेवन्ता भलीभाँति जानती थी। बेखबर खड़े विट्ठल को क्रोध में लात मारते हुए उसने कहा, 'भाग जाता है या नहीं, नहीं तो सख्या को बुलाती हूँ।' मड़िया

के भीतर देखते हुए शेवन्ता ने जोर से आवाज दी, ''सख्या, अरे सख्या, कोने में डंडा रखा है उसे जरा ले आना तो। हड़का हुआ कुत्ता हिलने का नाम नहीं ले रहा है।'' आवाज सुनकर हट्टा-कट्टा हिजड़ा सखा बाहर आ गया। रोटी बना रहा था इसीलिए उसके दोनों हाथ आटे से सने हुए थे।

''अय्यो, पुराने मालिक आए दीखते,'' झूठी हँसी हँसते हुए सख्या ने कहा और मालकिन की ओर दोनों हाथ सामने उठाकर एक-दूसरे पर मलने लगा। सखाराम के कारण विट्ठल की हिम्मत कुछ बँध गई। 'देखता क्या है माटी मिले' शेवन्ता के चिल्लाने से बेखबर सखा चौंक पड़ा। उसके ध्यान में आ गया कि मालकिन कुछ बिगड़ गई है। मालकिन के पास आकर हुक़ुम की राह देखने लगा।

''निकाल बाहर कर दे इस फोकटचोद को। अपने घर में ताला लगाकर दूसरों के घर पर डाका डालने के लिए निकल पड़े हैं धन्नासेठ।''

सखा के ध्यान में बात आ गई। विट्ठल को निकाल बाहर करने में उसे मन-ही-मन बुरा लग रहा था। ''खाए हुए दाना-पानी की याद आ रही थी। लेकिन उससे बढ़कर मालकिन के खाए नमक के सामने वह लाचार था। सखा ने विट्ठल को निकल जाने का इशारा आँख से ही किया। बदन को झटकते हुए विट्ठल घसिटता हुआ लौट पड़ा। उसे अपने आपसे घिन आने लगी। देर रात तक वह नाथ मन्दिर के पीछेवाले चबूतरे पर बैठा रहा। घर जाने का हौसला उसमें नहीं रहा था।

एक-एक सीढ़ी पर छलाँग लगाता हुए विट्ठल नीचे उतर आया। डंडा उठाकर फिर अपनी जगह पर पहुँच गया। बाएँ हाथ से डंडे के बीचोबीच जोर लगाकर उठ खड़ा हो गया। एक पैर से ट्नाटन कूदता हुआ टीन के कमरे में आ गया।

मन्दाकिनी, रेखा और हेमा अभी गूदड़ी में ही लेटी हुई थीं। ''साहूकार की बेटियों की तरह लेटी हैं। आज पाठशाला नाहीं जाना है क्या लड़कियो ?'' एक ही चाँटा उसने जमाया कि तीनों फौरन बिछौने से उठकर भाग गईं। कमोरे के पानी से किसी तरह मुँह धो लिया। बस्तों को बगल में दबाकर तीनों घर से बाहर निकल पड़ीं।

पानी लाने के बाद घर में दो ही लोग रह जाते थे। वह स्वयं और बड़ा बेटा निवृत्ति। निवृत्ति की पाठशाला दोपहर में हुआ करती थी। माँ के लौट आने तक बाप-बेटे चाय बना लेते थे। उसके बाद निवृत्ति चौराहे के टेलर के पास मशीन सीखने के लिए जाता था। घंट़ा-दो घंटा वहाँ काम करता था। तब तक उसकी पाठशाला का वक्त हो जाता था।

विट्ठल फिर बाहर आ गया। आँगन की हमेशा की जगह पर पालथी मारकर बैठ गया। विट्ठल ने जेब में हाथ डाला। अधजली बीड़ी हाथ आ गई। दूसरे जेब से माचिस निकाल ली। माचिस में एक ही तीली बाकी थी।

एक ही तीली को देखकर विट्ठल अपने आप से बुदबुदाया, 'अरी इसकी माँ की...।'

एक ही तीली बची थी इसलिए सँभालकर जलाना होगा। तीली बेकार गई तो घर में माचिस ढूँढ़नी पड़ेगी या सड़क से आने-जानेवाले के पास माचिस के लिए हाथ फैलाने पड़ेंगे।

माचिस के जिस हिस्से पर तीली के नोक को जलाना था उस हिस्से को उसने बारीकी से परखा। तीलियों को घिसने से वह हिस्सा काफी घिस गया था। बची हुई एकमात्र तीली बेकार न जाए इसलिए उसने उसकी नोक को पाजामे पर धीमे से घिस लिया। माचिस का वह हिस्सा भी पाजामे से साफ किया। बीड़ी के टुकड़े को अच्छी तरह से निरखा। आधी से ज्यादा बीड़ी बाकी थी। तात्पर्य, अब समस्या सुलझनेवाली थी।

बीड़ी को होंठों की चुटकी में ढंग से पकड़ लिया, तीली को घिस दिया। फर्र से आवाज आई, तीली जल उठी। जली हुई तीली बुझ न जाए इसलिए दोनों हाथों के तलुवों से गोलाकार आड़ बना लिया और गर्दन झुकाकर बीड़ी को सुलगाया।

एक जोरदार कश लेने पर मुँह में धुआँ इकट्ठा हो गया। गाल फूल उठे, उसे कुछ ताजगी महसूस हो गई। दूसरे ही पल जब यह अहसास हुआ कि अब दोपहर तक बीड़ी नहीं मिलनेवाली तो उसका मुँह कड़ुवाहट से कट गया। उसे बुरा लगा कि बीड़ी के धुएँ से मुँह में आया स्वाद इस याद से खत्म हो गया।

बीवी के काम से लौट आने तक उसे बीड़ी नहीं मिलनेवाली थी और उसके पास की बीड़ियाँ तो खत्म हो चुकी थीं। बीवी हर रोज आते वक्त

दूकान से गिनकर दस बीड़ियाँ लाया करती थी। इससे न एक कम, न एक ज्यादा।

भानुदास आज रोज की अपेक्षा ज्यादा खुश था। साहूकार की हवेली के सामने से गुजरते समय वह मानो हवा में तैर रहा था। तीज-त्योहार को जब नए कपड़े मिल जाते तब उसे ऐसी ही खुशी होती थी लेकिन नए कपड़ों की खुशी बहुत देर तक नहीं टिकती थी। एक-दो दिन में ही नए कपड़े मैले हो जाते और फिर नए पुराने के बीच का अन्तर समझ में नहीं आता।

आज जब उसने नई छलनी खरीद ली तब नए कपड़े लेने से बढ़कर वह खुश था।

नए कपड़े हमेशा माँ ही लाया करती थी वह माँ की कमाई थी। माँ की लाई हुई चीजों में ममता की नमी हुआ करती। एक अदृश्य छत्र वह निरन्तर अनुभव करता। काम से लौटते हुए सड़क की धूल बदन पर लेकर माँ लौट आती थी। तब चौराहे के ठेले से मूँगफली या कभी एक दर्जन केले ले आया करती। तीन बेटियों और दो बेटों में समान रूप से बाँट देते। पति को दे देती। भानुदास ने ग़ौर किया कि वह कभी अपनी फिक्र नहीं करती। वह माँ से अनुरोध करता कि वह उसके हिस्से में से खा ले। तब शान्ता सन्तोष से हँसती हुई बेटे की उदारता को सराहते हुए कहती, ''तुम खा लो मेरे बच्चो ! मुझे और मेरी बहन को मेरे बाप ने भरपेट खिलाया है।'' फिर भी भानुदास अनुरोध कर माँ के मुँह में एकाध टुकड़ा भर ही देता।

भानुदास निवृत्ति से छोटा था इसलिए कई बार उसका लाड़-प्यार भी ज्यादा होता। उसके विपरीत निवृत्ति उम्र में कुछ बड़ा और मितभाषी था। कुछ समझ भी आ जाने से घर के हालात का अहसास भी था इसलिए प्रौढ़ लगने लगा था। पढ़ने की अपेक्षा मशीन का काम सीखकर कमाई लाने के लिए वह पढ़ाई को महत्त्व नहीं देता था। लेकिन माँ चाहती कि जैसा भी हो सके वह दोनों काम करे।

भानुदास को लेकिन अपनी कमाई का अनुभव समझ आने से पहले ही हो गया था। लहुजीनगर के बड़े बच्चे इस मामले में उसके गुरु थे। वह बड़े बच्चों के साथ दशक्रिया घाट पर जाने लगा। उनकी छलनी लेकर उनके

पीछे-पीछे भटकने लगा। भानुदास काम के पाठ पढ़ने लगा। जब कोई काम न होता तब इन बड़े बच्चों के खेल देखने में उसे दिलचस्पी होने लगी। कुछ ही दिनों में भानुदास साहूकार से छलनी किराए पर ले आया। अपनी पहली कमाई से उसे बड़ी खुशी हुई। साठ पैसे की कमाई उसने माँ के सामने रख दी। पैसे देखकर शान्ता ने पूछा, ''पैसे कहाँ से लाया मेरे बाप ?''

''नदी पर से।''

''किसने दिए ?''

''किसी ने नहीं, मैंने ही कमाए राख में झोरिया चलाकर,'' भानुदास ने कहा।

शान्ता समझ गई बच्चे ने अपनी कमाई की है। पल-भर के लिए उसे लगा कि गिरनेवाली दीवार को किसी ने टेकनी लगाई है। शान्ता ने झट से बेटे को खींचकर अपने पेट से लगा लिया। उसके बिखरे बालों पर प्यार से हाथ फेर दिया। बच्चे की कमाई को नजर न लगे इसलिए अपनी उँगलियों को अपनी कनपटी पर मोड़कर कड़कड़ की आवाज के साथ चटका दिया। उसकी नजर उतार दी।

नई छलनी उसने अपनी कमाई से ले ली थी। उस कमाई में तीनों छोटी बहनों का कुछ हिस्सा तो था ही।

साहूकार के घर से गुजरकर तीन-चार आड़ी-टेढ़ी गलियाँ पारकर भानुदास नाथ मन्दिर के अहाते में आया।

नाथ मन्दिर के बड़े द्वार के बाएँ चबूतरे पर फूल-पत्ते बेचनेवाला आबा बैठा हुआ था। नंगधड़ंग आबा ने भानुदास को देखा।

''राम-राम आबा !'' दोनों हाथ जोड़कर भानुदास ने कहा। दोनों हाथों में छलनी देखकर पुजारी भानुदास पर उखड़ गया।

''सुबह-सुबह अशुभ लच्छन दिखा दिया पोट्टे ! आज का मेरा दिन अब खराब जाएगा।''

''आज तो मेरा ही दिन है आबा,'' भानुदास ने कहा और मन्दिर में घुस गया। विट्ठल रूखमाई की मूर्तियों के सामने खड़ा हो गया।

पुजारी मूर्ति पर वस्त्र चढ़ा रहा था।

भानुदास ने दोनों हाथ जोड़ दिए। आँखें मूँद ली। उसे एकनाथजी से कुछ नहीं माँगना था। उसकी छलनी की चाह तो पहले ही पूरी हो चुकी थी। वैसे भी नाथ थोड़े ही नदी पर आनेवाले थे ! भानुदास मन-ही-मन सोच रहा था। उसे एक बात बड़े मजे की लगती थी। परीक्षा के निकट आते ही कक्षा के बच्चे नाथ के दर्शन करने जाते थे। नाथ के सामने आँखें मूँदकर अच्छे अंक पाने की माँग करते थे। भानुदास भी मित्रों के साथ मन्दिर जाता था। मन्दिर का परिवेश, वहाँ होनेवाले भजन-कीर्तन उसे खूब पसन्द आते थे। लेकिन उसे विश्वास नहीं था कि नाथ 'मार्क' बढ़ा देंगे। तुरन्त उसे माँ की बात याद आ जाती। माँ हमेशा कहा करती, "भाना, अरे भगवान तो हर जगह होते हैं और सब तरफ देखते हैं। अपने मन में उसे देखने की चाह होनी चाहिए। चाह होने पर भगवान अपने दर्शन के लिए खुद हाजिर होंगे। भानुदास को माँ का कहना मन ही मन स्वीकार था। उसके मन की सबसे बड़ी चाह थी छलनी लेना। यह चाह आज पूरी हो गई। छलनी ही उसके लिए भगवान बनी हुई थी। इसीलिए उसने मनोभाव से हाथ जोड़ दिए।

पुजारी का ध्यान भानुदास और उसके हाथ की छलनी की ओर गया। यह देखकर कि बच्चा हाथ में छलनी लेकर भगवान तक पहुँच गया है, पुजारी को बड़ा क्रोध आ गया। मूर्ति को वस्त्र चढ़ाते समय उसके मन में जो प्रसन्नता के भाव जागे थे, वे गायब हो गए। माँग का बच्चा छलनी लेकर गर्भगृह के भीतर आ गया है। इन लोगों ने मर्यादा का पालन करना तो छोड़ ही दिया है और अब भगवान तक छलनी ले आने का साहस उनमें आ गया है। शिव शिव ! कैसी अनहोनी है कहते हुए मूर्ति को वस्त्र चढ़ाने का काम अधूरा छोड़कर वह किशोरवय का पुजारी बाहर दौड़ता हुआ आ गया। भानुदास सतर्क था। छलनी को पीटता हुआ बाहर निकल भागा। पुजारी गालियाँ देते हुए दरवाजे से लौट गया।

नाथगली के दक्षिण की तरफ की तार गली पार की। वह गली से आगे बढ़ा। जोशी गली के बीच में आ गया। सामने पुरानी कोठी थी। कोठी का एक दरवाजा बन्द और एक दरवाजा खुला था। सामने गाय बँधी हुई थी। पुरानी कोठी की चौखट पर गणेशजी की मूर्ति खोदी हुई थी। भानुदास

एक-दो बार यहाँ आ चुका था। उस समय भी इस मूर्ति ने उसका ध्यान आकर्षित किया था। चौखट की लकड़ी में बेहतरीन नक्काशी बनी हुई थी। काली चौखट में मूर्ति पर सिन्दूर चढ़ाने से उतना हिस्सा स्पष्ट रूप से उभर आया था। मूर्ति के चरणों के पास एक छोटा सा चूहा भी बैठा हुआ था। मूर्ति की दोनों ओर नक्काशी का महराब बना हुआ था।

जब भी कभी भानुदास इस सड़क पर आ जाता तब गणेशजी की यह मूर्ति उसका ध्यान खींच लेती। भानुदास ने अनायास हाथ जोड़ दिए।

भानुदास ने चौखट के गणेशजी की मूर्ति को हाथ से छूकर फिर नमस्कार किया। दरवाजे की बाईं ओर पाखाना था। टोकरीवाले के पाखाने का मुँहाना खुला हुआ था।

एक बार मूर्ति की ओर, एक बार खुले पाखाने की ओर देखते हुए वह बेचैन हो गया। उसी समय भीतर से किसी ने पाखाने में बाल्टी-भर पानी डाल दिया। टोकरी की सारी गन्दगी पानी के साथ पाखाने के बाहर निकलकर नाली से बहने लगी।

पास में बँधी हुई गाय ने मूतना शुरू किया। मूतने के बाद 'बद-बद' गोबर डाल दिया। गाय के पीछे हट जाने से गोबर बराबर बहती नाली में गिर गया और गन्दे पानी के साथ मिलकर बहने लगा।

भानुदास ने गाय के माथे का स्पर्श किया। प्रातः प्रहर में गाय के दर्शन हो जाने से उसे अच्छा लगा। भानुदास के हाथ के स्पर्श से गाय का अंग थिरक उठा। पूँछ से उसने बाईं ओर बैठी कुकुरमाछियों को फटकार दिया। गाय ने गर्दन नीचे झुका ली तो भानुदास झट से दो कदम पीछे हट गया। गाय मारेगी इस डर से वह पल-भर के लिए घबरा गया।

केशव भटजी दरवाजे पर आ गए। मँझला कद। साँवला रंग। छरहरा बदन। लम्बा चेहरा। चेहरे पर तीखी उभरी हुई नाक। दोनों गालों की हड्डियाँ चेहरे पर उभरकर उठी हुईं। आँखें लेकिन चमकदार। समूचा तेज मानो दोनों आँखों में समाया हुआ था। सुबह का समय होने के कारण केशव भटजी अभी-अभी नहा-धोकर बाहर आए हुए थे। नहाने के पश्चात् दरवाजे पर बँधी गाय के दर्शन करना उनका नियम था। दरवाजे पर बँधी गाय लक्ष्मी होती है। सुबह के कामों का श्रीगणेश करने से पहले गाय के दर्शन शुभ माने जाते हैं। केशव भटजी ने अभी रोज की पोशाक नहीं पहनी

थी। एक कच्छेवाली धोती उन्होंने जरूर पहन रखी थी। बदन पर नीम आस्तीन मैली कमीज थी। उसके बीचोबीच जेब थी। जेब में बार-बार हाथ डालने से जेब का मुँहाना बेहद मैला हो गया था। जेब का मैला मुँह इसीलिए स्पष्ट रूप से नजर आ रहा था। हमेशा सिर पर रहेनवाली ईंटों के रंग की टोपी आज सिर पर नहीं थी। इसलिए टोपी के पीछे छिपनेवाली चोटी आज साफ नजर आ रही थी। भाल पर अष्टगन्ध तिलक के आड़े पट्टे इस बात की निशानी थे कि पूजापाठ हो चुका है। केशव भटजी ने गाय की पीठ पर थपकी लगा दी। दोनों हाथों से गाय के सींगों का स्पर्श कर दोनों हाथ गाय से लगा दिए।

भानुदास खड़ा था यह उनके ध्यान में विलम्ब से आया।

"अरे भान्या, सुबह-सुबह ही ?" केशव भटजी ने पूछा। फिर उनके मन में विचार आया। दूर गाँव से कोई ग्राहक आ गया होगा। कभी-कभी दूर के लोग रात में ही मुकाम के लिए आ जाते थे। सुबह उठकर दशक्रिया के लिए ब्राह्मणों को खोजने लग जाते थे। ऐसे समय पर भानुदास या उसके जैसे बच्चे घर आकर सन्देश दे देते। इस काम के लिए सन्देश लानेवाले को पुरस्कारस्वरूप दो रुपए मिल जाते।

आज भानुदास सुबह-सुबह आया हुआ है। केशव भटजी ने सोचा कि अवश्य ही कोई काम होगा। केशव भटजी आतुरता से भानुदास की ओर देखने लगे। पिछले दो-तीन दिनों से कुछ खास कमाई नहीं हुई थी। जो ग्राहक आए थे वे उनके यजमान नहीं थे। इसलिए दोपहर तक बढ़ी हुई दाढ़ी को खुजाते हुए सामने पानी में बैठी भैंस की तरफ देखकर समय गुजारना पड़ा था।

"साधन ले लिया। बिल्कुल नया है। आपको दिखाने लाया हूँ," भानुदास ने उत्साह के साथ मुद्दे की बात बता दी।

केशव भटजी ने उसकी छलनी की ओर देखा। पल-भर पहले उनके चेहरे पर उम्मीद के, खुशी के भाव थे, वे धीरे-धीरे बदलते गए। उनके चेहरे का बदलाव भानुदास के ध्यान में पहले तो नहीं आया।

उसे इस बात की अपेक्षा थी कि अपनी बताई हुई खुशखबरी सुनकर केशव भटजी प्रशंसा करेंगे, पीठ ठोकेंगे, कहेंगे कि बहुत अच्छा हुआ।

केशव भटजी पल-भर अपने पैर की तरफ एकटक देखते रहे। थोड़ी

देर बाद उन्होंने ऊपर देखा।

"चलो, इसका मतलब है कि तूने अब साहूकार की गाँड़ मार दी।"

केशव भटजी कुछ तिरस्कार भाव से बोल गए।

सुनकर भानुदास पल-भर के लिए हड़बड़ा गया।

केशव भटजी के शब्द सुनकर वह झेंप सा गया।

"अच्छा हुआ। आज से उस साहूकार की तीन रुपयों की कमाई बन्द हो गई। पहले बहुत पुण्य किया था न अब उसका फल मिलने लगा है," केशव भटजी बोल पड़े। अब तक चेहरे पर जो तनाव था वह चला गया और चेहरा पहले जैसा हो गया।

साहूकार के प्रति क्रोध उनकी बातों में उफनकर आया हुआ था। यद्यपि साहूकार की दशा अब पहले जैसी नहीं थी फिर भी गाँव के अन्य ब्राह्मणों को वह अपने से हीन समझते थे, तुच्छता से बात करते थे। यह टीस अन्य ब्राह्मणों की तरह केशव भटजी के मन में भी थी।

पिछले वर्ष साहूकार के बेटे की शादी थी। साहूकार की माली-हालत उस कपड़े जैसी हो गई थी जो घिस गया हो। धराऊ मूल्यवान वस्त्र को किसी मौके पर बाहर निकाल कर देखने पर उसमें अनगिनत छेद नजर आए ऐसी हालत थी जिसे सब जानते थे। साहूकार के दादा ने मराठा सामन्तों को कर्ज पर रकम दी थी यही कहानी साहूकार के पीछे बाकी रह गई थी। साहूकार के इकलौते और बिगड़े बेटे की शादी नहीं हो रही थी। बेटे को हर तरह के शौक थे। उसकी कीर्ति चारों ओर फैल चुकी थी। इसलिए कहीं से भी प्रस्ताव नहीं आ रहा था। साहूकार के दूर के रिश्तेदार बड़े प्रयास से एक प्रस्ताव ले आए। लड़कीवाले भी अड़चन में थे। विवाह समारोह साहूकार के दरवाजे पर करना तय हुआ। निवासी कोठी का पूर्व की तरफ का आधा हिस्सा एक सुनार को बेचने के लिए पेशगी रसीद बनाई गई। दस हजार रुपए में ब्याह करना तय हुआ। लड़कीवालों की तरफ से सिर्फ पच्चीस लोग आ गए। कोठी के सामने एक छोटा सा मंडप बनाया गया। पैठण के नामी-गिरामी लोगों और ब्राह्मणों को भोजन का न्योता देने के लिए साहूकार नई-नई धोती-कमीज पहनकर घर-घर पधारे।

शादी हो गई। गाँव के प्रधान ब्राह्मणों का सत्कार टोपी और उपरना (उत्तरीय) देकर किया जाने लगा। साहूकार और साहूकार-पत्नी एक-एक

को तिलक लगाकर टोपी-उपरना प्रदान करने लगे। आठ लोगों को दिया गया। नौवें आदमी को तिलक करने के लिए साहूकार ने उँगलियाँ माथे की ओर बढ़ा दी। देखा तो सामने केशव भटजी। साहूकार के मुरझाए चेहरे पर जो आनन्द के भाव उभरे थे, वे डूब गए। माथे पर घृणा की रेखाएँ उभरीं। मन में उफन आए क्रोध से साहूकार थरथर काँपने लगे। केशव भटजी को तिलक करने के लिए जो हाथ आगे बढ़ाया था उसे साहूकार ने धीरे से पीछे हटा लिया।

''सब की पंक्ति में बैठने की हिम्मत कैसे हुई तुम्हें ? साहूकार के शुभकार्य में किरवन्तों की यह मजाल ! केशवा, यह साहूकार अभी मर नहीं गया है। मेरे बेटे के ब्याह में मेरे हाथों सम्मान पाने के लिए यह प्रयास ! शिव शिव ! कैसी यह उद्दंडता और कितना बड़ा यह पाप ! आकाश से देख रहे मेरे पूर्वज मुझ पर थूकेंगे। हमारी हालत खराब है इसका यह मतलब नहीं कि तुम्हारे जैसा किरवन्त हमारी पंक्ति में बैठ जाएँ ? यह कदापि सम्भव नहीं है,'' साहूकार सन्ताप के मारे डगडग डोलने लगे।

केशव भटजी किरवन्त अर्थात् अन्य विधि करनेवाले ब्राह्मण थे। वह उठ खड़े हो गए। आगबबूला हो रहे थे। उन्होंने आसपास देखा। नारायण, माधव, परशुराम नाथ घाट पर दशक्रिया करनेवाले ब्राह्मण भी खड़े हो गए। भारी कदमों से उन सबने साहूकार के मंडप का त्याग किया।

केशव भटजी के ध्यान में आ गया कि भानुदास कुछ परेशान सा दरवाजे के सामने खड़ा है।

''भान्या, बेटे अच्छा ही हो गया जो तूने छलनी ले ली,'' फिर धीरे से मुस्कुराकर बोले, ''लेकिन हमारी खंडनी तो देनी पड़ेगी।''

सुबह से भानुदास दूसरी बार 'खंडनी' शब्द सुन रहा था। पहली बार साहूकार के तोतले नौकर से और अब केशव भटजी से।

''क्यों हड़बड़ा गया क्या ? अरे हमारी खंडनी कुछ ज्यादा नहीं है। एक दशक्रिया के सिर्फ पचास पैसे।''

भानुदास का चेहरा कसमसा गया।

दिन-भर की कमाई को कितने छेद लगते जाएँगे !

नाई के पचीस पैसे। भटजी और पिराजी के पचास पैसे।

"अच्छा-अच्छा! इसे फिर देखेंगे लेकिन तूने छलनी ले ली यह बहुत अच्छा किया। एक बार कमाई शुरू हो गई कि आदमी का हाथ भी खुल जाता है। भगवान ने कहा भी है, 'एक तिल सबको बाँटकर खाना चाहिए,' " अपने परिहास पर केशव भटजी ठठाकर हँस पड़े और ढलानवाली सड़क पर से चलते बने।

केशव भटजी कोने के मोड़ पर से नजरअन्दाज हो गए। भानुदास भारी कदमों से सड़क नापने लगा। सड़क पर पड़े एक पत्थर को उसने गुस्से में ठुकरा दिया। पत्थर लुढ़कता हुआ सामने की दीवार से जा टकराया। दीवार के पास से बहनेवाली नाली के गन्दे पानी में गिर गया।

भानुदास की सारी उमंग पर पानी पड़ गया था। पाठशाला जाने का मन नहीं कर रहा था। दशक्रिया घाट पर जाने का उत्साह नहीं रहा।

चलते-चलते वह अनजाने में गागाभट्ट चौराहे पर आ गया। घड़ी-भर के लिए उसकी समझ में नहीं आया कि क्या करे। वहीं खड़ा रह गया।

बाईं ओर की नाली से जोर से पानी बह रहा था। पूरे गाँव का गन्दा पानी एक साथ मिलकर उसका एक छोटा सा नाला बन गया था। उस बहते गन्दे पानी में मजे से खेलते-तैरते सूअर के पिल्ले से डाह अनुभव करने पर भानुदास होश में आ गया।

गन्दगी में मजे से डूबने खेलनेवाले सूअर के पिल्ले को देखता हुआ वह नाली के किनारे-किनारे चलने लगा। सामने गोदावरी का हरा पानी दिखाई देते ही वह रुक गया फिर लौट पड़ा। उसकी सारी थकान मिट गई थी। वह ऐसे चलने लगा जैसे शरीर में नई चेतना का संचार हुआ हो।

भानुदास परिचित होटल के सामने आ गया। होटल का मालिक होटल के बच्चे को डाँट पिला रहा था।

"ग्राहक की तरफ ध्यान देना बे। बहरा हो गया क्या चूतिया ? पहले गिलास तो उठा। तीसरे टेबल पर कपड़ा मार जल्दी से।"

मालिक एक साथ तीन-तीन काम बता रहा था। बच्चा एक आँख से मालिक को देखता टेबल पर कपड़ा मारने लगा।

कोनेवाले टेबल पर एक वारकरी (पंडरपुर के विट्ठल का भक्त साधक) परेशान-सा बैठा हुआ था। दोनों पैर पेट से लगाकर परेशान-सा। भगवे (गेरुए) झंडे का डंडा टेबल से टिकाकर रख दिया था।

"क्या होना बाबा ! बोलो फटाफट," होटल का बच्चा वारकरी बाबा के पास आकर बोला।

वारकरी बाबा ने बायाँ कान आगे बढ़ा दिया।

"क्या लाऊँ ! बोलो जल्दी," बच्चा जोर से चिल्लाया, "चीज बहरी दीखती है।" यह बात उसने धीमी आवाज़ में कह दी।

तभी वारकरी बाबा के कान खड़े हो गए।

बच्चे ने जबान को दाँतों तले दबा दिया। 'एक पकौड़ा', वारकरी बाबा चाय ले ले या पकौड़ा ले ले इस पशोपेश में पड़े थे आखिर पकौड़ा कह दिया।

बच्चा भट्ठी के पास चला गया। एक झटके में कन्धे पर पड़े मैले-गीले कपड़े से थाली पोंछ डाली मुट्ठी-भर पकौड़े थाली में रख दिए। पकौड़ों पर पंजा रखकर माल का अन्दाज बराबर होने का इत्मीनान कर लिया। थाली से एक पकौड़ा निकालकर फिर से बड़ी थाली में डाल दिया। पकौड़े की थाली वारकरी बाबा के सामने इस कुशलता से पटक दी कि एक भी पकौड़ा नीचे नहीं गिरा।

भानुदास सब कुछ देख रहा था। मालिक का ध्यान नहीं था। भानुदास ने दाएँ हाथ से छलनी बजा दी। टिन की आवाज सुनकर मालिक ने ऊपर देखा।

"क्या है भान्या ?" मालिक ने बिना कुछ खास ध्यान दिए पूछा।

"मालिक, नई कोरी छलनी ले आया हूँ। नगद बारह रुपए की।"

"अरे वाह ! तो फिर हो जाने दे आज एक कप पेशल चाय," होटल के बच्चे का इस तरह बीच में मुँह चलाना भानुदास को अच्छा नहीं लगा। उसकी तरफ बिना ध्यान दिए वह ठाठ से होटल में घुस गया।

"दो कप पेशल चाय। डबल शक्कर मार के।"

भानुदास ने होटल के बच्चे की ओर देखकर ऑर्डर दे दिया।

"दो कप एक साथ पिएगा क्या ?" मालिक ने पूछा।

"नहीं मालिक। आज मैं आपको एक कप चाय पिलाऊँगा।"

भानुदास की बात सुनकर मालिक खिलखिलाकर हँस पड़ा।

चाय बन गई।

चाय बनानेवाले ने एक मग में चाय को छाना। दूसरा मग हाथ में ले लिया। चाय के मग को ऊँचा उठाकर खाली मग में चाय की धारा उँडेल दी। फिर नीचे का मग ऊपर उठाया और खाली मग में स्टाइल से चाय डाल दी। चाय में झाग पैदा होने पर दो कपों में चाय भर दी।

भानुदास के सामने दो कप रखे गए। भानुदास ने एक कप उठाया, मालिक के सामने कप रखकर मालिक के पैरों को छू लिया।

"मालिक चाय आपके ही होटल की है इसलिए ना मत कहिए। आज से मेरी असली कमाई शुरू होनेवाली है। मैं चाहता हूँ कि पहले आपका मुँह मीठा किया जाए," भानुदास ने कहा।

लौटकर टेबल के सामने आ गया। छलनी पर प्यार से हाथ फेरने लगा।

होटल मालिक के चाय पी जाने के बाद भानुदास ने दूसरा कप हाथ में लिया। चाय पी जाने के बाद एक रुपया साठ पैसे मालिक के सामने रख दिए।

"भान्या आज पैसे मत देना, आज मेरी तरफ से तुझे छूट है," होटल मालिक ने कहा।

दोनों हाथों से गालों पर तौबा-तौबा करते हुए भानुदास ने कहा, "मालिक आज मुफ्त में नहीं लूँगा। चाहे तो कल मुझे चाय पिला देना। आज मुझे कमाई करनी है।"

"भान्या, बेटे, मुझे ग्यान (ज्ञान) मत पढ़ा।"

मालिक की बात खत्म होने से पहले ही टेबल पर पैसे रखकर भानुदास होटल के बाहर चला गया।

होटल से घाट तक की दूरी पंख निकल आए परिन्दे की तरह पार हो गई। राह में गेंदामाई-रामलाल बाबा के मठ कब पीछे रह गए इसका उसे पता ही नहीं चला।

द्रौपदी स्वयंवर के अवसर पर अर्जुन को घूम रही मछली की सिर्फ

आँख ही दिखाई दे रही थी और भानुदास को दिखाई दे रहा था बस गोदावरी का किनारा, वह चल तो रहा था, लेकिन मन से पानी तक कभी का पहुँच चुका था।

लोगों की लम्बी कतार रक्षा विसर्जन के लिए नाथ घाट पर लगी हुई थी और भानुदास को लग रहा था कि वह छलनी से पैसे खींच रहा है।

उसे आभास हुआ कि आज अमावस्या के पहले का दिन है। अमावस होने पर अमावस के बाद होनेवाली सारी दशक्रियाएँ अमावस के पहले दिन की जाती थीं। इस दिन गोदावरी के किनारे पर जैसे मेला लग जाता था। भस्मी डालने के लिए आनेवाले उसी दिन दशक्रिया सम्पन्न करा लेते थे। अन्य लोग इसलिए अमावस के पहले दिन दसवाँ दिन सम्पन्न करा लेते क्योंकि अमावस के बाद कोई विधि सम्पन्न नहीं की जाती थी। इसलिए इस दिन दशक्रिया करनेवाले ब्राह्मणों, नाइयों और भस्मी में छलनी चलानेवाले बच्चों के लिए पर्वोत्सव हुआ करता। सबकी अच्छी कमाई होती थी। भानुदास के साथ सब इस दिन की आतुरता से प्रतीक्षा करते। पहली रात को जल्दी सोकर सुबह दशक्रिया घाट पर उपस्थित हो जाते। केशव भटजी प्रातः समय की नित्य पूजा-अर्चना समग्र रूप से न करके केवल तुलसी को पानी देकर देवघर में अगरबत्ती जलाकर बाहर निकलते थे। कभी-कभी रास्ते की होटल में चाय पीकर घाट पर उपस्थित हो जाते। तुकाराम नाई बगल में 'किसबत' लेकर हाजिर हो जाता। लहुजीनगर के बच्चे जाग पड़ते ही सीधे गोदा किनारे निपटकर, ग्राहक की राह में लग जाते थे। पाठशाला जानेवाले बच्चों का इस दिन नागा रहता था। दोपहर निकल जाने के बाद बच्चों की माँएँ ललचाई-सी बच्चों की कमाई की ओर आँखें लगाए रहती थीं। तुकाराम जरूर कोनेवाली लाला की दूकान से अद्धा चढ़ाकर डोलता हुआ घर लौट जाता। केशव भटजी एक दिन की कमाई से महीने में आनेवाले दिन गुजारने की तैयारी मन-ही-मन कर लेते। सबके लिए यह दिन मानो आनन्द का पर्व हुआ करता। हर एक के मन में यही सुप्त कामना हुआ करती थी कि इस हफ्ते में ज्यादा-से-ज्यादा लोग मर जाएँ।

रामलाल बाबा के मठ के सामने पैर फिसल जाने से भानुदास होश में आ गया। नगर निगम ने नाली बाँधने के लिए कमर तक गहरे गड्ढे बना लिए थे। इस खोदी हुई नाली में भानुदास फिसलकर गिर गया।

छलनी को नाली के किनारे पर रखकर दोनों हाथों पर जोर देकर वह बाहर आया। मिट्टी से सने कपड़ों को बाएँ हाथ से झटककर फिर चलने लगा।

भानुदास ने सामने देखा।

दो जीप और एकसीटर मैटाडोर खड़े थे। भानुदास दौड़ता हुआ पानी तक पहुँच गया।

एक आदमी पानी में भस्मी डालने ही वाला था।

आसपास चार-पाँच लोग खड़े थे।

हमेशा की तरह रोना-धोना शुरू हो गया।

"अजी मालिक, भस्मी इस तरह मत डालिएगा। जरा रुकिएगा !"

भानुदास की आवाज सुनकर पैंट पहना वह मँझली उम्र का आदमी परेशान-सा खड़ा हो गया।

"इस तरह से भस्मी डालोगे तो आत्मा को शान्ति नहीं मिलेगी। आपको भी विधि करने का सन्तोष नहीं मिलेगा," भानुदास ने एक बार उनके चेहरे की ओर देखकर इत्मीनान कर लिया कि उसकी बात का कुछ असर हुआ है या नहीं उसने भाँप लिया कि प्रसंग अनुकूल है।

"आप बाहर आइए। मैं आपको सब ठीकठाक बता देता हूँ।"

कन्धे पर भस्मी का थैला लिया, पैंट पहना और वह मँझली उम्र का आदमी पानी के बाहर आ गया।

"रक्षा यहाँ पर रखिएगा।"

भानुदास ने झट से पास में रखे टिन के डिब्बे से कुछ गोमूत्र हाथ पर लेकर सूखी रेती पर सींच दिया। उँगली से रेती में चौकोना मंडल बनाया। जेब से चुटकी-भर तिल निकालकर मँझली उम्रवाले आदमी के हाथ में दे दिए।

"मंडल पर तिल डालकर उस पर रक्षा रखिएगा।"

मँझली उम्रवाले ने मंडल पर तिल के दाने डाल दिए। भस्मी का थैला उस पर टिका दिया। जिस कन्धे पर थैला रखा था उसके उल्टे हाथ तलुए

से उस जगह को दबा दिया।

"आप पहले गंगा-स्नान कर आइए। बिना गंगा-स्नान के रक्षा विसर्जन करना ठीक नहीं।"

"सुबह-सुबह क्यों नहाए ? पानी ठंडा है," एक ने कहा।

"ठंड से बाधा होगी," दूसरे ने कहा।

"नहीं नहाए तो भी चलता है," तीसरे ने कहा।

"हाँ, नहीं नहाए तो भी चलता। रक्षा उधर ही कहीं डाल देते तो भी चलता। तीरथ क्यों आना हुआ फिर ?" भानुदास की अक्लमन्दी दो-एक लोगों को रास नहीं आई। मँझली उम्रवाले आदमी ने कमीज-बनियान निकाल दी। पैंट भी निकाल दी। कपड़े उतारे जाने से उस आदमी का सुखट्टा हड्डियों का ढाँचा दयनीय लगने लगा। वह घुटनों तक पानी में चलता गया। पानी में बैठक मारकर हाथ से पानी तन पर डालने लगा।

"अजी मालिक, मुँह पूरब की ओर कीजिए। सूर्य को हाथ जोड़कर 'सूर्य देवताय नमः' कहिएगा।"

पानी में बैठे आदमी ने बैठे-बैठे ही मुँह मोड़ लिया। बैठे-बैठे घूम जाने से सारा पानी खलबला गया। रेती के तल में जमा राख का तलछट हिल गया। राखमिश्रित गन्दा पानी फैल गया।

"दाएँ हाथ से गंगाजल लेकर आचमन कीजिएगा।"

मँझली उम्रवाले आदमी ने जल के दो बूँद जीभ पर रख ली। पानी के बाहर निकल आया। पानी के बूँदों में राख के स्वाद का अहसास होते ही दूसरे अंग थरथरा उठे।

"बैठिए," भानुदास ने भस्मी के थैले के सामने इशारा किया।

भानुदास ने जेब से प्लास्टिक का कागज निकाला। कागज को रेती पर फैला दिया। हवा से उड़ न जाए इसलिए चारों कोनों पर चार कंकर रख दिए।

"मुट्ठी-भर अस्थियाँ इस पर रखिए।"

उस आदमी ने थैले से अस्थियाँ निकालकर उस कागज पर रख दी। उस आदमी के हाथ पर भानुदास ने जरा सा गोमूत्र डाल दिया।

"नाम क्या है ?"

"रामराव।"

"आपका या मरे हुए आदमी का ?"

"मेरा नाम रामराव। उनका गोपालराव," उस आदमी के ध्यान में अपनी गलती आ गई।

"गोपालराव अस्थि शुद्ध करिए," भानुदास ने कहा। आदमी ने राख में गोमूत्र के दो-तीन बूँद डाल दिए।

"आपका गोत्र क्या है ?"

किसी ने कुछ नहीं कहा।

"कोई बात नहीं। कश्यप गोत्र गंगातीरे मोक्षप्राप्ति। हे पृथ्वी देवी, वृक्ष वेष्टक लता की तरह तू इस शव की भस्मी को आलिंगन देकर उसे वश में कर ले। उसके साथ तू वैवाहिक सुख का अनुभव कर ले।"

"हे पृथ्वीदेवी, मृत व्यक्ति की अस्थियों का तू स्वागत कर। मृत व्यक्ति पर लोभ कर। गोपालराव को उच्च स्थान पर ले जा। हे गंगामाता, जैसे शिशु को वस्त्र से आच्छादित करते हैं वैसे तू इन्हें अपने उदर में स्थान दे। इनके सहस्र अपराध अपने पवित्र जल से पावन कर इन्हें मोक्ष के द्वार खोल दे।"

भानुदास खड़ा रह गया।

"सब लोग दर्शन कर लीजिएगा।"

सबने दर्शन कर लिये। फिर कुछ लोगों का रोना-धोना।

"भस्मी का थैला उठाइए।"

मँझली उम्रवाले ने थैला उठा लिया।

"दाहिने कन्धे पर लीजिए। बाएँ हाथ से पकड़ लीजिए, धीरे-धीरे चलिए, हाँ, अब रुक जाइए। इधर ऊपर की ओर मुँह कीजिए। पीछे मुड़कर मत देखिए," भानुदास कह रहा था और वह आदमी कठपुतली की तरह किए जा रहा था।

"गोपालराव कश्यप गोत्र अमुक शर्मणो ब्रह्मलोकादि प्राप्तेऽमुक तीर्थये अस्थि प्रक्षेपंहं करिस्मे," भानुदास ने रुक-रुककर मन्त्र कह दिया।

" 'नमोस्तु धर्माय' कहकर भस्मी धीरे-धीरे पीछे की तरफ डालना शुरू कीजिए। एकदम से मत डालिए," भानुदास ने अन्तिम संकेत दे दिया। दो-तीन छलाँग लगाकर पानी के बाहर आ गया। किनारे पर रखी हुई छलनी उठा ली। भक्तिभाव से माथे को लगा ली। दौड़ता हुआ पानी में चला

आया। पानी में भस्मी छोड़नेवाले आदमी के पीछे खड़ा हो गया। पानी में गिर रही राख के नीचे छलनी पकड़ ली। जैसे-जैसे राख गिरने लगी वैसे-वैसे वह जोर से छलनी चलाने लगा। सारी राख समाप्त हो गई।

"थैला पानी में फेंक दीजिए। फिर से स्नान कीजिए।"

छलनी में जमा सिक्कों के ढेर की ओर देखते हुए भानुदास ने कहा।

जमा सिक्कों को देखकर भानुदास खुशी से पानी के भीतर ही उछल पड़ा।

सिक्कों का छोटा सा ढेर जमा हो गया था। भानुदास की दशा तो ऐसे हो गई थी मानो आँखों के सामने सिक्कों का पहाड़ बन गया हो। सोच ही रहा था कि इतने पैसों का क्या करेंगे, सिक्कों के ढेर में उसका स्थान अधखुले पीले रंग की ओर चला गया। यह तो सोने की बाली थी।

बाली हाथ में लेकर वह उसे निरखने लगा।

छलनी के पैसे जेब में आते और बाली को जेब के हवाले करने की ओर उसका ध्यान नहीं रहा। इतने सारे पैसों की एकमात्र कमाई हो जाने से वह मन-ही-मन नाथ हाईस्कूल तक जा पहुँचा था।

निवृत्ति भानुदास से बड़ा था। भानुदास उछल-कूद करनेवाला तो निवृत्ति कम बोलनेवाला, शान्त प्रकृति का। कुछ समझ आ जाने से परिवार की आर्थिक दशा को वह जानता था। माँ की मेहनत से उसकी उम्मीद बँध जाती थी। पढ़कर भी नौकरी तो मिलने से रही इसकी अपेक्षा सिलाई की मशीन ली तो धीरे-धीरे बात बन जाएगी यह सोचकर वह मशीन का काम कर रहा था।

निवृत्ति का स्कूल दोपहर में था, भानुदास का सुबह में। भानुदास स्कूल जाता तब निवृत्ति का स्कूल छूट जाता। पिछले हफ्ते भानुदास घाट पर गया था। अधिक ग्राहक मिल जाने से पाठशाला जाने में कुछ विलम्ब हो गया था। पाठशाला के सामने नीम के पेड़ के नीचे निवृत्ति बस्ता पेट से लगाए बैठा हुआ था। भानुदास उसके पास जाकर खड़ा हो गया फिर भी निवृत्ति का उसकी ओर ध्यान नहीं गया। भानुदास सोच रहा था कि भाई को क्या हो गया होगा। आखिर भानुदास ने पुकारा, "दादा !"

निवृत्ति ने हड़बड़ाकर ऊपर देखा।

"क्यों बैठे हो दादा ?"

निवृत्ति ने पेट से लगा बस्ता दाएँ हाथ में पकड़ लिया। वह निर्णय नहीं कर पा रहा था कि भानुदास को बताए या न बताए। बताकर भी कुछ लाभ नहीं था—इस बात को वह अच्छी तरह से जानता था। भानुदास ने फिर से पूछा, "क्या हो गया ? मास्टरजी ने पीटा ?"

निवृत्ति ने नहीं के भाव से सिर हिलाया।

"इस महीने मैं मशीन सीखने की फीस नहीं दे पाया। मालिक ने मशीन पर बैठने से मना कर दिया। माँ की तनखा अभी तक नहीं मिली है," आह भरते हुए धीमी आवाज में उसने कहा, "तू जा पाठशाला में। काफी देर हो चुकी है।"

भारी कदमों से भानुदास पाठशाला की ओर चल पड़ा। जब उसे इस बात का अहसास हो गया कि वह अपने भाई की मदद नहीं कर सकता तब वह बहुत बेचैन हो गया। कुछ पैसे इकट्ठा हो गए थे। लेकिन वे उसके झोऱ्या लेने पर खत्म हो गए। भाई को मशीन सीखने की फीस देना भी जरूरी था। भानुदास दिन-भर तन से कक्षा में मौजूद था लेकिन शिक्षक क्या पढ़ा रहे हैं इससे बिल्कुल बेखबर था।

छलनी में जमा सिक्कों का ढेर देखता हुआ भानुदास खड़ा था। बड़ा भाई कक्षा से बाहर आएगा तब उसके हाथ में सोने की बाली रख देंगे और कहेंगे कि दादा, अब तो तू सिलाई की मशीन ही ले ले ! रेजगारी में से डेढ़ रुपया पिता को दे दिया तो उनकी बीड़ी की आठ दिन की समस्या सुलझनेवाली थी।

भानुदास की पीठ पर जोरदार प्रहार होते ही वह होश में आ गया। कुछ समझ में आने से पहले ही उसके हाथ से छलनी छीन ली गई थी।

"भड़वे, तेरे बाप की जागीर है क्या ? सुबह-सुबह झक मारने इधर क्यों आ गया रे ?" भानुदास ने ऊपर देखा। नामा ने सारे पैसे और बाली अपने कुर्ते की जेब में डाल दी। छलनी उठाकर पानी में फेंक दी।

दो लाँगवाली धोती पहने नामा ने अपनी जेब को टटोलकर देखा। तलवार कट मूँछें और आधी अधूरी दाढ़ी के जंगल में बड़ी-बड़ी आँखें डरावनी लग रही थीं।

भानुदास ने पानी पर तैर रही छलनी को तल में डूब जाने से पहले ही पकड़ लिया। वह धीरे-धीरे कदमों से पानी के बाहर आ गया।

''भान्या, साले याद रख, फिर कभी इधर ऊपर की तरफ आ गया तो,'' जाते-जाते नामा ने भान्या की गर्दन पकड़कर उसे पानी में ढकेल दिया।

पानी में डूब रही छलनी पकड़कर रोता-सिसकता भानुदास पानी के बाहर चला आया।

उसे अब अहसास हो गया कि वह छोटा है। अपने से बड़े नामा ने अपनी सारी कमाई छीन ली है।

इस समय अपने साथ पिराजी दादा होता तो नामा को मजा चखा देते ! भानुदास को पिराजी की याद आ गई।

नामा की ओर गुस्से से देखता हुआ भानुदास नीचे की तरफ चलने लगा। वहाँ दशक्रिया विधि करने के लिए लोग आने लगे थे।

भीगी रेत में पैरों की उँगलियाँ गड़ाता हुआ भानुदास जा रहा था। बोझ बन गए हर कदम पर उसका गुस्सा उफनकर आ रहा था। भानुदास को पता था कि ऊपर की तरफ भस्मी डालने के स्थान पर बड़े आदमी छोटे बच्चों को देखना भी गँवारा नहीं करते। इस हिस्से में बड़े बच्चे और आदमी ही छलनी पकड़ते थे। बड़े आदमी न होने पर कभी-कभार छोटे बच्चों को मौका मिल जाता था। आज ऐसा मौका सुबह दो बार मिल चुका था। लेकिन दूसरी बार नामा ऐन मौके पर टपक पड़ा और सारी कमाई पानी में चली गई।

ऐसा क्यों ? हम छोटे हैं इसीलिए बड़े इस तरह की दादागिरी करते हैं।

भानुदास ने फिर से अपने आपको समझा दिया। दक्षिण की ओर सम्पन्न होनेवाली दशक्रिया विधि के स्थान पर बड़े आदमी नहीं आते। यह स्थान केवल बच्चों के लिए छोड़ दिया गया है। इस विभाग में भी बच्चों की पाँच टोलियाँ हैं।

एक टोली का अधिकार-क्षेत्र सौ-सवा सौ फुट का होता है। लकड़ियाँ

रोपकर और रेती के बाँध बनाकर इन टोलियों ने आपस में स्थान का बँटवारा कर दिया है। इसलिए एक स्थान की टोली दूसरों के क्षेत्र में अतिक्रमण नहीं करती।

दशक्रिया न होने पर ये बच्चे एक साथ बैठते। धींगामुश्ती करते। कभी-कभी हाथापाई की नौबत भी आ जाती। बची हुई बीड़ियाँ सब मिल-जुलकर पी लेते। बच्चे कभी सिनेमा के हिट गाने जिस किसी तरह गाकर नाथ घाट पर दो घड़ी के हीरो भी बन जाते। कोई ग्राहक आ गया तो वह कौन से हिस्से में डेरा डालता है, यह देखकर चारों ओर भिनभिनानेवाली मक्खियों की तरह बच्चों का झुंड इकट्ठा हो जाता।

हर गुट में तीन से लेकर छह तक बच्चे होते हैं। उनमें से एक इस गुट का नायक होता है। प्रायः वह बड़ा बच्चा ही होता है। कुछ स्थानों पर भाई-बहनों का मिलकर गुट भी बन जाता है।

भानुदास और उसकी तीन बहनों का एक गुट बना हुआ था। कभी-कभी कोई नया बच्चा भी इस गुट में शामिल हो जाता।

भानुदास अपने क्षेत्र में आ गया। सामने नगर निगम का बना जैकवेल था जो गाँव के पीने के पानी के लिए बाँधा हुआ था। जैकवेल का जंगला कमर की ऊँचाई तक बाँधा हुआ था। जब काम नहीं होता तब सारे बच्चे इस जंगले पर या स्लेब पर बैठ जाते। आज हमेशा की गैंग नहीं आई थी।

भानुदास ने पीछे मुड़कर देखा। नामा रामलाल बाबा के मठ के पीछे की दीवार पर बीड़ी पीता बैठा हुआ था। नामा, भड़वे, बड़ा होने दे फिर तुझे दिखाता हूँ। भानुदास दाँतों से होंठों को चबाता हुआ मन-ही-मन कह रहा था।

पूरब की ओर से एक जीप धूल उड़ाती हुई आ गई। जीप रुक गई। लोग नीचे उतर गए। गुड़ की भेली के पास चींटे इकट्ठा हो जाते हैं। उसी तरह सफेद उत्तरीयों को सँभालते हुए आसपास का ब्राह्मणवृन्द इकट्ठा हो गया। किसबत को सँभालते और कान को कुरेदते नाई हाजिर हो गए। अब तक आसपास न दिखाई देनेवाले बच्चे भी जीप के पास इकट्ठा हो गए।

चार

सुबह-सुबह कोनेवाले मकान में कुहराम मच गया। भगत का बूढ़ा चल बसा था। लहुजीनगर में खबर फैल गई।

सार्वजनिक नल पर पानी भरनेवाली औरतों ने खाली बर्तनों में पानी के साथ-साथ यह खबर भी घर-घर पहुँचा दी। लगभग पचीस घरवाले लहुजीनगर में हलचल शुरू हो गई। मर्द घर के बाहर निकलने लगे। स्टेट बैंक के पीछे की ओर शहाजी भगत का मकान है। मकान से सटकर ही भैंसों का गोठ है। गोठ में दस-बारह भैंसें हैं। भैंसों के गोबर मृत की गन्ध लहुजीनगर की जानी-पहचानी थी। प्रातः प्रहर में भैंसें जब ताजा गोबर देती थीं तब उससे खुशबूदार भाप निकलती और फिर गोबर की गन्ध धीरे-धीरे लहुजीनगर में महकने लगती।

भैंसों के गोठ से लगे छोटे से मकान में शहाजी रहता है। घर में सात लोग। पति-पत्नी, बूढ़ा-बूढ़ी, दो बेटे और एक बेटी। बेटी की शादी पिछले वर्ष ही हो चुकी थी। दो बेटों में से एक मोत्या और दूसरा गण्या। गण्या पाठशाला जाता था। पर मोत्या कुछ नहीं करता था। मन किया तो घाट

पर चला गया नहीं तो दोस्तों के साथ गाँव में घूमता-फिरता।

शहाजी की पत्नी भैंसों का गोबर उठाती। गोठ में दो-चार बाल्टियाँ पानी डालकर गोठ साफ कर देती। गाँव में दस-बारह जगह पर दूध दे आती। लौटते वक्त भैंसों के लिए कड़बी ले आती।

पति भैंसों को लेकर नदी पर चला आता तब वह घर के काम से निपटकर मंडी में घास के पूले ले आती। इस काम में उसका दिन बीत जाता था।

भगत का पहला व्यवसाय नाव चलाने का था। कभी-कभी वह मछलियाँ भी पकड़ा करता था। पहले गोदावरी में बहुत पानी हुआ करता था। पैठण के पार जाने के लिए लोग नाव में ही जाते थे। उधर के भी लोग पैठण आ जाते थे। इन लोगों को नाव से लाने ले जाने का काम शहाजी करता था। बारहों मास यह काम चलता था। इस कमाई से घर ठीक चल रहा था। बाकी समय में पति-पत्नी मछलियाँ पकड़ा करते और पैठण के बाजार में बेच देते। इससे भी अच्छी कमाई थी।

जायकवाड़ी बाँध बन गया और शहाजी के दोनों व्यवसायों के लिए संकट पैदा हो गया। जायकवाड़ी बाँध में पानी रोका गया। नीचे गोदावरी में पानी कम हो गया। घुटनों तक पानी से लोग चलते हुए पार जाने लगे। शहाजी की नाव को बरखा के आने तक ग्राहकों की प्रतीक्षा करनी पड़ती। फिर गोदावरी पर बाँध के नीचे ज्ञानेश्वर उद्यान के पास पुल बन गया और नाव का कारोबार ठप हो गया।

बाँध में जलसंचय हो गया। जायकवाड़ी के मत्स्य विकास केन्द्र में शासन ने बड़े पैमाने पर मछली-पालन शुरू कर दिया। शहाजी और उसके जैसे अन्य लोगों का मछलियाँ पकड़ने का पारम्परिक व्यवसाय हमेशा के लिए बन्द हो गया।

नाव चलानेवालों और मछलियाँ पकड़नेवालों ने व्यवसाय बदल दिए। शहाजी ने दो भैंसें ले ली। दूध का व्यवसाय शुरू किया। दो भैंसों से चार हो गईं। चार से अब बारह हो गई हैं।

लहुजीनगर में शहाजी अब एक इज्जतदार आदमी के रूप में जाना जाने लगा।

एक बुजुर्ग आदमी शहाजी को हाथ से पकड़कर बाहर ले आया। दरवाजे के पासवाले चौकोर पत्थर पर उसे बैठा दिया। शहाजी गर्दन नीचे झुकाकर बैठा हुआ था।

बूढ़ी बुआजी शहाजी के पास आ गई। उम्र होगी सत्तर के आसपास। मँझला कद। छरहरा बदन फिर भी बहुत मेहनती। उजला रंग। माथे पर आड़ा कुमकुम लगाने की रीति के कारण काला व्रण साफ दिखाई पड़ता था। बुआजी का पति भेड़-बकरियाँ पालता था। बरखा के चार महीने घर में बैठकर कम्बल बुना करता था। बारह वर्ष पहले दस्त और उलटियाँ होकर मर गया। पीछे अकेली बुआजी रह गईं। अपनी सन्तान न होने के कारण लहुजीनगर के सारे बच्चे उन्हें अपने ही बच्चे लगते थे।

"बुढ़वा को अच्छी मौत आ गई। ऐसी मौत पांडुरंग की किरपा से ही मिलती है। शहा, तू तो नसीबवाला है रे। बुढ़वा को न कोई बीमारी हुई, न दर्द। गूदड़ी पर चार दिन लेटा भी नहीं। बहू-बेटी को गन्दगी भी नहीं उठानी पड़ी। कैसे बातों-बातों में सरग चला गया, बुढ़िया को पीछे छोड़कर। इसके लिए भी बाप-दादाओं का पुन काम आता है। नहीं तो हमारा बुढ़वा कैसे घिसघिसकर मर गया और हम यही सोचते रहे कि अब मरता है या कब मरता है।"

"बुआजी, अब बस हो गया। आगे की तैयारी करनी है। लाश अकड़ जाएगी। तेल-पानी का कुछ देख लीजिए," किसी ने कहा।

बुआजी लहुजीनगर की सबसे हिम्मतवाली बुढ़िया। यह पता चलते ही कि कोई मर गया है, उसमें उत्साह का संचार हो जाता है। जवान लड़की के जोश में वह उस मकान पर कब्जा कर लेती जहाँ कोई मय्यत होती है। सबसे पहले पहुँच जाएगी और धीरज बँधाएगी। वक्त पड़ने पर फटकार भी देगी। बुआजी के आने पर सबकी जान में जान आ जाती। कई वर्षों का अनुभव होने से बुआजी ने लहुजीनगर के कइयों की अन्त्येष्टि का काम किया था। फिर लहुजीनगर का कोई गरीब हो, मध्यम दशा का हो या अमीर हो। यहाँ जाति-पाँति और धरम-करम का कोई भेदभाव नहीं था।

छोटे से लहुजीनगर में बुआजी के शब्द की कीमत थी। छोटे-बड़े उनके पीछे मजाक उड़ाते लेकिन सामने बोलने की हिम्मत किसी में नहीं थी। बुआजी बिगड़ गईं तो किसी का लिहाज नहीं करती थीं। फटकार कर रख

देतीं। लेकिन इस बात को बिसारकर मुसीबत के समय फौरन दौड़ पड़ती थीं।

विट्ठल घोडके के चार मकान बाद गजा का मकान था। अण्णाभाऊ साठेनगर में सखाराम काम्बले रहता था। लहुजीनगर और अण्णाभाऊ साठेनगर के बीच बस एक सड़क थी। दोनों तरफ के लड़के-लड़कियाँ एक साथ खेलते-झगड़ते रहते। एक-दूसरे की अच्छी पहचान थी। गजा का लड़का नामा और सखाराम की लड़की मुक्ता के बीच की दोस्ती का डंका दोनों नगरों में पिटने लगा था। एक दिन बुआजी सुबह ही गजा के दरवाजे पर हाजिर हो गईं। बुआजी को देखकर झमेले की आशंका से गजा मन-ही-मन सहम गया। बुआजी बिना काम के किसी के पास नहीं जाती थीं। आज अपने यहाँ आ गई हैं तो जरूर कोई झंझट होगा।

"आइए, आइए, बुआजी। आज इस गरीब के घर कैसे आना हुआ ?"

गजा की दाम्भिकता को भाँपकर बुआजी ने तुरन्त ही फटकार दिया, "माटी मिले, तेरे घर सन्देसा भेज आने के लिए, तूने मुझे क्या बामनी समझा है या कुरमिन ? चोर की दाढ़ी में तिनका क्यों ? पूरी बस्ती में डंका बज रहा है। तू क्यों जानकर भी अनजान बन रहा है मेरे भाई ?"

बुआजी ने हमला किया और असर भाँप लिया। बातों का प्रहार गजा की दुखती रग पर हुआ है—इस बात का इत्मीनान होते ही उन्होंने आगे कहा, "मेरा बेटा होता तो मैं उसके पैर में घोड़ी बाँधकर उसे मवेशीखाने में बन्द कर देती। मैं क्या कह रही हूँ कुछ समझ में आ रहा है ?" परिणाम को जानने के लिए बुआजी रुक गईं।

गजा ने बात को मानने की गर्ज से गर्दन हिला दी। बेशर्मी से झूठी हँसी हँसते हुए बुआजी को घर के भीतर आने के लिए कहा। बैठने के लिए गूदड़ी फैला दी।

छोटे से कमरे में आसपास देखते हुए बुआजी ने जैसे अन्तिम बात कह दी, "कहाँ गया है तेरा हीरो ? लोगों को मुफ्त का सिनेमा दिखाना अब बन्द हो गया। लोगों की छोकरियों को मंडी की साग-सब्जी समझ रखा है क्या रे ?"

गजा के ध्यान में सारी बातें आ गई थीं। अब वह सोचने लगा था कि बुआजी का सामना कैसे करे ?

"मैं अभी सखा के घर से आई हूँ। सखा की बेटी मेरी बेटी। तेरे बेटे की शादी सखा के मुक्ता से होनी ही चाहिए।"

गजा तड़ाक से उठ खड़ा हो गया। बुआजी के सामने होने पर भी उसके मन में क्रोध उफन आया। माना कि बुआजी बड़ी हैं। हम उन्हें मानते भी हैं। लेकिन काम्बले की लड़की के साथ शादी ? यह कैसे हो सकता है ? गजा को तड़ाक से उठ खड़ा होते देख बुआजी ने हिकारत से पूछा, "क्या हो गया ? तुझे मिर्ची क्यों लग रही है ? अरे तेरी अपनी बेटी होती तो क्या करता ?"

"लेकिन...बुआजी। हम उनसे अलग हैं। सखा की जात दूसरी है।"

"सीधी बात कह देना कि तू महार है और वह माँग है। पर मैं पूछती हूँ, तेरा लड़का जब उस लड़की के पीछे घूम रहा था तब तेरी जात कहाँ भाड़ झोंकने गई थी ?"

"लड़की का बाप क्या सो गया था ?"

"अहाडहा। मैं कहती हूँ लड़की का बाप गया था उसकी माँ को भाड़ झोंकने। लेकिन लड़के का बाप कहाँ जागीर सँभालने गया था क्या ?" बुआजी उठीं और अन्तिम हथियार निकालने का पैंतरा लेते हुए कहा, "तुझे शायद पता नहीं है इसलिए बताती हूँ। लड़का और लड़की दोनों पर जवानी चढ़ी हुई है। तू अगर तैयार नहीं है, तो मैं सब कुछ कर देती हूँ।" यह सुनकर गजा ऐसे म्लान हो गया जैसे गुब्बारे से हवा निकल गई हो। बुआजी के पीछे-पीछे गर्दन नीचे झुकाकर सखाराम के घर चला आया।

बुआजी ने शहाजी को सान्त्वना दी। आसपास देखा। एक-दो जन पास में खड़े थे। उन्हें साथ लेकर भीतर चली आई। अन्दर कमरे में शहाजी का बूढ़ा पड़ा हुआ था। बाहर के कमरे में शहाजी के बच्चे बैठे हुए थे। बूढ़ी दूसरे कोने में गर्दन झुकाकर बैठी हुई थी।

बुआजी को आते देख शहाजी की पत्नी खड़ी हो गई। बुआजी के गले लग गई।

''बुआजी, ऐसा कैसे हो गया। ससुरजी हमें छोड़कर...''

बुआजी ने शहाजी की पत्नी के हाथ अपने गले से धीरे से अलग की।

''बस हो गया चीखना-चिल्लाना, सबके घर में लोग चल बसते हैं। कोई भी अमरपट्टा लेकर नहीं आता। जो चला गया है वह रोने से वापस थोड़े ही आता है ? और रोने से तो चल बसे आदमी की आत्मा को तकलीफ ही होती है।''

शहाजी की पत्नी चुप हो गई। आँचल से आँखें पोछ डाली। नाक साफ किया सभय आदर के साथ बुआजी की ओर देखने लगी।

''कटोरी-भर घी ले आ। बुआजी ने शहाजी की पत्नी से कहा। साथवाले दोनों की ओर मुड़कर बोली, बुढ़वा को बाहर के कमरे में ले चलो।'' कोने में पड़ी एक ठीक सी दरी लेकर बाहर के कमरे में आ गई। दरी को दक्षिणोत्तर फैला दिया।

''बुआजी...'' शहाजी की पत्नी कुछ पूछते-पूछते रुक गई। गले के पास आया पसीना आँचल से पोंछने की हरकत करने लगी।

''और क्या रह गया है ?''

''खाने का तेल चलेगा क्या ? घी कल ही एक ग्राहक को बेच दिया आज छाछ बनाना ही था इसलिए सारा घी बेच दिया,'' शहाजी की पत्नी ने हकलाते हुए धीरे से कहा। मन में सोच रही थी कि मुझे क्या पता था तब कि बुढ़वा ऐसे अचानक चल बसेगा।

''तेल नहीं चलेगा, ले आ कहीं से कटोरी-भर...,देसी घी चाहिए...नहीं तो ले आएगी डालडा। मरने पर तो मुर्दे को असली घी मिलने दे।''

पत्नी सोचने लगी कि घी माँगने कहाँ चला जाए। मन में निश्चय कर बाहर निकल पड़ी।

शहाजी की पत्नी कटोरी में घी लेकर लौट आई। घी की कटोरी बाजू में रखकर झाडू उठा ली। ''ठहर जाइए, बुआजी, दरी बिछाने से पहले झाडू लगा देती हूँ,'' शहाजी की पत्नी ने कहा।

''जब घर का कोई आदमी चल बसता है तब एक दिन के लिए झाडू को हाथ नहीं लगाया जाता। मिट्टी ठिकाने लगाने से पहले कचरे को हाथ

नहीं लगाना। फेंक दे झाड़ू," बुआजी ने कहा।

शहाजी की पत्नी ने झाड़ू कोने में फेंक दिया। बुआजी ने छत की ओर देखा।

"निगोड़ी कड़ी यहाँ भी आड़े आ गई," कहते हुए दरी को एक हाथ से खींच लिया। फिर छत की ओर देखा।

"हाँ, अब ठीक है," कहकर वह भीतर चली गई। दो जन मिलकर बुढ़वा को बाहर ले आए। उसे दरी पर लिटा दिया।

"अरे रे रे ! उल्टा हो गया ना ! सिर नीचे की ओर करो। पैर इधर होने चाहिए।"

दोनों ने बुढ़वा को उठा लिया। दक्षिण की ओर सिर लाने के लिए घुमाकर फिर रख दिया।

शहाजी की पत्नी घी की कटोरी लेकर खड़ी थी। बुढ़वा का मुँह खुला पड़ा था। आँखें खुली थीं। बायाँ पैर घुटने में मुड़ गया था। दायाँ हाथ बाजू में पड़ा हुआ था।

"बुढ़वा को गए कितना समय हुआ होगा ?"

"रात को कब चल बसे कुछ पता नहीं चला," शहाजी की पत्नी ने कहा। ससुर का खुला मुँह देखकर वह सिहर गई। उसके बदन पर रोमांच खड़े हो गए। रात की घटना का भूत उसके सिर से उतरने को तैयार नहीं था। काली मौत की रात रेंग रही है और एक विकराल जन्तु अपने अनगिनत काँटों से उसे कसता जा रहा है। पति शहाजी की उम्र ढलान पर है। बच्चे बालिग हो चुके हैं।

छोटे से मकान में जहाँ जगह मिल जाए वहाँ पाँव पसारना पड़ता है। इधर पति की भूख बढ़ गई है। इससे कलेजा मुँह को आने लगा है। धूपकाल और जाड़े में सास बच्चों को लेकर आँगन में सो जाती थी। ठंड में ससुर की खाँसी की तकलीफ बढ़ जाती थी। इसलिए वह घर के भीतर ही सोता था। रात देर तक खाँसता रहता। खाँसी की ढाँस आते ही घुटनों में गर्दन डाल खाँसता रहता। खाना खाने के बाद शहाजी दीवार से पीठ टेककर बैठ जाता। बाहर अँधेरे में देखता रहता। बूढ़ी और बच्चे कब बाहर सोने के लिए चले जाते हैं इसकी राह देखा करता। दरवाजे की चरमराहट के साथ ही शहाजी की पत्नी का शरीर सिकुड़ जाता। खयाल

आते ही उसके छक्के छूट जाते।

कल रात शहाजी की पत्नी देर रात तक काम कर रही थी। इसमें उसका दोहरा प्रयोजन था। पति सो गया तो ठीक ही है, नहीं तो इतने समय में ससुरजी की आँख लग जाएगी। ससुर और पति को सोया देखकर वह बिस्तर पर लेट गई। दिन-भर काम से पता ही नहीं चला कि कब आँख लग गई। ससुर के खाँसने से वह जाग पड़ी। उसने करवट बदली। लिजलिजे स्पर्श से वह दूसरे ही पल में सिकुड़ गई। अँधेरे की आहट ने उसे आनेवाले रोजमर्रा के संकट से आगाह किया। अँधेरे कोने में ससुर का खाँसना और इधर शहाजी का उतावलापन। आदत से वह यन्त्र की तरह प्रस्तुत हो गई। पति का जोर खत्म हो गया। पेट के पास पैरों को मोड़कर वह सो गया। तभी बूढ़े की खाँसी भी थम गई। पति के खुर्राटों से उसकी नींद उड़ गई। पहले-पहले उसका शरीर साथ देता था लेकिन इधर पीड़ा होने लगी थी। देर रात तक अनचाही वेदना से तड़पती हुई वह जाग रही थी। भोर होते-होते उसकी आँख लग गई। सुबह जाग पड़ी। रोज सुबह जल्दी उठनेवाला बुढ़वा आज नहीं उठा इसलिए उसने देखा तो सारा खेल खत्म हो गया था।

बुआजी ने बुढ़वा का खुला मुँह हाथ से बन्द कर दिया। घी में उँगलियाँ डुबाकर पलकों पर लगा दीं। उँगलियों से पलकों को नीचे खींच लिया। आँखें बन्द हो गईं। घुटनों को घी लगा दिया। दाएँ हाथ के कन्धे पर घी मल दिया। दायाँ पैर दोनों हाथों से दबाकर सीधा कर दिया। पास में खड़े एक आदमी को दोनों पैरों को कपड़े से बाँध देने के लिए कहा। दायाँ हाथ पेट के पास खींच लिया। हाथ को पेट पर दबाकर बुआजी खड़ी हो गईं। बुढ़वा का हाथ फिर सीधा हो गया। दोनों की उँगलियों को फिर से पेट पर बाँध दिया गया। "थोड़ी सी रुई ले आइए।" शहाजी की पत्नी रुई ले आई।

बुढ़वा के दोनों नथनों में रुई ठूँस दी गई। कानों में रुई डाली गई। रुई नहीं डाली तो मुर्दे के पेट में हवा चली जाती है और पेट फूल उठता है," उठते-उठते बुआजी ने कहा।

"चूल्हे पर पानी रख दे।"

शहाजी की पत्नी को बताकर बुआजी बाहर आ गईं।

भगत का बुढ़वा चल बसा यह खबर धीरे-धीरे लहुजीनगर में फैल गई। पास के अण्णाभाऊ साठेनगर को भी पता चल गया। प्रातः नित्यकर्म के लिए गोदा किनारे जानेवाले एक-दूसरे को बता रहे थे और लोग नल के पानी की बाल्टी के साथ-साथ यह खबर भी घर-घर ले गए। दरवाजे के बाहर मुँह धोते-धोते एक ने दूसरे को बता दिया इस तरह एक घंटे में खबर सब लोगों तक पहुँच गई। मय्यत के जाने से पहले चाय पीकर जाना होगा नहीं तो एक बार वहाँ फँस गए तो सब कुछ हो जाने तक पानी की एक बूँद भी मुँह में जा नहीं सकेगी। यही सोचकर विट्ठल ने शान्ता को आवाज दी। हफ्ते की छुट्टी होने के बाद शान्ता अभी तक जागी नहीं थी। दो दिन से बदन कसकसा रहा था, फिर भी वह काम पर गई थी। इसलिए आज निढाल सी हो गई थी। पति की आवाज की ओर ध्यान दिए बिना वह पड़ी रही।

"शान्ता, मैं चाय बना रहा हूँ। तेरे लिए भी बना दूँ क्या ? रात में भगत के बूढ़े की खटिया खड़ी हो गई। मय्यत को जाऊँगा तो वहीं अटक जाऊँगा," विट्ठल ने ऐसी आवाज में कहा कि पत्नी को सुनाई पड़े।

भगत का बूढ़ा चल बसा यह सुनकर शान्ता उठ गई। आज छुट्टी का दिन था। पूरा दिन अब बेकार जाएगा। लेकिन इस सोच को उसने दूर हटा दिया। अस्त-व्यस्त बालों को पीछे कर दिया। मौत से किसे छुटकारा मिला है ? मरनेवाले के बारे में ऐसा सोचना बुरा है यह सोचकर वह उठ पड़ी। दूध लाया नहीं गया था। बिना दूध की लाल चाय के दो घूँट पेट में डालकर दोनों भगत के घर की ओर चल पड़े।

तुकाराम नाई देर रात घर लौट आया था। सदाशिव के साथ हुई बैठक का नशा अभी तक उतरा नहीं था। जाते-जाते विट्ठल तुकाराम के घर में झाँक पड़ा। अरे ओ तुकाजी, अभी तक उठे नहीं क्या भाई ? तुकाराम की पत्नी रात के जूठे बर्तन माँज रही थी। "भाभी, सवारी क्या अभी तक जाग नहीं पड़ी क्या ?" विट्ठल ने पूछा। विट्ठल की ओर बिना देखे तुकाराम

की पत्नी ने कहा, "रात में कार्यक्रम हुआ। मुर्दा तब तक नहीं उठेगा जब तक घाट से न्योता नहीं आता।"

"अरे ओ तुका, भगत का बूढ़ा चल बसा, उठो भाई," इन शब्दों को सुनते ही घुंडी घुमाने पर जैसे यन्त्र काम करने लग जाता वैसे तुकाराम नाई झट से उठ खड़ा हो गया। बिस्तर को पैर से ही कोने में ठुकरा दिया। बाहर आकर कुल्ली की। खूँटी पर टँगी टोपी सिर पर रख ली। उसे लगा जैसे उसके बदन में शक्ति का संचार हो गया है। काम के लिए हाथ फड़कने लगे।

"विट्ठल भाई, आप आगे बढ़िए। मैं पीछे से आ ही रहा हूँ," कहकर घर में घुस गया। विट्ठल रूखमाई की तस्वीर के सामने हाथ जोड़ दिए, "विट्ठल भगवान, आज की बोहनी होने दो।" आँखें झपकाई। फिर आँखें खोलकर भक्तिभाव से कटोरी के अबीर का टीका माथे पर लगाकर बाहर निकल पड़ा।

समूचा लहुजीनगर भगत के घर के सामने इकट्ठा हो गया था। उसमें पिराजी था, भानुदास के माता-पिता थे। और भी कई लोग थे।

बुआजी ओसारे में आ गईं। आसपास देखा। लोगों का मुआयना किया। शहाजी के पास चली आईं।

"रिश्तेदारों को बुलावा भेजा क्या ? उसके हिसाब से आगे की तैयारी करनी पड़ेगी।"

शहाजी ने गर्दन से ही इनकार किया, "आने जैसा कोई नहीं है। अकेली बहन सिन्नर में है। भाई बेलापुर में।"

"फिर कर डालेंगे। मय्यत के लिए लोगों को क्यों लटकाए रखना। बेकार काम-धन्धा छोड़कर रुकना पड़ेगा," बैसाखी को सँभालते हुए विट्ठल ने कहा।

बुआजी ने स्वीकृति में गर्दन हिला दी। भीड़ में से एक-दो लोगों ने कहा, "दस-ग्यारह बजे तक पूरा कर लीजिए।"

"कहाँ ले जाना है ?" दूसरे ने पूछा।

"नाग घाट पर ले जाएँगे," किसी ने निर्णय दे दिया।

"हाँ, एक बार जगह तय हो जाए तो तैयारी करने के लिए सुविधा रहेगी।"

"नाग घाट पर किसलिए ? बामनों के पड़ोस में ? नीचे शिव मन्दिर की तरफ ले जाएँगे," किसी और ने कहा।

"नाग घाट पर क्यों नहीं ? बामन क्या सीने पर चढ़ जाएँगे ?"

"माटी मिलो, उठो अब ! कहीं भी ले जाओ। मुर्दे को कोई भी जगह चलती है। बेकार की बकवास मत करो," बुआजी ने सबको फटकार दिया।

बुआजी ने काम का बँटवारा किया। धीमी आवाज में शहाजी से पैसे माँग लिये। विट्ठल को पास बुलाया। शहाजी भीतर गया, पैसे लेकर बाहर आ गया।

"दो जनों को लकड़ियाँ ले जाने को बोल दो। दस मन ईंधन खरीदने के लिए कहना। अच्छी सूखी लकड़ियाँ, देखो बोलना। नीचे बिछाने के लिए दो लम्बे बाँस ले लो। एक बड़ा कुन्दा ले लो, छाती पर रखने के लिए। जाते-जाते पचास उपले, पाँच लीटर मिट्टी का तेल और दियासलाई बिना भूले ले जाना।"

"टालवाले देखकर दे देते हैं। उनका तो रोज का ही धन्धा है।"

"कौन जा रहा है लकड़ियों के लिए ?"

"पिराजी, तू जा। और एक को साथ ले ले," पास खड़े विट्ठल ने पिराजी से कहा। सत्य साईं बाबानुमा बालोंवाला पिराजी के पास आ गया। दाएँ हाथ की उँगलियाँ सिर के जंगल में फेर दी।

शहाजी ने पाँच सौ रुपए पिराजी के हाथ में थमा दिए। "और पचास दीजिए। लकड़ी का भाव बढ़ गया है। मिट्टी के तेल के डिब्बे को दस रुपए ज्यादा लगेंगे," तुकाराम नाई ने शहाजी से कहा। और पचास रुपए लेकर पिराजी बाहर आ ग़या। बुआजी घर के अन्दर चली गईं। शहाजी की माँ कोने में सिर झुकाकर बैठी हुई थीं। बुआजी उन्हें हाथ से उठाकर मुर्दे के पास ले आई। बूढ़ी जमीन पर सिर पटककर रोने लगी। बुआजी ने बूढ़ी को उठाया। एक हाथ गले के पास ले जाकर तड़ाक से मंगलसूत्र तोड़ दिया। दाएँ हाथ से माथे का अधूरा सिन्दूर पोंछ डाला। शहाजी की माँ "मेरी मैया मेरा सब कुछ खत्म हो गया री," कहती हुई रोने लगी। मंगलसूत्र की छोटी कटोरियाँ शहाजी की पत्नी को देकर बुआजी दूर हट गईं।

"जहाँ भी देखो, मंगलसूत्र तोड़ने के लिए डायन हाजिर रहती है। जिन्दा थी तब खसम को मार डाला और अब निकल पड़ी है, सबका सिन्दूर पोंछने," कोने में एक औरत फुसफुसाई। आवाज की दिशा में बुआजी के कान खड़े हो गए। मय्यत सामने न होती तो बुआजी ने उस औरत को झोंटे से पकड़कर सबके सामने डाँट पिलाई होती। आज भी बुआजी को बोलनेवाली पर गुस्सा आ गया। लेकिन उन्होंने अपने आपको रोक लिया। कौन बोली यह अच्छी तरह से देखकर स्मरण के लिए आँचल में गाँठ बाँध दी। जब तक तुझे नहीं देख लेती मैं इस गाँठ को नहीं खोलूँगी। बुआजी ने मन-ही-मन निश्चय किया।

तुकाराम नाई मय्यत के सामानवाले दूकान में पहुँच गया। दूकान अभी खुली नहीं थी। साली-वाड़ा के अन्तिम छोर पर सदाशिव बँसोड का मकान था। वहाँ अरथी का सारा सामान मिलता था।

"अजी ओ सदाशिव भाऊ। अरी ओ जमना भाभी," बन्द दरवाजा देखकर तुकाराम जोर-जोर से चिल्लाने लगा।

"दरवाजा खोलिए। कितनी देर तक सोते रहते हैं। इसकी माँ की, कुछ धन्धा-पानी है या नहीं। सालो, तुम्हें ग्राहक की चिन्ता क्यों होगी। कोई भी मर गया तो हमें झख मारकर तुम्हारे ही दरवाजे आना पड़ेगा।"

कमरे का दरवाजा खुल गया। पट्ठेवाली जाँघिया पहना सदाशिव सामने आ गया।

"क्या है रे तुक्या ? आज सुबह-सुबह किसकी खाट खड़ी कर दी ?"

"भगत का बूढ़ा चल बसा।"

"भगत ?"

"वो है ना माँगवाड़े का। बैंक के पीछेवाला, अरे भैंसवाला," सदाशिव वैसा ही खड़ा रहा।

"तो कहार का शहाजी बोल ना।"

फिर दोनों भी हँसने लगे।

सदाशिव दीवार को टेककर बैठ गया। तुकाराम को हाथ के इशारे से बैठने को कहा।

तुकाराम दरवाजे से भीतर आ गया। सदाशिव के पास दीवार को टेक लगा उकड़ूँ बैठ गया। सदाशिव की आँखें लाल और चेहरा सूजा हुआ। आँखों के चारों ओर काले घेरे। बदन पर बनियान चार जगह फटा होने से छाती के सफेद बाल छेदों से बाहर निकल रहे थे। तुकाराम ने आसपास देखा। सदाशिव ने तुकाराम की बेचैनी को भाँप लिया। मुँह में जमी थूक को बाईं तरफ के कोने में थूक दिया।

"जमने, तुकाराम देवरजी के लिए चाय तो बना।"

"नहीं-नहीं। सामान जल्दी से निकाल दीजिए, सामान निकालने तक चाय बन जाएगी। सुबह को चाय के लिए 'नहीं' नहीं कहना चाहिए। 'नहीं' कहोगे तो दिन-भर तड़पते रह जाओगे।"

तुकाराम को चाय तो चाहिए ही थी। बिना चाय पिये ही वह सुबह निकल चुका था।

सदाशिव उठ गया। पिछवाड़े आँगन में आ गया। कोने में बाँस खड़े कर दिए थे। उनमें से छह फुटवाले दो बाँस निकाल लिये। तीन फुट की छह कमचियाँ ले ली। एक फुट की तीन कमचियाँ छींके के लिए। एक बड़ा और एक छोटा मटका निकाला। एक सुतली का और दूसरा लाल-पीले सूत का बंडल निकाला। चौदह फुट का सफेद कपड़ा थान से फाड़ दिया। छह फुट का लाल कपड़ा फाड़ दिया। जमना पिछवाड़े से फूल ले आई। छोटा सा चन्दन का टुकड़ा दे दिया। तुलसी के पत्ते और मंजरियाँ कागज में बाँध दिए। छोटे से प्लास्टिक के डिब्बे में वनस्पति घी दे दिया और एक छोटा सा पत्थर भी मटके में डाल दिया।

जमना चाय ले आई। हथेली को झटककर सदाशिव ने तुकाराम को चाय दे दी। दूसरा कप अपने लिए ले लिया।

"कितने पैसे देना है ?" चाय को खत्म करते हुए तुकाराम ने पूछा।

"तुमसे ज्यादा थोड़े ही लूँगा। बाजारभाव दो सौ इक्यावन है। दो सौ एक दे देना," सदाशिव ने कहा और वह हँसने लगा। तुकाराम की ट्यूब देर से जल उठी।

"अपने हिसाब से ले लेना।"

"ऊपर जानेवाले सबका हिसाब एक ही होता है।"

"जिसके घर का आदमी चल बसा है उस घर से कोई सामान लाने

आ गया तो ?''

''ऐसा कभी नहीं होता। हमेशा दूसरे ही आते हैं। दूसरों का भी ऐसे काम करने में हौसला बढ़ना चाहिए।''

तुकाराम ने सदाशिव के हाथ पर दो सौ एक रुपए रख दिए। सदाशिव ने पैसे माथे को लगा लिए। बोहनी हो गई थी। पिछले हफ्ते से यही पहला ग्राहक था। सदाशिव ने पिछले ग्राहक से दिन गिन लिये। ग्यारह दिन हो गए थे। गाँव का एक भी आदमी नहीं मरा था। कोई आदमी नहीं मरा तो अपना क्या होगा ? इसलिए किसी के घर में कोई बीमार हो जाता तो सदाशिव पड़ोसवालों से तबीयत के बारे में पूछताछ कर लेता। तबीयत के बिगड़ जाने की बात सुनकर वह फूला नहीं समाता था। दो-चार महीनों से बिछौने पर पड़ा बीमार आदमी भला-चंगा होकर घूमने-फिरने लग जाता था तब सदाशिव मन मसोसकर रह जाता। वह अपने आपको ही समझाता। जन्म और मृत्यु की बात अपने हाथ नहीं है। यह सब भगवान पांडुरंग के हांथ है। फिर वह अपने आपको सान्त्वना देता कि जिसने जनम दिया है उसी को सबकी मौत की फिक्र होगी। हमारे फिक्र करने से क्या होगा। शाम को नाथ महाराज के सामने हाथ जोड़कर कहता, ''नाथ राय, हमारे पेट की जो बात है उसकी फिक्र तो तुम्हें ही करनी है। मेरा किसी के बारे में बुरा सोचने से क्या लाभ। जिसके दिन पूरे हो गए उसकी जगह ऊपर खाली है। सदाशिव को इस बात का अहसास था कि वह नाथजी के पास कोई अच्छी बात नहीं माँग रहा है। लेकिन बेशर्मी से वह अपने मन को धीरज दे देता। पत्नी की बात से सदाशिव होश में आ गया। वह कह रही थी, ''इस हफ्ते में नागा हो गया। गाँव में कोई बीमार है या नहीं ?''

पत्नी की बात पर सदाशिव मन-ही-मन मुस्कुराया।

''अरी, हो जाता है नागा कभी-कभी। कौए के शाप से कोई थोड़े ही मर जाता है। हर एक का समय तय हुआ रहता है। ऊपर से न्योता आए बिना किसी को भी यहाँ से निकाल नहीं सकते।''

''अजी, वो सब तो सच है। ऐसा ग्यान पढ़ाने में आपका क्या जाता है। धन्धा- पानी नहीं हुआ और नागा हो गया तो फिकिर मुझे ही करनी पड़ती है। आप ठहरे बारह गाँव भटकनेवाले आवारा। काम नहीं रहा तो भी भिवा के अड्डे पर गए बिना नहीं रहेंगे।''

पत्नी के सुबह-सुबह भिवा के अड्डे की बात निकालते ही सदाशिव के बदन में सुरसुरी पैदा हो गई।

''अजी भाभीजी सुबह के वक्त अड्डे का नाम लेकर हमारे मुँह में पानी क्यों ला रही हैं ?'' तुकाराम ने कहा।

''अब आप चले जाइए देवरजी। नहीं तो उधर भगत के बूढ़े का मुरदा आपकी राह देखते-देखते उठ खड़ा होगा।''

''हाँ, यह भी सच है। पर मैं कहता हूँ सदाभाऊ, बूढ़े के नाम पर एक-एक घूँट तीर्थ चढ़ाएँगे तो काम करने में उतना ही जोश आ जाएगा।''

सदाशिव ने पत्नी की ओर अपराध भाव से देखा। सदाशिव ने एक सौ पचास रुपए पत्नी के हाथ पर रख दिए। तुकाराम ने पचास का नोट मोड़कर कमर की धोती में हिफाजत से रख लिया। सदाशिव की पत्नी ने पचास के तीन नोट देखकर पति की ओर आँखें तरेरकर देखा।

''इक्यावन रख लिये हैं तेल-पानी के लिए।''

''जानती हूँ मैं आपका तेल-पानी। ढकोसने के लिए दस काफी हो गए। चालीस मुझे लौटा दीजिए।''

सदाशिव पैसे लौटा नहीं रहा है इसका अनुमान होते ही वह गरज पड़ी, ''पिछले हफ्ते मैंने पेट काटकर दिन गुजारे और आपको फिकर है उस छिनाली का भग भरने की।''

सदाशिव की औरत का हमला देखकर तुकाराम के तो छक्के ही छूट गए, ''ये डेढ़ सौ भी ले लो फूटो मेरी नजर के सामने से और औंधे मुँह गिर पड़ो उस रंडी के दरवाजे पर।''

पत्नी ने पचास के नोट सदाशिव का सामने फेंक दिए। सुबह-सुबह तुकाराम के कारण जो ग्राहक मिलने की खुशी थी वह चेहरे से गायब हो गई। चेहरा गुस्से और तिरस्कार से टेढ़ा-मेढ़ा हो गया। उसने चूल्हे के सामने पड़ा चाय का बर्तन फेंक दिया। लोटे का पानी जोर से चूल्हे में उँडेल दिया। चऽऽर आवाज के साथ राख और धुएँ का भभूका उठा।

सदाशिव पथराया हुआ सा निश्चल खड़ा रह गया, ''मैं चलता हूँ सदाभाऊ। आप दोनों औरत-मर्द का जो चल रहा है, चलने दीजिए। भाभी, मैं जा रहा हूँ, अपने मर्द को सँभालकर रखियो।''

कोने पर रिक्शावाला प्रतीक्षा कर रहा था। सदाशिव ने उसे हाथ के

इशारे से बुला लिया।

रिक्शा की दाईं ओर छह फुटवाले बाँस बाँध दिए। बाकी सामान रिक्शा में रख दिया। रिक्शा चलने लगा।

शहाजी के मकान के सामने रिक्शा रुक गया। तुकाराम को आया देखकर दो-एक लोग घर के भीतर चले गए।

"पानी गरम हो गया क्या ?" किसी ने बाहर से जोर से पूछा।

दरवाजे की बाईं ओर चूल्हे पर बड़े भगोने में पानी गरम करने के लिए रख दिया गया था। एक ने पानी में उँगली डुबो दी। "अरे बाप रे !" कहते-चिल्लाते हाथ बाहर निकाल लिया।

"इसकी माँ की...। इतना गरम पानी क्या करना है ? बूढ़ा जलकर फिर एक बार मर जाएगा।"

मजाक करनेवाले उस आदमी की ओर बुआजी ने क्रोध से देखा। वह आदमी शर्मिन्दा हो गया। तुकाराम ने लम्बे बाँस जमीन पर रख दिए। उसके बाँस लाते ही भीड़ में से एक-दो लोग आगे बढ़े वे शायद यह दिखाना चाहते थे कि ऐसे काम में पीछे रहनेवाले हम नहीं हैं।

"अरे तात्या, अरथी ऐसे नहीं बाँधी जाती। पहाड़ की तरफ पाँव, गंगा की तरफ सिर होना चाहिए।"

उस आदमी ने बाँस घुमा दिए। उन्हें दक्षिण-उत्तर जमीन पर रख दिया। दो बाँसों के बीच डेढ़ हाथ की दूरी रखी। दोनों बाँसों के नीचे एक ईंट रख दी। नीचे से एक फुट की दूरी छोड़कर दोनों तरफ दो कमचियाँ रख दीं। तब तक एक ने सुतली और लाल धागे को जोड़कर गेंडली बना दी।

"आप उधर से बाँध दो, मैं इधर से आता हूँ," तुकाराम ने सामने खड़े विट्ठल से कहा।

विट्ठल जमीन पर पालथी मारकर बैठ गया। दूसरी ओर की कमची बाँधने लगा। कमची उलटी बाँधी जा रही है यह देखकर तुकाराम चिल्लाया :

"अरे विट्ठल, कमची को उलटी बाँधकर बूढ़े को यम के राज में

उलटा टाँगने का तुम्हारा इरादा है क्या ? और गाँठ कैसे बाँध दी है ? इसकी माँ की...। पक्की दोहरी गाँठ कभी लगाई है या नहीं ?"

विट्ठल ने कमची को उलटा दिया।

"रहने दो, मैं ही पक्का कर देता हूँ। तब तक बूढ़े को नहला दो," तुकाराम ने कहा।

आँगन में दो पाटे रख दिए गए। दो जन बूढ़े को उठाकर बाहर ले आए।

"बदन पर से मिर्जई उतार डालो," बुआजी ने कहा। एक आदमी मिर्जई को सिर की तरफ से उतारने का प्रयास करने लगा। हाथ अकड़ जाने से मिर्जई निकल नहीं रही थी। अब क्या किया जाए ? हताश भाव से वह मिर्जई निकालनेवाला आदमी इधर- उधर देखने लगा।

बुआजी के ध्यान में तुरन्त बात आ गई।

"अरे, देखता है क्या इस तरह ? मुरदे के बदन से कपड़ा फाड़कर निकाला जाता है," कहते हुए उसने एक झटके से मिर्जई फाड़ डाली। मिर्जई में बाएँ हाथ का हिस्सा उलझ जाने से मुर्दे को झटका लगा। बायाँ हाथ ऊपर उठ गया। हाथ से बचा हुआ हिस्सा निकाला गया।

मुर्दे को नहलाते समय दो लोगों ने आड़ के लिए धोती पकड़ा दी। आँगन में दो पाटे रखे गए थे। दो जनों ने बूढ़े को उठाया, दोनों पाटों पर बिठाया। अकड़े हुए पैर पाटे के बाहर चले गए। चलो जल्दी-जल्दी दो लोटे पानी डालो। बुआजी जल्दी से काम करवा रही थीं। अरे, बच्चा कहाँ गया ? बुलाओ उस बच्चे को। बुढ़वा अपने पोते को बहुत चाहता था। हरदम पोते की फिक्र रहती थी। होटल से पकौड़े लाता तो पोते के लिए निकालकर रखता था। बहुत दिल लगा रखा था बूढ़े ने। पड़ोस की लुहार की दादी ने कहा। दो जने गणा और मोती को पास ले आए। उनके हाथ में पानी से भरा लोटा दे दिया। घबराए पोते ने दादाजी के बदन पर एकदम से पानी डाल दिया।

"साबुन ले आओ, साबुन," विट्ठल ने भीतर देखते हुए कहा। शहाजी की पत्नी उठी। कोने में रखी साबुन की टिकिया उसने विट्ठल के पास दे दी।

''नहाने का खुशबूवाला साबुन नहीं है क्या ?'' कपड़े के साबुन की ओर देखकर तुकाराम ने पूछा।

''ले आती हूँ दुकान से,'' शहाजी की पत्नी ने कहा।

''अब रहने दो। ऐसे ही बुढ़वा के बदन को महीनों बाद ही पानी लगता था। अब कपड़े के साबुन से ही काम चला लीजिए,'' सखाराम काम्बले ने कहा। सखाराम की यह बात तुकाराम को अच्छी नहीं लगी। शहाजी की पत्नी परेशान सी खड़ी रही।

दो लोगों ने बूढ़े को उठा लिया। बूढ़े की गर्दन नीचे लटक गई। एक ने हाथ से उठा दी। बूढ़े को अरथी पर रखा गया। अरथी पर सफेद कपड़ा बिछाना बाकी था। बूढ़े को फिर से उठाया गया।

अरथी पर सफेद कपड़ा बिछाया गया। बूढ़े को फिर अरथी पर लिटाया गया। बचा हुआ कपड़ा पैर से गले तक डाला गया। उस पर लाल कपड़ा डाला गया। सुतली से मुर्दा पक्का बाँध दिया गया। आटे की पुड़िया सिरहाने रख दी गई।

अरथी बाँधकर तैयार हो गई।

''कन्धा देनेवाले कौन हैं ?'' विट्ठल ने आसपास देखते हुए पूछा।

सब लोग एक-दूसरे की ओर देखने लगे। शहाजी का यहाँ एक ही मकान था। बच्चे छोटे थे। भाई-भतीजे या रिश्तेदार यहाँ कोई नहीं था। फिर कन्धा देनेवाले कौन होंगे ?

''कन्धा देनेवाले घर के चाहिए। नहीं तो रिश्ते-नाते के। बाहरवालों का मुफ्त में कन्धा देना ठीक नहीं,'' किसी ने कहा।

''यह भी सच है। कन्धा तो घर के लोगों को ही देना चाहिए। क्योंकि मुर्दे की जायदाद में कन्धा देनेवाले का हिस्सा होता है।''

बड़ी उलझन पैदा हो गई।

किसी ने बुआजी के कानों में यह बात डाल दी।

''ऐसी बात है क्या ? आप सब माटी मिले लोग हट जाओ दूर। मैं मुर्दे को बैलगाड़ी में डालकर ले जाऊँगी। मुर्दे का कफन खसोटना चाहते हो ? गोबर खाओ गोबर, उस भैंस का जो वहाँ गोठ में बँधी हुई है।''

बुआजी का उग्र रूप देखकर एक ने कहा, ''कन्धा देनेवालों का कम-से-कम मुँह तो तर कीजिए।''

तुकाराम शहाजी के पास गया। उसके कानों में कुछ फुसफुसाया। शहाजी ने पत्नी को बताया। शहाजी की पत्नी घर के भीतर चली गई। फिर बाहर आ गई। तुकाराम की बन्द मुट्ठी में कुछ पैसे दे दिए।

"चलो बेटो, तुम्हारी माँ की...। मैं जानता हूँ, मूत पिए बिना तुम लोग इस मुर्दे को नहीं उठानेवाले।"

तुकाराम के इशारे पर दस-बारह लोग उछलते-कूदते उसके पीछे दौड़ते गए। भानुदास आराम से पाठशाला जा रहा था। गायत्री होटल के सामने देशी ठर्रे की दुकान थी। सुबह-सुबह दूकान खुली रहती थी। रोज सुबह मुँह धोने पर जैसे लोगों को चाय की जरूरत होती है वैसे कुछ लोगों के लिए देशी शराब की। रात की शराब का नशा खत्म होने पर सुबह की खुराक लेने के लिए कुछ विशिष्ट लोग दूकान पर हाजिर हो जाते थे। इनमें से ज्यादातर लोग अण्णाभाऊ साठेनगर और लहुजीनगर के हुआ करते थे। कुछ ग्राहक ब्राह्मण गली के भी थे। तुकाराम नाई, विट्ठल मय्यत का सामान बेचनेवाला सदाशिव हमेशा के ग्राहक थे। इनमें आजकल साहूकार का बेटा भी दिखाई देने लगा था। शुरू-शुरू में दूकान के पिछले दरवाजे से चुपचाप आकर गिलास झट से गले में डाल पीछे से ही बाहर चला जाता था। लेकिन अब उसका संकोच समाप्त हो गया था। दूकान मालिक के गल्ले के सामने बैठक लगाकर देशी ढर्रे पर हाथ साफ करने लगा था। साहूकार का सुपुत्र अपना ग्राहक बन गया इसलिए मालिक उसे कभी-कभार उधार भी देने लगा। भानुदास को पाठशाला जाते समय हररोज रोजमर्रा के ग्राहक दिखाई पड़ते थे। गायत्री होटल के सामने आते ही आज भी उसका ध्यान बाईं ओर चला गया। शराब की दूकान में दो जनों में छिड़ गई थी। आवाज सुनकर लोग इकट्ठा होने लगे। क्या बात है इस उत्सुकता से देखा तो मालिक ने पिराजी की गर्दन पकड़ी हुई दिखाई दी। पिराजी ने एक झटका दे दिया। मालिक काउंटर पर पीछे गिर गया।

"क्या हो गया ? क्या हो गया ?" सुबह-सुबह ही नशे में डूबे एक ग्राहक ने पूछा।

"कल के पैसे चुकता नहीं किए और सुबह उठकर फिर पीने के लिए हाजिर हो गए," होटल मालिक ने कहा।

"मालिक ! आवाज बन्द ! यह ले लो कल के। मुफ्त का पीने के लिए

हम भड़ुवे नहीं हैं पुलिसवालों जैसे या नेताओं जैसे। हमारी कमाई के पैसे दबाकर वसूल कर लेते हो। शराब में पानी कम मिलाया करो, पानी।''

मालिक ने पैसे काउंटर की दराज में डाल दिए। बदन को झटक दिया।

''एक फुल दे दे इधर,'' मालिक ने नौकर को फटकारा और सड़क से आनेवाले दूसरे ग्राहक की ओर ऐसे मुड़ गया जैसे कुछ नहीं हुआ था।

गिलास पेट में डालकर पिराजी बाहर आ गया ? भानुदास खड़ा था।

''क्या है भान्या, पाठशाला नहीं गया ?''

भानुदास ने कुछ नहीं कहा। उसे यह बात अच्छी नहीं लगी थी कि पिराजी का गला मालिक ने पकड़ लिया। पिराजी उसका हीरो था। नाथ घाट पर पिराजी ने अब तक कइयों को पटक दिया था; पीट भी दिया था। वहाँ उसका रोब जमा हुआ था। उसी पिराजी को शराब के अड्डे पर मालिक ने दुत्कारा यह भानुदास को खटक गया।

पिराजी शराब पीता था यह बात भानुदास के लिए महत्त्व की नहीं थी। लहुजीनगर और सामनेवाले अण्णाभाऊ साठेनगर के कई लोग शराब पीते थे। दो पैसे जेब में रहने पर पिराजी की उम्र के लड़के भी अद्धा मारकर ऐश करते थे। भानुदास के पिता की जब तक नौकरी बरकरार थी तब तक हर रोज वह नशे में धुत्त हुआ करते थे। उसे ऐसा लगता था कि यह उनके दैनन्दिन जीवन का ही एक हिस्सा है। उसके आसपास शराब पीनेवालों और नशे में सड़क पर पड़े रहनेवालों का नजारा कोई नई बात नहीं थी।

भानुदास के कन्धे पर हाथ रखकर पिराजी ने कहा, ''चल मेरे साथ। भगत के बूढ़े के लिए महाराज की टाल से लकड़ियाँ लानी हैं।''

''नहीं, पाठशाला की छुट्टी मार दी तो माँ पीटेगी।''

''भड़ुवे, ऐसे काम को न नहीं करते और तू तो कई बार छुट्टी मारकर घाट पर जाता है न मरने को।''

पिराजी के साथ भानुदास महाराज की टाल पर आ गया। लकड़ी के पलंग पर महाराज बैठे हुए थे। दस वर्ष पहले वह पैठण आए। नाथ हाईस्कूल के पूरब की ओर थोड़ी सी जगह खरीद ली। आसपास के गाँव के पेड़ खरीदना शुरू किया। दूसरे वर्ष लकड़ी काटने की मशीन ले आए। 'श्रीकृष्ण सॉ मिल' का बोर्ड लगा दिया।

गाँव के नेताओं से महाराज ने समझौता कर लिया। लकड़ियाँ बेचने

के इस व्यवसाय में महाराज मालदार हो गए।

पिराजी-भानुदास को देखकर महाराज ने उठते हुए पूछा, "क्या होना भै ?"

"आदमी जलाने कू लकड़ी।"

"अच्छा, अच्छा," कहते हुए उसने नौकर को जोर से आवाज दी, "अरे गना, रोटी खा चुका है या नहीं ? साले, घंटों रोटी खाता रहता है क्या ? काम-धन्धे का कुछ देख। तेरे जैसे नौकर मिल गए तो मालिक का तो दीवाला ही पिट जाएगा।"

पास के टिन के नीचे से गना बाहर आ गया। गीले हाथ पीछे चूतड़ पर साफ किए। मालिक के हर रोज की तरह चिल्लाने को उसने कुछ खास महत्त्व नहीं दिया।

"आदमी कैसा है ? मतलब बड़ा है या छोटा ? इसलिए पूछा कि बड़ा होगा तो दस मन लेना पड़ेगा। सूखा हो तो आठ मन काफी होगा। गरमी के दिन हैं," मालिक ने कहा।

"दस मन के कितने ?"

"चालीस रुपए मन। दस मन के हो गए चार सौ रुपए। आठ मन के तीन सौ बीस। अस्सी रुपए का फर्क है। बोलो फटाफट। इसमें पचास उपले और सरकंडे भी शामिल हैं।"

"आठ मन देना।"

"चल गना, जल्दी कर। आठ मन निकाल जल्दी से। वह उधर कुन्दा पड़ा है। ये बल्लियाँ डाल दे," मालिक आदेश दे रहा था और आदत के मुताबिक गना अनसुना किए जा रहा था। काम जारी था। "कैसे ले जाएँगे ?" गना ने पूछा। पिराजी और भानुदास एक-दूसरे की ओर देखने लगे।

"कहाँ ले जाना है ? नाग घाट या शिव मन्दिर ?"

"नाग घाट पर।"

"हम पहुँचा देंगे बीस रुपए किराया अलग से पड़ेगा," मालिक ने कहा।

गना ने ठेले पर लकड़ियाँ रख दीं। घर के भीतर से बीवी को बुलाया। पिराजी ने लकड़ी के तीन सौ बीस और किराए के बीस मालिक के हाथ

पर रख दिए। बीस में से पन्द्रह रुपए गना को देकर मालिक फिर लकड़ी के पलंग पर जा बैठे।

"भान्या, तू जा इनके साथ। मैं मिट्टी के तेल का इन्तजाम करता हूँ," कहते हुए पिराजी भाग गया।

गना ठेला खींच रहा था। उसकी बीवी उसकी मदद कर रही थी। तहसील कार्यालय के पास चढ़ान थी। पसीने-पसीने हो गए। ठेले को रोक दिया। ठेले के चाकों में पत्थर का टेक लगाया। पास के नगर निगम के नल से गटगट पानी पी गए।

ठेला फिर से खींचना शुरू करे इससे पहले भानुदास ने कहा, "एक घंटे की कमाई बीस रुपए अच्छी है।"

"काहे की कमाई भाई, बोझा ढोते वक्त अँतड़ियाँ टूटना बाकी रह जाता है। बीस में से पाँच तो मालिक ही निकाल लेता है। काम में रुकावट होती है इसलिए," गना ने कहा।

"मालिक की खंडनी है, है ना ?" भानुदास ने पूछा। गना भानुदास की बात नहीं समझ सका।

ठेला फिर से चलने लगा। तहसील कार्यालय पीछे गया। लहू साहूकार की खंडहर बनी कोठी पीछे गई। यहाँ से नागघाट तक ढलान थी। ढलान पर ठेले को बिना कष्ट के आगे ठेला जा सकता था।

नागघाट के पास ठेला रुक गया। सामने नागघाट का क्षेत्र आरम्भ होता था। सामने अध-गिरा मन्दिर था। सिर्फ दीवारें खड़ी थीं। छत कभी का गिर चुका था। मन्दिर के चारों दीवारों के भीतर जंगली बबूल के चार-पाँच पेड़ एक-दूसरे से सटे बढ़ चुके थे। गिरी और दरार पड़ी दीवारों को बबूल की हरीतिमा से दिलासा मिल रहा होगा। सामने की दीवार में आर-पार बड़ा छेद पड़ गया था। इस झरोखे से गोदावरी का जमा हुआ गहरा हरा पानी निश्चल दिखाई दे रहा था। मानो निरन्तर बहनेवाली गोदावरी पल-भर के लिए धारा को रोककर स्थितप्रज्ञ हो गई है। गिरे मन्दिर की दाईं तरफ और एक अधूरी गिरी दीवार है। मानो जैसे ज्ञानेश्वर ने इसी दीवार के पास भैंसे के मुख से वेदमन्त्र का पठन करवाया था। दीवार के नीचे की पत्थर की सीढ़ियाँ छीजने लगी थीं। कई वर्षों के बदलाव को इन सीढ़ियों ने सहजता से स्वीकार किया था। इनके पत्थरपन में सहनशीलता

की परिसीमा दिखाई देती है। हर साल आनेवाले पानी के रेलों के प्रहारों को सहकर नागघाट की ये सीढ़ियाँ बिना उखड़े अपने अस्तित्व को टिकाए रख सकीं।

पैठण के ज्ञानी पंडितों ने ज्ञानेश्वर भाई-बहनों को दी हुई यातनाओं और उनकी सहनशीलता को ही मानो इन सीढ़ियों ने आत्मसात किया था।

सारे प्राणीमात्र एक हैं। सबमें एक-सी जान है। कीड़े-मकोड़े और जानवर भी महत्त्व के हैं। ज्ञान का ठेका किसी एक विशिष्ट वर्ग की बपौती नहीं है। ज्ञान ईश्वरीय देन है और ईश्वर सर्वव्यापक है। वह सर्वत्र है। अमीर-गरीब, ज्ञानी-अज्ञानी का भेद ज्ञान में नहीं। ज्ञान की दीवारें हमेशा खुली रहती हैं। ज्ञानदेव ने भैंसे के मुख से वेदपठण करवाकर यह दिखा दिया कि ज्ञान और अभिमान का भवन रीता होता है। वास्तव में भैंसा और कोई नहीं आम आदमी का प्रतिनिधि है।

गना ने गोदामाई को देखकर हाथ जोड़ दिए। मन में प्रार्थना कर उसने ऋण व्यक्त किया कि आज की कमाई तो तेरे पुण्य से ही हुई है।

फिर से ठेला उठाया। अब बाईं ओर फिर ढलान थी। ठेले की खड़खड़ाहट सुनकर टिन का दरवाजा खोलकर महाराज बाहर आ गए। "यहाँ डालो, यहाँ डालो," श्मशान के दाएँ कोने की ओर इशारा करते हुए महाराज बोले।

गना ने ठेला खाली कर दिया। उपले पास में रख दी। सरकंडों का पूला लकड़ियों से टेककर खड़ा किया।

"कौन गया ?" महाराज ने गंगाजमनी दाढ़ी पर हाथ फेरते हुए पूछा।

"भगत का बूढ़ा," भानुदास ने बीच ही में कह दिया। महाराज हँस पड़े। गना महाराज के सामने झुक गया। खाली ठेला लेकर चढ़ान चढ़ने लगा।

पाँच

भानुदास एकटक महाराजजी को ओर देख रहा था देर बाद उसके ध्यान में आ गया कि गना ठेला लेकर लौट गया है। इस बात का अहसास होते ही कि वह यहाँ अकेला है, भानुदास कुछ बेचैन हो गया। पाठशाला का बस्ता दूसरे हाथ में लिया।

महाराजजी ने भानुदास की परेशान सी हालत को जान लिया। वह मीठी हँसी हँस दिए। भानुदास भी किसी तरह हँस दिया। उसमें कुछ धीरज पैदा हो गया।

भानुदास ने आसपास देखा। चारों तरफ जंगली बबूल का वन फैल गया था। सामने गोदावरी का काला साँवला रुका हुआ पानी। बाईं ओर टिन की शेड। उसके नीचे शवों को जलाने की जगह। पीछे के कोने में टिन के छतवाला एक छोटा सा कमरा। कमरे का दरवाजा अधखुला।

भानुदास के बस्ते की ओर देखकर महाराजजी ने पूछा, "पाठशाला जा रहा था क्या ?"

"हौ, रास्ते में पिराजीदादा मिल गया। ठर्रे की दूकान के सामने। उसने

कहा, भगत के बूढ़े की मय्यत के लिए लकड़ियाँ लानी हैं। चल साथ में। मुझे ठेले के साथ भेज दिया। वह गया है मिट्टी का तेल लाने।"

"तो फिर आज पाठशाला की छुट्टी।"

"हाँ। आज पाठशाला आधे दिन की ही थी," मुस्कुराते हुए भानुदास ने कहा।

भानुदास अन्त्येष्टि के लिए पहली बार आया था। इसलिए उसके मन में कौतूहल था। कुछ थोड़ा सा डर भी था। नाथ घाट पर दशक्रिया तो जानता था।

"बाबा, आप यहाँ अकेले रहते हैं ?" साहस के साथ भानुदास ने पूछा।

महाराजजी को लगा जैसे किसी ने तेज छुरी कलेजे में घोंप दी है। पल-भर के लिए वह भीतर से दहल उठे। सचमुच, क्या हम अकेले हैं ? पल-भर पहले के सारे भाव उड़कर चले गए। एक उदासी और उससे भी बढ़कर एक तिस्कार का भाव समूचे बदन में उभर आया। अपनी कायरता का तिरस्कार, कर्त्तव्य से मुँह मोड़नेवाले भगोड़ेपन से तिरस्कार। इस दशा में हम बन गए हैं एक गलितगात्र और असहाय कीड़े। दूसरे ही क्षण उनका अन्तर्मन विद्रोह कर उठा। नहीं, तुम तो ढोंगी बन रहे हो। तुममें तो विरोध करने का साहस ही नहीं था। कम-से-कम विरोध की इच्छा मन में आने में जो पुरुषार्थ का लक्षण है, उसका भी परिचय तुमने नहीं दिया।

महाराजजी पन्द्रह वर्ष पहले के जमाने में धकेले गए। महाराजजी तब महाराजजी नहीं थे। काशीनाथ घूमते-भटकते काशीनाथ गोदावरी के किनारे आपेगाँव आया हुआ था। आपेगाँव उसका वतन नहीं था। पेट के लिए काम ढूँढ़ता हुआ भटक रहा था ? वैसे तो पहले से ही काम करने में कोई रुचि नहीं थी। ऐसे में आपेगाँव के विट्ठल मन्दिर की सीढ़ियों पर काशीनाथ बैठा हुआ था। साथ में कमसिन पत्नी थी। सावन का महीना तीसरे पहर में आकाश में बादल छा गए। कुछ ही देर में पानी बरसने लगा। बड़ी-बड़ी बूँदों की मार टालने के लिए काशीनाथ मन्दिर के सामने खड़ा रहा। फिर पत्नी के साथ भीतर गया। सन्ध्या समय की आरती का प्रारम्भ

हो चुका था। विट्ठल के नाम से मन्दिर का मंडप प्रसन्नता से गूँजने लगा। भूखा काशीनाथ पत्नी के साथ तालियाँ बजाने लगा। आरती समाप्त हो गई।

आरती करनेवाला युवा ब्राह्मण रामेश्वर पीछे मुड़ गया। हाथ में आरती का नीराजन, थाली में कपूर की टिकिया जल रही थी। आरती के लिए आनेवालों में नित्य आनेवाले पाँच-छह लोगों के अलावा भी नया कोई आया है इसलिए कौतूहल से उसने उस तरफ देखा। परेशान-सा काशीनाथ खड़ा था। रामेश्वर ने इशारे से उसे पास बुलाया। मुस्कुराते हुए आरती की थाली आगे बढ़ाई। बुझती-सी कपूर की ज्योति के सामने उसकी आँखें चमक उठीं। कंजी आँखों को झपकाते हुए रामेश्वर भट ने मुस्कुराकर कहा, ''आरती लीजिए, मेहमानजी, गाँव में नए दिखाई देते हो !''

काशीनाथ ने भूखे भक्तिभाव से हाथ जोड़ दिए। गर्दन से ही हाँ कह दिया। पास में पत्नी खड़ी थी। बाईं कुहनी से उसे आरती को हाथ जोड़ने का इशारा किया। पति की ओर तिरछी नजर से एक बार देखकर पार्वती ने सामने देखा। रामेश्वर भटजी की बिल्ली जैसी आँखें। उसने नीचे देखकर हाथ जोड़ दिए। आरती सम्पन्न हो गई। प्रसाद ग्रहण कर लोग चल दिए। रामेश्वर भटजी ने पाटम्बर निकालकर शुभ्रधवल धोती पहन ली। केशरिया रंग की नेहरू कमीज पहन ली। पाटम्बर थैली में डालकर जाने के लिए निकल पड़े। मंडप में दाईं दीवार के पास काशीनाथ और पार्वती परेशान से बैठे हुए थे।

रामेश्वर भटजी काशीनाथ के पास चलते हुए आ गए। दीवार के पास बैठा काशीनाथ झट से उठ खड़ा हो गया। पार्वती बैठी रही। बाएँ पैर के अँगूठे से जमीन के फर्श को कुरेदती रही।

''आज मुकाम है क्या ? कोई हर्ज नहीं। आने-जानेवाले मुसाफिरों को आसरा देने का ज्ञानेश्वर मैया का व्रत हम बड़ी निष्ठा के साथ पालन करते आए हैं। यह हमारे कुल की परम्परा है। निश्चिन्त होकर रहिए। नौकर के साथ मैं रोटी-चटनी भेज देता हूँ,'' इतना कहकर रामेश्वर भटजी बड़े दरवाजे की ओर जाने लगे। दरवाजे तक चलते गए। फिर लौट आए। ''यहाँ रात में कोई डर नहीं है,'' यह कहते समय उनकी और काशीनाथ की पत्नी की नजरें चार हो गईं। बाहर के दरवाजे की सीढ़ी के पास रखे

जूते पहनकर रामेश्वर भटजी घर की ओर चल पड़े। आज उनमें एक अजीब उत्साह का संचार हुआ था।

नौकर ने रात का भोजन मन्दिर में पहुँचा दिया। दूसरे दिन का भी भोजन आया। काशीनाथ का धीरज बढ़ गया। संकोच चला गया। तीसरे दिन काशीनाथ ने हाथ में झाड़ू ले लिया। मन्दिर में झाड़ू लगा दिया। आँगन में पानी सींचा। रामेश्वर भटजी के भेजे हुए सामान से मन्दिर के पीछे कोने में काशीनाथ ने अपनी गृहस्थी बसा ली। रामेश्वर भटजी की सहायता में काशीनाथ अनजाने ही उलझता गया। रामेश्वर भटजी के उपकार और उदारता से वह मानो पंगु हो गया। श्रावण के दूसरे पक्ष में मन्दिर में भागवत सप्ताह का आरम्भ हुआ। रात में कीर्तन। इसके लिए पांडुरंग शास्त्री गंगाखेड़ से आए हुए थे। आपेगाँव की जनता की मंडप में भीड़ होने लगी। रात एक बजे तक कीर्तन चलता। काशीनाथ हरिभक्ति की लहरों में डूबने लगा। उसे आभास हुआ कि पांडुरंग शास्त्री के रूप में प्रत्यक्ष परमेश्वर का ही साक्षात हो रहा है। भागवत सप्ताह का अन्तिम दिन था। समाप्ति की गड़बड़ चल रही थी। दिन में भंडारा हो गया। भोज की पाँतें लगीं। रात में बड़ी देर तक कीर्तन चला। डेढ़ बज गया। काशीनाथ को प्यास लगी। वह मन्दिर के पीछे अपने कमरे में पानी पीने के लिए चला गया। अँधेरे में कुछ आहट सी हुई घर में कुत्ता घुस गया होगा, यह सोचकर उसने दरवाजा धकेला। काशीनाथ को धक्का देकर रामेश्वर भटजी कमरे से बाहर निकला। काशीनाथ को लगा जैसे उसके पूरे बदन को बिच्छुओं ने डंक मारा है। गला पहले ही सूख गया था। काशीनाथ ने पीछे मुड़कर देखा। रामेश्वर भटजी रुका हुआ था। "काश्या, मुँह खोला तो मुंडी काटकर पीछे गोदावरी के बहते पानी में फेंक दूँगा। इतना ध्यान में रख !" रामेश्वर भट के शब्द उसके कानों में ऐसे गए जैसे गरम तेल डाल दिया हो।

काशीनाथ के हाथों-पैरों से ताकत ही चली गई। वह हताश नीचे बैठ गया। समझ में नहीं आ रहा था कि क्या करें। क्रोध से उसका मन उबल उठा। रामेश्वर भटजी का गला घोंट दे। पांडुरंग की मूर्ति के सामने उसे सिर से पटक दे। बदला ले। लेकिन दूसरे ही पल वह फिर गलितगात्र हो गया। सती सावित्री कहलानेवाली पत्नी ही छिनाल निकली हो उस रामेश्वर

भट को दोष देने से क्या होगा ? इससे तो यही ठीक होगा कि उस छिनाल को मार डाले और यहाँ से निकल जाए। यह सोचकर काशीनाथ कमरे में घुस गया। तैश में बाहर आ गया। आसपास कुछ खोजा। एक बड़ा सा पत्थर उठाकर वह कमरे की तरफ निकला। इतने में किसी ने उसके कमर में लात मार दी। पत्थर के साथ काशीनाथ नीचे गिर गया। उठकर फिर खड़ा हो गया। पत्नी के हाथ में अधजली लकड़ी देखकर डर के मारे पीछे हट गया। पीछे रामेश्वर भट मुस्कुराता हुआ खड़ा था। काशीनाथ ने मन्दिर छोड़ दिया बहुत देर तक अँधेरे में गोदावरी के किनारे बैठा रहा। जीते जी इस पाप के साक्षी बन जाने की अपेक्षा अपने आपको ही मिटा देने का विचार उसके मन में आया। लेकिन आत्मघात की हिम्मत नहीं हुई। जीते जी मौत का अनुभव लेकर भारी कदमों से काशीनाथ पैठण आ गया।

रामलाल बाबा के मठ में दो वर्ष कैसे निकल गए, कुछ पता ही नहीं चला। ईश्वर के नाम स्मरण में घाव की पपड़ी गिर गई और काशीनाथ महाराजजी बन गया। फिर एक दिन किसी लावारिस वारकरी विट्ठल भक्त का शव दो दिन मठ के पीछे पड़ा रहा। काशीनाथ महाराज ठेले पर लकड़ियाँ ले आए। चार लोग साथ लेकर नाग घाट पर शव का अग्निदाह करवाया। नाग घाट का यह स्थान काशीनाथ महाराज को बहुत पसन्द आया। वहीं पर उन्होंने टिन की छोटी कुटिया बनवा ली और उसमें रहने लगे। इस प्रसंग को भी अब दस-बारह वर्ष हो चुके।

भानुदास के प्रश्न से महाराजजी का अतीत अनजाने में रेंगता हुआ आ गया। लेकिन उन्होंने निजी दुःख को दूर हटाकर वर्तमान सत्य का सामना करने का निश्चय किया।

भानुदास के प्रश्न से कतराकर उन्होंने झूठ ही कहा, ''नहीं-नहीं, मैं अकेला नहीं हूँ। यहाँ मेरे साथी भी होते हैं। हर बार नए। कभी-कभी अकेला होता हूँ।''

''आज वो कहाँ चले गए ?''

''अभी आए नहीं हैं। थोड़ी देर में आ जाएँगे। तेरा नाम क्या है ?'' महाराजजी ने पूछा।

“भान्या, नहीं, भानुदास। घोडके का भानुदास।”

“नाम तो तेरा अच्छा है रे भानुदास।”

महाराजजी से प्रशंसा सुनते ही भानुदास ने अपने दोनों कन्धे धीरे से उचका दिए। शर्ट के बटन ठीक किए। कन्धे से नाक पोंछ दिया।

“हमारे साथी गूँगे हैं। वे बोलते नहीं। हिलते नहीं। एकदम चुपचाप पड़े रहते हैं।”

“गूँगे हैं ? बोलते नहीं ?”

महाराजजी हँस पड़े।

“है न मज़े की बात ! बोलनेवाले लोगों से गूँगे लोग अच्छे होते हैं। उनके मन की कोई बात समझ में नहीं आती।”

महाराजजी कह तो गए लेकिन उनकी इन बातों ने उन्हें भीतर से उधेड़ दिया। बोलने की हिम्मत न होने के कारण गूँगेपन का ढोंग करना कोई सही बात नहीं है। सत्य का सामना करने का अर्थ कमजोर होकर सहन करना तो नहीं है ना ! सत्य तो स्फटिक जैसा होता है। अपनी बात तो ऐसी नहीं है। इसके विपरीत हम तो महाराज का नकली मुखौटा पहनकर अपने आपको सत्य से दूर ठेलते जा रहे हैं। यह कोई ठीक बात नहीं है। असहाय होकर महाराजजी ने दाढ़ी पर हाथ फेर दिया।

भानुदास फिर कुछ नहीं समझा। उसे यह बात बड़े मजे की लगी।

“तुझे पानी पीना है ? लोगों के आने में अभी देर है। कब तक खड़ा रहेगा ?”

महाराजजी टिन के कमरे की ओर चल पड़े। भानुदास उनके पीछे यन्त्रवत् चला गया। महाराजजी ने टिन का दरवाजा पीछे ढकेलकर टेकना देने के लिए दरवाजे को एक पत्थर लगा दिया। टेकने का पत्थर देखकर महाराजजी को अपने पर ही दया आ गई। सीधे काशीनाथ बनकर जीने की हिम्मत नहीं। तन पर गेरुआ वसन, गले में माला, बढ़ी हुई मूँछ-दाढ़ी यह सब क्या है ? दरवाजे का टेकना पत्थर और अपना यह वेशान्तर इनमें क्या कुछ फर्क है ? दरवाजे को आधार के लिए टेकना लगाने पर भी दरवाजा आगे-पीछे होता ही रहता है। अपने मन की दशा भी कुछ ऐसी ही है। श्मशान का एकान्त शुरू-शुरू में अच्छा लगता है। लगता है कि जीने की नाल टूट गई। लेकिन धीरे-धीरे अकेलेपन का अहसास सिर उठाने

लगता है और जीना बेमतलब लगने लगता है। तब दहन के लिए आया कोई शव धुँधला मार्ग फिर से दिखा देता है। ऐसे ही विचारों के साथ महारांजजी टिन के कमरे में आ गए। उनके पीछे-पीछे भानुदास भी अन्दर आ गया। टिन की दीवार पर देवताओं की तस्वीरों की भीड़ लगी हुई थी। कोने में पानी का मटका रखा हुआ था। मटके पर ढक्कन था। उसके पास तीन पत्थरों का चूल्हा था। एक तरफ सफेद रंग का कम्बल जमीन पर बिछा हुआ था।

महाराजजी ने भानुदास को पानी दे दिया।

महाराजजी कम्बल पर पालथी मारकर बैठ गए।

"बैठ।"

"भानुदास बैठ गया।"

"तुझे मजे की बात लगी होगी, मेरे साथियों की। वे बोलते नहीं। हिलते नहीं। फिर महाराजजी ठठाकर हँस पड़े।" मेरे दोस्त यानी बेजान लोग। उसे सब लोग लाश कहते हैं। यहाँ अन्त्येष्टि के लिए आनेवाली लाशें ही हमारे साथी हैं। लाश को जलाना एक तरह से अन्तिम यज्ञ ही है। आदमी के समूचे जीवन को ही एक महान यज्ञ कहा जा सकता है। इस यज्ञ की परिपूर्ति शवदहन से होती है।

"लोग जिन्दगी-भर मेहनत करते हैं। दूसरों के लिए खून-पसीना एक करते हैं। परिवार के लिए खपते हैं। एक दिन स्वयं जीर्ण होकर नष्ट हो जाते हैं। प्रकृति के नियम के अनुसार यह छीजनेवाला शरीर एक दिन बेजान हो जाता है। उसको हम लाश कहते हैं। शरीर से प्राण निकल जाते हैं। रक्त-मांस और चमड़ी का पंजर बाकी रह जाता है। इस लाश का अन्तिम संस्कार अगत्यपूर्वक करना चाहिए। आदर के साथ करना चाहिए। हर आदमी का यह कर्त्तव्य है कि इसे इस तरह से अंजाम दे कि उस व्यक्ति की बेइज्जती न हो। इसीलिए अपने धर्मशास्त्र में, अन्त्येष्टि में सहायता करने को पुण्यकर्म माना जाता है।"

महाराजजी रुक गए। भानुदास एकाग्रता से सुन रहा था। उसके चेहरे के जिज्ञासा के भावों से महाराजजी का हौसला बढ़ गया।

"धर्मशास्त्र कहता है कि शरीर से चेतना अर्थात् प्राणों के निकल जाने पर जो बाकी रह जाता है वह शव है। इसीलिए शव अर्थात् लाश वह शरीर

है जिसे चेतना छोड़ चुकी है। प्राण दूसरा जन्म लेते हैं उसे पुनर्जन्म कहते हैं। धर्मशास्त्र में प्रेतावस्था को निन्दनीय माना गया है। भूत, पिशाच, समन्ध, शाकिनी, डाकिनी आदि प्रेतयोनि के ही भेद हैं। पिछले जन्म की ऐहिक वासनाओं की आसक्ति के कारण प्राण प्रेतावस्था में अटके रहते हैं। उसकी इहलोक की आसक्ति मिटा देने के लिए अन्त्येष्टि आवश्यक होती है।

अन्त्य संस्कारों का प्रधान उद्‌देश्य यही है कि शरीर से बाहर निकले जीव को अर्थात् प्रेत को उसके पूर्वज जिस उत्तम लोक में गए हैं वहाँ पहुँचा देना। इसमें महत्त्व की बात यह है कि लाश को सम्मान के साथ ठिकाने लगाना है। स्वास्थ्य की दृष्टि से भी लाश को ठीक तरह से ठिकाने लगाना आवश्यक है।

महाराजजी रुक गए। फिर उन्होंने कहा, ''भानुदास तेरी उम्र के लिहाज से मैंने कुछ ज्यादा ही कह दिया। कभी-कभी मेरा यह हाल हो जाता है।''

''महाराजजी मेरी समझ में बहुत कुछ आया है ऐसा नहीं, लेकिन लगा कि सुनता रहूँ,'' भानुदास ने कहा।

''बुद्धिमान बालक है,'' कहकर महाराजजी फिर बोलने लगे।

''मनुष्य-जीवन में हर कोई स्वार्थ के लिए प्रयास करता है। यह सच होने पर भी मनुष्य परार्थ के लिए भी कुछ-न-कुछ करता रहता है। माँ-बाप बच्चे के लिए मेहनत करते हैं। परिवार प्रमुख परिवार के लिए श्रम करता है। गृहिणी घर में काम करती है। पत्नी पति के लिए, बच्चे माँ-बाप के लिए, भाई-बहन के लिए कुछ-न-कुछ त्याग करते ही रहते हैं। मनुष्य जीवन में यह जो श्रम है और बेहिसाब त्याग है, वह एक प्रकार का यज्ञ ही है।''

काशीनाथ महाराज रुक गए। लगातार बोलते जाने से उन्हें कुछ थकान भी महसूस होने लगी। महाराजजी के मन में अपराध भाव ने फिर से जोर मारा। कौन सा श्रम और त्याग यज्ञ होता है ? काशीनाथ, तुम जो कह रहे हो वह सब सुनी-सुनाई तोतारटन्त की बातें हैं। नाथ मन्दिर में सुने हुए कीर्तन और रामलाल बाबा से सुना जन्म-मृत्यु का चिन्तन जीवन का

साक्षात्कार तो नहीं है। जिस यज्ञ में तुमने अपनी आहुति दे दी उस यज्ञ का महत्त्व बताना निरा झूठापन है। अपने आपको धोखा देना है। दुःख छिपाने के लिए मुखौटे पहनकर लोगों को हँसाने का काम है।

"आगे की बात क्या महाराजजी, आप ऐसे बीच ही में क्यों रुक गए ?"

खुले दरवाजे से बाहर देखनेवाले और अपनी ही सोच में डूब जानेवाले महाराजजी से भानुदास ने बीच ही में पूछा, "हाँ बेटा, मैं क्या कह रहा था ? होता है कभी-कभी ऐसा," महाराजजी ने कहा और फिर बोलने लगे, "जमीन में बीज उगता है। नया सृजन होकर अंकुर फूट पड़ता है। अंकुर का वृक्ष बन जाता है। वृक्ष फिर फलता-फूलता है। कई जरूरतमन्दों, थके-हारे लोगों को छाया देता है। यह प्रकृति का क्रम है। मनुष्य के जीवन में भी इस प्रकृति क्रम का अनुभव होता है।"

"प्रकृति के चक्र में वृक्ष भी धूप, बारिश, जाड़ा तन पर झेलता हुआ एक दिन जीर्ण हो जाता है। उसका कार्य मानो समाप्त हो गया है। किसी रात में उखड़ जाता है। उखड़ जाने से पहले उसने कई बीजों को बो दिया होता है।"

"मनुष्य का भी यही हाल है। एक समय आता है जब यह शरीर जीर्ण हो जाता है। आँखों की रोशनी मन्द हो जाती है। कानों को सुनाई नहीं देता। दाँत गिर जाते हैं। पाचन बिगड़ जाता है। सीधे खड़े नहीं रह सकते। चल-फिर नहीं सकते। तुरन्त थकान महसूस होने लगती है। उम्र हो जाने से कुछ भी सहन नहीं होता। ऐसे ही समय में कोई बीमारी शरीर में हमेशा के लिए मेहमान बनकर आ जाती है। शरीर की ऐसी हालत हो जाती है तब, जानना कि मौत अपने आसपास मँडरा रही है।"

"अन्तिम तैयारी में मन का बड़ा महत्त्व है। अन्तिम समय में मन का सन्तोष बहुत महत्त्वपूर्ण है। जीवन में जो अच्छे काम किए उनकी सूची आँखों के सामने नाचने लगती है। बेचैनी, पछतावा, अनुताप, दुःख आदि बातों से मन की शान्ति नष्ट हो जाने की सम्भावना रहती है। पूर्वजन्म के पाप अपनी आँखों के सामने आ जाते हैं। जाने-अनजाने अपने हाथ से हुए दुष्कृत्य बेचैन करने लगते हैं।"

"सुख सन्तोष से मर जाना मनुष्य के लिए ईश्वर की बड़ी कृपा मानी

जाती है। सुख सन्तोष के साथ मौत को पाने के लिए जीवन में निरन्तर सदाचार का कर्त्तव्य करते रहना यही मोक्ष का मार्ग है। फिर भी हाथ से कुछ गलतियाँ हो जाती हैं। उनके निराकरण के लिए प्रायश्चित जैसी कुछ विधियाँ धर्म में बताई गई हैं। उनमें दानधर्म, तीर्थयात्रा आदि का समावेश है।''

बाहर आवाज सुनाई दी, ''जय बोलो जय श्रीराम।''

''चलो भानुदास महाराज, लगता है लोग आ गए।''

महाराजजी ने कहा। उठकर बाहर आ गए उनके पीछे अभिभूत भानुदास भी बाहर आया।

नाग घाट की थोड़ी सी चढ़ान चढ़कर भानुदास ऊपर आ गया। साहूकार की गिरी हुई कोठी के पास लोग दिखाई दिए। सब लोगों के कुछ आगे पिराजी था। हाथ में मिट्टी के तेल का डिब्बा। पास आते ही पिराजी ने भानुदास से पूछा, ''भान्या, यहीं बैठा रहा क्या बेटे ?''

''तुमने कब कहा था लौट आने को ?''

''क्या कर रहा था ?''

''महाराज़जी बहुत अच्छे हैं। क्या कुछ बता रहे थे।''

''मुझे कमरे में ले गए पानी दे दिया।''

लहुजीनगर के सब लोग शवयात्रा के साथ आ गए थे। सामने शहाजी ने टिकठी पकड़ी हुई थी।

''ठहर जाओ, ठहर जाओ,'' किसी ने कहा।

''विश्रामस्थल आ गया। धीरे से नीचे रख दो। सामने कन्धा देनेवाले पीछे आ जाएँगे और पीछे के सामने जाएँगे। अरे शहाजी, तुम पीछे मत देखो। तुम बस आगे देखो।''

शव नीचे रखा गया।

शहाजी की पत्नी पास में खड़ी थी। ''बुढ़वा जा रहा है सरग में। जाते-जाते आखिरी बार हवा तो कर। मेहमान की तरह खड़ी क्या रह गई है ? दैया री, कैसा जमाना आ गया है।'' पासवाली औरत ने शहाजी की पत्नी को कहा। शहाजी की पत्नी झट से आगे बढ़ गई। दाहिने हाथ से आँचल का छोर पकड़कर जमीन पर रखे ससुरजी के सिर के पास हवा करने लगी। उसी समय उसका दिल भर आया। बूढ़े के चल बसने का दुःख तो

था ही इससे भी यह भावना बलवती थी कि बूढ़े के जाने से छुटकारा मिल गया। बूढ़ा पिछले कुछ महीनों से बीमार पड़ा हुआ था। हर रोज वह बूढ़े के मरने के दिन गिन रही थी। इधर घर का काम, भैंसों का गोबर-मूत साफ करना, शहाजी के सनकी मन को सँभालना और बूढ़े का सब कुछ करना—इन बातों से वह थक जाने लगी थी। इस काम में पहले जैसा जोश नहीं रहा। इसलिए मन में बार-बार आता कि भगवान बूढ़े को कब ले जाएँगे। सुबह बूढ़ा चल बसा और उसे लगा कि छुटकारा मिल गया। आगे के कन्धेवाले पीछे आ गए। पीछे के आगे चले गए फिर शव को उठाया गया।

तुकाराम नाई शव और शहाजी के बीच आ गया। ''अरेऽअरे तुक्या ! बीच में क्यों गया मरने को। अरथी और टिकठी में अग्नि ले जानेवाले के बीच में जाया नहीं करते।''

किसी ने कहा तो तुकाराम नाई परे हट गया। ''इधर रखो, इधर रखो,'' महाराजजी ने उस तरफ हाथ से इशारा किया जहाँ लकड़ियाँ रखी गई थीं।

''तुम यहाँ बैठो,'' दहन भूमि की वायव्य दिशा की ओर हाथ करते हुए, पिराजी को बैठने के लिए कहा।

टिन के डिब्बे से उस जगह पर गोमूत्र का सिंचन किया जिस जगह पर चिता रची जाती थी।

''चलो, अब बड़ी-बड़ी लकड़ियाँ ले लो,'' महाराज करीब पाँच हाथ लम्बी और तीन हाथ चौड़ी चिता रचने लगे।

''यम, काल, मृत्यु, अग्निदेवताय नमः।'' मध्य, दक्षिण और उत्तर भाग पर चिता रचने के स्थान पर तिल के कुछ दाने डाल दिए। कमरे के पास कुछ सूखी हुई तीलियाँ थीं। उनमें से पीपल और गूलर की दो-तीन तीलियाँ ले ली। सिर की तरफ रख दी। चन्दन का काष्ठ बीच में रख दिया। कमर में बँधी कपूर की टिकिया पैर की तरफ रख दी।

इसके पश्चात महाराजजी अरथी के पास आ गए, ''खोल दो।''

एक-दो आदमी अरथी खोलने लगे। अरथी और शव को बाँधी सुतली खोलने के लिए दो आदमी दो तरफ बैठ गए। कटे पैर को जमीन पर लम्बा करके बैठा विट्ठल सुतली की गाँठ खोलने लगा। गाँठ खुल नहीं रही थी।

इसकी माँ की...! गाँठ इतनी पक्की कैसे लग गई ? विट्ठल अपने आपसे बुदबुदाया। आखिर उसने सुतली का एक किनारा मजबूती से पकड़कर दूसरे ठीक-ठाक पैर को आधार के लिए अरथी से टिका दिया और झटका लगा दिया। शव के सिरहाने की कमची झट से बाहर निकल आई और बेखबर विट्ठल पीठ के बल गिर पड़ा। शव के सिरहाने का आधार निकल जाने से शव की गर्दन नीचे लटकने लगी। "अरे, अरे, बूढ़े की गर्दन टूट जाएगी," पास में खड़े किसी आदमी ने कहा। शव के उस पार सुतली खोलने का प्रयास करनेवाले तुकाराम ने शव के गर्दन के नीचे आधार के लिए एक ईंट रख दी।

"उठिए विट्ठलभाई," बूढ़े ने तो सबके सामने तुम्हारी पीठ जमीन को लगा दी। हँसते हुए तुकाराम ने कहा। लड़खड़ाता हुआ विट्ठल उठ गया। बदन को झटक दिया और फिर दोगुने जोश से अरथी की गाँठें खोलने लगा।

दोनों हाथ गालों पर रखकर शहाजी चिता पर पड़े बूढ़े के शव को देख रहा था। बूढ़े के बन्द मुँह पर रखे घी के गोले को देखकर शहाजी ने सिर नीचे झुका लिया। दोनों हाथों के कपड़े में मुँह छिपाकर फफक-फफककर रोने लगा। तुकाराम नाई पास आ गया। शहाजी की बाईं कुहनी को जोर से खींचते हुए उसने कहा, "शहाजी, अब यह क्या हो रहा है ? मुर्दे को चिता पर रख दिया गया है देखते नहीं ? मुर्दे को चिता पर रखने के बाद रोया नहीं करते। नहीं तो बूढ़े की आत्मा वहीं पर अटकी रह जाएगी। उसके स्वर्ग के दरवाजे बन्द हो जाएँगे।" शहाजी ने ऊपर देखा आँखों में गोदावरी के सोते फूट पड़े। तुकाराम के गले लगकर वह रोने लगा।

"धीरे से। सिरहाने के नीचे गेहूँ का आटा है। धीरे से खोलिए। गिरने मत देना।"

सुतली से बँधा शव खुल गया।

शव पर डाला हुआ सफेद कपड़ा हटा दिया गया। शव के नीचे और ऊपर से लपेटा हुआ सफेद कपड़ा भी हटा दिया गया।

"धीरे से इस तरफ घूम जाओ। सिर दक्षिण की ओर होना चाहिए हाँ ! ठीक है धीरे से। यहाँ सिर रखो," महाराजजी सूचना दे रहे थे।

"घी की डिबिया लाओ।"

एक ने जेब से डिबिया निकाली। महाराजजी के हाथ में दे दी। घी में उँगलियाँ डुबोकर शव के मुँह नासपुटों, दोनों कानों और दोनों आँखों को कुल मिलाकर सात स्थानों पर घी लगाया गया।

सिसकते-सिसकते शहाजी बोला, "घर में ढेर सारा घी था। लेकिन बूढ़े को चुटकी-भर भी खाने को नहीं मिला और अब मरने के बाद यह इतना बड़ा घी का गोला," वह फिर फूट-फूटकर रोने लगा शहाजी की पत्नी उसके पास आ गई।

"यह क्या लगा रखा है। सामने लोग क्या कह रहे हैं कुछ समझ में आता है या नहीं अभी ?" पत्नी की आवाज सुनकर शहाजी सहम गया। उसने ऊपर देखा। पत्नी की सख्त नजर से वह काँप उठा। उसने भर आई आँखें पोंछ डाली। तुकाराम की ओर एक बार असहाय होकर देखा। आँखों को इस भाव से झपका दिया कि तुकाराम उसे ढाँढस बँधावे। यह सोचकर शहाजी बहुत घबरा गया कि यदि वह रोना नहीं रोक देगा तो उसकी पत्नी सबके सामने उसे खरी-खरी सुनाएगी।

महाराजजी ने बचा हुआ घी शव पर सींच डाला। कमर से और एक पुड़िया निकाली। चुटकी-भर तिल शव पर डाल दिए। फिर कमरे में जाकर सत्तू के आटे के पाँच पिंड लेकर लौट आए।

"अग्ने कर्मे अतिद्रवति यो ते शवानो," इस मन्त्र का पाठ करते हुए एक पिंड शव के माथे पर रख दिया। दूसरा मुख के पास रखा। तीसरा और चौथा दोनों भुजाओं पर रख दिए। अन्तिम पाँचवाँ पिंड हृदय के पास रख दिया।

"चलो अब उपलें और लकड़ियाँ ले लो," कहकर महाराज दूर हट गए। आसपास के दो-चार आदमी आगे बढ़े, शव पर लकड़ियाँ रचने लगे।

एक जन शहाजी को नाग घाट पर ले गया। शहाजी नहाया। कन्धे पर उपरने को पानी में भिगोकर वे लौट आए। उपरने को निचोड़कर शव के मुँह में पानी दिया। घर के सब लोगों ने पानी पिलाया।

शहाजी फिर पहले स्थान पर आ गया। एक आदमी ने मटकी का अंगार सूखी डंठलों पर डाल दिया। दोनों हाथों से उनको इधर-उधर किया। धुआँ उठा। दूसरे ने मुँह से जोर के साथ फूँक दिया।

"अरे-अरे, मुँह से फूँका नहीं करते," कोई पीछे से चिल्लाया। तब तक

डंठल भभककर जल उठे।

"इधर आ जाओ। सिर की तरफ। आदमी हो तो सिर की तरफ से आग दी जाती है। औरत हो तो पैर की तरफ से दी जाती है," महाराजजी ने कहा।

"क्रव्यदोमग्नि," कहते हुए जल उठे डंठल पहले आँखों के पास रखे। एक आदमी आगे बढ़ गया। जल उठे डंठल सब तरफ से लगा दिए। मिट्टी के तेल में डूबे उपले जोर से भड़क उठे।

आसपास खड़े लोग दूर हटकर बैठ गए। शहाजी धधकती चिता की ओर देखता खड़ा था।

'फट' की आवाज आई।

"कपालमोक्ष हो गया। फिर स्नान करे मटके में पानी ले आओ।"

शहाजी उठ गया। साथवाले ने मटका ले लिया। नाग घाट की सीढ़ियाँ उतरकर फिर से नहा लिया। मटका पानी से भरा लौट आया।

"दाएँ कन्धे पर ले लो। शव के पैर से उलटी दिशा में तीन बार प्रदक्षिणा लगाना," महाराजजी ने सूचना दे दी।

शहाजी चलने लगा। एक प्रदक्षिणा हो गई। "पत्थर कहाँ है ? पत्थर कहाँ है ?"

"यह मेरे हाथ में है," तुकाराम नाई ने आगे बढ़ते हुए कहा। मटके के बीच में पत्थर में धीरे से ठोस दिया। छोटा सा छेद हो गया। छेद से पानी की धारा बहने लगी। दूसरी खेप में और एक छेद किया गया। तीसरी खेप हो गई।

"मटका पीछे छोड़ दो।"

शहाजी ने मटका पीठ के पीछे छोड़ दिया। फट की आवाज आई। तुकाराम ने पैरों से बचे हुए मटके फोड़ डाले।

"शहाजी बाएँ हाथ की मुट्ठी मुँह पर पीट कर शंखध्वनि करो शहाजी ने मुँह पर मुट्ठी से ध्वनि किया। उसकी आवाज फट गई थी।

शहाजी फिर से नहा आया। जिस पत्थर से मटका फोड़ा था उस पर तिल तंडुल डालकर तिलांजलि दे दी। कोरे कपड़े के टुकड़े में अश्मा लपेट दिया।

बूढ़े की चिता जोर से धधकने लगी। काशीनाथ महाराज टिन के कमरे

में लौट आए। थकान ऐसे महसूस हो रही थी जैसे बहुत बड़ा बोझ उठा लाए हों। श्मशान में शव आते ही जैसे उनके तन-बदन में शक्ति-संचार हो जाता था। चिता की रचना, शव को मन्त्राग्नि देना आदि कामों के बाद निढाल हो जाते थे। इधर शक्तिपात होने का भाव बढ़ने लगा था। उन्हें लगा कि कुछ देर पहले भानुदास को जन्म, मृत्यु, मनुष्य का कर्त्तव्य आदि के बारे में जो चिन्तन सुना दिया वह सब झूठ है। लम्बी साँस भरते हुए उन्होंने अपने सिर के बालों पर हाथ फेर दिया। इस तरह जीना भी एक नाटक है। यह सब पात्र मानो कठपुतलियाँ हैं। इन सबको एक अदृश्य शक्ति नचा रही है। नियति ने हमें इतना ही अधिकार दिया है कि हम उस नाटक के एक-एक प्रसंग के साक्षी बनकर रहे। कभी-कभी तो हम ही इन भूमिकाओं को निभाते हैं। दृश्य समाप्त हो जाने पर दर्शक बिखर जाते हैं। रंगमंच खाली हो जाता है। बाकी रह जाता है चेहरे को लगाया हुआ रंग, उसकी चिपकी हुई यादों के साथ। इधर चिता को आग देने के बाद महाराजजी को लगने लगा कि उनके भीतर भी आग सुलग उठी है। बेचैनी बढ़ जाती है। अतीत के मकड़जाल आँखों के सामने अजीबोगरीब हरकतें करते हुए नाचने लग जाते। उसमें आपेगाँव के मठ का तोंदिल निकला रामेश्वर भट दिखाई देता। अपना चेहरा खोई हुई एक परछाईं सामने आ जाती। गुस्से में महाराजजी टिन के दरवाजे पर लात मार देते। पैरों में चुनचुनाहट हो जाने पर नाग घाट के पानी की ओर चल देते। बाहर 'फट्' आवाज आई। महाराजजी की आँखों के सामने अँधेरा छा गया। आदत से टिन के दरवाजे को लात मारकर कमरे के बाहर चले आए और नाग घाट की ओर यन्त्रवत् चलने लगे। आँखें मूँद ली और अपने आपको पानी में झोंक दिया।

भानुदास सब कुछ देख रहा था। लेकिन उसका ध्यान विधि में नहीं था। वह एकटक लाश पर पड़े सफेद कोरे कपड़े की ओर देख रहा था। लाश को उठाकर चिता पर रखने से पहले यह कपड़ा बाजू में फेंक दिया गया था।

सफेद-झक् कोरा कपड़ा।

भानुदास का मन उसे चुप नहीं बैठने दे रहा था। अनायास ही उनका ध्यान अपनी पहनी कमीज की ओर चला गया। मैली और कन्धे पर फटी

कमीज का स्थान नई कोरी कमीज ने ले लिया था।

शहाजी मटके में पानी लाने के लिए गया। तुकाराम नाई शहाजी के साथ था। सब लोग इस चिन्ता से उद्विग्न होकर बैठे थे कि कब यह सब खत्म होगा।

बिल्कुल इसी समय भानुदास ने अवसर का लाभ उठाया। बैठे-बैठे ही भानुदास ने शव से उतारा हुआ कपड़ा अपने हाथ में लपेट दिया। कपड़े का गोल गेंद बनाकर अपनी कमीज की ओट में छिपाकर सिर पर पाँव रखकर भागा।

भागते हुए उसे ऐसे लगा मानो अपने बदन पर नई कमीज पहनी हुई है।

छह

शान्ता घर के सामने की टेढ़ी-मेढ़ी सीढ़ियाँ चढ़ रही थी। सुबह में गली-कूचों की सड़कों पर झाड़ू लगाकर वह बेहद थक गई थी। दोनों हाथ कन्धे के पास कसकने लगे थे। सड़क की धूल की पर्त बदन पर, साड़ी पर और बालों पर चढ़ गई थी। नथुनों में भी धूल की पर्त जमा हो गई थी।

शुरू-शुरू में शान्ता ने जब सड़कें झाड़ने का काम किया तब उसे सड़क की धूल की एक खास गन्ध आई थी। तब उसे वह अच्छी लगी थी। फिर उसे इस गन्ध की इतनी आदत हो गई कि दिन-भर उसे इसी एक गन्ध का आभास होने लगा।

खाना खाते समय रोटी में भी धूल की गन्ध महसूस होने लगी। नहाते समय सिर से, बदंन से निथरनेवाले पानी में भी यही गन्ध आती रही। रात में गूदड़ी ओढ़ लेने पर उसमें भी उसे यही गन्ध आने लगी।

धूल की इस गन्ध ने उसको तो जैसे निढाल कर दिया था। बरसात

के कुछ दिन जरूर भीगी मिट्टी की सोंधी गन्ध से वह तरोताज़ा हो जाती। चुस्ती महसूस करती।

बात तब की है जब शान्ता का ब्याह हुआ था। पैठण से करीब बीस किलोमीटर दूर शान्ता के पिता का गाँव था। गाँव के पूर्वभाग में उनके समाज के सात-आठ घर थे। घर के सामने छोटा सा नाला था। नाले के किनारे मातंगों के ये मकान कतार में बने हुए थे। नाले के दोनों ओर नीम जैसे पेड़ों की भीड़ लगी थी। शान्ता के माँ-बाप, चाचा और उनके बच्चे ताड़ पत्ते के झाड़ू, बाँस की टोकरियाँ, डालियाँ, मोटी रस्सियाँ आदि बनाते थे। हर रोज शाम को हनुमानजी के मन्दिर के सामने हलगी (डफली) बजती थी। भगवान के सामने हलगी बजानेवाले को शहाड़ा कहते हैं। हलगी बजाने का काम चार महीने के लिए बारी-बारी से हर परिवार को मिल जाता था। हलगी बजाने की बारी जिसकी है, उस परिवार को शाम में गाँव से रोटियाँ मिल जाती थीं। गाँव में पहरा देने का काम तो अब नहीं रहा था। लेकिन रोटी माँगना बरकरार था और एक बड़ा अहम काम शान्ता के पिता और चाचा करते थे। उनकी बैठक-मंडली थी। शादी-ब्याह में बाजे बजाने का काम यह कलाकार मंडली करती थी।

शान्ता के कोई भाई नहीं था। बहन भी नहीं थी। इसलिए इकलौती शान्ता लाड़-प्यार में पली थी। आसपास के लड़कों के साथ लड़का बनकर ही खेलती थी। नाले पर कपड़े धोना, पिता के साथ झाड़ू लेकर पाचोड़ के बाजार में बेचने जाना आदि काम वह बड़ी खुशी से करती थी।

रविवार के दिन पाचोड़ के बाजार में एक बार शान्ता पिता के साथ झाड़ू बेचने के लिए बैठी हुई थी। मई माह की जानलेवा कड़ी धूप। कहीं कोई छाँव नहीं। बैलों के बाजार के पास झाड़ू और मोटी रस्सियाँ बेचनेवाले बैठा करते थे। झाड़ुओं का आखिरी जोड़ बेचकर शान्ता के पिता उठे। उनके सामने मुंडासा पहना, काले कलूटे चेहरे पर सफेद गुच्छेदार मूँछवाला कोई बुजुर्ग खड़ा था। पिताजी उसे पासवाले टाट के होटल में ले गए। पन्द्रह-सोलह बरस की लहँगा-चोली पहनी शान्ता की ओर देखकर बूढ़े-बुजुर्ग ने शान्ता के पिता से मुस्कुराते हुए कहा, "क्यों बन्धु, इस साल

पीपी बजाने का इरादा है या नहीं ?"

शान्ता के पिता ने मुस्कुराते हुए शान्ता की ओर देखकर मानो मौन सम्मति दे दी, "फिर हम आपके घर हलुवा खाने कब आ जाएँ ? बूढ़े ने फिर जोर करके पूछा। शान्ता समझ गई कि यह उसके ब्याह की बात चल रही है। ब्याह की बात से वह कुछ हैरान-परेशान हो गई। गले के पास कुछ फटी सी चोली को उसने उँगली से ठीक करने का प्रयास किया। शर्म से गर्दन नीचे झुका दी। "समधीजी, कभी भी आ जाइए, इसके लिए न्योता देने की क्या जरूरत है ! आ जाइए, एक अच्छी सी मुर्गी देख रखता हूँ।" शान्ता के पिता से कहा, "मुर्गी तो हो जाएगी जी लेकिन समधी के लिए कुछ दवा-पानी का इन्तजाम भी करना पड़ेगा।" इस बात पर दोनों ही खिलखिलाकर हँस पड़े। बैठक हो गई। शान्ता के पिता ने शान्ता से कहा, "शान्ता, ससुरजी के पैर पड़।" शान्ता बेजार सी हो गई। बूढ़े के पाँव पर माथा रखकर दूर हट गई। पिता के साथ गाँव लौटते समय शान्ता के सिर पर बाजार से खरीदे नमक-मिर्च आदि सामान का बोझ था। शान्ता का तनबदन रोमांचित हो गया और सिर का बोझ उसे हल्का लगने लगा।

ब्याह पक्का हो गया। समूची मातंग बस्ती में ब्याह की तैयारियाँ शुरू हो गईं। लहँगा-चोली पहननेवाली शान्ता ब्याह से पहले साड़ी में आ गई। घर के सामने लकड़ी के खम्भे रोपकर मंडप तैयार किया गया। मंडप पर रहठा डालकर छाँव की गई। खम्भों को आम के पत्तों की टहनियाँ बाँधा गई। दोपहर ढलते ही तीन बैलगाड़ियों में बारात आ गई। शान्ता के पिता और चाचा ने सामने जाकर आवभगत की। मुँह धोने के लिए पानी दिया। मंडप में कम्बल और गद्दी बिछाकर बैठक तैयार की गई थी। लोग मंडप में बैठ गए। घर की खिड़की से शान्ता चोरी-चोरी बाहर के लोगों को देख रही थी। उसके कलेजे की धड़कन बढ़ गई। साँसों की गति तेज़ हो गई। माथे पर बँधे कागज के मोर को हटाकर तलवे पर खड़े रहकर उसने बाहर देखा। घर की तरफ मुँह किए बैठे बनरा की नजर से उसकी नजर टकरा गई। विट्ठल को देखकर वह रोमांचित हो उठी। गोरा-चिट्टा विट्ठल पिता के पास बैठा हुआ था। "मैया री ! शान्ता के तो भाग खुल गए री ! कैसा गोरा-चिट्टा अंग्रेजी मेम के घरवाले जैसा मर्द मिल गया है। शान्ता की बुआ ने विट्ठल की ओर देखकर सब लोगों को सुनाई देनेवाली कर्कश

आवाज में बनरा की तारीफ की। मुझे तो लगा था कि समधी जैसा पक्के रंग का होगा पर इनका रंग तो हमारी मातंग बस्ती को ही नहीं बमनों को भी मात दे सकता है। "शान्ता री, मरीआई ने तेरी मन्नत पूरी कर दी री !" शान्ता की माँ ने बेटी को सराहते हुए कहा।

ब्याह के बाद वह ससुराल गई। दूसरे दिन विट्ठल उसे पैठण ले आया। नौकरी के कारण विट्ठल ने पैठण में घर बसाया था। ब्याह के दूसरे दिन बहुत बारिश हो गई। गोदावरी में बड़ी बाढ़ आ गई। पैठण के निचले हिस्से में पानी घुस गया। शान्ता का झोंपड़ा तब गाँव के पूरब की तरफ बसी मातंग बस्ती में था। छत पर टिन डाले हुए थे। दीवार टट्टी की थी। घनघोर बारिश का पहला दिन। शाम को बारिश शुरू हो गई। झोंपड़े में टट्टी से पार्टीशन बनाया गया था। दूसरी तरफ सास और बूढ़ा ससुर सोए हुए थे। पहलोंठी शान्ता चुपचाप सोई थी। ऊपर टिन पर बारिश तड़तड़ ऊधम मचा रही थी। कितनी ही देर तक यह एकान्त उसने उथल-पुथल मचा रहा था। पति विट्ठल बाहर गया हुआ था जो अभी तक लौटा नहीं था। राह देखकर सास-ससुर पहले ही सो गए। अकेली शान्ता फटी गुदड़ी पर लेटी हुई थी। साथ में था टिन पर पड़नेवाली बूँदों का संगीत। कितना समय बीत गया उसकी समझ में नहीं आया। राह देखकर शान्ता की आँख लग गई।

पिछले दो दिनों की विट्ठल की साथ-संगत ने उसे पागल बना दिया था। ब्याह के समय अन्तःपट के पास विट्ठल खड़ा हुआ था। मामा ने विट्ठल के हाथ में शान्ता का हाथ दे दिया। विट्ठल के हाथ का स्पर्श होते ही वह पल-भर के लिए होश खो बैठी। ब्याह होने तक आँखें ऊपर उठाने का साहस नहीं कर पाई। ब्याह हो गया और बारातियों के साथ वह गाँव आ गई। रात गाँव में गुजारकर दूसरे दिन सबके साथ पैठण आ गई थी।

झोंपड़े के टिन के दरवाजे की कुरकुर आवाज आई।

शान्ता झट से उठकर बिछौने पर बैठ गई। बाहर बिजली चमकी।

बिजली की रोशनी से झोंपड़े के चारों कोने उजले हो गए उसमें शान्ता को विट्ठल का पानी से निथरा चेहरा दिखाई दिया। उसकी हिम्मत बँध गई लेकिन दूसरे ही पल उसके मन में रोमांच उठा।

किसी असामयिक भय से उसका समूचा बदन काँप उठा।

वह कुछ समझे इससे पहले ही भीगे विट्ठल ने आवेग से गले लगा लिया। घुटनों तक कीचड़ से सने विट्ठल ने उसे दम नहीं लेने दिया। ऊपर टिन पर जोर से गिरनेवाली घनघोर बारिश और इधर अजीबोगरीब हरकतें कर रहा विट्ठल। क्या हो रहा है शान्ता की कुछ समझ में नहीं आ रहा था। लेकिन उसे यह भी लग रहा था कि टिन पर बारिश होती रहे। कुछ देर बाद टट्टी की दीवार से पानी भीतर आ गया। सारी गूदड़ी पानी में भीग गई।

पानी के निथर जाने तक दोनों अपने होश खोकर कीचड़ में नहाते रहे। दोनों के बदन कीचड़ से सने हुए थे। नाक तक कीचड़ और उसकी मनमानी मनचाही गन्ध। बचपन में घर के सामने मटके बनाने से पहले कीचड़ रौंदनेवाले कुम्हार की याद उसे आई।

शान्ता घर के सामने आ गई। मुश्किल सीढ़ी से टकराई। विचारों का तार टूट गया। सामने विट्ठल बैठा हुआ था। एक हाथ का जोर डंडे पर देकर एकटक अपनी पत्नी की ओर देख रहा था। अब तक शान्ता यादों में रम गई थी। विट्ठल को देखकर यादों का ख़ुमार झट से उतर गया। काम से लौट आई घरवाली की ओर विट्ठल ने हमदर्दी से देखा। अपनी नालायकी पर वह शर्मिन्दा हो गया। इधर उसे काम न करने की आदत हो गई थी। लेकिन कुछ न कर सकने का अहसास उसे चुभ रहा था। जब तक शरीर में ताकत रही कमाई अच्छी थी। जेब में खनकनेवाले पैसों को नए रास्ते मिले। कुटेवों ने कब्जा कर लिया। बच्चों के लिए मर-खपनेवाली पत्नी की उसने बिल्कुल ही फिक्र नहीं की। पत्नी ने विरोध तो नहीं किया था और करती भी थी तो उसे ठुकरा ही देते। लेकिन अब समय ने ही परीक्षा ले ली। आज शरीर में ताकत नहीं है और पत्नी की कमाई पर जीने की नौबत आ गई है। घर-परिवार के लिए खून-पसीना एक करनेवाली शान्ता ने सड़क की धूल अपने तन-बदन पर उठा ली थी इसलिए उसका चेहरा भूरा हो गया था।

शान्ता ने हाथ का झाड़ू कोने में खड़ा रख दिया। टोकरी दीवार के पास सीधी सटाकर खड़ी रख दी। दोनों हाथ खाली हो जाने पर उसने राहत की साँस ली।

घर में घुसने से पहले दोनों हाथों से साड़ी का पल्लू सामने पकड़कर अच्छी तरह से झटक दिया। साड़ी पर चढ़ी कुछ धूल उड़ गई। साड़ी का सामनेवाला झोल दाएँ हाथ से ऊपर-नीचे कर झटक दिया। नहानीघर में पानी से भरी बाल्टी थी। विट्ठल ने सुबह ही बाल्टी और कमोरा पानी से भर रखा था। शान्ता ने बाल्टी से लोटे में पानी ले लिया। कुल्ला किया। चेहरे पर पानी छिड़का। पैरों पर थोड़ा सा पानी डालकर वह नहानीघर से बाहर आ गई।

विट्ठल ने स्टोव जला दिया। शान्ता के काम से लौट आने पर उसके हाथ-पैर धोने तक विट्ठल चाय की तैयारी कर देता।

चाय के लिए दो कप नहीं ले लिया। चाय के उबल जाने तक शान्ता कमरे की दीवार से पीठ टेककर बैठ गई। थक जाने से उसने आँखें मूँद ली थी।

परिवार के दोहरे बोझ से उसका दम टूट गया था। इधर दम घुट जाने का अहसास बढ़ने लगा था। ब्याह को पन्द्रह वर्ष हो गए। शुरू की सुखद यादें अब ऊबाने लगी थीं। ब्याह के पहले छह वर्ष कैसे बीत गए कुछ समझ में नहीं आया। छठे वर्ष में पाँचवीं जचगी हो गई। दो लड़कों और तीन लड़कियों की परवरिश करने में वह हैरान हो गई। बदन टूट गया। मन की उमंग गायब हो गई। लगातार पाँच बार जचगी के तनावों और विट्ठल के पीने की बढ़ी हुई मात्रा के कारण शान्ता का जीना दूभर लगने लगा। एक-दो बार उसने शिकायत करके देखा। लेकिन उलटा ही असर हो गया। विट्ठल रात में देर से घर आने लगा। उसके कानों पर भनक पड़ी थी कि विट्ठल बाहर किसी के पाश में उलझ गया है। लेकिन वह बिना कुछ बोले चुपचाप सहती रही।

चाय के उबल जाने पर उबली चाय की चिरपरिचित गन्ध कमरे में फैल गई।

"ज्यादा मत उबालना। नहीं तो कड़वी हो जाती है," आँखें खोलते हुए शान्ता ने कहा।

विट्ठल ने चाय में थोड़ा दूध मिला दिया। चाय छान दी। एक कप शान्ता के सामने रख दिया। दूसरा अपने लिए लिया। एक घूँट चाय पेट में जाने पर शान्ता को ताजगी महसूस हुई।

पति के हाथ की बनी चाय पीते-पीते वह और भी अन्तर्मुख हो गई। वह सुबह पानी भरता है। अपने काम से आने के बाद याद से दो कप चाय बनाता है। इस चाय में एक अनोखे स्पर्श का स्वाद होता है। यह सोचने पर उसके मन की बेचैनी और बदन की थकान की टीस निकल गई। पति के हाथ से कप लेते समय उसके हाथ का स्पर्श हो गया। उसने उसकी ओर देखा। पत्नी के साथ आँखें चार होने पर विट्ठल मीठी हँसी हँस दिया। पन्द्रह वर्षों के सहवास के बाद भी पति के स्पर्श से शरीर अब भी कामोत्सुक हो उठता है। शरीर की इस बेशर्म आदत पर नाराज हो गई। मैं पति से नाराज हूँ। गुस्से में चीजें इधर-उधर पटक देती हूँ। वह कुछ भी काम नहीं करता इसलिए बच्चों के सामने उसे जली-कटी सुनाती हूँ। विट्ठल यह चुपचाप क्यों सहता है ? हर रोज रात में देर से आनेवाले पति की राह देखते समय उसके मन में पति के बारे में गुस्सा उबलता रहता है। लेकिन नशे में चूर गलितगात्र पति के बगल में घुसते ही, पानी में धुलनेवाले मिट्टी के ढेले जैसी उसकी दशा हो जाती है।

शान्ता ने दोनों कप और तश्तरियाँ भगोने में डाल दी।

"क्या का क्या हो गया ?" चाय का मीठा स्वाद अभी मुँह से चला नहीं गया था कि शान्ता ने पूछ लिया। विट्ठल पल-भर के लिए सकपका गया।

इधर कुछ दिनों से शान्ता इसी बात को लेकर विट्ठल के पीछे पड़ गई थी। विट्ठल कुछ-न-कुछ काम करे उसका यह सोचना कुछ गलत भी नहीं था। पति कहीं तो लगा रहेगा। बड़ा बेटा एक साल के भीतर हाथ आएगा। तब तक नए व्यवसाय की पटरी बैठ जाएगी। एक बार बात बन गई तो आगे आसान हो जाएगा। इसलिए हर दो-एक दिन बाद वह विट्ठल के पीछे पड़ जाती थी।

पत्नी ने अनचाहा सवाल किया तो विट्ठल बेचैन हो गया। उसने ऊपर देखा। वह नहीं चाहता था कि पत्नी से नजर मिले।

"मैं क्या कह रही हूँ ? सुनाई नहीं देता क्या ? क्यों जानकर भी

अनजान बनने का नाटक कर रहे हैं ? आज भी मैंने हाथ जोड़कर साहब से विनती की। सड़क पर गुमटी लगाने की इजाज़त माँगी। साहब मुझ पर ही उखड़ गया। उसने कहा कि तुम्हारे घरवाले की ही काम करने में दिलचस्पी नहीं है। तो मैं पूछती हूँ आपने क्या तय किया है ? अजी माह-दो माह भी तो गुमटी में बैठा करो। निवृत्ति मशीन सीखकर आएगा तब मैं उसे मशीन खरीद दूँगी। उसके बाद आप गाँव-भर फिरो लेंड़ सूँघते हुए। निवृत्ति बैठेगा उस गुमटी में।''

लगातार बोलते जाने से शान्ता का दम फूल गया। पति पर गुस्सा होने से भी वह हाँफने लगी।

विट्ठल ने सिर झुका लिया। वह भी चाहता तो था कि काम करे। लेकिन फिर उसकी हिम्मत पस्त हो जाती थी। आलस्य उस पर सवार हो जाता। पत्नी का तकाजा करना ठीक ही था। चौराहे पर गुमटी डालकर बीड़ी-माचिस की दूकान चलाएँगे तो चार-पाँच रुपए तो मिल ही जाएँगे। लेकिन जब से उसकी नौकरी चली गई उसकी काम करने की आदत भी छूट गई इसलिए उसकी हिम्मत पस्त हो जाती थी। उसे लगता उसकी हालत उस जानवर जैसी हो जाएगी जिसके गले में अड़गोटा बाँध दिया गया है। इसलिए विट्ठल अपनी पत्नी के तकाजे को जान-बूझकर नजरअन्दाज किए जा रहा था। चुप रहने की अपेक्षा कुछ बोलना ठीक रहेगा यह सोचकर उसने कहा, ''धन्धा नहीं चला तो...?''

''धन्धा नहीं चला तो आपको कोई सूली पर नहीं चढ़ाएगा। मैं तो कहती हूँ कि ठीक है, नहीं चला धन्धा, आसमान तो नहीं गिर जाएगा या आपको भीख तो नहीं माँगनी पड़ेगी ! आपको दो जून रोटी खिलाने के लिए मेरे हाथ-पैर अभी भी काम दे रहे हैं। रहा गुमटी का खर्चा, तो उसे तो उधार ही लाना है। गुमटी नहीं चल पाई तो जिस कीमत पर खरीदी उसी कीमत पर किसी को भी बेच सकेंगे।''

''लेकिन मैं कहता हूँ निवृत्ति को सीखने दो। उसके बाद गुमटी ले ली तो क्या बिगड़ेगा ?''

''अरे माटी मिले, मेरे भाग ही खोटे ! टुक्कड़खोर घरवाला और सारी रात जगानेवाला,'' शान्ता झट से उठ गई। ऐसे घरवाले की बीवी होने की बात पर उसे खीझ हुई। लेकिन क्या कर सकती थी ?

विट्ठल खड़ा हो गया। डंडे के सहारे घर के सामने की सीढ़ियाँ धीरे-धीरे उतरने लगा।

गली की नुक्कड़ का मकान। गणेश भटजी पिछले दो दिन से बेचैन थे। बन्द हवेली का सामने का हिस्सा मजबूत दिखाई दे रहा था। पिछवाड़े में गोदावरी नदी थी। इस तरफ की दीवार बहुत वर्ष पहले ढह गई थी। गिरी हुई दीवार को फिर से बाँधने की औकात गणेश भटजी की नहीं थी। और इस दीवार को बाँधकर करना भी क्या था ? इकलौता बेटा था जो मलेरिया विभाग में चपरासी की नौकरी करता था। बेटा बड़ी मुश्किल से चौथी-पाँचवीं तक पढ़ पाया। पढ़ने में उसकी रुचि नहीं थी। हमेशा कहारों के और दूसरे बच्चों के साथ नदी पर आवारागर्दी करता रहता। गणेश भटजी को उम्मीद थी कि बड़ी देर बाद पैदा हुआ यह बेटा बुढ़ापे की लाठी बन जाएगा। लेकिन जल्द ही बेटे के गुण ध्यान में आने लगे। पिता के साथ घाट पर क्रियाकर्म करने में बेटे को बिल्कुल ही रस नहीं था। बल्कि गणेश भटजी की दिन-भर की कमाई से होनेवाली आमदनी पर हाथ साफ कर देता था। गणेश भटजी और भी एक काम करते थे। घाट पर आनेवाले कुछ लोग मृतात्मा की शान्ति के लिए ब्राह्मणों को भोजन दिया करते थे। इस भोजन पर ही गणेश भटजी की गृहस्थी चलती थी। यह कई वर्षों की आदत थी कि गणेश भटजी क्रियाकर्म से मिलनेवाली दक्षिणा और भोजन पर ही निर्भर रहते थे। इसलिए घर में रसोई का पकना करीब-करीब बन्द हो गया था। जब तक बेटा उनके साथ था तब तक गणेश भटजी की पत्नी कभी-कभी रसोई बना भी लेती थी।

तीन वर्ष पहले औरंगाबाद के जिला स्वास्थ्य अधिकारी उनके पिता के क्रियाकर्म के लिए पैठण आए हुए थे। गणेश भटजी का भोजन हो जाने पर अधिकारी ने यूँ ही पूछा, "पंडितजी, चिरंजीव क्या करते हैं ?" यजमान के भोजन से तृप्त गणेश भटजी ने दक्षिणा और पेट का नगाड़ा सँभालते हुए लाचारी से कहा, "साहब, कुछ नहीं करते। हमारे क्रियाकर्म के कामों में उसे कोई रुचि नहीं है। आवारागर्दी करता रहता है।" साहब कुछ देर खामोश रहे। फिर सोचकर बोले, "उससे पूछो, नौकरी करने को तैयार

है ?" गद्‌गद भाव से गणेश भटजी ने हाथ जोड़ दिए। इस अयाचित दान से उनकी आँखें भर आईं। तीसरे दिन साहब ने चपरासी के स्थान पर बेटे की नियुक्ति की। गणेश भटजी के कुल का पहला नौकरदार बेटा। बेटे के लिए आपेगाँव के कुलकर्णी की कन्या का प्रस्ताव आया। घर में बहू आ गई। लेकिन ब्याह होते ही बेटा अलग हो गया। पैठण के नारला क्षेत्र में अलग कमरा लेकर पत्नी के साथ रहने लगा। साठ की आयु पार किए गणेश भटजी फिर क्रियाकर्म के निमित्त स्वर्गस्थ पितरों को भोजन देनेवाले यजमानों की राह देखने लगे।

इधर क्रियाकर्म के निमित्त ब्राह्मण-भोजन देने का रिवाज कुछ कम हो गया था। इसलिए इस भोजन की प्रतीक्षा में गणेश भटजी को दो-दो दिन तक फाँके भी पड़ने लगे। घर की दीवार से पीठ टेककर दरवाज़े की ओर आँखें लगाए यजमान के सन्देश की राह देखनेवाले गणेश भटजी की भूख भी आजकल बढ़ जाने से उन्हें कष्ट होने लगे थे। पेट में भूख के शोले जल उठते। देह छटपटाकर रह जाती। बेचैन होकर वह घर के भीतर ही चहलकदमी करने लग जाते। कभी कमोरे से मैले ताम्बे के लोटे से गटगट पानी पीकर फिर दरवाजे की ओर नजर लगाए बैठ जाते। अन्न तो पूर्णब्रह्म है फिर भी उनके लिए दो जून का भोजन उनकी बाकी जिन्दगी का अहम काम बनकर रह गया था।

गणेश भटजी की बेचैनी बढ़ गई। आज तीसरा दिन था। दो दिन से पेट में अनाज का एक दाना भी नहीं गया था। दिन में तीन बार मटमैली चाय और फिर लोटा-भर पानी—बस, कल इसी पर गुजारा करना पड़ा था। आज का भी दिन यदि कल जैसा ही गुजर गया तो ! इस अशुभ विचार से ही उन्हें चक्कर आया। अन्धी होती जाती नजर के सामने की सड़क धुँधली पड़ गई। दूसरे ही पल उन्होंने अपने आपको समझाया इस तरह नाउम्मीद होकर कैसे चलेगा ? जिस भगवान की दया से आज तक निभाया उसी को आज की चिन्ता होगी इस विचार से उन्हें कुछ उत्साह का अनुभव हो गया। लेकिन फिर उनके मन में निराशा के बादल छा गए। कुछ ठीक नहीं है। इस तरह भूख से मरने से बेहतर होगा कि घाट पर जाकर अन्य ब्राह्मणों के साथ दशक्रिया विधि करें। जो भी कमाई होगी ठीक होगी। कम-से-कम दो जून भोजन की समस्या तो हल हो जाएगी। लेकिन फिर

उनका स्वाभिमानी मन तन गया। दशक्रिया करना अपना काम नहीं है। वह विधि करनेवाले अलग, हम अलग। अपना अधिकार क्रियाकर्म के भोजन पर है। इस अधिकार को त्यागना ठीक नहीं होगा।

गणेश भटजी को लगा कि दरवाजे में कोई खड़ा है। बायाँ हाथ आँखों पर रखकर गणेश भटजी ने गौर से देखा। वह आकृति और पास आ गई। अधीर होकर वह अपने स्थान से उठ खड़े हो गए। एक नाबालिग लड़का आया हुआ था। हमेशा के पहचाने लड़के को देखकर गणेश भटजी खुश हो गए। तभी उन्हें लगा कि पेट में आग जल उठी थी।

लड़का सन्देश देकर चला गया। गणेश भटजी ने खूँटी से कमीज निकालकर पहन ली। गत्ते की काली टोपी सिर पर रख दी। अँगूठे से टूटी चप्पल पहनकर जल्दी-जल्दी बाहर जाने के लिए वह निकल पड़े। बाहर निकलते हुए उन्होंने पीछे मुड़कर देखा। उन्हें पत्नी की याद आ गई। पत्नी भीतरी कमरे के दरवाजे में खड़ी थी। "हम आते हैं तब तक आप पूजा-अर्चना को देखो।" गणेश भटजी की पत्नी अन्दर मुड़ गई। उसमें पूजा करने की उमंग बाकी नहीं थी। भूखे पेट देवघर के देवताओं की पूजा करने के लिए न उसका मन साथ दे रहा था, न शरीर। भोजन के पश्चात एक थाली घर ले आनेवाले पति की प्रतीक्षा करने के अलावा उसके सामने दूसरा कोई चारा नहीं था।

पसीने से तर होकर गणेश भटजी महेश भटजी के घर पहुँचे। गणेश भटजी के नमस्कार की ओर महेश भटजी के घर के लोगों ने कोई ध्यान नहीं दिया। उनके व्यवहार में न स्वागत का भाव था, न तिरस्कार। गणेश भटजी अपने नियत स्थान पर बैठ गए। कुछ देर पश्चात महेश भटजी यजमान के साथ घर लौट आए। गणेश भटजी ने पुनः हँसकर दोनों को नमस्कार किया। महेश भटजी ने रूखेपन से उसे स्वीकार किया। थालियाँ तैयार हो गईं। यजमान ने गणेश भटजी के साथ अन्य चारों को तिलक किया। अक्षत लगाई। दर्शन कर लिए। 'श्रीगणेश कीजिए' यह आदेश मिलते ही गणेश भटजी सामने के भोजन पर टूट पड़े।

चौराहे के फेमस टेलरिंग दूकान में निवृत्ति सिलाई का काम सीख रहा था।

मशीन सीखने के लिए वह सुबह साढ़े आठ बजे दूकान में आता था। दूकान खोलकर साफ-सफाई करता। दूकान में कटे हुए कपड़े की कतरनें बिखरी पड़ी रहती थीं। इन कतरनों को चुन-चुनकर वह इकट्ठा करता। मशीन के पास झाड़ू लगाता। कपड़े से मशीन पोंछकर साफ करता। मशीन को आयल देता।

सामने दीवार पर सैलानी बाबा की दरगाह की तस्वीर थी। तस्वीर के सामने अगरबत्ती जला देता। मालिक या कामगारों के आने तक मशीन पर कपड़े को बखिया लगाने का रिवाज करता।

आज भी निवृत्ति नियत समय पर दूकान आ गया। दूकान का ताला खोला। आते समय रास्ते में ही मालिक का मकान पड़ता था इसलिए चाभी लेकर आया था। दरवाजे की साँकल निकालकर दरवाजा खोलने से पहले चौखट को हाथ लगाकर फिर उसे सीने से लगा दिया।

यह करते समय उसके मन में यह निश्चय था कि एक वर्ष के भीतर वह अपनी खुद की मशीन लेगा और अपनी दूकान शुरू करेगा। इस काम के लिए माँ ने अभी से ही रुपए-पैसे बचत करना शुरू किया था। हर महीने को वह एक निश्चित रकम मशीन के नाम पर अलग रखती थी।

जगह का सवाल बाकी था ! नगराध्यक्ष को बताकर नगर निगम वाचनालय के सामने लकड़ी की टपरी लगाने की मौखिक अनुमति माँ ने प्राप्त कर ली थी। लकड़ी की टपरी भी बस स्टैंड के पीछे के टालवाले सेठजी से उधार हफ्तेबन्दी पर मिलनेवाली थी।

निवृत्ति मशीन पर यूँ ही कुछ सिलाने में व्यस्त था। मशीन कारीगर सदाशिव काफी देर तक निवृत्ति के सामने खड़ा था। निवृत्ति का ध्यान नहीं था।

मशीन की सूई का धागा टूट गया। खाली मशीन की टऽर टऽर आवाज आने लगी। सूई में धागा डालने से पहले धागे की नोक को जीभ पर रखकर गीला किया, दो उँगलियों के बीच चुटकी में धागे की नोक को दबा दिया।

सामने देखता है तो सदाशिव खड़ा है।

"सलाम अलेकुल देवा," सदाशिव ने मजाक में कहा।

"जय रामजी की सदाशिव," निवृत्ति ने कहा।

"जय भीम कहा तो भी चलेगा। मालिक को खुश करने के लिए सलाम अलेकू।"

निवृत्ति ने कुछ नहीं कहा। सुई के छोटे छेद में धागा डालने के लिए उसने सिर नीचे किया। एक-दो बार धागा छेद में न जाते हुए इधर-उधर ही हो गया।

"हत्तेरे की। इतना सा सूराख भी दिखता नहीं क्या तुझे ? फिर आगे कैसे होगा निवृत्ति देव तेरा ? आदमी का निशाना ऐसा होना चाहिए कि शुअर शाट," सदाशिव अपने मजाक पर हँस पड़ा। उसने फिर कहा, "तुझे भी इतनी जल्दी सूराख कहाँ दिखाई देनेवाला है भला ?"

"सुबह-सुबह भगवान का नाम लेना छोड़कर यह तुमने क्या शुरू कर दिया है सदाशिव ?"

"रात का मूड गया नहीं है, क्या करें ? फिर रात में साले मच्छर भी ठीक ढंग से सोने नहीं देते।"

निवृत्ति ने ध्यान देकर धागा डाल दिया। सूई के पार निकली धागे की नोक को दो उँगलियों से खींच लिया। सन्तोष से ऊपर देखा।

"लग गया निशाना ?"

निवृत्ति मुस्कुरा दिया।

"हँसता क्या है बेटे ! सुबह-सुबह तेरे आने से पहले चाभी लाने के लिए मालिक के घर गया था। सामने का दरवाजा बन्द था। सीधे आगे ढकेल दिया तो मालिक चिल्ला उठा, "अरे-अरे कौन है साला !"

"तुम क्यों गए थे सुबह-सुबह ?"

"जाग गया था। घर बैठकर क्या करना यह सोचकर चला गया। रात का सिलाई का काम भी बाकी पड़ा था।"

"मैं कभी इस तरह सीधे घर में नहीं घुसता। किसी के भी घर में घुसने से पहले दरवाजे पर ठक्-ठक् आवाज करनी चाहिए।"

"वह क्यों ?"

"भीतर के आदमी को ठीक-ठाक होने के लिए वक्त मिलना चाहिए इसलिए।"

"हाँ, यह तूने बेस्ट बताया।"

दूसरे कारीगर के आ जाने से दोनों की बातचीत बीच ही में रुक गई।

निवृत्ति मशीन पर दिया हुआ कल का काम करने लगा।

सदाशिव निवृत्ति से छह-सात साल बड़ा था। पिछले वर्ष ही उसकी शादी हुई थी। सदाशिव को अजीबोगरीब बातें करने का बड़ा शौक था। निवृत्ति को उसकी ये बातें अच्छी नहीं लगती थीं। लेकिन वह उसे बता नहीं सकता था कि ऐसी बातें मत किया करो। बल्कि बताने पर सदाशिव को और भी जोश आ जाता था। सदाशिव के बोलने के अन्दाज से निवृत्ति अब परिचित हो गया था। शुरू-शुरू में उसके ध्यान में सदाशिव की बातें बिल्कुल ही नहीं आती थीं। सदाशिव कहा करता था, "अरी इसकी माँ की..., कल रात हल चलाकर आ गया। बीच में ही बूढ़ा आ गया इसलिए जल्दी-जल्दी खेत को जोतना पड़ा। गहरी अँकुड़ी लगाकर बुआई की।" किसी दिन कहा करता कि आज खेत में ऊपर-ही-ऊपर हाथ चलाया।

सुबह-सुबह सदाशिव की इस तरह की बातें सुनकर निवृत्ति बेचैनी महसूस करता। मशीन की टरऽ टरऽ आवाज में काम शुरू कर देता।

सारे काम पूरे हो गए तो शान्ता के मन का गुस्सा भी ठंडा होता गया। नहा लिया। घर में झाड़ू लगा दिया। बर्तन माँज दिए। कपड़े धो डाले। दाल पकने के लिए रख दी। रोटी के लिए आटा भिगोने लगी। आटा पुराना हो गया था इसलिए वह कुछ ठीक नहीं रह गया था। बहुत कोशिश करने पर भी रोटी के किनारे फट रहे थे। टूट रहे थे। मनचाही रोटी नहीं बन पा रही थी।

इधर अपनी दशा भी इस बेकार आटे जैसी हो गई है। हर आनेवाला दिन कोई नई फिक्र लेकर आ जाता है। उस फिक्र के कारण रोज के नित्य काम करने में भी मन नहीं लगता। अपना जीना तो इस खराब आटे जैसा ही हो गया। आटे को बहुत दिन रखने के बाद उससे अच्छी रोटी नहीं बन सकती। पीठ में पानी मिलाने पर गोला फुसफुसा बनता है। हाथ पर रोटी बनाने की कोशिश करो तो रोटी बीच ही में टूटकर नीचे गिर जाती है। किसी तरह तवे पर डाल दो तो किनारे फट जाते हैं। ऐसे आटे में जरा सा

गर्म पानी मिलाकर गोला बनाया तो थोड़ा फर्क पड़ जाता है। लेकिन यह फर्क भी ताजा आटे की बराबरी नहीं कर सकता। अपना जीना भी ऐसा ही हो गया है। पति का काम से जी चुराना, निवृत्ति का मन लगाकर मशीन का काम सीखना, भानुदास का पाठशाला को छुट्टी मारकर घाट पर जाकर मुर्दों की राख से पैसे कमाना, रीढ़ की हड्डी में दर्द होने तक सड़कों पर झाडू लगाना—इन सब बातों से उसकी दशा बासे आटे की तरह कनकनी हो गई थी। कल निवृत्ति कुछ कर पाएगा, यही एक आशा की किरण उसे जीने के लिए उमंग दे रही थी और पानी में उँगलियाँ डुबोकर रोटी के फटे किनारों को जोड़ने का काम वह फिर से करने लगी।

भानुदास फेमस टेलर की दूकान पहुँचा। दूकान में मालिक नहीं है। इस बात का इत्मीनान कर लिया। निवृत्ति भी पाठशाला गया हुआ था।

"क्या है भान्या, कमीज तैयार है। सिलाई के पैसे ले आया क्या ?" सदाशिव ने पूछा।

"नहीं, कल बड़े भैया के पास दे दूँगा। नहीं तो मैं खुद ही ला दूँगा। पर अभी तो मेरे पास नहीं है।"

"अच्छा, अच्छा ! तुझे सिलाई माफ। तू भी क्या याद करेगा। तेरे निवृत्ति की दूकान बन जाएगी तब हमारी कमीज मुफ्त में सिला देना।"

"नहीं-नहीं, मुफ्त में नहीं चाहिए। कल पैसे दे दूँगा।"

"वाह रे पैसेवाला ! चल फूट ! बहुत देखे हैं पैसे बहादुर ! कमीज लेता है या नहीं..."

भानुदास ने सदाशिव के हाथ से कमीज ले ली। नई कोरी कमीज पर हाथ फेरते हुए उसे बहुत खुशी महसूस हुई। पुरानी कमीज निकालकर नई पहन ली। पुरानी कमीज बगल में दबा दी।

सदाशिव के पीछे एक बड़ा आईना था। आईने में अपनी छवि देखकर भानुदास को हँसी आ गई। नई कोरी कमीज पर वह हल्के से हाथ फेरने लगा। हमेशा की आदत के अनुसार बायाँ कन्धा नाक के पास ले गया। कोरे कपड़े की कलफ की विशिष्ट गन्ध उसे आ रही थी। नए कपड़े की यह गन्ध उसकी जानी-पहचानी थी। कभी-कभार वह माँ के साथ कपड़े

की दूकान में जाया करता था। माँ के साड़ी खरीदने पर उसे साड़ी की ताजा गन्ध आती थी। नई साड़ी के पहली बार धोने तक गन्ध आती रहती। अब तक उसके लिए माँ ही कपड़ा लाया करती थी। अपनी मेहनत की कमाई के कपड़े की बनी कमीज पहनते हुए उसे एक अजीब सी खुशी हो रही थी। शहाजी के बूढ़े की लाश का कपड़ा अगर वह नहीं उठा लेता तो और कोई ले जाता। अवसर देखकर उसने हाथ मार दिया। यह उसकी मेहनत थी। इसीलिए बदन पर पहनी कमीज में अपनी खुद की कमाई की खुशी थी।

दूकान की सीढ़ियाँ उतर रहा था तो सामने दूकान के मालिक दिखाई दिए। भानुदास ने झुककर हाथ जोड़ दिए।

"क्या है भान्या, मिल गई नई कमीज ?" कुछ रुककर उन्होंने पूछा, "बहुत पतला कपड़ा ले आई रे तेरी माँ !"

"माँ नहीं ले आई।"

"तो फिर ?"

"मैं ही लाया। भगत का बूढ़ा मर गया। मुर्दे का कपड़ा फेंक दिया गया था। वही मैं उठा लाया।"

"भान्या, साले, बूढ़ा रात को तेरी छाती पर बैठ जाएगा," मालिक ने दाढ़ी को खुजाते हुए कहा।

भानुदास तब तक हँसता हुआ बाहर निकल गया। कानों में मालिक के शब्द गूँज रहे थे। भगत का बूढ़ा छाती पर बैठ जाएगा। भानुदास अपने आप मुस्कुरा दिया। दशक्रिया घाट पर ब्राह्मण हर रोज नए-नए यजमानों का शोषण करते रहते हैं। मरे हुए आदमी की आत्मा को शान्ति मिले इसलिए दशक्रिया के समय दान के बहाने पैसे ऐंठते रहते हैं। नाई की कमाई में हिस्सा माँगते हैं। तब मरे हुए लोग इन सबकी छातियों पर क्यों नहीं बैठते।

सात

"कौन गाँव से पधारे हो जजमान ?" मँझले कद के और दाएँ हाथ के त्वचा रोग के कारण कोढ़ी से लगनेवाले नारायण भटजी ने पूछा। पूछते समय दाईं ओर टेढ़ा हुआ चेहरा और भी टेढ़ा हो गया। बात करने में तोतलापन था। बीच-बीच में गर्दन को हल्का सा झटका देने का ढंग भी साफ नजर आ जाता था। सवाल पूछने के बाद दाएँ हाथ से बाएँ कन्धे का उपरना खींचकर झटक सा दिया। घाट पर आनेवाले हर यजमान को यह सवाल करते समय नारायण भटजी के मन में बेचैनी का तूफान भाँय-भाँय करता हुआ कुछ देर के लिए आ जाता। जिससे सवाल किया गया है वह आदमी जब तक अपने वतन का नाम नहीं बताता तब तक वह बहुत चंचल हो उठते थे। मन-ही-मन प्रार्थना करते कि वह आदमी ऐसे गाँव का नाम बताए जो अपनी बही में हो। प्रार्थना वह बहुत भक्तिभाव से या मन से करते थे यह बात नहीं। शुरू-शुरू के भावुक और श्रद्धालु नारायण भटजी में धीरे-धीरे बदलाव आता गया और वे नाथ तथा अन्य देवताओं से ऊब उठे। इसलिए पिछले कुछ वर्षों से नियमित रूप से स्नान, देवघर के देवताओं की

पूजा करना जैसे नियमकर्म भी उन्होंने छोड़ दिए थे। अपने पति में आए इस अजीब से बदलाव के कारण, उनकी पत्नी चन्द्रभागा सुबह-शाम नाथजी के सामने सिर झुकाकर पति के इस तरह के व्यवहार के लिए क्षमायाचना करने लगी। कठोर व्रत आदि करने लगी। दोपहर को दशक्रिया घाट से नारायण भटजी के लौट आने तक मुँह में पानी की एक बूँद भी नहीं डालती थी। लौट आने पर नारायण भटजी दिन-भर की कमाई पत्नी के हाथ पर रखकर, घर के सामने आड़ में बने स्नानगृह में तन पर पानी डालकर नहा लेते थे। दस रुपए का एक नोट वह चुपचाप निकाल लेना कभी भूलते नहीं थे। पति के हाथ से नाथ घाट की कमाई गिन लेते समय चन्द्रभागा मन-ही-मन नाथ को धन्यवाद दे देती। पैसे गिन लेते समय वह नाथ घाट की कमाई में दस रुपए जोड़ देती थी जो उसके पति ने उसकी पीठ पीछे निकाले हुए होते थे। रोज की कमाई में से दस रुपए पति व्यर्थ गवाँ देते हैं—यह चुभन उसे बेचैन कर देती। उसने शुरू में ही नारायण भटजी को समझा दिया था कि पैसे इस तरह बेकार खर्च करना ठीक नहीं, लेकिन ''तुम हमको अकल मत सिखाओ। तुम्हारा चूल्हा तो बन्द नहीं पड़ा ना !'' इस बार-बार दिए जानेवाले जवाब से उसने अब पूछना ही छोड़ दिया था।

'औरंगाबाद से।' जीप से एक आदमी ने बेफिक्र होकर कह दिया और बेफिक्री से ही आसपास का परिसर देखने लगा। आसपास देख रहे यजमान की ओर देखकर नारायण भटजी के मन में सन्देह का भूत जाग उठा। वह अनुभव से जानते थे कि शुरू में ठीक जवाब न देकर गोलमाल औरंगाबाद कहनेवाले बाद में धीरे से तहसील का और फिर गाँव का नाम बताकर उलझन पैदा करते हैं। गाँव का नाम जब तक स्पष्ट रूप से मालूम नहीं होता, वह किसका गाहक है इस बात का पता नहीं चल सकता।

'खास औरंगाबाद या—' पास खड़े तीखे नाकवाले केशव भटजी ने पूछा। अपना सवाल अधूरा है इस अहसास से वह हँस पड़े। तब उनके लम्बे चेहरे के दोनों गालों की उठी हुई हड्डियाँ साफ नजर आईं। पास में ही नारायण भटजी खड़े थे। दोनों यजमान के गाँव का नाम सुनने के लिए

अधीर थे। नारायण भटजी को अकारण ही लगा कि आज सम्भवतः अपना आँकड़ा नहीं लगेगा। प्रतिदिन दशक्रिया विधि पूर्ण कर घर लौटनेवाले नारायण भटजी नहाने, भोजन करने के बाद शिवाजी के पुतले के सामनेवाली पान की टपरी पर जल्दी-जल्दी आ जाते। जेब से कल सट्टे पर लगाए हुए नम्बर की चीट टपरी में बैठे लड़के के हाथ में थमा देते। लड़का भावहीन चेहरा बनाकर चीट लौटा देता तो सिर झुकाकर अपने को गालियाँ देते हुए लौट आते। टपरीवाले लड़के का चेहरा खुश दिखाई दिया तो आँकड़ा लग जाने की यह निशानी उनके दिन-भर के उत्साह के लिए काफी हो जाती थी। इस सम्बन्ध में उनका एक नित्य नियम था। सट्टे में प्रतिदिन मात्र दस रुपए लगाना कमाई होने पर भी यह रुपए बढ़ाते नहीं थे, आँकड़ा नहीं लगा तो भी कम नहीं करते थे। पास खड़े यजमान गाँव का नाम साफ-साफ नहीं बता रहे हैं यह बात उन्हें टपरीवाले लड़के के आँकड़ा न बताने जैसी लगी।

केशव भटजी ने सिर पर पहनी ईंट के रंग की टोपी एक हाथ से हटा दी। दूसरे हाथ से आदत के अनुसार हाथ फेर दिया। तीन दिन पहले ही सिर मूँड दिया था। लेकिन तीन दिन में ही बाल इतने बढ़ गए थे कि उनके छोटे गुच्छे हाथ को चुभने लगे थे। खुरदरे बालों के गुच्छों पर हाथ फेरते समय उन्हें ऐसा लगा जैसे ज्वार की फसल काटने के बाद खेत में नंगे पैर चले जा रहे हों।

केशव भटजी की आँखों के सामने बीस वर्षों का कालखंड साकार हुआ। बीस वर्ष पहले स्कूल मास्टर की नौकरी यदि छूट नहीं जाती तो दशक्रिया घाट पर प्रतिदिन यजमान की प्रतीक्षा करने की नौबत ही नहीं आती। पैठण की पूर्व की ओर वडजी नामक गाँव में केशव भटजी स्कूल मास्टर का काम कर रहे थे। गाँव छोटा सा था। पहले गाँव में स्कूल नहीं था। ब्राह्मण का एक भी मकान नहीं था। गाँव के आबाजी से केशव भटजी की जान-पहचान थी। वही केशव भटजी को वडजी ले आए। दस-बीस बच्चों को इकट्ठा कर चौपाल में पाठशाला शुरू की। पढ़ाने के अलावा केशव भटजी सत्यनारायण की पूजा भी करने लगे। सावन के महीने में हनुमानजी के मन्दिर में भागवत का पाठ करने लगे। इतवार को पैठण लौट आते थे। सब ठीक चल रहा था। तीन वर्ष अच्छे बीत गए। चौथे वर्ष गाँव

में शासकीय पाठशाला खोलने के लिए नए मास्टर आ गए। अब गाँव में दो पाठशालाएँ हो गईं। नए मास्टर की पाठशाला मन्दिर में लगने लगी। एक दिन पैठण से पाठशाला के निरीक्षक साहब आ गए। दो-दो पाठशालाएँ देखकर उन्होंने केशव भटजी को बुला भेजा। उनसे कहा, "सरकार ने नए गुरुजी की नियुक्ति की है। उन्हें हम तनखा देते हैं। आप अपनी निजी पाठशाला बन्द कर दो। आपने पाठशाला बन्द नहीं की तो हमें आपके खिलाफ कार्रवाई करनी पड़ेगी।" साहब की बातें सुनकर केशव भटजी ने शान्तिपूर्वक कहा, "मैं आपको कष्ट क्यों दूँगा ? जिसने यह जगत बनाया है उस ईश्वर को सबकी चिन्ता है। गाँव के बच्चों के लिए पढ़ने का कोई प्रबन्ध नहीं था, इसलिए तीन वर्षों तक मैंने यहाँ पाठशाला चलाई। अब नए मास्टर आ गए हैं। वह ये काम करें।" वडजी गाँव छोड़ते हुए उन्हें बहुत बुरा लगा। इस गाँव में वह भली-भाँति रम गए थे। उन्होंने अपने आपको समझाया। इतने ही समय तक हमें यहाँ काम करना था। यह कार्य अब सम्पन्न हो गया। मोह में अधिक उलझना अच्छा नहीं। वैसे भी हम कहाँ जन्म से इस गाँव से सम्बन्धित थे ? केशव भटजी पैठण लौट आए। दूसरे दिन से फिर दशक्रिया घाट पर जाने लगे। बित्ते-भर लम्बी मुलायम चोटी हाथ आते ही अँगूठे के पास की उँगली से लपेटकर चोटी में गाँठ लगा दी। टोपी सिर पर रखने से पहले आगा-पीछा देखा। पसीने से टोपी के निचले हिस्से में फीके सफेद रंग की किनारी बन गई थी। इस किनारी की ओर देखते हुए गोदावरी की एक जमाने में कलकल बहनेवाली पानी की धारा के साथ कई पुरानी यादें उमड़ पड़ीं।

"आपका मूल गाँव कौन सा है ?" टेढ़े मुँहवाले और हाथ में कोढ़ फूटे ब्राह्मण नारायण भटजी ने चीमड़पन से फिर से सवाल किया। दाएँ हाथ की कलाई के पास खुजली आ जाने से बाएँ हाथ से खर-खर खुजाना शुरू कर दिया। पूरे बदन में सनसनी पैदा हो गई। कलाई के पास बाएँ हाथ से जोर से खुजाते समय भीतर गहरी टीस कसकने की अनुभूति ऊपर उठने लगी। खुजाने से उन्हें कुछ राहत महसूस हुई। खुजाना रोकते ही उस जगह पर जलन होने लगी। जहाँ खुजाया था वहाँ से सफेद रंग की भूसी निकली। मुँह से भूसी को फूँककर हाथ की ओर एकटक देखने लगे। खुजाई जगह लाल हो गई थी। और वहाँ जलन होने लगी। वह अपने आपको रोक नहीं

पाए। बाईं हथेली पर थूक लेकर जलन हो रही कलाई पर मल दी। तब उनकी सामने की दो उँगलियाँ ऐसी दिखाई दे रही थीं, मानो झड़ गई हों।

"बोरगाँव," जीप से मँझली उम्रवाले ऐनक पहने व्यक्ति ने कहा।

"यानी खुल्दाबाद तहसील का ?" एक तीसरा ही युवा ब्राह्मण सामने बढ़ आया। सफेद महीन कपड़े पहने इस गोरे-चिट्टे व्यक्ति के गले की बड़े रुद्राक्षों की माला साफ उभरकर दिखाई दे रही थी। माथे पर लाल रंग का नाजुक टीका। सिर पर टोपी नहीं थी। बालों की पाटी पाट दी गई थी। बाईं ओर कान के पास बालों का अर्धगोलाकार बन्ध बना हुआ था। समय-समय पर माँग को हाथ से धीरे से छू लेने की उसे आदत थी। पैरों में कोल्हापुरी जूते थे जो काफी पुराने होंगे। पहला अँगूठा टूट जाने के कारण नया अँगूठा बिठाया गया था। जूते में जो थिगली जैसा साफ दिखाई दे रहा था। बोरगाँव कहनेवाले काटे नाम के व्यक्ति से हनुमन्त नामक इस युवा ब्राह्मण ने पूछा, "बोरगाँवकर आपका कुलनाम क्या है ?" हरदम हँसमुख रहनेवाले या अपने हँसमुख होने का प्रदर्शन करनेवाले हनुमन्त ने हाथ की बही में बोरगाँव खोजते हुए पूछ लिया। अब इस केस का नतीजा सामने आएगा यह सोचकर अपने मन को मजबूत करते हुए आसपास की सारी ब्राह्मण मंडली कुलनाम सुनने के लिए तत्पर हो गई। 'गोरे।' जीप के ड्राइवर ने जीप की चाभी उँगली पर घुमाते हुए बीच ही में कह दिया। चेहरे पर चकत्ते और झड़ी सी उँगलियों के हाथवाले नारायण भटजी ने केशव की ओर मुड़ते हुए कहा, "केशव, यह तुम्हारे यजमान हैं।"

अब तक जीप में बैठे सारे लोग नीचे उतर चुके थे। एक-दो आदमियों ने सामान नीचे उतारकर रख दिया। कुछ बुजुर्ग आदमी सामान रखने के लिए अच्छी सी जगह ढूँढ़ने लगे।

नदी किनारे की रेती पसन्द नहीं आ रही थी। सब तरफ गन्दगी। सामने की झाड़ी से लेकर पन्द्रह-बीस फुट की दूरी तक सुबह लोगों ने पाखाना कर दिया था इसलिए पाँव रखने के लिए भी जगह बची नहीं थी। झाड़ी से आगे पन्द्रह-बीस फुट दूरी पर नाथ घाट अर्थात् गोदावरी घाट शुरू होता है। वहाँ प्रतिदिन दशक्रिया विधि सम्पन्न होने के कारण अधूरी जली उपले और जगह-जगह पर राख की ढेरियाँ पड़ी हुई थीं।

भानुदास काफी देर तक इस नए ग्राहक को आजमाता हुआ पास खड़ा

था। दशक्रिया के लिए प्रतिदिन तरह-तरह के लोग आते थे। कुछ लोग किराए पर टैक्सी-टेम्पो लेकर आते। कुछ अपने स्वयं के वाहन से आ जाते। घाट के ब्राह्मणों और भानुदास को इन विविध स्तरों से आनेवाले ग्राहकों की माली हालत की स्थूल पहचान हो जाती थी। इसलिए सामने खड़ा ग्राहक कितना लाभदायक है इसका उनका अनुमान प्रायः ठीक ही निकलता था। कभी-कभार कोई ग्राहक बड़ा शठ भी मिल जाता था।

जीप से नीचे उतरे लोगों को भानुदास धीरे-धीरे निरख रहा था। स्त्री-पुरुषों को देखकर उसने जान लिया कि क्रियाकर्म के लिए आए ये लोग किसी देहात से आए हैं। जीप भी किराए की होगी। क्योंकि ड्राइवर जीप के रुक जाने पर बेफिक्री से नीचे उतरा था। उसके चेहरे पर इतना ही भाव था कि चलो इन लोगों को यहाँ पहुँचा दिया। गाड़ी घर की होती तो उसने सामान नीचे उतारने में उन लोगों की मदद की होती और कुलनाम 'गोरे' बताते समय उसने उपेक्षा से सामने खड़े आदमी की ओर देखा था।

भानुदास इन लोगों में से एक बुजुर्ग आदमी के पास आ गया। अन्य लोग भी उसी के पास आकर खड़े हो गए थे। तात्पर्य--वह प्रमुख होगा। उनमें इस बात को लेकर बहस हो रही थी कि दशक्रिया विधि कहाँ किया जाए।

''मालिक यहाँ थोड़ी सी अच्छी जगह है,'' पास में ही रुके भानुदास ने बाईं ओर हाथ का इशारा करते हुए कहा।

''जगह तो ठीक लगती है और फिर हमें कहाँ यहाँ भोजन वगैरह करना है ?'' साथ आए एक बूढ़े ने कहा, ''थोड़ी देर ही बैठना है और वैसे भी गंगामैया का समूचा स्थान पवित्र ही होता है ना ?''

''साली कितनी गन्दी जगह है। काहे की पवित्रता की बात लेकर बैठे हैं। यहाँ हगने बैठ गए तो भी पेट साफ नहीं होगा,'' अब तक चुप बैठे मँझली उम्र के साँवले रंग के नाटे आदमी ने कहा।

''अजी भाई साब अच्छे काम के लिए आते हैं तो मुँह से गन्दी बातें तो न निकालिए।''

''मैं झाड़ दूँ जगह ?'' यह देखकर कि लोग यहाँ रुकने का विचार कर रहे हैं, भानुदास ने नम्रता से पूछ लिया।

''चुप बैठ रे लौंडे,'' जगह गन्दी होने की शिकायत करनेवाला नाटा

आदमी भानुदास पर झल्ला उठा।

भानुदास कुछ पीछे हट गया। सुरक्षा का पैंतरा लेकर उस आदमी की ओर देखकर बोला, "आपकी मर्जी। जगह कहीं भी पसन्द कर लीजिए। इस कोने से उस कोने तक गोदामैया ने आपके लिए हाथ फैला दिए हैं।" भानुदास पीछे हट गया। रेती में पालथी मारकर बैठ गया। चड्ढी के बाहर नंगी जाँघों को रेती का ठंडा जाना-पहचाना स्पर्श महसूस हुआ। छलनी कमीज के अन्दर पेट से लगा रखी थी। कमीज के ऊपर के दो बटन निकाले हुए थे इसलिए छलनी का ऊपर का किनारा बाहर आया हुआ था। उसे हिस्से पर ठुड्डी रखकर वह उस आदमी की ओर एकटक देखने लगा।

भानुदास को उस आदमी के गुस्से पर हँसी आ गई। वह उस नाटे आदमी की ओर देख रहा था। मँझली उम्र के उस काले आदमी के चेहरे पर सारी दुनिया से गुस्सा दिखाई दे रहा था। बाएँ हाथ में धोती का छोर पकड़कर वह अच्छी जगह के लिए आसपास देखने लगा। सब तरफ गन्दगी और दशक्रिया विधि के पश्चात पड़े अवशेष देखकर उसका चेहरा और भी सिकुड़ता गया। वह फिर उस बूढ़े के पास आ गया। दोनों में कुछ बातचीत हो गई। कुछ लोग ऊपर की तरफ और कुछ नीचे की तरफ जाकर चक्कर लगा आए। काफी बहस के बाद आखिर यही जगह पसन्द आ गई।

भानुदास मन-ही-मन मुस्कुराया।

भानुदास का अनुमान सही था। शुरू में उठापटक करनेवाला ग्राहक बाद में सूत की तरह सीधा हो जाता है—इस बात का उसे पता था। यह आज सुबह का पहला ग्राहक था। दशक्रिया के लिए वह कौन सी जगह चुनता है इस बात पर बच्चों का ग्राहक निश्चित होनेवाला था। इसीलिए बच्चों की यही कोशिश रहती कि ग्राहक घाट पर अपने हिस्से की जगह चुने। उनके मन की यही चाह होती थी। बच्चे यदि ग्राहक को इधर-उधर की जगह देखने के लिए कहते तो कई बार घाट का ज्येष्ठ ब्राह्मण वर्ग बच्चों को फटकार देता। लेकिन अभी पहला ही ग्राहक था इसलिए सब कुछ अदब से काम ले रहे थे। भानुदास के हिस्से के क्षेत्र में आज पहली दशक्रिया विधि सम्पन्न हो रही थी।

रेती में पालथी मारकर बैठा भानुदास अनजाने में मन से अपने मामा के गाँव पहुँच गया।...भानुदास के मामाजी दूर पहाड़ों में बसे एक गाँव में रहते थे। मामाजी के गाँव को औरंगाबाद से रेल से जाना पड़ता था। मनमाड़ रेल स्टेशन पर उतरकर उत्तर की ओर पहाड़ों के घाटों से होते हुए चलते जाने पर तीन पहाड़ों के बीच की तलहटी में मामाजी का गाँव बसा हुआ था।

भानुदास को मामाजी का गाँव बड़ा प्यारा लगता था। मामाजी के गाँव में आम के बहुत पेड़ थे। हर साल मामाजी सबको आम खाने का न्योता देते थे। माँ या पिता भानुदास और उसके भाई-बहनों को मामाजी के गाँव पहुँचा देते। दस-पन्द्रह दिन भानुदास मामाजी के गाँव रहा करता।

मामाजी का घर तो भानुदास को और भी प्यारा लगता था। मामाजी के घर में तीन ही लोग थे। मामाजी, मामी और उनकी इकलौती बेटी शकु। शकु पन्द्रह-सोलह बरस की थी। शकु भानुदास और निवृत्ति से बड़ी थी फिर भी बच्चों में खेलते समय वह अपनी उम्र भूल जाती थी।

आम के पेड़ के नीचे लपकडंडा या सिलोरडंडा जैसे खेलों के रंग में रँग जाते थे। तब पड़ोस के खेत से शकु की उम्र के दूसरे बच्चे भी खेल खेलने आ जाते थे। शकु तो उस्तादों की उस्ताद थी। आम के पेड़ पर चढ़ने में सब बच्चों को मात दे देती थी। घाघरे में दो टाँगी कच्छा बाँधकर वह फुदकती हुई आम के तने पर चढ़ जाती। उसे पकड़ने के लिए दौड़नेवाले बच्चे उसके पास आने से पहले ही वह शाखा के दूसरे छोर पर जा पहुँचती।

दोपहर के भोजन के समय वह बराबर टपका आम ढूँढ़कर भानुदास को दे देती।

शकु मीठे स्वभाव की थी, लेकिन उतनी ही नटखट भी थी। भानुदास जब मामा के गाँव जाता तब मामी शकु से कहा करती।

''अरी ए शकुली ! देख तो बाहर कौन आया है—जमाई बाबू आए हैं !''

मामी भानुदास को जमाई कहा करती थी। तब भानुदास को पता नहीं था कि जमाई का क्या मतलब होता है ? लेकिन एक बार मामी ने हँसकर शकु से कहा, ''शकुली, अपने दूल्हे को नहाने के लिए पानी निकाल। उसकी पीठ मल दे। हाथ-पैरों पर देख ढेर सारा मैला लगा हुआ है।''

तब भानुदास को बड़ा मजा आया। उसने शकु से पूछा, ''तू बड़ी है मैं तो छोटा हूँ। सब मर्द तो बड़े होते हैं। तू बड़ी है तो फिर मेरी औरत कैसे बनेगी ?''

''तो क्या हुआ कभी औरत बड़ी हुई तो ?'' हँसते हुए गुलचा माकर उसने पूछा, ''क्या मैं तुझे अच्छी नहीं लगती ?''

''बहुत अच्छी लगती है, मामी और माँ से भी ज्यादा...।''

''तो फिर उठो दूल्हेराजा ! नहा लो। कपड़े निकालो। चड्ढी भी निकाल दो। कल की चड्ढी तो अभी गीली ही है।''

''तो क्या मैं नंगा नहाऊँ ? औरत के सामने ?''

''तो औरत के सामने मर्द को शर्म थोड़े ही आती है ?'' भानुदास झुँझला गया।

शकु ने झटके से उसकी चड्ढी नीचे खींच ली और उसे नहाने के पत्थर पर बिठा दिया। नहाना पूरा होने तक भानुदास गर्दन नीचे झुकाए बैठा रहा।

नहाना हो गया। शकु ने कपड़े से उसका बदन पोंछ दिया। कपड़े पहनने के बाद ही भानुदास को छुटकारे का अनुभव हुआ।

रोटी खाते समय मामी ने मुस्कुराकर पूछा, ''क्या है जमाईबाबू, औरत ने ठीक ढंग से नहवाया या नहीं ?''

''मामी, आपने कभी मामाजी को नहीं नहवाया ?'' भानुदास ने ऊपर देखकर मीठी-मीठी मुस्कान के साथ पूछा।

मामी जोर से हँस पड़ी।

''मैंने? अरे नहवाया नहीं हो तो क्या ? मामाजी तब छोटे थे। अब तो मामाजी बड़े हो गए।''

''अच्छा, अच्छा !'' भानुदास ने सिर हिलाते हुए कहा।

दिन-भर भानुदास शकु के साथ खेत पर गया। आम के पेड़ के नीचे खेल खेला। आम खा लिये। दोपहर में लपकडंडा खेला। शाम को बैलों के साथ घर लौट आए।

रात भोजन के बाद भानुदास शकु की गोद में सो गया।

दूसरे दिन शकुन्तला को देखने मेहमान आ गए। भोजनादि हो गया। शकु साड़ी पहनकर मेहमानों के सामने बैठ गई।

भानुदास सब कुछ देख रहा था। उसे इन बातों में मजा आ रहा था।

मेहमानों के विदा होने के बाद भानुदास ने मामी से पूछा, ''आज शकु ने साड़ी क्यों पहन ली थी ?''

''मेहमान आए थे न। फिर घाघरा-चोली में उनके सामने कैसे जाती ?''

शकु का ब्याह पक्का हो गया। भानुदास की समझ में कुछ नहीं आया। शकु तो अपनी औरत थी, फिर शकु का ब्याह और किसी के साथ कैसे हो सकता है ?

सब लोग उसको समझाते रहे।

ब्याह के समय भानुदास शकु को छोड़ने के लिए तैयार नहीं था। ब्याह हो गया। बारात के लौटने का समय हो गया। शकु दूल्हे के साथ बैलगाड़ी में बैठ गई। भानुदास ने रो-रोकर बावेला मचा दिया।

वह इस बात को सह नहीं सकता था कि कोई दूसरा उसकी औरत को लिये जा रहा है।

मन्दाकिनी ने पुकारा। भानुदास का ध्यान टूट गया। भानुदास ने आवाज की दिशा में देखा। मन्दाकिनी, हेमा और रेखा गाड़ी के पास की सड़क से चली आ रही थीं।

भानुदास खड़ा हो गया। खड़ा होते समय उसे कुछ कसरत करनी पड़ी। कमीज के अन्दर पेट से लगाकर छलनी खड़ी पकड़ी थी इसलिए सामने की तरफ झुक नहीं सकता था। बायाँ हाथ सहारे के लिए रेती में टेककर वह खड़ा हो गया। जिस तरफ से बहनें आ रही थीं उस तरफ चलने लगा। पास आते ही भानुदास ने कहा, ''मन्दे, देख ! आज सुबह ही नई छलनी ले आया। यह कहते समय उसके चेहरे पर अपनी खुद की कमाई की खुशी झलक रही थी। आज मैं छलनी का मालिक बन गया हूँ। छलनी के स्वामित्व के कारण लगा कि अब तक के भानुदास में आज बदलाव आ गया है। अब तक हर रोज कमाई के समय साहूकार की छलनी के किराए की कैंची आँखों के सामने आगे-पीछे झूलती थी। किराए पर लाई छलनी

को ज्यादा-से-ज्यादा काम में लाने पर ही दो-चार पैसे मिल जाया करते थे। किसी दिन बिना काम की छलनी पास में रही तो आठ दिन की कमाई को सूराख पड़ जाते थे। इसलिए घाट पर लगातार काम करना पड़ता था। अब अपनी छलनी होने से किराया देने की समस्या तो हल हो गई।

भाई की करतूत देखकर तीनों बहनें खुशी से तालियाँ पीटने लगीं। उनके चेहरे ऐसे फूल गए थे मानो भाई ने कोई बहुत ही कीमती चीज खरीदी हो। हर एक उस छलनी पर हल्के से हाथ फेरकर देख रही थी। छलनी को बड़े कौतुक से ऊपर-नीचे देख रही थी।

भानुदास ने बड़ी शान से छलनी पर हाथ से थाप लगा दी। ठन् से आवाज आते ही उसने ठसक से पूछा, ''कैसा है माल ?''

''हमरे बड़े भैया अच्छे हैं तो फिर माल अच्छा क्यों नहीं होगा,'' बड़ी मन्दाकिनी ने लटों को पीछे हटाते हुए कहा।

''आज मध्यान्तर में पाठशाला की छुट्टी मार दी क्या ?'' भानुदास ने हँसते हुए बहन से पूछा। तीनों अपराध भाव से मुस्कुरा दीं। मन्दाकिनी को लगा कि इस खुशी के अवसर पर भाई को यह सवाल नहीं करना चाहिए था।

''बस्ता कहाँ है ?''

''उधर बेर की झुरमुट में,'' झाड़ी के पार एक घना बेर का पेड़ था। उस पेड़ की ओर इशारा करते हुए हेमा ने कहा।

''भैया, तुम सुबह पाठशाला में नहीं दिखाई दिए। तभी हमने जान लिया कि तुम जरूर नदी पर मिल जाओगे,'' सबसे छोटी रेखा ने कहा।

''मन्दे, सुबह मुझे बहुत पैसे मिल गए थे। चिल्लर पैसों से जेब खूब भर गई। घाट पर कोई भी नहीं था। सीधा दौड़ता हुआ साहूकार के घर चला गया। उसका 'सणंग' वापस कर दिया और लहू साहूकार की कोठीवाले शिकलीगर से नई छलनी लेकर इधर आ गया।''

''नई छलनी की बोहनी बहुत अच्छी हो गई थी देख ! बहुत पैसे और कानों की इयरिंग मिल गई थी। मैं इस सामान को जेब में रखने ही वाला था कि भडुवे ने छीन लिया,'' भानुदास की आँखें भर आईं।

''कौन आया ?''

''नाम्या।''

"अच्छा, यह बात है," मन्दाकिनी ने इस स्वर में कहा कि उसका आना शायद ठीक ही था।

"वो इस तरफ नीचे मरने के लिए क्यों आया था ?" प्रश्नार्थी मुद्रा में हेमा ने पूछा।

"नहीं, मैं ही गया था उधर ऊपर की तरफ," भानुदास ने कहा।

"यह बात है। तो फिर ठीक ही हुआ," नाक चढ़ाकर मन्दाकिनी ने फिर से कहा, "भैया मेरे, हम ऊपर की तरफ जाएँ ही क्यों ? वह अपनी हद नहीं है। हमें अपने ही हिस्से में काम करना चाहिए। हम किसी को अपनी हद में आने देते क्या ?"

उसकी बात को भानुदास ने मान लिया। लेकिन नई छलनी की पहली कमाई बेकार गई थी और पीठ पर धप्पा भी मिल गया था। जाते-जाते नाम्या ने गला पकड़कर पानी में ढकेल भी दिया था।

चलते-चलते चारों भाई-बहन जीप के लोगों के पास आ गए। जीप के लोग इधर-उधर सुस्ता रहे थे। कुछ लोग जीप से सामान बाहर निकाल रहे थे। भानुदास झट से दौड़ता हुआ झाड़ी की तरफ गया। वहाँ झुरमुट में छिपाकर रखा रहठे का झाड़ू लेकर दौड़ता हुआ वापस आया। जीप के लोगों ने जो जगह पसन्द की थी उस जगह पर झाड़ू लगाना शुरू किया।

जमीन पर झाड़ू लगाने से रेती में छिपी धूल चारों तरफ उड़ने लगी। धूल के बादल ऊपर उठने लगे। जीप के पास खड़े लोग धुन्ध में खोए जैसे दिखाई देने लगे। नाक और मुँह में धूल जाने से कुछ लोग हाथ से धूल झटकने लगे। धूल नाक में जाते ही अपनी खास पहचानी गन्ध ने भानुदास को तरोताजा बना दिया। गाँव की पगडंडी पर मिलनेवाली जैसी यह गन्ध थी। पहला ग्राहक अपने क्षेत्र में आया इसलिए भानुदास भक्तिभाव से झाड़ू लगा रहा था। प्रातः किसी मन्दिर के आँगन में झाड़ू लगाने की प्रसन्नता का अनुभव वह कर रहा था। नई छलनी का पैरा अच्छा होने के कारण वह मन-ही-मन फूला नहीं समा रहा था। पूरे स्थान पर झाड़ू लगाया जा चुका। ऊपर उठी धूल धीरे-धीरे विरल होती हुई फिर जमीन पर उतर गई। आसपास के लोग नाक में घुसनेवाली धूल दूर हटाने का प्रयास कर रहे थे। कुछ लोगों ने जेब से दस्तियाँ निकालकर नाक के सामने पकड़ी थी। जीप से आया एक बूढ़ा अवश्य ही भानुदास की ओर कौतुक से देख रहा था।

भानुदास की साफ की हुई जगह पर साथ आए लोगों ने दशक्रियाविधि के सामान की थैलियाँ रख दीं। पूर्व व्यवस्था होने तक केशव भटजी घाट के उत्तर की ओर चलते गए। कुछ लोग चलते चले आए थे। हर ब्राह्मण की यही स्वाभाविक इच्छा हुआ करती थी कि आनेवाला हर आदमी अपना ही ग्राहक हो। जब तक ग्राहक के नाम गाँव का पता नहीं चलता तब तक हर एक यही सोचता कि वह अपने लिए ही आया हुआ है। तब तक आसपास के सारे ब्राह्मण बड़े आदर के साथ यजमान की पूछताछ करते। मन में यही होड़ जाग उठती थी कि आए हुए यजमान के पितरों को स्वर्ग का द्वार खोलने के लिए हम ही कैसे पात्र हैं ! लेकिन जैसे ही नाम और ग्राम का पता चल जाता। अपना ग्राहक नहीं है यह जानने पर उनकी मुद्रा के सौजन्य के भाव डूब जाते। बेफिक्री के साथ जिन्हें ग्राहक मिल गया उनके बारे में तिरस्कार की भावना प्रबल हो जाने से वे वहाँ से खिसक जाते।

केशव भटजी ऊपर तक जाकर चक्कर लगाते हुए लौट आए थे। बाएँ कन्धे पर रखा उपरना बाएँ हाथ पर झटकते हुए इन लोगों के पास आ गए।

"आप में से प्रमुख कौन है ?" केशव भटजी ने हाथ जोड़ते हुए पूछा। आसपास खड़े लोगों की ओर मुड़कर भाँपने की कोशिश करने लगे। सफेद दाढ़ी-मूँछ, सिर पर लाल पगड़ी, बाएँ कान में बड़ी बाली और कई दशक्रियाओं का अनुभव रखनेवाले बूढ़े ने लाठी रेत में घोंपते हुए पूछा, "परमुख किसलिए चाहिए ?"

आवाज की दिशा में मुड़कर केशव भटजी ने लाल पगड़ीवाले बूढ़े की ओर देखा। उनके ध्यान में आ गया कि आदमी बड़ा तगड़ा है। विनय के सुर में कुछ मुस्कुराने का नाटक करते हुए केशव भटजी ने कहा, "अजी दादाजी, किसलिए क्या पूछते हो ? कोई तो विधि करनेवाले होंगे न ! क्रियाकर्म को आरम्भ करने से पहले उन्हें गंगामैया में स्नान करना होगा। मुंडन करना होगा। पूजा विधान करना होगा। इसलिए मैंने पूछा।" अन्तिम बात कहते हुए केशव भटजी के स्वर में झुँझलाहट आ गई थी। फिर भी उन्होंने अपने आपको रोक लिया। प्रातः समय है। पहला ही ग्राहक है। बोहनी के अवसर पर झुँझलाने से काम नहीं चलेगा। कभी कोई टेढ़ा ग्राहक

झट से मुँह पर कह देता है कि हमें आपसे पूजा नहीं करवानी है। तब ग्राहक की खुशामत भी करनी पड़ती है। समय-असमय लाचार भी होना पड़ता है। कभी-कभार माफी भी माँगनी पड़ती है।

क्या करते ? व्यवसाय करना है तो ग्राहक को तो सँभालना ही होता है। अपने दादाजी का बताया हुआ सूत्रवाक्य–इतने समय के लिए ग्राहक अपने लिए परमात्मा ही होता है–उन्हें हमेशा याद आता।

"मेरे कहने का तात्पर्य यह कि विधि शुरू करने से पहले यह पूछना था कि क्या आप लोग आवश्यक सारा सामान ले आए हैं ? नहीं तो, होता यह है कि विधि शुरू हो जाती है और कोई चीज मिलती नहीं। कभी-कभी अनजाने में ऐसा हो जाता है, लोग लाना ही भूल जाते हैं। कभी कोई चीज खो जाती है। सूची बनाते समय छूट जाती है। कोई एक चीज नहीं रही तो उतने से ही विधि पूर्णता नहीं प्राप्त कर सकती। आप तो सब अच्छा ही करना चाहते हैं किसी छोटी सी चीज के न होने से दूध में नमक की ढेली पड़ने जैसी दशा न हो यही सोचकर पूछना पड़ता है।"

"ओ महाराज, आपका कीर्तन बस हो गया। जो सामान लाए हैं उसे देख लो और शुरू करो। सूरज माथे पर आने से पहले इन लोगों का घर पहुँचना जरूरी है," दो उँगलियों से सफेद मूँछों को पीछे हटाते हुए लाल पगड़ीवाले बूढ़े बाबाजी ने आदेश ही दे दिया।

केशव भटजी ने हाथ जोड़ दिए।

"जैसी आपकी आज्ञा ! ठीक है, सुन लीजिए, मैं हर एक चीज़ का नाम लेता हूँ। वह है या नहीं इसे आप देख लीजिए," केशव भटजी ने आँखें मूँद ली। एक-एक चीज का नामोच्चार करने लगे।

"आटा, चावल, दूध, गुड़, पंचधान्य, कोरा कपड़ा, उरद, तिल, हल्दी, कुंकुम, अगरबत्ती, थाली-कटोरी, प्याला, गुलाल, फूल, शहद, गोमूत्र, आचमनी-पंचपात्र, फल, दियासलाई, कपूर, चन्दनबटी, पात्र, बिछाना।"

बिछाना शब्द का उच्चार करते ही उन्हें लगा कि उनके बदन को बिच्छुओं ने काट लिया है। पूरे बदन में दर्द का दंश फैलने लगा। उनके मन में हरदम उठनेवाले इस भाव ने उन्हें ग्रस लिया कि दर्द के इस दावानल में वह ज़ल जाएँगे, भस्म हो जाएँगे। हम दूसरों के क्रियाकर्म करते हैं। मृतात्मा को शान्ति मिले इसलिए यजमान के सामने यथासाँग

विधि का नाटक रचते हैं। यह तात्कालिक भूमिका होती है। अभिनेता को भूमिका करने के लिए सामने दिखाई देता है—मुआवजे का गाजर और हमें दिखाई देती है दक्षिणा। अभिनेता को कला का आनन्द भी मिल जाता है लेकिन हम क्रियाकर्म की कमाई से दो जून की रोटी का जुगाड़ करते हैं। इस काम को करते रहे लेकिन पाँच साल पहले का वह प्रसंग उनका पीछा नहीं छोड़ रहा है। केशव भटजी उस याद से भीतर तक उधेड़ दिए गए।

कसकती हुई पीड़ा केशव भटजी को बेचैन करने लगी। केशव भटजी घर में अकेले ही थे। भैया-भाभी पड़ोस में रहते थे। केशव भटजी के बूढ़े माँ-बाप हवेली के कोने में एक कमरे में अलग रहते थे। पिछले पन्द्रह बरसों से बूढ़ा-बुढ़िया अलग रह रहे थे। उनके अलग रहने के कारण केशव भटजी तड़पते रहते लेकिन पत्नी के आगे उनकी एक न चलती थी। घर में पत्नी का एकछत्र राज था। बच्चों पर भी उसी की हुकूमत चलती। इसलिए केशव भटजी प्रतिदिन कठपुतली की तरह दशक्रिया घाट पर जाते। क्रियाकर्म करते। प्राप्ति की रकम बिलानागा पत्नी के हाथ में सौंप देते। कभी-कभी पत्नी की नजरों से बचाकर बूढ़े माँ-बाप को पाँच-छह केले ला देते। बेटे के लाए केले खा जाने के बाद उसके छ़िलके हवेली के पीछे कचरे में डाल दिए जाते ताकि बहू की नजर न पड़ जाए। केशव भटजी के पिता पहले गाँव की गोरक्षण कोठी पर हिसाब लिखने का काम करते थे। जब तक स्वास्थ्य ठीक था वे दोपहर तक क्रियाकर्म करते रहे। दोपहर बाद कोठी पर जाते थे। किन्तु इधर दोनों काम करना उनके लिए कष्टकर होने लगा। इसलिए सिर्फ कोठी पर जाने लगे। उनका नियम था कि सुबह ग्यारह बजे भोजन करके घर के बाहर निकलना। गोरक्षण के कमरे में जाकर भीतर से साँकल लगा देना। तीन बजे तक हिसाब लिखना। ठीक तीन बजे कमरे का दरवाजा खोलकर चाय पीने के लिए घर चले आना। बरसों इस क्रम में कोई बाधा नहीं पड़ी। केशव भटजी के पिता ने दरवाजा खोल दिया तो आसपास रहनेवाले लोग समझ जाते थे कि तीन बज गए हैं।

पिछले वर्ष की बात है। चार बज रहे थे। केशव भटजी बरामदे में लेटे हुए थे। दिमाग में दिन-भर की कमाई की बातें। उस दिन एक अच्छा ग्राहक मिल गया था। यजमान ने अपने पिता की स्मृति में गद्दे, गावतकिए,

तकिए और एक अच्छी खासी बड़ी दरी दान में दी थी और फिर भरपूर दक्षिणा। इस बेहतरीन कमाई की याद में खोए केशव भटजी को लगा कि दरवाजे में कोई खड़ा है। वह उठ बैठे। गोरक्षण का सेवक दरवाजे में निर्विकार खड़ा था। कुछ बोल नहीं रहा था।

"क्या है रामा ? आज कैसे आना हुआ ?"

"बाबूजी ने अभी तक दरवाजा नहीं खोला है।"

केशव भटजी ने घड़ी को ओर देखा। चार बज गए थे। पिताजी के घर आने की बात वे भूल ही गए थे।

केशव भटजी उठ गए। कमीज पहन ली। खूँटी पर टँगी टोपी उठाकर बाहर निकल पड़े। गोरक्षण के आने तक उनके दिमाग में तरह-तरह के तर्क-कुतर्क आते रहे। कमरे का दरवाजा भीतर से बन्द था। बाहर लोगों की भीड़ इकट्ठा हो गई थी। किसी ने कहा, "खिड़की से झाँककर देखा, टेबल पर सोए हुए से लगते हैं।" दूसरे ने कहा, "साँकल अगर निकल नहीं रही हो तो दरवाजा छोड़ दो।"

केशव भटजी को पल-भर के लिए चक्कर आ गया लेकिन तुरन्त ही उन्होंने अपने आपको सँभाला। एक जोशीले लड़के ने पास की खिड़की के हाथ अन्दर घुसकर दरवाजा खोलने की कोशिश की। लेकिन हाथ साँकल तक नहीं पहुँच सका। आखिर धक्का मारकर जोर से दरवाजा खोला गया। केशव भटजी काँपते हुए कमरे में आ गए। दूर खड़े रहकर पिता की ओर देखने लगे। पिता ने अपने सुघड़ अक्षरों में टेबल पर रखे कागज पर लिखा था, "आज का काम पूरा हो गया है। 3 बजकर 35 मिनट।"

केशव भटजी सिसकने लगे। दो लोगों ने उन्हें दूर हटा लिया। पिता को कुर्सी से उठाया गया।

"अरे पड़ोस के मकान से नीचे बिछाने के लिए कुछ ले आओ," किसी ने चिल्लाकर कहा। पड़ोस के मकान से किसी ने फटी दरी दे दी उसे जमीन पर बिछाया गया। उस पर केशव भटजी के पिता काम करते हुए कुर्सी पर ही प्राण छोड़ गए थे इसलिए लाश का आकार टेढ़ा-मेढ़ा हो गया था। बायाँ हाथ अकड़ गया था, दोनों पैर एक-दूसरे से दूर फैले हुए थे। बदन कमर में समकोण में झुक गया था। किसी ने पैर सीधे कर उन्हें कपड़े से बाँध दिया। हाथ पेट पर बने रहे इसलिए उन्हें रस्सी से बाँधा गया।

लोगों के साथ केशव भटजी यन्त्रवत घर तक चलते हुए आ गए। बैठक में बूढ़े की लाश रखने से पहले किसी ने कहा, "बूढ़े के नीचे अच्छी सी दरी बिछा दो। नहीं तो गद्दी ही क्यों न फैला दो।" केशव भटजी के कुछ कहने से पहले ही दूसरे ने आज दोपहर में मिली नई दरी फैला दी। उस पर नई गद्दी बिछा दी। उसी समय केशव भटजी की पत्नी सामने आ गई। "यह क्या कर रहे हो ?" पति की ओर क्रोध से देखते हुए उसने कहा, "आपको पता नहीं है कि लाश के नीचे बिछा हुआ कपड़ा इस्तेमाल नहीं कर सकते ?" और उसने नई दरी और गद्दी उठाकर जहाँ थी वहीं रख दी। साथवाले ने लाश को फिर उसी फटी दरी पर रख दिया। पास में केशव भटजी पथराए-से खड़े थे। नए बिछौने की ओर देखने की हिम्मत नहीं पड़ रही थी।

केशव भटजी रुक गए।

पास खड़े लोगों ने एक-दूसरे की ओर देखा। दाढ़ी बढ़ाए बिजय ने बड़े भाई जय की ओर देखा। जय ने अपनी बड़ी आँखोंवाली और बड़े नाकवाली पत्नी की ओर देखा। विजय की छरहरे बदन की और चुलबुली पत्नी इधर-उधर नजरें फेरती रही मानो उसका इस प्रसंग से कोई सम्बन्ध न हो। उसका मानना था कि क्रियाकर्म निरर्थक है और ये लोग बेकार ही इस काम को अंजाम दे रहे हैं। इस सोच के पीछे और एक कारण भी था। होनेवाले खर्च को टाला जा सकता था। लेकिन उसका पति विजय दोलायमान दशा में था। एक तरफ पिता के गुजर जाने का दुःख तो दूसरी तरफ पत्नी का इस तरह का व्यवहार।

किसी ने कुछ नहीं कहा। केशव भटजी निश्चिन्त हो गए कि सारी चीजें आ गई होंगी।

"देवा, इनसे पूछ लीजिए कि अश्मा ले आए हैं या नहीं !" बहनों के साथ पास में बैठे भानुदास ने सहसा केशव भटजी से कहा।

साँवले रंग के मँझली उम्रवाले आदमी को भानुदास का छोटे मुँह बड़ी बातवाला सवाल अच्छा नहीं लगा। सिर के बीचोंबीच माँग पर हौले से हाथ फेरते हुए उसने कहा, "क्या अस्मा-वस्मा लेकर बैठे हो आप लोग। मन

में श्रद्धा हो तो बस है। वरना बाकी सब तो पाखंड है।"

अपने प्रगतिशील होने का नित्य प्रदर्शन करनेवाले उस आदमी ने अभिव्यक्ति का यह अवसर भी खाली नहीं जाने दिया।

"यजमानजी, ऐसा मत कहिए। आप कहते हैं श्रद्धा होनी चाहिए। श्रद्धा तो भी क्या होती है ? आप ही बताइए। आपका मन आपको कुछ करने के लिए कहता है। आप कोई क्रिया बड़े मन से करते हैं। किसी बात को करने में आपको सन्तोष मिलता है, आनन्द होता है। इसे आप क्या कहेंगे ? यह सब करने का तात्पर्य यही है ना कि उसके बारे में आपके मन में श्रद्धा है।"

"आखिर अश्मा होता क्या है ? वह तो एक पत्थर है। शव के कपाल मोक्ष के पश्चात् शव के प्राण अश्मा में आ जाते हैं। इस अश्मा को दस दिन तक पवित्र स्थान में सुरक्षित रखा जाता है। इसलिए पहले दिन से दसवें दिन तक के सारे क्रियाकर्म अश्मा पास में रखकर किए जाते हैं। दसवें दिन शव को बलि देने के पश्चात् कौए का बलि स्पर्श समारोह शुरू होता है। बलि को कौए ने तुरन्त स्पर्श किया तो माना जाता है कि शव के प्राण सन्तुष्ट हैं, उनकी कोई इच्छा बाकी नहीं है। अश्मा को तिल का तेल लगाकर फिर उसे जल में विसर्जित किया जाता है।" केशव भटजी रुक गए। आजमाने का प्रयास किया तो जो काम की जानकारी बताई उसका इन लोगों पर कोई परिणाम हुआ है या नहीं।

अपनी रुकी हुई बात को आगे जोड़ते हुए उन्होंने कहा, "भान्या, अरे लोग कहीं अश्मा की भूल सकते हैं क्या ? अरे अश्मा को भूल जाने का मतलब है लड़ाई के लिए जाते समय तलवार घर में भूल जाना।" अपनी इस नर्म उक्ति पर केशव भटजी स्वयं ही खिलखिलाकर हँस पड़े।

बड़ा बेटा जय हैरान हो गया। अब तक तो ऐनक आँखों पर थी उसे हाथ से नीचे खींच लिया। ऐनक के दोनों छड़ों में काला धागा बँधा हुआ था। ऐनक गले में उलटी टँग गई। आँखों से ऐनक हट जाने पर जय को आसपास का दृश्य धुँधला नजर आने लगा। बाईं ओर बैठी पत्नी का चेहरा फूला हुआ दिखने लगा। लगा कि उसकी बड़ी नाक और भी फैल गई है। उसने झट से ऐनक आँखों पर चढ़ा दी।

जय पत्नी के कान में कुछ फुसफुसाया। वह भी कुछ फुसफुसा दी।

जय फिर छोटे भाई के कान में फुसफुसाया। उसने भी कुछ कह दिया। तीनों ने फिर सारी थैलियों की जाँच की।

जय विजय के चेहरे के भाव धीरे-धीरे बदलते गए। भानुदास अवश्य इन दो भाइयों के चेहरों को अदल-बदलकर देख रहा था।

"क्या हो गया ? कुछ भूल आए हैं क्या ? न हो तो भी चिन्ता की कोई बात नहीं है। यहाँ सब कुछ मिल जाता है," केशव भटजी ने रोजाना के आत्मविश्वास के साथ कहा। उनका यह रोज का ही अनुभव था इसलिए उन्होंने दोनों भाइयों को धीरज बँधा दिया।

"अश्मा नहीं मिल रहा है," जय ने कहा।

"तुझे कहा था न मैंने, सब कुछ ठीक से देख लेने को," विजय ने जय से कहा।

अब तक चुपचाप लेकिन भीतर से बेचैन विजय के चेहरे पर परेशानी छा गई। पहले ही उसका चेहरा लम्बोतरा था जो अब अजीब-सा दिखाई देने लगा। पिता ने बचपन में अपनी ओर ध्यान नहीं दिया। बड़े की बहुत अच्छी देखभाल की। ढंग से पढ़ाया। इंजीनियर बन गया। मुझे लेकिन ढंग से पढ़ना नहीं आया। किसी तरह आइ.टी.आइ. करके कारखाने में टर्नर बन गया। पिता हमेशा भाई की ही प्रशंसा करते थे। ढंग से पढ़ा। एम.एस.ई.बी. में झट से नौकरी भी लग गई। शादी भी हो गई। शहर की भीड़-भरी बस्ती में इकलौते कमरे के कारण परेशानी न हो, इसलिए भैया-भाभी को एक अच्छा-सा कमरा दिलवा दिया। अपनी भी शादी हो गई। छोटे से कमरे में माँ-बाप और पति, पत्नी को सोने के लिए जगह पर्याप्त नहीं थी इसलिए झगड़कर घर से बाहर जाना पड़ा।

"जीप खोजने में मेरा समय चला गया। तुम क्या कर रहे थे," जय ने झुंझलाकर फिर से पूछा।

"कोई हर्ज नहीं। इस पर भी उपाय है। अब तुम दोनों गंगा के पवित्र जल में स्नान कर आओ। तब तक मैं अश्मा ढूँढ़ लेता हूँ," झगड़े का निर्णय करके आगे के काम को शुरू करने के उद्देश्य से केशव भटजी ने कहा।

"ये लीजिए अश्मा," सफेद कपड़े में बँधी हुई पोटली सामने रखते हुए मन्दाकिनी ने कहा।

सबने मुक्ति की साँस ली।

"नटखट लड़की, कहाँ था ये ?" केशव भटजी ने शक की निगाह से पूछा।

"जीप के पिछले सीट के नीचे मिल गया," बाईं हथेली के उलटे भाग से सुबह की धूप के कारण आए पसीने को पोंछते हुए मन्दाकिनी ने कहा। पसीने पोंछने के बाद उसने वही हाथ झट से अपने घाघरे के दाहिने हिस्से में पोंछ डाला।

"अजी महाशय, अश्मा और अस्थि कोई थैली में ले आते हैं क्या ? कई बार इसी तरह जीप की सीट के नीचे डालकर ले आते हैं। आदमी के मर जाने के बाद उसकी जगह भी नीचे रहती है। इसीलिए मन्दा बराबर उसे ढूँढ़ ले आई," भानुदास होशियारी से लेकिन शान्तिपूर्वक बोल गया।

भानुदास की अकाल प्रौढ़ सोच को सुनकर केशव भटजी भी मन ही मन सहम गए। लड़का बुद्धिमान है। लेकिन चालाक भी है, इस बात का उन्होंने कई बार अनुभव किया था। इसीलिए जब उसने कहा कि आदमी के मर जाने के बाद उसकी जगह भी वही नीचे, तब भटजी कुछ देर के लिए दहल उठे। डरकर उन्होंने अपने आप को सँभाला भी।

जय ने हाथ की उँगलियों से पोटली को टटोलकर देखा। पत्थर का सख्त भाग हाथ लगा। अस्थियों को टटोलते हुए हड्डी का एक टुकड़ा टूट जाने का आभास हाथ की उँगलियों को हो गया। कट् से टूट जाने की हल्की सी आवाज उसे साफ़ तौर पर सुनाई दी।

पिता के गुजर जाने का समाचार किसी ने उसे घर आकर सुना दिया था। जय अभी-अभी दफ्तर से लौट आया था। पत्नी घर पर नहीं थी। बाहर गई थी। दसवीं कक्षा में पढ़नेवाली लड़की अभी-अभी स्कूल से घर आई थी। लड़की को स्कूटर पर बिठाया। स्कूटर चालू हो गया। पिता के गुजर जाने का समाचार सुनकर उसे कुछ समय के लिए धक्का लगा। दूसरे ही क्षण उसके मन में इस भाव ने घर कर लिया कि चलो, मुक्त हो गए।

पिता की सेवानिवृत्ति को दस-बारह वर्ष हो चुके थे। सेवानिवृत्ति के बाद भी वे मराठा हाईस्कूल की अध्यापकों की साख बैंक के हिसाब का काम नियमित रूप से देख रहे थे। चार पैसे मिल जाते थे। समय भी चैन से गुजर जाता था।

एक-दो बार बूढ़ा-बूढ़ी ने अपने दोनों बेटों को एक साथ यह बताने

की कोशिश की कि अब हमसे काम नहीं होता। चाहे तो हमारी पेंशन तुम ही ले लो। अन्तिम व्यवहार समझकर पिता ने कहा था। लेकिन एक भी बेटे ने दिलचस्पी नहीं दिखाई। विवश होकर बूढ़ा-बूढ़ी शहर के उसी पुराने टूटे-फूटे कमरे में ही रहने लगे।

"गुरुजी गुजर गए," स्कूल के चपरासी ने घर आकर विजय की माँ को समाचार दे दिया। विजय की माँ ने जमीन पर सिर झुका दिया। दोनों हाथ जोड़ दिए। कमरे में इधर-उधर देखा। कमरे को ताला लगाया। साथ आए लड़के से कहा, "यह फोन नम्बर ले। आशा को सन्देश देना।" और स्कूल की तरफ चल पड़ी। उस समय वह बहुत हल्का महसूस कर रही थी।

चौराहे के स्कूल में बड़ी भीड़ इकट्ठा हो गई थी। विजय की माँ को आते देख दो-एक आदमी उनके पास चले जाए। "दोपहर तक गुरुजी ठीक थे। हमसे बातें हुईं। दोपहर में हमारे साथ पकौड़ा-चाय भी हो गई।" विजय की माँ सहसा सीढ़ी पर बैठ गई। दोनों हाथों से सिर को जोर से दबा रखा। उन्हें चक्कर तो नहीं आया था लेकिन आसपास के लोगों को लगा कि उन्हें पति-निधन का दुःख असहनीय हो गया है।

"गुरुजी को कहाँ ले जाना है ? औरंगपुरा के मकान या सिडको में लड़के के घर ?" स्कूल का चपरासी माँ के पास आ गया। हल्की आवाज में उनसे पूछा। उन्होंने आसपास की भीड़ को देखा। उनके मन का निश्चय नहीं हो पा रहा था। औरंगपुरा का कमरा पहली मंजिल पर है। कठिनाई होगी। सीढ़ियों से ऊपर कैसे ले जाएँगे ? इससे बेहतर होगा कि सिडको में बड़े बेटे के बँगले पर चले जाएँ। छोटे का निवास भी उस तरफ ही था।

स्टेशन की ओर रहनेवाले सम्बन्धियों को आते देख माँ ने रोती आवाज में कहा, "आशा, तेरे मामा तो चल बसे री।" इतनी देर राह देखकर स्कूल के कुछ शिक्षकों ने गुरुजी को दरी में लपेट दिया। उठाकर बाहर ले आए। सम्बन्धियों की गाड़ी के पिछले सीट पर लेटा दिया। माँजी सामने की सीट पर बैठ गईं। "कहाँ ले जाना है ? माँजी ने क्षण-भर सोचकर कहा, "बड़े बेटे के घर।" गाड़ी चलने लगी।

सिडको में घर के सामने गाड़ी रुक गई। घर बन्द था। पड़ोसियों से पूछा। गुरुजी की लाश पिछले सीट पर। माँजी गाड़ी से बाहर आ गईं। बन्द मकान के बरामदे में बैठ गईं। छोटा बेटा मोटरसाइकिल पर बैठकर आ

गया। "पप्पा, आप हमें छोड़कर चले गए," कहते हुए उसने बन्द दरवाजे की ओर देखा। माँ के पास आकर बैठ गया। कोई कुछ नहीं कह रहा था। पन्द्रह-बीस मिनट बाद और चार-पाँच सम्बन्धी आ गए। छोटे बेटे को पल-भर के लिए लगा कि पिता की लाश को इस तरह गाड़ी में सड़क पर रखने की अपेक्षा अपने घर ले जाए। लेकिन तुरन्त ही उसका यह विचार कमजोर पड़ता गया। बड़े भाई को स्कूटर पर आते देख उसकी जान में जान आ गई। भाई ने दरवाजा खोला। दोनों ने लाश को उठाकर बैठक में रख दिया।

"गुरुजी के बदन पर डालने के लिए कोई सफेद चादर तो ले आओ," किसी ने कहा।

बड़े की पत्नी घर के भीतर चली गई। बहुत खोजबीन करके एक चादर लेकर बाहर आ गई। गुरुजी के बदन पर चादर डाल दी गई। फटी और मैली चादर देखकर एक पड़ोसी बोला, "क्या घर में नई चादर नहीं है ?"

"नहीं ना ! होती तो दे नहीं देती ?" बड़े की पत्नी ने बड़े नथुने फुलाते हुए भावहीन होकर कहा। इस समय वह अपने चेहरे की झुँझलाहट को छिपा नहीं पाई।

विजय की माँ ने कमर से चाभी निकाली। घर के पड़ोस में रहनेवाले एक लड़के को पास बुलाया, "राजू, यह चाभी ले। घर में दाएँ कोने में लकड़ी की अलमारी है। अलमारी में नीचे से दूसरे खाने में साड़ी की तह के नीचे नई सफेद चादर है। उसे ले आ। अपना आदमी चला गया। जीते जी नहीं तो मरने के बाद भी अगर वह काम नहीं आई तो इस भाग को क्या कहा जाए ? और हाँ, आते समय ताला ठीक से लगा है या नहीं, अच्छी तरह से देखना।" माँ की बातें सुनकर विजय को गुस्सा आ गया। लेकिन उसने अपने आपको सँभाला। राजू ने स्कूटर निकाला।

राजू बाहर चला गया। इधर विजय की माँ के मन में संशय का पिशाच जाग उठा। लड़के के पास मैंने खुलेआम चाभी दे दी। लड़का हाथ-लपका है। घर से कोई और ही चीज़ लूट लेगा तो क्या करेंगे ? अलमारी के निचले खाने में कुछ पैसे हैं। विजय की माँ के मन में उथल-पुथल मच गई। मन में विचार आया कि छोटे बेटे को राजू के पीछे भेज दे। लेकिन सबके सामने इस बात को कैसे कहा जा सकता है ? सामने पति की लाश पड़ी हुई है

और मैं परेशान हूँ घर की चीजों के लिए।

राजू के लौट आने तक उनकी बेचैनी बढ़ती ही गई। धीरे-धीरे लोग इकट्ठा हो गए। लाश को रात-भर नहीं रखा जा सकता। बेटी दूर गारगोटी गाँव में है उसका आना सम्भव नहीं। इसलिए दो-तीन आदमी तैयारी करने लगे। सामान लाया गया। अरथी बाँधी गई। गुरुजी की अन्तिम यात्रा चल पड़ी। श्मशान भूमि में गुरुजी को चिता पर रख दिया गया। विजय ने अग्नि दी। चिता भड़क उठी। सब पास में खड़े थे कि गुरुजी का दायाँ हाथ चिता के बाहर आ गया। हाथ की चमड़ी जल जाने से हाथ लाल-लाल दिखाई दे रहा था। श्मशान के पहरेदार ने लम्बी लाठी से बाहर आए हाथ को फिर भीतर ढकेल दिया। हाथ पर एक भारी कुन्दा लाठी से ढकोस दिया।

भीड़ में से किसी ने जोर से कहा, ''लगता है गुरुजी ने बेटे को आखिरी मार मार दी।'' उसे याद आया कि पिता ने बचपन में कान के नीचे कैसे झापड़ रसीद की थी।

''जाइए, अब जल्दी से जाकर नहा लीजिए और गीले कपड़ों के साथ लौट आइए,'' केशव भटजी ने कहा।

''हाथ-पाँव धो लिए तो चलेगा न ! वैसे हम नहाकर आए हैं,'' जय ने कहा।

''अजी जजमान, ऐसा नहीं चलता। गीले कपड़ों से पूजा विधि होती है, जो गुजर गए उनके आप दोनों बेटे हैं न ?''

''बदलने के लिए ये दूसरे कपड़े नहीं ले आए हैं,'' जय की पत्नी ने बीच ही में नथुने फुलाते हुए कहा।

''तन पर तो कपड़े हैं न। जाइए जल्दी और डुबकी लगाकर आइए,'' लाल पगड़ीवाले बूढ़े ने फिर एक बार आदेश दे दिया।

जय-विजय ने कमीज उतार दी। पैंट भी उतार दी। बनियान निकाल दिया। धीरे-धीरे पानी की ओर चलने लगे कमर तक गहरे पानी में चलते गए। दोनों ने पानी में डुबकी लगा दी। हाथ-पैर से पानी को उछालते हुए गंगा के काईभरे, गन्दी चिन्दियों और कीचड़ से मैले पानी में तैरने लगे।

''कुछ भी कहिए। इन ब्राह्मणों ने हर बात में विधियाँ बना रखी हैं। बच्चे के पैदा होने से आदमी के मर जाने तक वे हमारा पीछा नहीं छोड़ते,'' रेती में हाथ-पैर फैलाकर बैठे मँझली उम्रवाले प्रगतिशील विचारधारा के आदमी ने बोलना शुरू किया।

केशव भटजी पहले ही कहीं और चले गए थे यह बात उसके ध्यान में आ गई थी।

''वे क्यों पीछे लगेंगे ? तुम लोग ही उनकी पीठ पकड़े रहते हो। बच्चा पैदा हुआ तो राशि बताओ। अमुक मुहूर्त निकालो साली खुजली तुम्हारी और बदनामी गजकरन की,'' एक ने आगे बढ़कर कहा, ''और ये दसवाँ दिन क्या होता है ? आदमी एक बार मर गया तो सब कुछ खत्म हो गया। उसकी हड्डियों को श्मशान में जला देने पर बाकी क्या रह जाता है—टोकरी भर राख !''

''अरे भाई, ऐसा नहीं है। आदमी के मर जाने पर भी प्राण नहीं मरते। प्राण शरीर से अलग होते हैं। हर एक के शरीर में अलग-अलग प्राण हैं। एक शरीर का आधार नष्ट हो जाने पर प्राण दूसरी देह धारण करते हैं। बची हुई बातों में प्राण अटके रह जाते हैं।''

''देखो, आदमी के मर जाने के बाद सब कुछ खत्म हो जाता है। बाकी जो कुछ कहा जाता सब झूठ है। तुमने कभी प्राणों को देखा है ? लाश से बाहर निकलनेवाले प्राण कहाँ चले जाते हैं फिर ?''

''शरीर से प्राणों के निकल जाने पर जो शरीर बाकी रह जाता है उसे लाश कहते हैं। मनुष्य के लिए प्रेतयोनि में होना बहुत बुरा होता है, इसलिए प्राणों को प्रेतयोनि से मुक्त करने के लिए कुछ क्रियाकर्म करना आवश्यक होता है।''

''वही फिर क्रियाकर्म की रट लगा रहे हो। मैं पूछता हूँ जानवर के मर जाने के बाद उसका दसवाँ दिन क्यों नहीं मनाया जाता ? बैल का दसवाँ दिन मनाना है तो उसे कौन मनाएगा ? हम मनुष्यों ने कुछ मनुष्यों की सुविधा के लिए ही यह सब कुछ बनाया है।''

केशव भटजी लौट आए।

''अजी महाराज, आप ही इन्हें प्रेत और प्राणों के बारे में बताइए।''

केशव भटजी ने आसपास देखा।

“मनुष्य का जीवन ईश्वर का दिया हुआ महान कर्म है। इस कर्म का अन्त मृत्यु से होता है। इसलिए धर्मशास्त्र में बताया गया है कि अन्त समय निकट आते ही पुत्र को अष्टमहादान करना चाहिए। इस दान से सौ अश्वमेध यज्ञों का पुण्य मिल जाता है।”

“आदमी मर रहा है फिर भी आपकी दान की बात नहीं छूटती।”

“हम कौन होते हैं बतानेवाले ? अपने धर्मशास्त्र में ही इस आदेश को लिख दिया है ऋषि-मुनियों ने। अष्टदान से तात्पर्य है—तिल, लोहा, सोना, कपास, लवण, सप्तधान, भूमि और सवत्स धेनु। तिल के दान से असुर दैत्य और दानव तृप्त हो जाते हैं। लोह के दान से मानवजाति यम की सीमा तक नहीं जा सकती। यम के हाथ में कुठार, मशाल, दंड, खड्ग, छुरी जैसे शस्त्र हैं। पापी लोगों को दंड देने के लिए। लोह के दान से यम प्रसन्न होते हैं। सोने के दान से धर्मराज की सभा के ब्रह्मादि देवता और ऋषि-मुनि प्रसन्न होते हैं। सुवर्ण दान से शव का उद्धार हो जाता है। शव स्वर्गलोक पहुँच जाता है। कपास के दान से यम का दूत प्रसन्न होता है। लवण क्षार से यम से भय नहीं लगता। चावल, जौ, गेहूँ, उड़द, त्रिमुंग, चना आदि सप्तधान्य के दान से यमलोक में आपके सम्बन्ध में सन्तोष उत्पन्न होता है। भूमि के दान से स्वर्ग का द्वार खुल जाता है। गाय के दान से मोक्ष मिल जाता है।

“इसका मतलब यह हुआ कि आदमी के मर जाने पर भी आपके दान उसका गला पकड़ लेते हैं !” मँझली उम्रवाले व्यक्ति ने झुँझलाकर कहा।

“शास्त्र में ऐसा बताया गया है, हम तो बस उसे बताने का काम करते हैं।”

“क्या आपके शास्त्र में ऐसा नहीं बताया गया है कि ऐसा कुछ नहीं करना चाहिए ?”

“बताया है न ! उदाहरण के लिए देखिए : नपुंसक के शव को उदक नहीं देना चाहिए। चोर, उपनयन-संस्कारित पुत्र, विषमधर्मी व्यक्ति, गर्भहत्या करनेवाला और भर्तृहत्या करनेवाली तथा मद्यपी नारी इनको उदकदान नहीं करना चाहिए। ब्रह्मचारी, पतित नारी और युवती होकर भी यथेच्छा आचरण करनेवाली नारियों और कन्याओं को भी उदक नहीं देना चाहिए।”

"शूद्रों के घर ब्राह्मण के कर्म कर जाने के पश्चात दूध या दही का भक्षण नहीं करना चाहिए। क्योंकि वह शूद्रान्न कहा जाता है। जब तक किसी अन्न को ब्राह्मण का स्पर्श नहीं होता तब तक उसे शूद्रान्न ही मानना चाहिए। ब्राह्मण के हाथ स्पर्श हो जाने पर वह अन्न भक्षण के लिए निषिद्ध नहीं रह जाता। शूद्र ब्राह्मण के घर दूध ले आएगा तो उसे दूसरे पात्र में ग्रहण करना चाहिए।"

"पात्र बदल जाने पर दूध तो नहीं बदलता। फिर वह कैसे चलता है ?"

"सारे नियम धर्मशास्त्र के आधार पर चलते हैं। सब कुछ लिखा हुआ है।"

"हर बात का अन्तिम फैसला धर्मशास्त्र की बैसाखियों से कब तक चलता रहेगा ?"

"अनन्त काल तक। जब तक इस धरती पर चन्द्र-सूर्य हैं, जब तक गोदामैया अखंड बहती रहेंगी तब तक इन संस्कारों का कोई विकल्प नहीं है। यह मनुष्य-जन्म एक ही बार मिलता है। फिर से जन्म लेने के लिए आत्मा को सात योनियों से गुजरना पड़ता है। तब कहीं फिर मानव योनि में जन्म प्राप्त होता है। इस फेरे को टालने के लिए जन्म-मरण के चक्र में हम उलझ जाते हैं। मृत्यु को कोई नहीं टाल सकता। तथापि शास्त्र का कथन है कि अन्त्यकर्म सम्मानपूर्वक होना चाहिए। इसलिए मृत्यु के सम्बन्ध में जो कुछ करना है वह इस प्रकार है।

"किसी बाघ ने यदि ब्राह्मण को मार डाला हो तो सबने मिलकर ब्राह्मण-कन्या का विवाह अपना दायित्व समझकर करा देना चाहिए। कोई सर्पदंश से मर गया तो नागबलि की विधि करनी चाहिए। सोने का साँप बनाकर ब्राह्मण को दान देना चाहिए। हाथी ने मार डाला हो तो चार निष्क परिमित स्वर्ण का हाथी ब्राह्मण को देना चाहिए। राजा ने मार डाला हो तो स्वर्ण का पुरुष दान करें। चोर ने मार डाला हो तो धेनु दे दें। शत्रु ने मार डाला हो तो वृषभ दे दें। शैया पर मर गया हो तो सलाईयुक्त विष्णु प्रतिमा स्वर्ण की बनाकर दे दे। सूअर ने मार डाला हो तो महिष दे दें। कृमि से मृत हो गया हो तो पाँच थैले गोधूम दे दें। वृक्ष से मृत हो गया हो तो स्वर्ण का वृक्ष वस्त्रों के साथ दे दें। गाड़ी से मृत हुआ हो तो सामग्री के साथ

कुछ द्रव्य भी दे दें। पर्वत शिखर से गिरकर मृत हुआ हो तो अनाज का पहाड़ बनाकर उसे दे दें। अग्नि से मृत हुआ हो तो यथाशक्ति कुआँ खोदकर उसका उत्सर्ग करें, काष्ठ से मृत हुआ हो तो धर्मार्थ सभा का आयोजन करें। अस्पृश्य के स्पर्श से मृत हुआ हो तो उत्तम शास्त्र ग्रन्थ का दान करें। शस्त्र से मृत हुआ हो तो दक्षिणा के साथ महिषी दे दें। पाषाण से मृत हुआ हो तो सौ ब्राह्मणों को पकवान का भोजन कराएँ," केशव भटजी रुक गए।

"वाह ! बहुत अच्छे महाराज ! मरण के इस पुराण का सारांश तो यही हुआ कि आखिर ब्राह्मणों को दान दे दें। फिर आदमी चाहे जैसा मरे। तुम लोगों के दान पर कोई आँच नहीं। मरना हो गया कि आपकी दशक्रिया पीछे लगती ही है।"

"दशक्रिया विधि करने से पुत्र पिता के ऋण से मुक्त हो जाता है। इसलिए बेटे को चाहिए कि शोक को रोककर सात्विक धैर्य के साथ पिता के लिए बिना आँसू बहाए पिंडदान करे। कितना भी शोक करो, जो गुजर गया है वह फिर कभी नजर नहीं आता। जो जन्म लेता है उसकी एक न एक दिन मृत्यु होती ही है। जिसकी मृत्यु हो गई है उसे अवश्य ही फिर से जन्म मिल जाता है। इसलिए विद्वान मनुष्य कभी शोक नहीं करता। यात्रा करनेवाला आदमी दोपहर की धूप से बचने के लिए पेड़ की छाँव में कुछ समय गुजारता है। प्रातः बनाया हुआ भोजन सन्ध्या में नष्ट हो जाता है उसी प्रकार समय आने पर आत्मा इस देह को छोड़कर चली जाती है। आत्मा को मुक्ति चाहिए इसलिए दशक्रिया विधि आवश्यक है," केशव भटजी ने गोदावरी की ओर देखा।

जय-विजय अभी तक नहाकर लौटे नहीं थे। उपरना झटकते हुए केशव भटजी उठे।

और वह मैटाडोर धूल उड़ाता हुआ चला आया। ड्राइवर ने दबाकर जोर से ब्रेक मार दिया। पूरा मैटाडोर धुएँ के बादल में छिप गया।

दरवाजा खोलकर ड्राइवर बाहर आ गया। मैटाडोर का पिछला दरवाजा खोल दिया। एक के पीछे एक आदमी गाड़ी के बाहर निकल पड़े। चार

लम्बे आदमियों के बीच एक मोटा बौना आदमी साफ नजर आ रहा था। उनके धूल-चढ़े चेहरों पर ऐसी थकावट नजर आ रही थी। जैसे हज़ारों मील की यात्रा कर आए हों। चार लम्बे आदमियों में से एक बहुत छरहरा था। काले-कलूटे झुलसे चेहरों पर चेचक के दाग स्पष्ट दिखाई दे रहे थे। सफेद टोपी के किनारे पसीने से चीकट नजर आ रहे थे। लगता था कि इस आदमी की हुकूमत सब पर चल रही है। मोटा-बौना आदमी जब से गाड़ी से नीचे उतरा था तब से यन्त्रवत् इधर-उधर देख रहा था। लगता था कि वह किसी के आदेश का इन्तजार कर रहा है। आखिर का आदमी राख की गठरी लेकर नीचे उतरा।

भानुदास, मन्दाकिनी, हेमा, रेखा और उनके पीछे नारायण, केशव, हनुमन्त आदि ब्राह्मण, मंडली मैटाडोर की तरफ आगे बढ़ गई।

"बड़े भैया लगता है गाड़ी ने राह खो दी है," आँखें झपकाते हुए मन्दाकिनी ने कहा। गोदावरी में रक्षा विसर्जन के लिए आनेवाली गाड़ियाँ उत्तर की तरफ जाया करती हैं। आनेवाले नए लोग हों तो जगह की गड़बड़ी कर देते हैं।

"चुप हो जा मन्दे," भानुदास ने कहा और धीरे से ड्राइवर से पूछा, "ड्राइवर साब, गाड़ी कहाँ से आई है ?" ड्राइवर से जवाब मिलने से पहले भानुदास ने मैटाडोर के धूल जमे दरवाजे पर यूँ ही उँगलियाँ फेरकर नक्काशी निकाली। ड्राइवर ने भानुदास की ओर देखा। उसके लाल और लम्बोतरे चेहरे पर छपरी मूँछें थीं। पान खाने से मुँह में थूक जमी हुई थी। लाल-लाल थूक की पीक मारते हुए ड्राइवर ने मुँह खोल दिया। तब उसके काले किनहा दाँत दिखाई पड़े। उन्हें देखकर भानुदास दो कदम पीछे हट गया। ड्राइवर ने कहा, 'तलपिंपरी।'

भानुदास केशव भटजी के पास आ गया।

"महाराज, तलपिंपरी गाँव किसके पास है ?" भानुदास ने पूछा।

केशव भटजी ने जेब से सूची निकाली। एक-दो पन्ने पलट दिए।

"अपने ही पास है," खुशी से भटजी ने कहा। तब उनकी मुद्रा पर विजेता की प्रसन्नता का भाव झलक गया। दूसरे का एक-एक क्षेत्र पादाक्रान्त करते समय योद्धा को जैसे जोश आ जाता है वैसा जोश उन्हें प्रतीत होने लगा। इस जोश का रूपान्तर धीरे-धीरे बेमुरव्वती में होने लगा।

दूसरा ग्राहक भी केशव भटजी को ही मिल गया इसलिए बाकी दो ब्राह्मण मन-ही-मन हताश हो गए। दोनों पास आ गए। नारायण ने जेब से बही निकाली। तलपिंपरी गाँव किसके पास है इसकी जाँच की।

ग्राहक अपना नहीं है इस बात की उन्हें निश्चिती हो गई। वे दोनों वहाँ से हट गए। नारायण ने जेब से बीड़ी का बंडल निकाला। एक बीड़ी बाहर निकाल दी। बीड़ी की मुँह में रखने की नोक नाखून से तोड़ दी। जिस ओर से बीड़ी को सुलगाना था उस ओर मुँह से फूँक दिया। होंठों की चुटकी में बीड़ी पकड़कर तीली सुलगा दी। एक कश लेने के बाद उसे अच्छा महसूस हुआ। माचिस फिर जेब में रख ली।

चुटकी-भर तमाखू दाईं दाढ़ के नीचे छोड़ते ही पहचाने स्वाद से लार मुँह में फैलने लगी। इस अनुभव ने हनुमन्त को तरोताजा कर दिया। तमाखू की याद आते ही हनुमन्त बेचैन हो जाता। उसकी हरकत इस बेचैनी को मात देती थी। हाथ अनायास महीन कपड़े की जेब में चला जाता। बाएँ हाथ से गले की बड़े रुद्राक्षों की माला को हल्का सा स्पर्श कर हनुमन्त तमाखू की डिबिया खोल देता। हथेली पर तमाखू मलने के बाद चुटकी-भर तमाखू बराबर दाईं दाढ़ के नीचे रखने पर राहत महसूस होती। बालों की दाईं ओर मुड़ी कट ठीक-ठाक है या नहीं यह अच्छी तरह से देखकर हनुमन्त नारायण की ओर झुँझलाई सी नजर से देखने लगा।

''इस बार भी साले नसीब ने गाँड़ मार दी,'' हनुमन्त के चेहरे पर बदले के भाव बदलते गए। ग्राहक का अपना न होना यह कोई पहला अनुभव तो नहीं था। लेकिन यह ग्राहक केशव भटजी का हो यह बात उसे और नारायण को अच्छी नहीं लगी। 'गाँड़' शब्द से पल-भर के लिए नारायण को जैसे अंगारा छू गया। इस तरह के अभद्र और अश्लील शब्द का उच्चार सुबह-सुबह करना उसे सचमुच अच्छा नहीं लगा। लेकिन हनुमन्त की बात का तात्पर्यार्थ उसे स्वीकार था।

''हनुमन्त, बात तो तुम्हारी ठीक ही है लेकिन तुमने गलत शब्द का प्रयोग किया है।''

''तुम्हें 'गाँड़' शब्द पर आपत्ति है ना ? तुम यही कहना चाहते हो। पर मुझे यह बताओ कि यदि यहाँ पर शिष्ट शब्द का प्रयोग किया जाए तो क्या परिस्थिति में कोई परिवर्तन होगा ?''

नारायण ने हताशा में सिर हिला दिया। बुझी हुई बीड़ी को फिर से सुलगाकर उसने कहा, ''साला, यहाँ बेभरोसे के ग्राहक की राह देखने से अच्छा है कि उधर चौराहे पर आँकड़ा लगाना ज्यादा भरोसे का हो गया है। वहाँ कुछ-न-कुछ तो लग ही जाता है।'' नारायण को दशक्रिया की कमाई की निरर्थकता का अनुभव होने लगा था अतः उसने इधर सट्टा खेलना शुरू किया था।

''वैसे भी आजकल दिनमान अच्छा नहीं है। चार-छह वर्ष पहले जैसी स्थिति अब इस व्यवसाय में नहीं रही। अब यजमान भी बड़े लंडवाले आने लगे हैं। पहले विधि के लिए कोई पूछता नहीं था कि क्या लेना-देना होगा। आजकल मंडी, बाजार की तरह मोलभाव करने लगे हैं,'' हँसकर हनुमन्त ने कहा।

''उसमें फिर अपने बूढ़े ठूँठ कमर का छोड़कर, यजमान के सामने दुम हिलाने लगे तब से इस व्यवसाय की दशा ही खराब हो गई है। पहले ऐसा कभी नहीं था। इस व्यवसाय की एक इज्जत थी। इस इज्जत को माटी में मिलाने का काम अपने ही आदमी ने किया है।''

''गाँवों को बाँट लेने का रिवाज अब समाप्त होने लगा है। इस कारण कुछ लोगों के साथ अन्याय होता है, तो कुछ लोगों की चाँदी हो जाती है। इससे बेहतर यह हो कि सबको एक जैसा काम मिले। इससे अच्छा मार्ग मुझे दूसरा नहीं दिखाई देता। नहीं तो कुछ लोगों को भूखों मरना पड़ेगा।''

हनुमन्त की समान काम की अवधारणा नारायण को पसन्द आ गई। इस बात का समर्थन करना चाहिए। इससे उसके जैसे आलसी को भी कुछ-न-कुछ काम मिलने की हामी मिलनेवाली थी।

''पंचकमेटी में इस बात को उठाना होगा,'' हनुमन्त ने कहा। ऊपर की तरफ एक ग्राहक दिखाई दिया तो हनुमन्त वहाँ से निकल पड़ा।

हनुमन्त ने तमाखू की पुड़िया बाहर निकाली। दाएँ हाथ से बाईं हथेली पर पुड़िया से चुटकी-भर तमाखू डाल दी। पुड़िया का मुँह उँगलियों से दबाकर बन्द कर दिया। पुड़िया जेब में डाल दी। चूने की डिबिया बाहर निकाली। दाएँ हाथ के अँगूठे के नाखून से चूना खुरचकर तमाखू को लगा दिया।

डिबिया बन्द करके जेब में रख दी। उँगली से तमाखू में चूना मलने लगा तो हनुमन्त के मुँह में लार पैदा होने लगी। हथेली पर अच्छी तरह से मलने के बाद चुटकी-भर दाईं दाढ़ के पास रखकर उसने बचा हुआ तमाखू का चूरा फेंक दिया।

भानुदास केशव भटजी के पास खड़ा था। "नया ग्राहक आया है। राह भटककर निचले हिस्से में राख लेकर आया है," भानुदास ने जानकारी दी।

केशव भटजी फूले न समाए।

केशव भटजी मैटाडोर के पास आ गए।

"मैं केशव उपाध्याय। आपकी क्या सेवा कर सकता हूँ ?"

"तीसरा और दसवाँ आज ही करना है," भारी आवाज में एक मोटे आदमी ने आगे आते हुए कहा।

"कर देंगे, अवश्य कर देंगे," केशव भटजी ने कहा।

"लेकिन हम दसवें का सामान लेकर नहीं आए हैं।"

"यहाँ सब कुछ मिल जाएगा। आप थोड़ी देर के लिए आराम से बैठ जाइए। तब तक पहले रक्षा विसर्जन कर आइए। फिर बाकी सारा प्रबन्ध मैं कर दूँगा," केशव भटजी ने बताया और पहली पूजा के स्थान पर लौट आए।

मैटाडोर के उस कुछ मोटे से बौने आदमी ने कमीज उतार दी। पैंट उतार दी, रक्षा का थैला दोनों हाथों से उठाकर वह पानी की ओर चलने लगा। राख के बोझ के कारण वह ठीक तरह से चल नहीं पा रहा था।

"अरे, कन्धे पर उठा लीजिए ठीक से। जीते जी नहीं ले सके। मरने के बाद तीर्थस्थल में उतना ही पुण्य सम्पादन होगा," साथवालों में से किसी ने कडुवाहट से कहा।

"यह अवसर है इस तरह बोलने का ?" दूसरे ने लीपापोती की।

"अरे, कोई बोलता नहीं। किसी ने कुछ कहा नहीं इसीलिए यह अवसर आ गया। सबने पिलपिला बोदा बनाकर रख दिया है।"

मोटे और बौने आदमी ने इस प्रतिक्रिया की ओर ध्यान नहीं दिया। कमर के नीचे फिसल रही चड्ढी को ऊपर खींच लिया। वह ढीली हो गई है यह बात ध्यान में आते ही नाड़ा छोड़कर फिर से पक्का बाँध दिया। चड्ढी पक्की बाँध देने से तोंद का नाड़ी के पासवाला हिस्सा काफी अन्दर तक दब गया।

"बनियान भी निकालकर फेंक दो," और एक ने कहा।

उसने बनियान निकाल दी। छाती पर घने काले बालों का जंगल उसके अपने काले रंग में मिल गया। राख के थैले को फिर से कन्धे पर उठा लिया। गंगा के पानी की ओर वह चलने लगा।

सामने भगत का मोत्या पानी में भैंसों के बाल मूँड रहा था। आठ-दस भैंसें पानी में फैलकर बैठी हुई थीं। मोत्या एक भैंसे की पीठ पर टिन के डिब्बे से पानी डालता। भीगे अंग पर उस्तरा खर्रखर्र चलाकर भैंस के अंग से बाल खुरच डालता। उस्तरे पर भैंस की पीठ का मैल इकट्ठा हो जाता। उस्तरे का फल झट पानी में उल्टा-सीधा घुमा देता तो उसका सारा मैल निकल जाता। मैल फिर पानी पर तैरकर पानी में मिल जाता।

पिछले चार-पाँच दिनों से उसका भैंसों के बाल मूँड़ने का काम चल रहा था। हर रोज यह काम हो रहा था। किसी दिन ज्यादा काम करने से उसके हाथ में दर्द होने लगता। इसलिए उसने तय किया कि रोज एक ही भैंसे के बालों को मूँड़ा जाएगा। भैंसों को मूँड़ने से बालों की परत ही पानी पर तैरने लगी थी।

मोटा नाटा आदमी पानी की ओर जा रहा है यह देखकर भानुदास, हेमा, मन्दाकिनी और रेखा दौड़ते हुए उसके आगे चले गए।

सुबह का गोदावरी का ठंडा पानी पैसे मिलने की आशा में उन्हें गर्म लगने लगा।

"अजी ओ मालिक, थोड़ा आगे आइए, हाँ, जरा इधर से आइए। पानी में बैठी भैंसों की दाईं ओर से। भैंसें पानी से बाहर नहीं आएँगी," भानुदास ने राख के थैले को कन्धे पर उठाकर घुटनों तक पानी में खड़े आदमी को हिम्मत बँधाई।

मोटे-नाटे आदमी ने पीछे मुड़कर देखा। लाल पगड़ीवाले बूढ़े ने हाथ से ही आगे बढ़ने का इशारा किया।

जाँघों तक पानी आने पर वह रुक गया।

भानुदास ने हमेशा की सूचनाएँ इस बार नहीं दी। सिर्फ इतना ही कहा कि उत्तर की ओर मुँह कीजिए और दाएँ कन्धे से भस्मी छोड़ दीजिए।

राख पानी में छोड़ने पर राख के बादल उठे। भानुदास के नाक-मुँह में राख भर गई। भानुदास ने अनजाने में होंठों पर जीभ फेर दी। राख का नमकीन स्वाद मुँह में फैलते ही उसने जोर से थूक दिया।

सारी राख एक साथ ही भानुदास की छलनी में गिर गई। धीरे-धीरे पानी से भीग गई। भीगी राख का वजन बढ़ गया।

''मन्दे, बहुत भारी हो गया है। हाथ तो लगा जरा,'' भानुदास ने सहायता के लिए बहन को पुकारा।

दोनों बहनें पास आ गईं। राख से बोझिल छलनी का किनारा पकड़कर छलनी को पानी में हिलाना शुरू किया।

सारी राख पानी में मिल गई। गोदावरी के निश्चल पानी का रंग राख-सा हो गया। कुछ देर पहले का हरे रंग का पानी उछल गया था।

भानुदास ने छलनी पानी से बाहर निकाली। अँजुली-भर सिक्के हाथ आ गए। पैसों के हिस्सेदार बड़े लोग आसपास कोई हैं या नहीं यह भानुदास ने देखा। सिक्कों की आड़ में सोने की एक नथनी झाँक रही थी। दोनों जेबों में पैसे डालकर चारों बाहर आ गए। सावधानी से इधर-उधर देखा। आसपास नाम्या नहीं था और दूसरा भी कोई नहीं था।

सामने बस केशव भटजी थे और चीमड़पन से हँस रहे थे।

आठ

नगर निगम का कर्मचारी सोपान गागाभट चौराहे से जा रहा था। सोपान नगर निगम के जल वितरण विभाग में काम करता था। भोपले महाराज मठ के दक्षिण की ओर पानी की दो टंकियाँ बाँधी गई थीं। वहीं पर एक पम्प हौस भी बना हुआ था।

पम्प हौस के पश्चिम में गोदावरी के पात्र में दो जैकवेल बनाई गई थी। जैकवेल के ऊपर कंक्रीट का पक्का स्लैब डालकर कुएँ का मुँह बन्द कर दिया गया था। जैकवेल के सामने का क्षेत्र था नाथ घाट। यहाँ पर दिन-भर दशक्रिया विधि चलते हैं। गोदावरी के पात्र में बाँधे गए इस कुएँ का पानी पास की टंकियों में भरकर गाँव को वितरित किया जाता था। प्राकृतिक रूप से शुद्ध हुआ यह पानी सारे गाँव को पीना पड़ता था।

पम्प हौस पर बिजली की मोटर लगी हुई थी। मोटर शुरू करके सोपान इधर-उधर गप्पें लड़ाता रहता था। कभी-कभी जैकवैल के किनारे पर बैठकर ताश खेलनेवाली ब्राह्मण मंडली में खो जाता था।

एक जमाना था जब गोदावरी में पानी बहा करता था। बहता पानी होने के कारण गन्दगी, कचरा, विसर्जन के लिए डाली गई राख आदि सब कुछ धीरे-धीरे बहनेवाले पानी के साथ बह जाता था।

कुछ वर्ष पूर्व जायकवाड़ी का बाँध बन गया। बाँध के पास ही बिजली निर्माण प्रकल्प शुरू हो गया। बाँध के निचले भाग से आगे पाँच किलोमीटर दूरी पर एक छोटी दीवार बनाई गई। इसे निम्न बाँध कहा जाता है। इस निम्न बाँध के कारण गोदावरी में संचित पानी को तालाब का रूप प्राप्त हो गया।

बिजली पैदा करते समय बाँध का पानी नदी में छोड़ा जाता था। यह पानी शक्तिशाली मोटर की सहायता से फिर बाँध में छोड़ा जाता। पहले से ही संचित पानी में राख का कूड़ा, चिन्दियाँ, काई और अन्य गन्दगी ऊपर-नीचे को जाती थीं।

फिर पैठण में भैंसों की तादाद भी बड़ी है। दूध का व्यवसाय अच्छा है। लेकिन भैंसों को घंटों पानी में बैठना अच्छा लगता है। इसलिए गाँव की सारी भैंसों की भीड़ नाथ घाट पर ही लग जाती थी।

गाँव में भैंसों के काफी गोठ हैं। हर रोज गोठों को धो डालने के बाद वह गन्दगी नालियों में बहती हुई गोदावरी में आ जाती है। गाँव-भर का गन्दा पानी भी आकर गोदावरी के पवित्र जल में मिल जाता है।

शान्ता का सुबह का सारा काम पूरा हो रहा था। इसलिए वह कुछ थक सी गई थी। सुबह के काम से पीठ और जाँघें कसकने लगी थीं। सोचा, गर्म पानी से नहाने के बाद अंगों में कुछ ताजगी आ जाएगी।

गाँव की सड़कें सीधी नहीं थीं। चढ़ान-ढलानवाली सड़कों पर झाड़ू लगाते समय बहुत नाचने पड़ते थे। ढलानवाली सड़क पर सन्तुलन बनाना पड़ता था। चढ़ानवाली सड़कों पर झाड़ू लगाते समय जाँघें भारी हो जाती थीं। पिंडलियाँ ऐंठ जाती थीं।

आज तो महीने की सात तारीख निकल आई, अभी तक तनख्वाह नहीं हुई थी। हर महीने में एक या दो तारीख को ही हुआ करती थी। पंसारी, दूधवाला, फुटकर उधारवाले सब देर हो जाने पर पिनपिनाते रहते।

इस महीने की तनख्वाह में विलम्ब हो जाने से निवृत्ति की मशीन की फीस भी नहीं दी थी। वह गणित की परीक्षा में बैठना चाहता था। हर रोज

फीस के लिए पीछे पड़ता था।

शान्ता अपनी फटेहाल गृहस्थी को समेटने में पस्त होती जा रही थी।

पति विट्ठल बैठा रहता है। उसका एक ही काम है बीड़ियाँ पीना। कुछ सुनाओ तो बेशर्म होकर सुन लेता है और धीरे से घर के बाहर कदम रख देता है।

टुक्कड़खोर पति पर गुस्सा आ जाता है। वह झुँझलाकर रह जाती है।

उसे निवृत्ति से उम्मीद थी। बरस-दो बरस में लड़का काम आएगा। यह दिन भी बदल जाएँगे—इस उम्मीद से उसमें जोश आ जाता। तकलीफों का सारा बोझ फेंककर वह फिर से काम में डट जाती।

बार-बार उन्हीं सड़कों पर झाड़ू लगाने की बोरियत को टालने के लिए सभी औरतें आठ दिनों बाद सड़कें बदल लेती थीं। इससे नई सड़क पर झाड़ू लगाते समय कुछ उत्साह आ जाता था। बाद में यह सड़क भी जानी-पहचानी हो जाती थी।

सड़कों पर पड़े तरह-तरह के गड्ढे, घर के सामने के छोटे-बड़े चबूतरे, कोन पर पड़े छोटे-बड़े पत्थर इतना ही नहीं, कुछ घरों के सामनेवाला पत्थर फर्श भी उसका जाना-पहचाना हो गया था।

जब तक विट्ठल एम.आइ.डी.सी. में नौकरी कर रहा था तब तक दोनों की तनख्वाह पर घर ठीक-ठाक चल रहा था। दुर्घटना के चलते विट्ठल पैर से मजबूर हो गया था। वह घर ही बैठ गया। कारखाने से कुछ थोड़ा सा मुआवजा मिल गया था, लेकिन वह रकम भी पानी में घुल जानेवाली राख की तरह तुरन्त खत्म हो गई थी। फिर सारा बोझ उसके अकेली की तनख्वाह पर पड़ने लगा।

भानुदास को घर में घुसते हुए शान्ता ने देख लिया। तश्तरी में चाय अधूरी छोड़कर वह नाराज हो उठी।

बेटा पाठशाला की छुट्टी मार दे यह उसे पसन्द नहीं था। पाठशाला के छूट जाने पर बच्चे घंटा-दो घंटा नाथ घाट पर जाते तो वह इस बात को नजरअन्दाज कर देती। बच्चों की दो सौ पैसों की कमाई से गृहस्थी में मदद मिलती है यह बात उसे मन में अच्छी भी लगती थी।

लेकिन बार-बार पाठशाला की छुट्टी मारकर यदि बच्चे नदी पर जाने लगें तो मामला हाथ से निकल जाएगा इस बात का डर भी था।

अपने इन दोहरे विचारों के कारण वह दुबली हो जाती। सहसा माँ की ममता का भाव उछल आता।

बच्चे अगर पढ़ेंगे नहीं तो उन्हें अपने जैसा ही झाड़ू हाथ में लेना पड़ेगा। शायद यह काम पाने के लिए भी उन्हें जी-जान की कोशिश करनी पड़ेगी। हो सकता है, यह काम भी नहीं मिल सकेगा।

ऐसे समय में उसे हठात् अपने पति की याद आ जाती। कूबड़े को लाठी का सहारा। उसे अपने लँगड़े पति का सहारा ऐसा ही लगता था। तब वह सोचती मैं अकेली नहीं हूँ। मुझे भी किसी का सहारा है। अपने बच्चे बिना सहारा नहीं हैं। लँगड़ा क्यों न हो, उन्हें अपने बाप का सहारा है।

पति का पैर टूट गया था तब उसे बहुत दुःख हुआ था। उसे लगा कि चलती गाड़ी का एक पहिया ही उखड़ गया। बची हुई यात्रा अब एक पहिए से ही सारा बोझ उठाकर पार करनी होगी।

पैर टूट जाने से भी पति का कुछ करने की उम्मीद गवाँ बैठना उसे ज्यादा चुभता था। पति ने तो कुछ न करने की कसम खाई थी। जो कुछ करना है बस शान्ता को ही करना है।

सामने खड़े भानुदास ने देखा कि माँ चाय पीना छोड़कर उठ खड़ी हो गई है। माँ के चेहरे की नाराजगी और गुस्से को भी उसने भाँप लिया।

''पाठशाला क्यों नहीं गया आज ?''

भानुदास चुपचाप खड़ा रहा। हाँ या ना कुछ भी नहीं कहा।

''मुर्दे, सुबह-सुबह होटल में मुँह दिखाया तो मैंने सोचा कि पाठशाला गया होगा।''

''नहीं गया आज पाठशाला,'' सिर झुकाकर हल्की आवाज में भानुदास ने कहा। तब उसे अपनी आवाज का काँपना महसूस हो रहा था। अपराध-भाव से वह पैर के अँगूठे से आँगन की गोबर-पुती जमीन की पपड़ियाँ निकालने लगा।

''मालूम है मुझे ! मैं पूछ रही हूँ क्यों नहीं गया था ? अपने आपको बड़ा बालिस्टर का बेटा समझ रहा है क्या, पाठशाला की छुट्टी मारने में ?

बामन के पेट का होता तो चार घर जाकर भीख तो भी माँगकर पेट भरता,'' शान्ता की आवाज ऊँची हो गई थी।

भानुदास को पक्का विश्वास हो गया कि अब माँ उसे जरूर पीट देगी।

धैर्य के साथ उसने ऊपर देखा।

''मुँह उठाकर मेरी तरफ क्या देख रहा है साँड़ जैसा ? मैया री, मैंने इस चिलबिले लड़के के लिए अपनी जान की बाजी लगा दी। ये निगोड़ा पढ़े इसलिए अपनी जान को खपाकर रोज सुबह सड़कों पर अपने को बिछाती रही और ये धन्नासेठ किसी अमीर के लौंडे की तरह पाठशाला की छुट्टी मारता है,'' बोलते-बोलते आखिर शान्ता की आवाज गुस्से से फटने लगी। उसने आसपास देखा।

दरवाजे से बाहर आ गई। चबूतरे पर उलटा खड़ा किया झाड़ू रखा हुआ था उसे उठाया। नोक की ओर से पकड़ लिया। झाड़ू से सटासट भानुदास को पीटने लगी। भानुदास ने आँखें मूँद ली। निचले होंठ को दाँतों के नीचे जोर से दबाकर खड़ा रह गया। सिर नीचे झुका हुआ। मन में आया कि माँ को बता दे कि आज पाठशाला की छुट्टी मारने का कारण कुछ अलग ही था। रोज के और आज के कारण में वैसे कुछ खास फर्क नहीं था किन्तु उसकी नजर में आज कारण अवश्य ही महत्त्व का था।

दो-तीन सड़कों में ही झाड़ू टूट गया। हाथ में सिर्फ झाड़ू की नोक रह गई। टूटे झाड़ू के तिनके इधर-उधर बिखर गए। यह झाड़ू तो उसका सहारा था। उसकी रोज की रोजी-रोटी थी—गाँव में झाड़ू लगाना। उसके सहारे तो जिन्दगी चल रही थी। उसी झाड़ू से मैंने अपने बच्चे को क्रूरता से पीटा। दो-तीन सड़कों में झाड़ू के तिनके बिखर गए। तो फिर आखिर हाथ में क्या बचा रह गया ? अपना हाल भी ऐसा ही हो गया है।

भानुदास माँ के हाथों पीटे जाने पर भी हिम्मत के साथ खड़ा था। बिट्ठल पास में खड़ा अपनी झुँझलाई औरत और माँ के हाथों चुपचाप पीटे जा रहे अपने बेटे को हताशा से देख रहा था। शान्ता ने जिस आवेश में भानुदास को पीटना शुरू किया था वह अन्त में नहीं रहा। झाड़ू की नोक की ओर बिना देखे उसने असहाय होकर उसे फेंक दिया। वह निढाल हो चुकी थी। विट्ठल भी निढाल होकर पथराई आँखों से अदल-बदलकर दोनों की ओर देखने लगा। एक बार उसे लगा कि पत्नी को रोके, लेकिन तुरन्त

ही उसने अपने आपको रोक दिया। एक पैर पर पहले जैसा खड़ा रह गया। माँ और बच्चों के झगड़े में पड़ना क्या अपना फर्ज नहीं है ? बाप के नाते और पति के नाते ? पर तुरन्त ही उसने अपने आपको रोक लिया। निठल्लेपन के कारण यह अधिकार उसने गवाँ दिया है। इस बात का अहसास होते ही उसने अपने मन को लगाम दे दिया।

निवृत्ति मशीन-काम का रियाज करके घर लौट आया। घर में शान्ति देख उसने सही अनुमान लगाया।

"भान्या, आज फिर पाठशाला की छुट्टी मार दी ना तूने?"

"देख तो, मैं यहाँ हड्डियाँ तोड़ रही हूँ। खून-पसीना बहाकर सड़क पर झाड़ू लगा रही हूँ। तू मशीन सीखकर पाठशाला जाता है और ये निगोड़ा पाठशाला को छुट्टी मारकर मुर्दे की राख गींजने जाता है नदी पर।"

"भान्या, तुझे हजार बार कहा था ना। तुझे घाट पर जाना है तो दोपहर के बाद जाया कर पाठशाला को छुट्टी मारकर या पढ़ाई छोड़कर मत जा। तेरे कारण अब हेमा, मन्दाकिनी और रेखा भी पाठशाला को छुट्टी मारने लगी हैं," निवृति ने कहा।

"माँ, मुझसे गलती हो गई। अब मैं कभी पाठशाला की छुट्टी नहीं मारूँगा। मेरे पास अपनी छलनी नहीं थी। साहूकार के पास से किराए पर लानी पड़ती थी। आज मैंने अपनी नई छलनी ले ली। अब फिर पाठशाला की छुट्टी नहीं मारूँगा," भानुदास ने कहा। उसने माँ की ओर देखा। उसकी आँखें पानी से भर आई थीं।

"माटी मिले, जल गई तेरी छलनी। पहले पढ़ाई कर ले। पढ़ने-लिखने के बाद चाहे तो छलनी का कारखाना खड़ा कर उस माटी मिले साहूकार की नाक के नीचे," शान्ता ने कहा। उसे अहसास हो गया कि उसने बच्चे को निर्दयता से बहुत पीटा है। उसे अपराध का अहसास हो गया।

शान्ता ने भानुदास को पेट से लगाया। माँ के पेट की गर्मी अनुभव होते ही भानुदास सिसक-सिसककर रोने लगा। मानो गोदावरी की रुकी हुई पानी की धारा मुक्त होकर बहने लगी हो।

शान्ता ने भानुदास की पीठ पर हाथ फेरा। भानुदास की रीढ़ की ओर उठी हड्डी का स्पर्श शान्ता की उँगली को हो गया। कमीज ऊपर करके उसने देखा। काम करके मेरा बेटवा कैसा सूख गया है। हाथ को सिर्फ

हड्डियाँ ही लग रही हैं। उसने चिन्ता से भानुदास की ओर देखा। बेटे की फिक्र से उसके पेट में खलबली मच गई। झाड़ू से पीटा था उसकी साँटें दिखाई दीं। वह बेचैन हो गई। इतना तो नहीं पीटना चाहिए था। मन को रोककर पल्लू से आँखें पोंछ डाली। माथे पर अस्त-व्यस्त फैले भानुदास के बालों को हाथ से पीछे हटाया।

शान्ता उठ गई। ढककर रखी चाय की प्याली भानुदास के सामने रख दी।

"मुझे नहीं चाहिए। बड़े भैया को दे दो।"

"मुझे भी नहीं चाहिए। भान्या, तू ही पी ले। तू काम से लौट आया है।"

"ऐसा करो। दोनों आधी-आधी प्याली ले लो," कहते हुए शान्ता ने आधी प्याली तश्तरी में उँड़ेल दी।

माँ की ओर देखकर भानुदास चाय पीने लगा शान्ता सन्तोष से दोनों बच्चों की ओर देख रही थी। उसका अपराधी मन अब कुछ साफ हो गया था। दोनों बच्चों ने ठंडी चाय पी ली। बारी-बारी से माँ-बाप की ओर देखा। विट्ठल अब भी परेशान सा खड़ा था। शान्ता का बदलता रूप देख रहा था। अन्त मधुर हो जाने से उसे भी अच्छा लग रहा था। अपनी पत्नी घर में कैसे जिम्मेदारी का बर्ताव करती है यह प्रशंसा-भाव से देख रहा था।

शान्ता घर के भीतर आ गई। उसे नहाने के बाद घर के काम करने थे। रसोई बनानी थी। माँ के पीछे भानुदास भी घर के भीतर आ गया। माँ के पीछे खड़ा रहकर उसने धीरे से लेकिन प्यार से कहा, "माँ !"

"अब क्या कहता है ? शान्ता ने भानुदास की ओर मुड़कर पूछा। अब उसके चेहरे पर गुस्सा नहीं था। कुछ देर पहले बच्चों के प्रति जो नाराजगी थी वह भी नहीं थी। उसके चेहरे पर माँ की करुणा थी और सबके सारे अपराधों को पेट में डालकर खड़े हो जाने का जादू भी था।

"एक ग्राहक आया है घाट पर। केशव बामन ने दसवें के सामान के लिए बोला है," भानुदास ने कहा।

शान्ता खिल उठी। गुस्सा पीकर वह उत्साहित हो उठी। कुछ समय पहले उसे लग रहा था कि उसके हाथ-पैर की ताकत निकल गई है। लेकिन 'ग्राहक आया है।' इन शब्दों से उसमें हाथी की ताकत का संचार हो गया।

निराशा के बादल दूर हट गए। फटी गिरस्ती को इस कमाई की थिगली का जोड़ महत्त्व का था।

"बेटा मेरा बड़े काम का है। कहते हुए उसने प्रेम से भानुदास को गुलचा मार दिया और दशक्रिया विधि का सामान निकालने लगी। उसका मन केशव भटजी के प्रति कृतज्ञता भाव से भर गया। नाथ घाट पर जब भी कभी दशक्रिया विधि की सामग्री की आवश्यकता पड़ती थी। केशव भटजी भानुदास को शान्ता के पास भेजा करते थे। भानुदास के न होने पर किसी दूसरे बच्चे को भेज देते। एक तरह से केशव भटजी से सहायता ही हो रही थी। दशक्रिया विधि की सामग्री बेचनेवाले शान्ता के अलावा और भी कुछ लोग थे। फिर भी केशव भटजी शान्ता के पास से ही सामग्री ले लेते थे। इस व्यवहार में उन्हें उनका हिस्सा देना यह तो दुनियादारी की बात थी।

सामग्री निकाली गई। सामग्री की थैली भानुदास को देते हुए शान्ता ने कहा, "सँभालकर जाना बेटे और हाँ, बामन से अपनी तरफ से पैसे मत माँगना। अगली बार वे ला देंगे। अरे हाँ, पिछले इतवार के पैसे उन्होंने अभी तक नहीं दिए हैं। तुझे व्यवहार का पता चले, इसलिए बता दिया। नहीं तो भान्या, तू ऐसा क्यों नहीं करता ? किसी कागज पर लिखकर रख। दुकानदार जैसे उधारी लिखकर रखता है वैसे। फिर अपने भी ध्यान में रह जाएगा। वो बामन बहुत ईमानदार है, अपने लोगों से भी। अपना कमीशन काटकर पैसे भेजने में कभी चूक नहीं करेगा। लेना-देना तो सबको लगा ही रहता है ना रे," माँ की बात सुनता हुआ भानुदास देर से खड़ा था। शान्ता के ध्यान में आ गया।

"चल बेटा, जल्दी से चला जा," कहते हुए उसने भानुदास को घर के बाहर भगा दिया।

सामग्री लेकर भानुदास घर के बाहर निकला। सीढ़ियाँ उतरते हुए उसे मन में बड़ी खुशी हो रही थी कि आज ज्यादा कमाई हो रही है।

हफ्ते में एकाध ऐसा ग्राहक मिल जाता। राख में झोर्‍या चलाने की अपेक्षा दशक्रिया विधि का सामान खरीदनेवाला ग्राहक लाभदायक था।

राख से मिलनेवाली रकम अनिश्चित होती थी। कभी कमाई अच्छी हो जाती थी तो कभी कंजूस लोग राख में बहुत कम पैसे डालते थे। कभी मिले हुए पैसों में आसपास के बदमाश लड़के हिस्सेदार बन जाते। आखिरी हिस्सा ब्राह्मण को देने के बाद बचनेवाली राशि बेभरोसे की थी। उसकी अपेक्षा दशक्रिया विधि की सामग्री घर से लाकर बेच दी तो थोक पच्चीस रुपए मिल जाते थे। दशक्रिया विधि की सामग्री का पच्चीस रुपए भाव घाट पर सरेआम निश्चित हो चुका था। उसमें से पाँच रुपए उस ब्राह्मण को मिल जाते जो पूजा कहता था। पच्चीस में से पाँच का हफ्ता ब्राह्मण को देना घाट का अलिखित व्यवहार था जिसे सब बिना तकरार अमल में लाते थे। कोई ग्राहक पच्चीस रुपए देने में आनाकानी करने लगा तो पूजा करनेवाला ब्राह्मण बेफिक्री से कह देता, "अरे यजमानजी, यहाँ सौदा नहीं किया जाता। सस्ते राशन की दूकान में जैसे चीजों के दाम सरकार निश्चित करती है ना वैसे ही हमारे कम-से-कम भाव पंचकमेटी ने निश्चित किए हैं। निश्चित भाव से कम लेनेवाले का दंड भरना पड़ता है। फिर आप ही बताइए ऐसा व्यवहार क्या कोई कर सकता है ?" दुख का बोझ लेकर दशक्रिया विधि के लिए आया हुआ ग्राहक कड़वा मुँह बनाकर किसी तरह आनाकानी करता हुआ पैसे दे जाता है।

लहुजीनगर के नल के पास वडार (धाँकड़) का पिराजी मुँह धो रहा था।

"क्या है भान्या, लगता है आज सुबह-सुबह ही ग्राहक मिल गया है," पिराजी ने पूछा।

भानुदास सन्तोष से सिर्फ हँस दिया।

पिराजी भानुदास से चार मकान आगे रहता था। अठारह-बीस बरस का, लम्बा घने काले रंग का पिराजी भानुदास का हीरो था। पिराजी के सिर पर सत्य साईं बाबा जैसे बिखरे हुए घुँघराले बाल थे। गले में बड़ा ताबीज था। कमीज के बटन हमेशा खुले छोड़कर पिराजी घूमता रहता। लहुजीनगर के सब उसे दादा (गुंडे) के रूप में पहचानते थे।

पिराजी के पिता खदान पर पत्थर तोड़ने का काम करते थे। उसकी माँ उसकी सहायता करती। माँ-बाप का इकलौता बेटा पिराजी लाड़-प्यार में पला। लहुजीनगर के लड़कों के सारे गुन उसमें खिल उठे। मातंग समाज

के लड़कों ने 'लहुजी उस्ताद युवा मंडल' की पिछले वर्ष स्थापना की। सखाराम काम्बले का बेटा नामा मंडल का अध्यक्ष बन गया। निवृत्ति, भानुदास और पिराजी सदस्य बन गए। मातंगों के लड़कों ने युवा मंडल बनाया यह देखकर लहुजीनगर के बौद्ध हरिजन लड़कों ने भी रात में मीटिंग बुलाई। गजा झिने का बेटा नाम्या थोड़ा-बहुत पढ़ा-लिखा था। राऊत फोटोग्राफर के पास सीख रहा था। नाम्या ने पहल की। गजा के चबूतरे पर बौद्ध, हरिजन, भोई (कहार), कैकाड़ी आदि लड़कों की सभा निश्चित हो गई। भगत का मोत्या, नाम्या, तुकाराम का भतीजा महादेव आदि काफी लोग इकट्ठा हो गए। लोग जमा हो गए हैं, यह देख नाम्या खड़ा हो गया। "जय भीम बन्धुओ ! आप सब बाबा साहब को याद करके आज इकट्ठा हो गए हैं इसलिए मैं आपको धन्यवाद देता हूँ। बाबा साहब अपना देवता आदमी। वो थे इसलिए हम हैं। वो थे इसलिए हम ये दिन देख रहे हैं।" तुकाराम का भतीजा महादेव खड़ा हो गया। "काम की बात कर डालो भाई। इसकी माँ की..., यह इलेक्शन की मीटिंग है क्या ? मीटिंग किसलिए बुलाई है ?" उसे रात के शो में जाना था इसलिए जल्दी कर रहा था।

नाम्या ने कहा, "अपनी बस्ती सब लोगों की है। सब यहाँ रहते हैं। कड़ी मेहनत की कमाई खाते हैं। पिछले वर्ष ऊपर की गली के कुछ लड़कों ने अपनी बस्ती के सामने सड़क पर तख्ती लगा दी है। क्या नाम लिखा है हाँ, लहुजीनगर। मातंगों के लड़कों का यह काम है। बाबा साहब ने सबको साथ लिया था। महार, मातंग, चनार ऐसा अलग कभी समझा था क्या ? फिर इन मातंगों के लड़कों ने अपना अलग चूल्हा क्यों जलाया ? लुहार का मोत्या, वडार पिराजी उनके साथ है। मातंगों के बच्चे बड़े घाट पर राख गींजते रहते हैं। ऐसे गन्दे काम के लिए हमने उन्हें कभी कुछ कहा है क्या ?"

"ऐ नाम्या, जिसको जो काम करना है वह उस काम को करे। तुम्हारे हाथ किसी ने पकड़ रखे हैं क्या ? अपनी गाँड़ में दम नहीं और न्योता देते हैं कौओं को।"

महादेव ने उठकर कहा। इस समय उसके चेहरे पर सारी दुनिया के बारे में नफरत दिखाई दे रही थी।

"नीचे बैठ जा भडुए। बहुत ही पिटपिट करता है रे उस्तरे जैसी। तुझे

किसी ने न्यौता दिया था क्या इस मीटिंग का ?''

जातिवाचक बात निकलते ही महादेव तैश में आया। ''उसकी माँ की..., जब देखो तब तुम हमेशा हम पर चढ़ते ही रहते हो। हमने सोचा कि बस्ती का काम है तो उसमें रोड़ा क्यों अटकाएँ। तो हमारे गले हमारी ही टाँगों को फँसाने लगे। मैं जा रहा हूँ उस तरफ के लोगों के पास। न तुम लोग दूध देते हो, न उन लोगों से गुड़ मिलता है। पर तुम्हारी तरह वो लोग पटर-पटर तो नहीं करते।'' दो-एक ने महादेव को रोक लिया। महादेव झल्ला उठा। उसे लगा यहाँ से परे निकल जाए। इन लोगों से वे लोग ठीक हैं। लेकिन उसने अपने आपको सँभाला। दोनों जाति के लोग अपने को निकट का नहीं मानते। मातंगों की बस्ती में कहा जाता है कि यह उन लोगों में उठता बैठता है। हरिजन बस्तीवालों को लगता है कि यह घाट पर हजामत करने के लिए जाता है, इसलिए मातंगों के निकट का है।

महादेव के बोलने से एक बात जरूर हुई। नाम्या का आक्रामक स्वर झट से नीचे आया। 'बाबा साहेब आम्बेडकर युवा मंडली' की स्थापना हो गई। 'लहुजी उस्ताद युवा मंडली' के साइनबोर्ड के पास ही आम्बेडकर बोर्ड लगाना तय हो गया।

बच्चों ने दूसरे दिन से बस्ती में चन्दा इकट्ठा करना शुरू किया। शाम को आम्बेडकर युवा मंडली का बोर्ड 'लहुजी उस्ताद युवा मंडली' के बोर्ड के पास लग गया। उस पर फूल-माला चढ़ाई गई। काम से लौटनेवाले थके-हारे बस्ती के लोग इन लड़कों के इस काम को देखकर निर्विकार भाव से घर की ओर जाने लगे। उन्हें उस काम में कोई दिलचस्पी नहीं थी। दिन-भर की मेहनत से उनके शरीर थके हुए थे। मन ऊब चुके थे। पैरों को घसीटते हुए उनके पेट में भूख की आग भड़क जाती थी। मेहनत मजदूरी करनेवालों की बस्ती के लोगों को यह सिद्धान्त अच्छी तरह से मालूम था कि भूख लगने पर दिमाग के सारे सवाल बेमानी हो जाते हैं।

कुछ दिनों तक बस्ती का माहौल गँदला गया। शाम को बच्चे चौराहे पर इकट्ठा हो जाते। उनमें से कुछ बाबा साहेब आम्बेडकर की जय के नारे लगाते। उस पार के बच्चे लहुजी उस्ताद की जय कहकर जवाब दे देते। बड़े-बुजुर्ग बच्चों की इस शरारत से सोच-समझकर अलिप्त रहकर उसे नजरअन्दाज कर रहे थे। बस्ती में और दो मकान थे। एक शंकर मगर का

और दूसरा धोंडिबा सदाफुले का। दोनों हरिजन समाज के थे। लहुजीनगर में रहने के बावजूद ये दोनों परिवार समाज से कुछ टूटे से रहते थे। शंकर मगर तहसील में प्रधान क्लर्क था। धोंडिबा सदाफुले नगर निगम के लेखा विभाग में लेखपाल था। दोनों के बच्चे स्कूल में पढ़ रहे थे। बस्ती में रहकर भी ये दोनों अपनी बिरादरी से हटकर रहते थे। बाबा साहब की प्रेरणा से उन्होंने शिक्षा ग्रहण की। पढ़ने के बाद नौकरी करने लगे। नियमित तनख्वाह की कमाई के कारण परिवार सुरक्षित हो गए लेकिन समाज से जैसे नाल टूट गई। लहुजीनगर में रहकर भी व्यवहार में सूखापन आ गया। समाज से न कुछ लेना है, न देना है। बस्ती के लोगों ने इस प्रवृत्ति को भी स्वीकार कर लिया था।

जातियों के इस चक्कर में वडार के पिराजी ने अपने उग्र उजड्डपन को बचा लिया था। उस उजड्डपन के कारण ही बस्ती पर उसने दहशत बना रखी थी।

उत्तर की तरफ से कुछ आगे बढ़ जाने पर बाकी ओर गोदावरी के किनारे नगर निगम द्वारा बनाए गए पाखानों की कतार लग जाती है। एक कतार में दस पाखाने बनाए हुए हैं। पाखाने की अगाड़ी पूर्व की तरफ है तो पिछवाड़ा पश्चिम की ओर गोदावरी की तरफ। सड़क पार करने पर कुछ ऊँचाई पर जैन मन्दिर है।

पाखानों के सामने और आसपास की गन्दगी में हमेशा सूअरों की भीड़ रहती है। दिल खोलकर गन्दगी में लेटे सूअर पाखाने के लिए आनेवालों की राह देखते हैं। किसी के आने की आहट होते ही गन्दगी से सूअर उठ जाते हैं। अपने अंग को झटककर जल्दी में पाखाने के पीछे खुले हिस्से में गन्दगी खाने के लिए हाजिर हो ज़ाते हैं। सूअर के अंगों को झटक देने से कई बार पाखाने के लिए आए आदमियों पर गन्दगी की छींटें उड़ जातीं और बदबू की एक लहर गागाभट चौराहे से होती हुई पैठण गलीकूचों में फैल जाती।

पाखाने के पीछे एक नाली थी। नाली से गन्दगी बहती थी। मल-मूत्र की यह गन्दगी आसपास की जमीन में रिस जाती थी। धूप में सूखने पर उसकी काले-पीले रंग की पपड़ी बन जाती थी। पाखाने में ज्यादा पानी डाल देने या बारिश के आ जाने पर यह गन्दगी फैलकर धीरे-धीरे गोदामैया की

ओर बहने लगती थी। अन्ततः यह सब गोदामैया के पवित्र विशाल उदर में एकरूप हो जांता था।

भानुदास ने यह रास्ता नहीं चुना। वह दूसरी सड़क से चलने लगा।

पिराजी बस्ती और घाट पर बिन्दास घूमा करता। पिराजी से सब डरते थे। किसी ने कुछ कम-ज्यादा बात की तो पिराजी की खोपड़ी सरक जाती थी। फिर वह किसी का लिहाज नहीं करता था। इसलिए उसका सहारा भी था।

दोनों हाथों में सामान की थैलियाँ उठाकर चल रहा भानुदास रुक गया। उसका ध्यान सामने गया। सामने वाघमारे गुरुजी आ रहे थे। साथ में अन्य दो आदमी थे। वाघमारे गुरुजी लहुजीनगर की आखिरी गली में रहते थे। पाठशाला बारह बजे छूटती थी। आज गुरुजी जल्दी कैसे जा रहे हैं ? भानुदास मन-ही-मन घबरा गया।

"क्या है रे बच्चे ? क्या नाम है भला तेरा ? अरे, तू विट्ठल घोडके का बेटा ना ?" गुरुजी ने फटकारना शुरू किया, "परसों तेरी माँ आई थी, चिल्ला रही थी। पाठशाला की छुट्टी मारकर घाट पर भटकता रहता है ना ? पढ़ेगा-लिखेगा तो ही कुछ बनेगा बेटा, नहीं तो कुछ होनेवाला नहीं। ठहर, आज मैं ही तेरे घर आ जाता हूँ। तेरे बाप से मिलने।" भानुदास सिर झुकाकर खड़ा रहा। उसे लगा कि गुरुजी अब दो-चार चाँटे जड़ देंगे।

"कौन सी कक्षा में पढ़ता है रे तू...हाँ, याद आया तेरा नाम...भानुदास है न ? तेरी कक्षा के मास्टरजी से बोलना पड़ेगा।"

"छठी कक्षा में," गहरी आवाज में भानुदास ने कहा।

"कहाँ जा रहा है ?"

"दशक्रिया का सामान लेकर जा रहा हूँ। घाट पर केशव भटजी ने मँगाया है।"

"इससे कहाँ पेट भरनेवाला है बेटे ?" वाघमारे गुरुजी को पता था कि घाट पर बच्चे क्या काम करते हैं। "बाबासाहब ने कहा है–पढ़ोगे तो जियोगे। वैसे भी अब पहलेवाले काम भी नहीं मिलेंगे। तेरे भाई को देख रोज पाठशाला आ जाता है। मशीन का काम सीखता है। माँ तेरे लिए कितनी मेहनत करती है। आनेवाले जमाने में पढ़े बगैर किसी के लिए कोई मार्ग नहीं है। पहले पढ़ो फिर चाहे जो काम करो।" गुरुजी को लगा कि

वे कुछ ज्यादा ही बोल गए हैं। वे इस तरह ईमानदारी से ही सोचते थे, इसलिए बस्ती में पढ़नेवाले बच्चों को समझाते-बुझाते रहते।

भानुदास ने सिर ऊपर उठाया। वाघमारे गुरुजी उसकी ओर उम्मीद से देख रहे थे।

"जा। ग्राहक राह देख रहा होगा। लेकिन याद रख भानुदास, पाठशाला की छुट्टी मारकर फिर कभी यह काम नहीं करना," वाघमारे गुरुजी ने कह तो दिया, लेकिन वह जानते थे कि ये बच्चे बीच-बीच में पाठशाला को छुट्टी मारकर घाट पर गए बिना नहीं रहेंगे।

भानुदास ने सिर हिलाकर ही 'हाँ' कह दिया। गुरुजी से जाने की अनुमति मिलते ही वह आगे चल पड़ा।

सन्त एकनाथ महाराज के जीवन की घटना है। कोई एक आदमी पान खाकर उन पर एक सौ आठ बार थूका। उस स्थान से ढलान शुरू हो जाती है। आगे सड़क पर ढलान खत्म हो जाती है। वहीं पर गागाभट चौराहा है।

इस ढलान की बाजू से गाँव के गन्दे पानी की नाली मोटी धार में बहती है। ढलाऊ जमीन होने से पानी गति से बहता है। सड़क के नीचे से नाली दूसरी ओर निकल जाती है। इसकी बाजू में नाथघाट की ओर जानेवाली पगडंडी शुरू हो जाती है।

जोर से बह रही नाली की ओर कुछ देर के लिए भानुदास ने देखा। सोचा। फिर हाथ की सामान की थैलियों को बचाते हुए नाली के पार छलाँग लगा दी। एक पैर नाली के बहते पानी में गिर गया। नाली के पानी की गर्मी पैरों को महसूस हुई। थोड़ा सा पानी शरीर पर भी उड़ा। सामान के साथ अपने आपको बचाता वह नाली के किनारे से होता हुआ चलने लगा।

गुरुजी का कहना बिल्कुल सच है। पढ़ने की अहमियत के बारे में माँ दिन-रात कहती रहती है। पाठशाला की छुट्टी मारने पर बेतहाशा पीटती है। दशक्रिया की सामग्री के लिए ग्राहक मिलते ही उसी माँ के बर्ताव में ममता आ जाती है। इन सारे बदलते रूपों को भानुदास मन से देख रहा था।

पैठण गाँव का सारा गन्दा पानी और पाखाने की गन्दगी इस नाली से बह रही थी। बीस-पच्चीस फुट की दूरी पर गोदावरी का हरा-भरा पानी

दिखाई देने लगा। नाली के मुहाने पर दो मोटे सूअर पानी से बाहर निकल आए।

सूअर पीछे पड़ जाएँगे इस डर से भानुदास थैलियों को बचाता हुआ भागा।

कुछ दूर तक भाग जाने पर वह रुक गया। पीछे मुड़कर देखा। मोटी धार से बहनेवाला नाली का गर्म पानी गोदामैया की गोद में प्यार से घुस रहा था।

और दोनों सूअर फिर से उस नाली में गोते लगा रहे थे।

नौ

केशव भटजी जल्दी से पहले स्थान पर आ गए। आज के दिन का आरम्भ तो अच्छा हो गया। यह सोचकर वह मन-ही-मन खुश हो गए। दशक्रिया घाट के हर एक ब्राह्मण को ऐसा ही लगता था कि ऐसे दिन और अवसर बार-बार आएँ। इतना ही नहीं हर एक यही सोचता था कि दूसरे की अपेक्षा उसे ही ज्यादा ग्राहक मिले।

किसी दिन किसी ब्राह्मण को एक भी ग्राहक नहीं मिला तो दूसरे उसे सूखी सहानुभूति भी नहीं दिखाते थे। बल्कि कुत्सित हँसी हँसकर मन-ही-मन प्रार्थना करते कि सूखे दिन की कल भी आवृत्ति हो जाए।

दशक्रिया घाट पर क्रियाकर्म करनेवाले छह-सात ब्राह्मण ही नित्यप्रति यह काम करते थे। इनमें से कई घर के युवा बच्चे पढ़े और जहाँ जो नौकरी मिल गई, वहाँ चले गए। कुछ लोगों ने छोटे-मोटे व्यवसाय और दुकानदारी का काम स्वीकार किया। फिर भी परम्परा से चला आया यह काम आगे चलाने के लिए घर का कम-से-कम एक व्यक्ति इस व्यवसाय में टिका हुआ था।

सबके मन में खेद की एक बात थी।

अन्त्यविधि, रक्षाविसर्जन विधि, दशक्रियाविधि, ग्यारहवें, बारहवें, तेरहवें दिन की विधियाँ आदि करनेवाली ब्राह्मण मंडली से गाँव की अन्य ब्राह्मण मंडली दुर्व्यवहार करती थी।

दशक्रिया करनेवाले ब्राह्मण से तिरस्कार का बर्ताव किया जाता था। इसके विपरीत विवाह उपनयन, गृहप्रवेश और वास्तुशान्ति के विधि करनेवाले ब्राह्मणों की गृहस्थी क्रिया कर्म पर ही निर्भर थी, फिर भी दोनों में न दिखाई देनेवाली जो दूरी थी वह कभी कम नहीं होती थी। बल्कि विवाह समारोह में इनके आ जाने पर वह अदृश्य दूरी साफ प्रतीत होती थी। खाली समय में केशव भटजी को यह बात हमेशा चुभती रहती थी, लेकिन वह अपने मन को समझाते रहते।

"अरे महाराज, कब तक इन बच्चों को रोक रखेंगे ?" रेती में पालथी मारकर बैठे छोटे चेहरे के गंजे आदमी ने उठकर केशव भटजी से जोर से पूछा और आदत होने के कारण नाक के भीतर के बाल उखाड़ने लगा। सुबह हो जाने पर दोनों घुटनों में आईना पकड़कर भौंहों के पके बाल और नाक की गन्दगी साफ करने का इनका कार्यक्रम एक घंटा-भर चलता रहता था। आज सुबह पैठण आना पड़ा इसलिए दूसरे कार्यक्रमों में बाधा पड़ गई थी। इस याद से उसने भौंहों पर से उँगलियाँ फेर दीं। दो उँगलियों की चुटकी बनाकर एक नथुने में आगे बढ़ा दी। आँखें मूँदकर बालों को एक झटका दिया। बालों को उखाड़ते समय उसका चेहरा टेढ़ा-मेढ़ा हो गया। बालों का पुंज आँखों के सामने आते ही बालों को उखाड़ने का सन्तोष उसके चेहरे पर फैल गया।

केशव भटजी का ध्यान टूट गया। वे झेंप गए। उम्र के हिसाब से भटकनेवाले मन को उन्होंने लगाम दिया। जय-विजय बड़ी देर तक गोदावरी के रुके गँदले पानी में खूब तैर रहे थे। अन्ततः लाल पगड़ीवाला आदमी लोगों के घेरे के बीच झट से खड़ा हो गया। बाएँ हाथ से उपरने को झटक दिया। झुँझलाए चेहरे से आसपास के लोगों की ओर देखा। बूढ़े के पके मन में यही विचार रिसने लगा कि सब साले निकम्मे मुँह दिखाने के लिए आए हैं अब अपने को ही आगे बढ़ना चाहिए यह निश्चय कर विजय की बड़ी बेटी से कहा, "ऐ लड़की चल भाग तेरे बाप के पास। पानी में सिर्फ

डुबकी लगाकर आना था। बदन गीला हो गया तो बस हो गया। ये तो तैरते जा रहे हैं। गन्दे पानी में आजकल के इन पढ़े-लिखे लड़कों को बारहों मास..." आगे क्या कहे, यह बूढ़े की समझ में नहीं आया। मनचाहा शब्द न सूझने के कारण अपने को दोष देने के बजाय लड़की से बोले, "जा कह दे, सब लोग इधर राह देखकर तंग हो गए हैं। बस हो गया तैरना। जा उन दोनों को बुलाकर ला।" जय की लड़कों जैसी पैंट पहनी। आँखों पर काला गॉगल चढ़ाई लड़की बूढ़े की बातों पर कुछ हँस पड़ी। सिर की लाल टोपी दाईं उँगली पर गोल घुमाती हुई पिता और मामा को बुलाने चली गई। अपनी चचेरी बहन को साथ लेना वह भूली नहीं। अपने दादाजी की दशक्रिया विधि के लिए सुबह से यहाँ आई लड़की घाट का माहौल देखकर शुरू से ही ऊब गई थी। सुबह पैठण जाने की बात से वह पहले तो खुश हुई थी लेकिन घाट के माहौल से उसकी दिलचस्पी ही खत्म हो गई। सैर-सपाटे के लिए आने का भाव डूबने लगा।

विजय की लड़की पानी के पास पहुँच गई। जय-विजय बीस-पच्चीस फुट की दूरी पर गँदले पानी में आड़े-टेढ़े हाथ-पैर मार रहे थे।

"पप्पा, आपको बुलाय्या है, जल्दी चलिए," विजय ने लड़की की आवाज सुनी। दोनों भाई पानी से बाहर आए। बैठे हुए लोगों के पास चलते गए। सुबह के ठंडे पानी में ठिठुरनेवाले दोनों भाई धूप में खड़े हो गए।

विजय की पत्नी तौलिया ले आई। विजय के हाथ में देते हुए उसने कहा, "भीगे बदन कब तक खड़े रहोगे ? यह तौलिया लीजिए और बदन पोंछ डालिए।"

तौलिया लेने के लिए विजय ने हाथ आगे बढ़ा दिए। पत्नी के हाथ के गर्म स्पर्श से उसके सारे बदन में बिजली चमक गई। ठंड से ठिठुरे बदन की रगों में खून जोर से दौड़ने लगा। सीना धड़कने लगा। जाना-पहचाना स्पर्श जादू का चमत्कार करता है यह अनुभव उसके लिए नया नहीं था। लेकिन ऐसे अवसर पर समूची भावनाएँ एकाग्र होकर सरसराती बिल से बाहर आ जाए, और पूरे बदन में आग लगा दे। इस क्षण को वह टाल नहीं सका। इसलिए असहाय होकर उसने पत्नी की आँखों में देखा। उसका बेशर्म मन गहरी काली झील में डुबकियाँ लगाने को जैसे आतुर हो गया था।

"विवाह हुए कितने वर्ष हो गए ? पाँच...दस...पन्द्रह विजय यादों की फिसलती निसैनी से तल की ओर उतरने लगा। निश्चित वर्ष याद नहीं आ रहे हैं, लेकिन निसैनी से पैर जरूर छूट रहा है। उसे फिर याद आया बड़ी बेटी अब पन्द्रह वर्ष की हो गई है। विवाह को इससे अधिक वर्ष तो अवश्य हो गए होंगे। पन्द्रह वर्ष गुना तीन सौ पैसठ रातें। फिर भी यह दशा। और वह भी पिता के दसवें दिन के अवसर पर। पिता के गुजर जाने के दुःख की अपेक्षा छुटकारा मिलने की भावना प्रबल थी फिर भी क्या बेशर्म मन पर देह की भूख को मात करना चाहिए था ?"

"अरी बहनजी, आप यह क्या कर रही हैं। आप उन्हें छू लेंगी तो उन्हें फिर से नहाना पड़ेगा। गीले कपड़ों में पवित्र होकर पूजा करनी पड़ती है," केशव भटजी ने विजय की पत्नी को रोकते हुए कहा।

विजय पूर्व स्थिति में आ गया। पल-भर पहले के भाव निथर गए। देह के सभी अंगों में ठंड की लहर फिर से दौड़ गई और विजय ठंड से ठिठुरने लगा। केशव भटजी ने मानो उसे चार लोगों के बीच खड़ा कर दिया था।

विजय की पत्नी ने हाथ रोक लिया। अच्छा हुआ कि पति के स्पर्श को केशव भटजी ने नहीं देखा, नहीं तो उसे फिर से ठंडे पानी से नहाना पड़ता। उसे मन-ही-मन केशव भटजी पर गुस्सा आ गया। इस गुस्से को वह चेहरे पर छिपा नहीं पाई। लेकिन उससे बढ़कर उसे अपने पति पर ज्यादा गुस्सा आया। भटजी की ओर देखते हुए किन्तु उन्हें सुनाई न पड़े ऐसी हल्की आवाज में वह बुदबुदाई, "बीमार पड़ जाओगे तब समझ जाओगे।"

"अरी बहनजी, इस विधि को पूरा करने के लिए भी पुण्य आवश्यक होता है। यह अवसर दोबारा मिलनेवाला नहीं। चारों धाम की यात्रा एक तरफ और यह विधि एक तरफ," केशव भटजी ने बाएँ हाथ में बँधी घड़ी देखी।

"चलिए, यहाँ बैठ जाइए," जय-विजय को हाथ से स्थान दिखाते हुए उन्होंने कहा।

कुछ दूर पर तुकाराम खड़ा था। बाईं बगल में किसबत लटकाए। बाईं कुहनी जीप के बोनट पर टिकाकर आसपास की गतिविधियों का मुआयना कर रहा था। तुकाराम का भतीजा महादेव ड्राइवर के साथ बातें करता हुआ

खड़ा था। पन्द्रह-सोलह बरस का महादेव तुकाराम की सहायता करता। तजुर्बेकार तुकाराम तीस बरसों से घाट पर आ रहा है। वह जब पैठण आया था तब अठारह-बीस का था। एक दिन नाथजी की यात्रा के लिए पैठण आया। दूर के रिश्ते के एक मामा के पास ठहरा हुआ था। दूसरे दिन मामा के साथ घाट पर गया। और यहीं घाट पर चिपक गया। मामा गुजर गए और धीरे-धीरे अन्य नाइयों के साथ ब्राह्मणों से बराबर सम्बन्ध बनाकर घाट पर अपनी पट्टी बिठा ली थी। कमाई अच्छी थी। लहुजी नगर की ऊपरवाली गली में उसने घर भी बनाया।

केशव भटजी ने आसपास देखा। जीप के पास खड़े तुकाराम को हाथ के इशारे से पास बुला लिया। बगल में किसबत दबाए नाटा तुकाराम दोनों ओर डोलता हुआ आ गया।

"तुक्या, शुरू कर। और हाँ ये शहर के पढ़े-लिखे लोग हैं। उस्तरा ठीक चलाना। साबुन है ना पास में, नहीं तो कल जैसी भोंडी हजामत करेगा," अन्तिम वाक्य पूरा होने पर केशव भटजी हल्के से मुस्कुरा दिए।

हर ग्राहक के सामने तुकाराम को मैं यही टेप सुनाता हूँ और सामनेवाला ग्राहक कृतज्ञ भाव से अपनी ओर देखता है। इस नाटकीयता से केशव भटजी ऊबे तो नहीं थे लेकिन उनका अन्तर्मन अवश्य इस निर्लज्जता से बेचैन हो उठता था। हम जो काम करते हैं क्या यह सचमुच धर्म का काम है ? इस विधि से मरनेवाले व्यक्ति को क्या सचमुच मुक्ति मिलेगी ? ऐसा होता तो विधि करनेवाले को भी रात में आराम से नींद आ जाती। कितनी ही रातें वे चैन की नींद नहीं सो सके हैं। यादों के भूत-पिशाचों का मेला सिर के आसपास चक्कर काटता रहता है। विधि के नाम पर ग्राहकों की लूटखसोट दिखाई देने लगती। फिर उनकी अन्दर की दबी आवाज सिर ऊपर उठाती। इस जीने का कोई मतलब नहीं। जमीन पर कीड़े-मकोड़े भी जी लेते हैं। एक-दूसरे को समझ जाते हैं। लेकिन हम हैं कि अपने से परे कुछ भी देखने को तैयार नहीं हैं। स्वकेन्द्रित स्वार्थ का दायरा दिन-ब-दिन संकीर्ण होता जा रहा है। कमाई के नाम पर सब झूठ का बाजार गर्म है। पवित्र-अपवित्र, स्पृश्य-अस्पृश्य, मंगल-अमंगल, पाप-पुण्य सब स्वार्थ के दायरे में आ जाने पर बेमानी हो जाते हैं। तुकाराम की बात से केशव भटजी की तन्द्रा टूट गई।

"नहीं-नहीं, मैं ऐसा कैसे कर सकता हूँ। आप देखिए तो सही मैं किस तरह फसल काट देता हूँ," तुकाराम दो पैरों पर उकड़ूँ बैठ गया। बाईं ओर किसबत रख दी। किसबत के बाएँ खाने से जर्मन की कटोरी बाहर निकाली। दूसरे खाने से डॉक्टर्स ब्रांडी एक क्वार्टर की बोतल निकाली। बोतल का दूधिया पानी कटोरी में डाल दिया। दूधिया पानी डालते समय तुकाराम ठर्रे की याद से तरोताजा हो गया। हर रोज सुबह दशक्रिया घाट पर काम शुरू करने से पहले ब्रांडी की बोतल आँखों के सामने आ जाने पर उसका जोश दिन-भर टिका रह जाता था। दोपहर में दशक्रिया विधि समाप्त होने लगते ही उसके कदम अनायास अड्डों की ओर मुड़ जाते थे। अद्धा दवाई पेट में डाल देने पर बहादुर झूमते-झामते घर की ओर चल देते। यह क्रम कई दिनों से चल रहा था। इसे याद करते हुए तुकाराम ने किसबत में से ब्रश निकाला। ब्रश का आगे का हिस्सा पीछे मुड़ जाने के कारण और अच्छा हो गया था। लेकिन वह ब्रश बराबर कटोरी के हिसाब से था। एक मैला दागदार कपड़ा रेती पर फैला दिया। कपड़े पर कैंचीं, उस्तरा, नाखून निकालने का हथियार, दाँत टूटी कंघी और बाल काटने की मशीन एक कतार में रख दी। "आप में से बड़ा कौन है ?" तुकाराम ने पूछा।

"मैं," जय सामने आ गया।

"चलिए बैठ जाइए भाई साहब पालथी मारकर। अभी आपको खाली कर देता हूँ।"

जय ने तुकाराम के सामने पालथी मार ली।

बायाँ हाथ जय के बालों पर फेरकर तुकाराम ने देखा कि बाल अभी कितने गीले हैं।

पास में तुकाराम का भतीजा महादेव खड़ा था।

"मुँह क्या देख रहे हो बन्धु। हो जाओ शुरू।"

तुकाराम ने भतीजे को जैसे आदेश ही दे दिया।

फिर तुकाराम ने जय के सिर की ओर ध्यान केन्द्रित किया। हथियारों में से उसका उस्तरा उठाया। बन्द फल को उँगलियों की चुटकी में पकड़कर बाहर निकालने का प्रयास किया। फल उँगलियों से छूट गया।

"अरे, इसकी माँ की...," तुकाराम अपने आपसे बुदबुदाया फिर से मन को एकाग्र कर फिर दो उँगलियों के बीच फल पकड़कर बाहर खींचा।

उस्तरे का काला फल एकदम से बाहर आ गया।

उस्तरे को अपने माथे से लगा लिया। जय का सिर बाएँ हाथ से नीचे झुका दिया। मुट्ठी में बालों का पुंज पकड़कर सिर को दाएँ-बाएँ, ऊपर-नीचे देख काम का मुआयना किया। बालों में उँगलियाँ फेरकर बालों की नरमी-सख्ती की जाँच की। जय के सिर के मुलायम बालों का स्पर्श होते ही तुकाराम अपनी इस खुशी को छिपा नहीं सका कि आज ज्यादा मेहनत नहीं करनी पड़ेगी। घुँघराले या सख्त बाल होने पर सिर पर पानी की थपकियाँ देकर ज्यादा मेहनत करनी पड़ती। सिर की मशक्कत कम करने पर जोर भी कम लगाना पड़ता। जय के मुलायम बाल देखकर तुकाराम ने चोटी के हिसाब से बालों को ऊपर से नीचे की ओर मूँड़ना शुरू किया।

तुकाराम के भतीजे ने विजय की गर्दन पकड़कर काम शुरू किया।

जय-विजय की माँ घुटनों पर ठुड्डी रखकर बैठी हुई थी। सामने बेटों के सिर मूँड़नेवाले तुकाराम और उसका भतीजा अपने काम में तल्लीन हो गए थे। माँ की आँखों के सामने का यथार्थ चित्र धुँधला होता गया। चित्र के रंग भी धीरे-धीरे उड़ गए। सिर्फ पेंसिल की आउटलाइन बाकी रह गई। उन्होंने चित्र को एकाग्रता से निरखने का प्रयास किया। चित्र के चेहरे जाने-पहचाने लगने लगे। जय-विजय के पिता, दोनों बेटे, पीछे कोने में जमाई और बेटी, सामने खेलनेवाले नाती-पोते। परिवार की पूरी तस्वीर आँखों के सामने दिखाई देने लगी। तस्वीर में से और एक तस्वीर चलती हुई सामने आई। माँ ने अधखुली आँखों से देखा। जय के पिता नजर आ रहे हैं। यानी अपने मास्टरजी ! हाथ में थैली लेकर मास्टरजी पाठशाला जा रहे हैं। दो उँगलियों के बीच एक अधजली बीड़ी। सिर पर सफेद बाल। उम्र हो जाने के बावजूद चेहरे पर नटखटपन की झलक, जो दिन-भर के अकेलेपन को उमंग दे देती थी। पति के घर लौट आने पर उनका बोलना कम ही हो जाता था। मुँह धो लिया ? मैं चाय बनाती हूँ। नहाने के लिए पानी निकाला है। कब तक पेपर पढ़ोगे ? सब्जी हो गई। रोटी होते ही परोसती हूँ। कब तक दीया जलाते हो, नींद नहीं आती। लाइट बन्द कीजिए

ना, इस तरह के क्रियावाचक वाक्यों में वे बोलती रहती। फिर भी पति के घर होने पर बुढ़ापे में लाठी-जैसा सहारा तो था। मास्टरजी के बाहर चले जाने पर दबाव कम हो जाता था। छुटकारा महसूस होता था। निश्चित समय पर लौटनेवाले मास्टरजी को देर हो गई तो वह पति पर बरस पड़ती थी। झूठ-मूठ गुस्सा करती थी, "आपको क्या होता है ? मेरी जान इधर टँगी रह जाती है।" "अरे वाह ! आपको तो हमारी बड़ी फिक्र लगी रहती है।" एक-एक शब्द पर जोर देते बनावटी हँसी हँसकर बीड़ी का लम्बा कश खींचते हुए मास्टरजी कहते थे। तब वह आदत से अपने माथे पर हाथ पीटकर इस उम्र में भी पति की जवानी पर झल्ला उठती। उनकी ठूँठ देह में पति की बातों से नई कोंपलें फूट पड़ती थीं। जय-विजय के विवाह हो गए। दोनों ने भी अपनी-अपनी औरत के साथ अलग घर बसाए। बूढ़ा-बुढ़िया दोनों अपने पहलेवाले मकान में ही रह रहे थे। दस वर्ष पूर्व बुढ़िया पैठण आई हुई थी। गारगोटी में ब्याही लड़की साथ में थी। भीतरवाले नाथजी के दर्शन किए। जर गली के पैठणी केन्द्र में जरी की पैठणी देखी। बढ़िया पैठणी। तीन हजार कीमतवाली। जिन्दगी-भर पेट को काट लिया। मनपसन्द कपड़ों का शौक कभी पूरा नहीं किया। बेटी ने माँ की ओर देखा और दोनों दूकान से बाहर चल दीं। कितने बरस बीत गए इस घटना को ? दस बरस ! आज भी पैठणी की हसरत सिर ऊपर उठाती है। पति की मृत्यु का दुःख और एक बार पैठणी खरीदने की चाह ! जय की माँ ने अपराध भाव से दोनों गालों पर तौबा-तौबा करते हुए चपत लगा दी। आसपास देखा। जय-विजय की हजामत हो चुकी थी।

"चलो भाई, लाल रंग तुम्हारा, नीला हमारा। लाल पे जितना पैसा लगाओगे उतना बख्शीस तुम्हारा," रेत पर कपड़े की पट्टी बिछाकर एक लड़के ने आवाज लगाना शुरू किया। पन्द्रह-सोलह बरस का लड़का रेत में घुटनों के बल बैठा हुआ था। मैली गहरे नीले रंग की, सलवटें पड़ी पैंट और बेहद लाल रंग के आड़े पट्टेवाला टी-शर्ट।

आवाज सुनकर एक-एक आदमी आने लगा। यह कौन सा नया खेल है, इस कौतूहल से देखने लगा।

लड़के ने थैली से बाँसुरी निकाली। इकट्ठा भीड़ की ओर देखा। आसपास की भीड़ के लिए यह नया चेहरा था। खेल भी नया लग रहा था। अपने-अपने रोजमर्रा के कामों से यह नया काम हर एक के लिए कौतूहलजनक था।

लड़के ने एक धुन बजाई। बाँसुरी फिर थैली में रख दी। जादूगर जादू की पोटली से जैसे एक-एक चीज बाहर निकालता है, वैसे उसने ताश के तीन पत्ते बाहर निकाले।

''है कोई माई का लाल ? दस को दस, पाँच को पाँच, फोकट में माल,'' उसने फिर शुरू किया।

तीनों पत्ते उलटकर सबको दिखा दिए। दो नीले रंग के थे। एक लाल रंग का। दोनों हाथों से पत्तों को स्थान बदलकर रंग नीचे की तरफ रह जाए ऐसी हाथ की सफाई वह कर रहा था।

एक आदमी ने पत्ते पर एक रुपया लगाया। पत्ता पलटा तो लाल रंग था। पैसा लगानेवाले को रुपए के लिए और एक रुपया मिल गया। दूसरे ने पाँच लगाए। पाँच के दस बन गए। तीसरे ने बीस लगाए। बीस के चालीस हो गए।

खेल में रंग भरने लगा। दशक्रिया विधि का कार्यक्रम छोड़कर नारायण, केशव भटजी और कुछ ब्राह्मण वहाँ आ गए। किसबतों को सँभालते हुए नाई आ गए। फटाफट कमाई का खेल सबको बड़ा आसान लग रहा था। पसन्द आने लगा था। हर कोई अपनी-अपनी औकात के अनुसार पत्तों पर पैसे लगाने लगा। खेल में कभी पैसे जाते भी थे, कभी मिलते भी थे।

खेल करनेवाले के हाथ में नोट इकट्ठा होने लगे।

''चलो भाई, आखिरी दाँव ! एक लगाओ पाँच ले लो। पाँच लगाओ, पच्चीस कमाओ दस लगाकर पचास लेके भागो। सिर्फ आज का दिन।''

खेल करनेवाले ने होशियारी से इधर-उधर देखा। दाहिने हाथ के पैसे जेब में ठूँस लिए। पत्ते फिर से गड्डमड्ड कर दिए। पत्ते नीचे डाल दिए।

मुफ्त की कमाई के लिए ललचाए हाथ अनायास जेब में चले गए। किस्मत ने साथ दी, तो आज फिर दीवाली हर एक की आँखों में झलकने लगी। केशव भटजी ने जेब की सारी चिल्लर बाहर निकाल दी। नारायण ने दो रुपए जेब में रखकर बाकी सारे पत्तों पर डाल दिए। तुकाराम ने

इधर-उधर देखकर कान के कोटर में रखा रुपए का सिक्का नीचे डाल दिया। किसी अनजाने चेहरे ने और कुछ नोट डाल दिए। ताश के पत्तों के आसपास नोटों और सिक्कों की भीड़ लग गई। खेल करनेवाले लड़के ने भीड़ की आँख में एक चक्कर लगा दी। पहले वह रेत में पालथी मारकर आराम से बैठा हुआ था अब वह दो पैरों पर उकडूँ बैठ गया। दोनों हथेलियों को नाटकीयता से एक-दूसरे पर मलते हुए कहने लगा, "चलो भाइयो, एक का दो हुआ, दो का चार हुआ। अब देखो आखिरी कमाल। एक के पाँच मिलेंगे। नहीं तो..."

लड़के ने पत्ते पलटकर दिखा दिए। एक भी लाल पत्ता नहीं निकला।

"चलो खेल खत्म," कहते हुए वह नोट इकट्ठा करने लगा। पैसे जेब में ठूँसने लगा।

"अरे इसने लाल पत्ता जेब में रख लिया," मन्दाकिनी सहसा चिल्ला उठी।

शोरगुल मच गया। खेलवाला पैसे लेकर भागने लगा। सबके चेहरे देखने लायक हो गए थे। लड़के ने थैली उठाई। भीड़ में खुली जगह का सन्धान किया और अचानक नौ दो ग्यारह हो गया। जिन लोगों ने पैसे लगाए थे वे लोग ब्राह्मण, नाई आदि उसके पीछे दौड़ने लगे।

झाड़ी पर से छलाँग लगाकर वह बबूल के वन में गायब हो गया।

"साले को हराम के पैसे हजम नहीं होंगे। पाप करता है साला। कभी बरकत नहीं आएगी उसको," हाथ झटकते हुए किसी ने कहा।

"बरकत नहीं आएगी," इन शब्दों को सुनते ही केशव भटजी ने कन्धे का उपरना झटक दिया। उनका मन ही उन्हें परेशान करने लगा।

पाप क्या है ? पुण्य क्या करने से मिल जाता है ? इतने सारे दशक्रिया विधि के काम करने से भी अपने को सन्तोष नहीं। दिन की चार-पाँच सौ की कमाई कहाँ सूख जाती है कुछ पता नहीं चलता। रेती में मूतने जैसी बात।

सरेआम सबको चूना लगाकर भाग गया। ईश्वर के दरबार में न्याय नहीं। कैसा जमाना आ गया है। सचमुच सच की कोई कीमत नहीं रह गई है।

सब तरफ अधर्म भर गया है। धर्म के नाम पर हम क्या कर रहे हैं ?

सच देखा जाए तो संस्कार ही धर्म की आत्मा है। संस्कार ठीक नहीं होंगे तो मनुष्य की ऐसी ही अधोगति होगी। संस्कारों से व्यक्तित्व खिल उठता है। बार-बार संस्कार होने से बर्ताव में भी बदलाव आ जाता है। खदान के अशुद्ध सोने पर अग्नि का संस्कार होते ही उसका तेज और भी निखर जाता है। इसीलिए तो जन्म से ही अपना जीवन इन संस्कारों के साथ जकड़ दिया जाता है। धर्म के सारे संस्कार वेद, स्मृति, पुराण आदि परम्परा पवित्र ग्रन्थों ने सुसम्बद्ध किए हुए हैं। अग्नि की साक्षी में हम इन संस्कारों को सिद्ध करते हैं। अग्नि स्थापना के बिना वास्तव में कोई संस्कार सम्पन्न नहीं होता। गर्भदान पहला, तो अन्त्येष्टि अन्तिम संस्कार है। सब मिलकर सोलह संस्कार हैं। गर्भदान, पुंसवन, सीमान्तोन्नयन, जातकर्म, नामकरण, निष्क्रमण, अन्नप्राशन, चूड़ाकर्म, उपनयन, विद्यारम्भ, समावर्तन, विवाह, गृहस्थाश्रम, संन्यासाश्रम, अन्त्येष्टि और श्राद्ध। इन संस्कारों को सिद्ध करते समय पुरोहित को चाहिए कि वह हर बात यजमान को व्यवस्थित रूप से समझा दे। तभी संस्कारों का फल मिलेगा।

लेकिन क्या हम इन्हें सच्चे मन से करते हैं ? यजमान को मिलनेवाले फल की अपेक्षा अपनी आँखों के सामने विदाई का फल झूलने लगता है। चार वर्ष पूर्व नाग घाट पर एक जटाधारी बूढ़े सत्पुरुष ने केशव के चेहरे की ओर देखकर कहा था, ''बेटा, कमाई अच्छी नहीं तो बरकत नहीं।''

केशव ने सुना तो चौंक गया। उसे बूढ़े के प्रति मन-ही-मन बड़ा गुस्सा भी आया। अपने जख्म पर नमक छिड़कनेवाला वह अनुभव था।

मन बेशर्म हो गया है और नसीब गांडू। दरवाजे पर कुबेर खड़ा रहा तो भी अपनी झोली फटी हुई। उसने अपने मन को समझाया। मिलनेवाली आय से सन्तोष नहीं। आनन्द तो बिल्कुल ही नहीं। यह असली कमाई ही नहीं। जिस कमाई में आनन्द नहीं उसमें सन्तोष कहाँ से होगा ? जहाँ सन्तोष नहीं वहाँ शान्ति नहीं और जहाँ शान्ति नहीं वहाँ बरकत नहीं।

बहुत दिन पहले माँ ने उससे कहा था, ''बेटा केशव, तूने अच्छी पढ़ाई की है। नौकरी के लिए कोशिश कर। किसी तरह यह दशक्रिया विधि का व्यवसाय बन्द कर दे मेरे लाल। इस काम में यश नहीं है। जहाँ यश नहीं वहाँ कोई अर्थ भी नहीं।''

तब माँ के सुझाव की ओर ध्यान नहीं दिया बल्कि घाट पर दशक्रिया

विधि करनेवाले ब्राह्मणों का संघ बनाकर इस विधि को महँगा कर दिया। गरीबगुरबा के लिए कोई विकल्प ही नहीं रखा। वास्तव में श्राद्ध का मूल तत्त्व है श्रद्धा। श्रद्धा को केन्द्र में रखकर श्राद्धविधि की संरचना होती है। आदमी के मरने के बाद उसकी आत्मा पंचमहाभूतों से बनी देह का त्याग कर देती है। अपने साथ वह प्राणमयादि कोशों की गठरी भी ले जाती है। कुछ समय पश्चात् यह गठरी बिखर जाती है और प्राणमय कोश घुल जाता है। वासनामय, मनोमय आदि कोशों की संगठित यात्रा जारी रहती है। इस समय पूर्वावस्था की घटनाएँ और रिश्ते-नाते आदि के संस्कार इन कोशों पर होते हैं। जब श्राद्ध हो रहा होता है तब मृत व्यक्ति की आत्मा वासनामय कोश के रूप में वहाँ उपस्थित होती है। खास बात यह है कि उसके निधन तिथि के दिन उसे अपनी पूर्वावस्था के घर की, सम्बन्धियों की विशेष स्मृति हो जाती है। यह सब सच है लेकिन हमारे अड़ंगा डालने से...

केशव भटजी ने सिर से टोपी उतार दी। उपरने को सिर पर घुमा दिया।

यह एक चक्रव्यूह है। अब इससे बाहर नहीं निकल सकते। जन्म से पूर्व के, जन्म से मृत्यु तक के और मृत्यु के पश्चात् के संस्कार हम करते हैं किन्तु हमें आनन्द का लाभ नहीं होता। इसका क्या कारण होगा ? शास्त्र के अनुसार विधि करते हैं। किन्तु विधि के समय यही भूल जाते हैं कि अपना अन्तःकरण शुद्ध होना चाहिए। बाहरी बातों की ओर अपना ध्यान अधिक जाता है। हृदय की शुद्धि महत्त्व की है। अपने आचरण में परिवर्तन नहीं आती। इसीलिए शास्त्रानुसार संस्कार होने के बावजूद पूर्ण आनन्द की प्राप्ति हमें नहीं होती। केशव भटजी ने अपने आपको समझा दिया।

तुकाराम और महादेव को काम में लगाकर केशव भटजी फिर जीप के पास आ गए।

''हो गया रक्षा विसर्जन ? ठीक। अब थोड़ी देर के लिए बैठ जाइए। दशक्रिया विधि की सामग्री आती ही होगी,'' कुछ रुककर नाटकीय हँसी हँसते हुए कुछ दीनभाव से उन्होंने फिर पूछा, ''एक बात तो तब पूछने की

ही रह गई। मेरे कहने का मतलब पूछना क्या है, बताना ही है। मेरा काम है कह देना। निर्णय तो आपको ही करना है। नहीं तो क्या होता है कि यजमान हमें ही दोष देते हैं। कहते हैं कि पहले ही क्यों नहीं बताया। बस समझिए कि कहने के लिए हो कह देता हूँ," केशव भटजी फिर रुक गए। जीप के पास की मंडली में बुजुर्ग कौन है इसका अन्दाजा लगाने लगे। उनकी कुशल नजरों को आदत हो गई थी। कभी-कभी ऐसे समय में घर के लोगों की अपेक्षा साथ में आया बाहरी आदमी ही तुरन्त निर्णय ले लेता है और घर के लोग अनिच्छा से ही क्यों न हो उसे मान लेते हैं।

मुद्दे की बात करते हुए उन्होंने पूछा, "आप अन्नदान करने के बारे में कुछ सोच रहे हैं या नहीं ? गो-ब्राह्मणों को अन्नदान करने से मृत व्यक्ति की आत्मा को शान्ति मिल जाती है। आपकी इच्छा हो तो बीच के समय में घर पर रसोई के लिए सन्देशा भेज सकते हैं। कितने ब्राह्मण भोजन करेंगे यह आप ही बताएँगे। पाँच, सात, ग्यारह, इक्कीस आपकी औकात तो भगवान ही जानते हैं।

केशव भटजी की सरल पहेली पर वे लोग एक-दूसरे की ओर देखने लगे। सहानुभूतिपूर्ण संकेत नहीं मिल रहा है, यह बात काइयाँ केशव भटजी के ध्यान में तुरन्त आ गई। अधिक खींचना बेमतलब है, यह तो वह जानते ही थे।

इसकी कोई चिन्ता नहीं है यजमानजी। मैंने तो बस यूँ ही सुझाव दिया था। हम लोग केवल दशक्रिया विधि ही पूर्ण रूप से कर देंगे।

भानुदास कपड़े की थैली में सारी सामग्री ले आया। एक हाथ में कड़ीवाला लोटा था। लोटे में दो खाने थे। निचले खाने में दूध और ऊपर के खाने में गोमूत्र था।

"लो देखो, आ गई आपकी सारी सामग्री," केशव भटजी ने कहा।

भानुदास ने थैली नीचे रख दी। पास में लोटा रख दिया। जल्दी-जल्दी चलता आया था, इसलिए उसका चेहरा पसीने से तरबतर हो गया था। दाएँ हाथ में थैली के बोझ के कारण दर्द हो रहा था।

बाएँ हाथ की कलाई से उसने माथे का पसीना पोंछ लिया। नाक और

मुँह को कन्धे के पासवाले कमीज से झकझोर दिया। कमर के नीचे खिसक गई चड्ढी दोनों हाथों की उँगलियों से कुछ ऊपर खींच ली।

यह सोचकर कि अब आगे की बातें केशव भटजी सँभाल लेंगे, भानुदास अपने पहलेवाले स्थान पर लौट आया।

भानुदास को देखकर मन्दाकिनी हेमांगिनी और रेखा उसके पास आ गई। भानुदास तुकाराम के पीछे रेती पर बैठ गया।

मन्दाकिनी ने करंज के आकार के कंकर ढूँढ़ना शुरू किया। मुट्ठी-भर कंकर इकट्ठा होने पर एक साथ रख दिए। दोनों हाथों के पंजे एक दूसरे पर मल दिए। एक कंकर ऊपर फेंककर झट से नीचे का कंकर हाथ से उठा लिया। उठाया हुआ कंकर ऊपर फेंका। पहले कंकर को नीचे गिरने से पहले सीधे लोक लिया। वह खेल में तन्मय हो गई। कंकर उठाना, ऊपर फेंकना आदि क्रियाएँ एकाग्रता से यन्त्रवत् हो रही थीं। नजर ऊपर जाकर नीचे आनेवाले कंकर से बिल्कुल हटती नहीं थी।

बीच ही में हाथ डालकर भानुदास ने एक कंकर ऊपर पकड़ लिया। मन्दाकिनी ने ऊपर देखा भाई की हाथ की सफाई ध्यान में आ गई।

"भैया, मेरा कंकर दे दे," वह कहने लगी।

भानुदास ने बहन को कंकर दे डाला।

भानुदास का ध्यान पीछे काम कर रहे तुकाराम महादेव की तरफ गया। जय-विजय की हजामत हो चुकी थी। तुकाराम-महादेव ने हथियार समेट लिये। किसबत बगल में दबाकर दोनों उठ गए।

पहले ग्राहक को साफ करने की खुशी तुकाराम के चेहरे पर थी। कारीगरी पूरी हो गई। कारीगरी के बाद के अन्तराल में उसका रक्तचाप बढ़ जाता था। कितनी कमाई होगी—इस कल्पना से वह बेचैन हो जाता था। सिर को सफाचट करने के निश्चित भाव तय नहीं थे। ग्राहक का भाव देखकर कमाई के भाव कम-ज्यादा हुआ करते थे। कभी कोई अड़ियल ग्राहक नाक में दम कर देता था। तब दिए हुए पैसे ग्राहक के मुँह पर मारकर नाटकीयता से कह दिया कि रहने दीजिए यह रकम आप ही के पास। एक हजामत मुफ्त में करने का पुण्य तो मेरे पल्ले पड़ जाएगा। तो सामनेवाला झुँझलाकर थोड़ी सी रकम बढ़ा देता। तुकाराम इस सारी प्रक्रिया को व्यवहार का ही अंग मानता था।

जय-विजय खड़े हो गए। विजय ने अँगड़ाइयाँ ली। सिर पर से हाथ फेर दिया। मूँछें मुँड जाने से दोनों के पहचाने चेहरे अजनबी से बन गए।

"मालिक, फिर से नहाकर आइए," भानुदास ने दोनों के पास आते हुए कहा।

"फिर से नहाना ?" जय ने झुँझलाकर पूछा।

"और दो बार नहाना पड़ेगा," भानुदास ने मुस्कुराकर कहा।

दोनों एक-दूसरे की ओर देखने लगे। अन्ततः धीरे-धीरे पानी की ओर चलते गए।

वह पानी के पास पहुँच गए हैं यह देखकर भानुदास उनके द्वारा रखे गए दशक्रिया विधि के सामान के पास आ गया।

"थाली-आटा और पानी के लिए एक लोटा निकाल दीजिए," भानुदास ने कहा। जय की पत्नी आगे बढ़ गई।

"थाली ब्राह्मण को दान देने के लिए लाई है और एक ही है। थाली-लोटा तो लाए ही नहीं। हमारे गाँव के ब्राह्मण ने सामान की कैसी सूची दी पता नहीं। मैं तो इनसे कह रही थी कि दो-चार लोगों को ठीक से पूछ लो। अब ऐन वक्त पर हमें चार लोगों में मामूली सी बात के लिए नीचे देखना पड़ रहा है।"

विजय की पत्नी जेठानी के पास आ गई।

"अरी इसमें क्या बड़ी बात है। मैं कहती हूँ थोड़ा सा सामान नहीं रहा तो क्या बिगड़ता है? यह सब कुछ करने से गरीबों को दान देना अच्छा होगा। यह विधि करना सब ढकोसला है। ब्राह्मणों ने अपना पेट भरने के लिए यह सारा प्रबन्ध किया हुआ है।"

अब तक सामान के पास सिर झुकाए बैठी जय की माँ को बहू की बातें ऐसी लगीं मानो कलेजे में छेद कर गई हों। उन्होंने कहना चाहा कि तुझे तब पता चलेगा जब तेरी माँ या बाप गुजर जाएगा। लेकिन उन्होंने अपने मन को रोक लिया। ऐसी बातें सुनाने के लिए यह स्थान नहीं है। फिर भी ऐसी आवाज में कहा कि छोटी बहू सुन सके।

"जिन्हें स्वयं कुछ भी नहीं करना, उन्हें चाहिए कि वह दूसरों के बारे में कुछ न बोलें।"

माँ के पास बैठी बेटी ने माँ के कन्धे पर धीरे से हाथ रख दिया। माँ

ने मुड़कर बेटी की ओर देखा। बेटी ने हाथ के इशारे से ही माँ को चुप रहने के लिए कहा।

माँ ने पल्लू को आँखों से लगा लिया। पति वियोग से बढ़कर बहू की इस तरह की बातें उन्हें ज्यादा दुःख दे गईं।

''बम्मन को देने के लिए जो थाली लाए हो वही फिलहाल निकालो,'' बहन की ओर देखते हुए भानुदास चिल्लाया, ''बस हो गया तेरा करंज का खेल। झुरमुट में बेर की झाड़ी के नीचे घास में ताम्बूल रखा हुआ है। निकालकर ले आ। हाथ सँभलकर डालना। घास में बिच्छू काँटा हो सकता है। नहीं तो बाद में चीखती रहेगी।''

करंज का खेल छोड़कर मन्दाकिनी उठ गई। माथे पर आई लटों को पीछे हटाया। फुदकती हुई झुरमुट की ओर चली गई।

जहाँ नदी किनारे की रेत समाप्त होती है वहाँ झुरमुट होता है। झुरमुट की एक टहनी से हटाकर वह अन्दर चली गई। एक मोटी डंडी से बेर की झाड़ी के पास की सूखी घास हटा दी। इंडियन आयल का एक लीटर का टिन का खाली डिब्बा लेकर लौट आई।

जय की पत्नी ने थैली से थाली निकाली। स्टील की थाली देखकर भानुदास ने कहा, ''पीतल की थाली नहीं लाए क्या ?''

''यह नहीं चलती ?'' मोटी काँच के ऐनक से बड़ी आँखों को घुमाते हुए जय की पत्नी ने भानुदास से पूछा।

''देवीजी, चलता तो सब कुछ है। स्टील की थाली बाहर कोई खरीदता नहीं।''

जय-विजय दूसरी बार नहाकर लौट आए थे।

''साला यह भटजी कहाँ चला गया फिर से मरने को ? इस साले को एक जगह पर गड़कर बैठने को क्या हो गया ? नटखट घोड़े की जात का लगता है। काम होने तक इसे ऐसे सील करके बाँध देना चाहिए जैसे बैल को मेंड़ से बाँध दिया जाता है।''

लाल पगड़ीवाले बूढ़े बाबाजी ने आसपास केशव भटजी को निहारते हुए अपनी नाराजगी दिखाई। लाल पगड़ीवाले को गरम होते देख भानुदास ने धीरे से कहा, ''भटजी अभी आते ही होंगे।''

जय के सामने टिन का खाली डिब्बा रखते हुए भानुदास ने फिर कहा,

''मालिक पानी ले आइए नदी की बीच धारा से।''

''यहाँ भी बीच की धार है ? हमें तो भाई पहली धार की आदत है। बीच की या परे की धार का कुछ पता नहीं,'' आए हुए लोगों में से लाल-लाल आँखोंवाले और चेहरे पर सूजनवाले व्यक्ति ने बीच ही में मुँह चला दिया।

उसकी इस बात को सबने नजरअन्दाज कर दिया। किसी ने भी उसकी शब्दक्रीड़ा पर प्रतिक्रिया प्रकट नहीं की इसलिए वह उदास हो गया और ऐसे खामोश हो गया जैसे किसी ने चाँटा लगा दिया हो।

मन्दाकिनी की ओर खाली डिब्बा देते हुए जय ने कहा, ''सोनिए, जा डिब्बा पानी से भर ला।''

''नहीं-नहीं, वह पानी तो आप ही को लाना होगा। मेरा लाया हुआ पानी नहीं चलता,'' मन्दाकिनी ने कहा।

''मैं ले आऊँ तो चलेगा ?'' विजय ने पूछा।

''आप लाए तो चलेगा।''

विजय डिब्बे में पानी ले आया।

''वह थाली लीजिए। थाली में आटा डाल दीजिए। अंजुली-भर आटा बचा रखिए। थोड़ा-थोड़ा पानी जितना जरूरी हो मिलाते जाइए। हाँ, बाएँ हाथ से। दाएँ हाथ से आटे की लोई बनाइए। एक ही हाथ से आटा मल दीजिए। उसे दूसरा हाथ नहीं लगना चाहिए,'' भानुदास ने एक साथ सारे काम बता दिए।

''आटे में चुटकी-भर नमक डाल दें क्या ?'' विजय की पत्नी के अन्दर की गृहिणी ने पूछा।

यह कैसी अनाड़ी औरत है, इस भाव से भानुदास ने विजय की पत्नी की ओर देखा।

''नमक से तो सारी पूजा सड़ जाएगी,'' भानुदास ने कहा और फिर जय की ओर मुड़ गया, ''और हाँ, आटे में दूध डाल दीजिए। शहद के दो बूँद डालिए। नाखून जितना घी और छोटी सी गुड़ की डली। अब शुरू कर दीजिए।''

जय छोटे से भानुदास के आदेशों से पूरा हड़बड़ा गया था।

''बम्मन का छोकरा तो एकदम टरेंड हो गया है !'' साथ आए दुपल्ली

धोती और गुरूशर्ट पहने आदमी ने प्रशंसा भाव से कहा।

"मैं बम्मन नहीं हूँ।"

"तो फिर ?"

भानुदास खामोश रह गया।

"क्या करना है जाति पूछके ? अरे आजकल जाति पूछना अपराध है। अपने निधर्मी राज में जाति धर्म सब कुछ बराबरी के। क्या जाति-पाँति को लेकर बैठ गए हो। गांधीजी ने कहा था न, दुनिया में दो ही जातियाँ हैं। एक पुरुष और दूसरी नारी।" अब तक जिसने एक शब्द भी नहीं कहा था ऐसे एक आदमी में छिपा शिक्षक जाग पड़ा।

"आपकी बात ठीक ही है मास्टरजी। जात-वात क्या लेकर बैठे हैं। आज बम्मन ने चमार की दुकान खोल दी है और चमार बम्मन की तरह नौकरी कर रहे हैं। कुछ भी कहिए, सबने अपने-अपने धन्धे बदल दिए हैं लेकिन बनिया ने अपनी तराजू नहीं छोड़ी। इसकी माँ की..., साले मर जाएँगे लेकिन डाँड़ी मारना नहीं छोड़ेंगे।"

"इस बात को छोड़िए जी। हम अपना देखें। साला, गाँड़ के नीचे आग लगी है और चले गाँव बुझाने को। कुछ भी कहिए मराठों ने खाया, हगा दिया और सब कुछ गँवा दिया। बरसात-पानी से खेती उलटी हो गई। बच्चे पढ़ने में नाकामयाब। इधर दूसरे व्यवसायों में पुणे, बम्बई के लोग आकर छाती पर बैठ गए हैं। इनके बाप को कोई नौकरी नहीं देता। अरे, बच्चे को मामूली चपरासी बनाने के लिए एकड़-दो एकड़ बेचने की नौबत आती है।"

"पर मैं कहता हूँ मराठों के लड़के ध्यान देकर अच्छे ढंग से खेती ही क्यों नहीं करते ? यह बात अगर उनसे नहीं हो सकती तो जो भी काम मिले उसे करने की तैयारी होनी चाहिए। मुसलमानों के बच्चों को देखिए, चाहे जो काम करते हैं। गोली बिस्कुट या सड़ी हुई मौसमी क्यों न हो, बेचेंगे। बचपन से साइकिल की दूकान पर काम करके दो-चार बरसों में मैकेनिक बन जाएँगे। नहीं तो अपने बच्चों को देखो। सिर्फ फायटर ! दसवीं में दो बरस फायटर। बारहवीं में तीन बरस फायटर और एक बार शादी हो गई तो कारखाना शुरू।"

"अरे, यहाँ से वहाँ तक सब एक जैसा है। ढाक के तीन पात। नहीं

तो आदमी के मर जाने के बाद क्या दुश्मनी खत्म हो जाती है ? कल ही मैं पड़ोस के गाँव गया था। पुलिस थाने पर वहाँ एक आदमी फरियाद लेकर आया था। उसके बड़े भाई की परसों मौत हो गई थी, सुबह राख बटोरने के लिए सब श्मशान गए थे, तो वहाँ से राख गायब !''

''क्या कहते हैं ? इसकी माँ की..., ऐसा तो पहले कभी नहीं सुना था। राख कैसे गायब हो गई ?''

''वह आदमी बता रहा था कि उसका गाँव में बिरादरी से बैर था। गाँव में झगड़े होते थे। उनमें से ही किसी ने जानबूझकर मुर्दे की राख चुरा ली होगी।''

''हम तो बस शहर में राख चोरी जाने की बात सुन रहे थे ! मुर्दे की राख चुराकर कुछ औरतें बर्तन माँजने के लिए उसे बेचा करती थी। लेकिन देहात में राख की कोई कमी नहीं होती। यहाँ मुर्दे की राख में हाथ डालने का मतलब...''

''आदमी की हिंसा की प्रवृत्ति और बदला लेने की चाह उसे कहाँ पहुँचा देगी, कुछ कह नहीं सकते।''

आटा गूँधने में जय को परेशान होते देख भानुदास ने उसे कुछ सहूलियत देने के लिए कहा, ''एक हाथ से नहीं हो सकता तो दूसरे हाथ का सहारा ले सकते हैं। चलेगा।''

जय मन को एकाग्र कर आटा गीला करने लगा।

''भाईसाहब, आप टोकरी भर रेती ले आइए,'' भानुदास ने विजय से कहा, ''आगे का काम शुरू किया जा सकता है।''

विजय उठ गया। रेती किसमें लाए यह उसके सामने समस्या थी। सोचते हुए आसपास देखने लगा।

''क्या चाहिए ?'' किसी ने पूछा।

''रेती लानी है ? किसमें लाएँ ?''

पास बैठे आदमी ने गले से लपेटा बागायती रूमाल विजय की ओर फेंक दिया।

रेती कहाँ से ले—इस विचार से विजय आसपास देखने लगा। चारों ओर मनुष्यों और जानवरों द्वारा छोड़ी गन्दगी के सूखे टुकड़े ही रेती में नजर आ रहे थे। जहाँ थोड़ी साफ जगह नजर आती, वहाँ पहले ही किसी की

दशक्रियाविधि की राख रेती में मिली हुई दिखाई देती।

मन्दाकिनी विजय के पास आ गई।

"मामा, पानी में से रेती ले आएँ तो भी चलेगा।"

विजय पानी की ओर चलने लगा। पीछे-पीछे मन्दाकिनी।

घुटनों तक पानी में विजय रुक गया। दोनों हाथ गोदावरी के पानी में डालकर ऊपर निकाले। दोनों हाथों में कीचड़ और चिन्दियाँ ही आ गईं। हाथ आया बदबूदार कीचड़ और चिन्दियाँ फेंक दी।

"थोड़ा आगे जाइए मामा, किनारे के पास रेती नहीं मिलती।"

मन्दाकिनी विजय से आगे बढ़ गई। पानी उसकी कमर तक आ गया।

"यहाँ से ले लीजिए।"

विजय ने दोनों हाथ पानी में डालकर अंजुली-भर रेती बाहर निकालने की कोशिश की। हाथ भर रेती ऊपर उठाते ही आधी से ज्यादा रेती पानी में गिर गई।

रेती कैसे निकाले ?–विजय के सामने समस्या थी।

मन्दाकिनी ने उसकी मुश्किल को पहचाना।

मन्दाकिनी दौड़ती हुई छोटी बहन के पास आ गई। टिन की छलनी लेकर लौट पड़ी। छलनी को रेती में घुसाकर ऊपर उठाया।

"मामा, रूमाल आगे कीजिए। चारों कोने ठीक से पकड़कर रखिए। नहीं तो झोली जैसा पकड़िए। हाँ, अब आ गया।"

विजय ने रूमाल दोनों हाथों में पकड़ लिया। मन्दाकिनी ने गीली रेती उसमें उँड़ेल दी। रूमाल का एक कोना छूट गया। तेजी से सारी रेती पानी में गिर गई। फिर ठीक तरह से पकड़ लिया। रेती लेकर, विजय पूजा के स्थान पर आ गया।

"यहाँ डाल दीजिए," भानुदास ने हाथ के इशारे से बताया।

विजय ने रेती नीचे डाल दी। भानुदास ने दोनों हाथों से रेती व्यवस्थित रूप से फैला दी। त्रिकोना चबूतरा बनाया। त्रिकोन की नोक उत्तर की ओर बना दी। चबूतरा बनाते समय हड्डी का एक सफेद टुकड़ा रेती में से झाँक रहा था। दोनों उँगलियों की चुटकी में हड्डी का टुकड़ा पकड़ लिया। अच्छी तरह से देखा-परखा।

"नाक की हड्डी लगती है," कहकर पीछे फेंक दिया।

हेमा एक फुट लम्बी और उँगली जितनी मोटी तीन तीलियाँ लेकर खड़ी थी। भानुदास ने उसके पास से तीलियाँ ले ली। तीलियों का मोटा हिस्सा जमीन की ओर लेकर त्रिकोने चबूतरे के कोने पर तीनों तीलियाँ रोप दी।

विजय ने आटे की लोई बना ली थी।

"भैया, उन्होंने उँगली में नहीं पहना है," मन्दाकिनी ने धीरे से भानुदास के कान में कह दिया।

गलती ध्यान में आते ही भानुदास ने दाँतों तले जीभ दबा दी।

रेखा दर्भ के दो तिनके ढूँढ़ लाई। भानुदास को दे दिए।

"बाएँ हाथ की तीसरी उँगली में अँगूठी की तरह बाँध लीजिए। नहीं तो लपेटकर मरोड़ दीजिए," भानुदास ने दोनों को एक-एक तिनका दे दिया।

"आटे के तीन बराबर के हिस्से कीजिए। एक हिस्से के छोटे-छोटे अट्ठाईस गोले बनाइए। दूसरे हिस्से के छह लम्बे और छह चपटे बनाइए। उसको गोल बनाइए। तीसरा हिस्सा वैसा ही रहने दीजिए," भानुदास ने जय से कहा।

"अब भगोने में चावल निकालिए। दूसरे पानी से खँगाल दीजिए। चावल के ऊपर दो पोर पानी रखिए," भानुदास ने विजय को काम सौंप दिया और स्वयं उपलें जलाने लगा। मन्दाकिनी छोटे तिनके और कचरा ले ही आई थी।

विजय ने भगोने में चावल ले लिये। पानी से चावल जैसे-तैसे धो लिये।

"अच्छी तरह से धो लीजिए। इधर चावल में बहुत कंकर आने लगे हैं," विजय की अब तक चुपचाप बैठी बहन ने कहा।

विजय ने गुस्से से बहन की ओर देखा।

तीसरे दिन सुबह निकलते समय दोनों का जोरदार झगड़ा हो गया था। बहन कोल्हापुर के पास गडहिंग्लज गाँव में रहती थी। पिता के गुजर जाने के बाद दूसरे दिन आई थी। पिता की अन्त्येष्टि में उसके हाथ नहीं लगे थे।

तीसरे दिन उसने यूँ ही कहा, "पप्पा को आखिरी दम तक बहुत काम करना पड़ा। काम करते-करते ही चल बसे। जिन्दगी-भर सबके लिए कष्ट उठाते रहे। जीते जी आप उनके लिए कुछ नहीं कर सके तो कम-से-कम

अब मरने के बाद कोई कसर न छोड़ें।''

विजय बहन की बात सुनकर उस पर झपट पड़ा।

''क्या किया है पप्पा ने हमारे लिए। जन्म दिया। सारे माँ-बाप जन्म देते हैं। औरों की तरह हम भी बड़े हो गए। जैसे-तैसे पढ़े। घर का सारा बोझ तो माँ ने ढोया।''

''विजय, क्या इस तरह बोलना तुझे शोभा देता है ? तुम दोनों को पढ़ाया। नौकरी लगा दिया। बीवी-बच्चों को लेकर तुम अपने-अपने घर चले गए। माँ-बाप तो उसी तरह चालीस बरस पुराने, टूटे, गिरने को आए मकान में जान को जोखिम में डाल दिन गुजारते रहे। रिटायर होने के बाद मिलनेवाली पेंशन में दोनों का जीना मुश्किल हो गया इसलिए गोरक्षण की हिसाब लिखने की नौकरी बरकरार रखी और आखिर में काम करते हुए उसी कुर्सी पर उन्होंने दम तोड़ दिया।''

बच्ची रोने लगी थी। तीसरा दिन था इसलिए राख समेटने के लिए दो-चार जन आए हुए थे। विजय गुस्से में बड़े भाई के घर से बाहर निकल गया था। मोटरसाइकिल पर बैठकर वह अपने घर चला गया।

यह सारी घटना बहन की आँखों के सामने साक्षात् हो जाने से वह चुप हो गई। उसने सोचा कि दशक्रियाविधि के समय फिर सबके सामने तमाशा नहीं होना चाहिए।

केशव भटजी लौट आए।

भानुदास ने सारी तैयारी की उसे देखकर मन-ही-मन मुस्कुरा दिए। विधि का बहुत सा काम कर दिया गया था, इसलिए उन्हें अच्छा लगा।

''ब्राह्मण देवता, आपने अपने बेटे को बहुत अच्छी तरह से तैयार किया है,'' शिक्षक ने कहा।

''हाँ, छोकरा ट्रेंड हो गया है इसमें कोई शक नहीं, लेकिन मुझे डर है कि आगे चलकर यह कहीं हमारे मुँह का निवाला तो नहीं छीन लेगा !''

''क्या कहते हैं आप ?''

''अजी साहब, यह मेरा छोकरा नहीं है। वह तो लहुजीनगर का रहनेवाला है।''

''कह दीजिए ना कि मैं मातंग बस्ती के घोड़के का बेटा हूँ,'' भानुदास ने झट से कह दिया।

सब लोग पल-भर के लिए अवाक् हो गए।

धीरे-धीरे सबको भानुदास के प्रति सहानुभूति होने लगी और प्रशंसा का भाव भी जग गया।

पास में तुकाराम नाई बड़ी देर से प्रतीक्षा में खड़ा था।

"इक्कीस रुपए दीजिए उसको और जाने दीजिए दूसरी तरफ काम के लिए," केशव भटजी ने तुकाराम की ओर हाथ का इशारा करते हुए कहा।

दोनों बेटे एक-दूसरे की ओर देखने लगे। आए हुए मेहमानों में से किसी ने पैसे दे दिए। जय की बहन ने पैसे देनेवाले को हल्की आवाज में पूछा, "ये पैसे क्या मेहमानों को देने पड़ते हैं ?"

पैसे देनेवाले ने कुछ नहीं कहा।

दस

शहाजी भगत का बूढ़ा चल बसा और दो दिन भैंसों को गोठ से खोला ही नहीं गया। भैंसों के नीचे पड़ा गोबर भी उठाया नहीं गया। शहाजी की बीवी ने भैंसों का दूध निकाला। रोज के ठिकानों पर पहुँचा दिया लेकिन शहाजी गूदड़ी लपेटकर दीवार से पीठ लगाए सूनी नजर लेकर ऐसे बैठा था मानो उसे कँपकँपी छूट गई हो। तीसरे दिन राख समेटकर आया तो बुआजी ने कहा, ''शहा, अब गूदड़ी फेंक दे। इस तरह बैठा रहेगा तो क्या बूढ़ा तुझे मिलने के लिए आ जाएगा ? सूखा पत्ता था सो गिर गया। जो मर गए वो चले गए। दुनिया में ऐसे बहुत लोग मर जाते हैं। उससे कारोबार थोड़ा ही बन्द हो जाता है ? जो जिन्दा हैं वो मर नहीं सकते इसलिए उन्हें अपने हाथ-पैर चलाने ही पड़ते हैं। मैं तो कहती हूँ कि तेरा बूढ़ा चल बसा सो अच्छा ही हो गया। वह छूट गया और तुम सब लोग भी क्या इस बात की राह नहीं देख रहे थे कि बूढ़े को ज्यादा तकलीफ न हो ?''

बुआजी का कहना शहाजी को मन-ही-मन ठीक ही लगा। उम्मीद बढ़ गई। दुःख का आवेग कम हो गया। दुखी मन की गाँठ खुल गई। जहाँ

बैठा था वहाँ उसने भैंसों के गोठ की ओर ठंडी नजर से देखा। जब से बूढ़ा गया था तब से भैंसें एक ही स्थान पर बँधी होने से अकड़ गई थीं।

रात-भर गोठ में बँधी भैंसों को शहाजी हर रोज दस बजे गोठ से निकालकर खुली जगह में छोड़ देता था। गोबर निकालने के बाद गोठ में पाँच-दस बाल्टियाँ पानी डालकर गोठ को साफ किया जाता था। तब तक भैंसों को धोने के लिए गोदावरी के पानी में सब धीरे-धीरे आ जाते थे।

भैंसों को धोने के लिए नाथ घाट के अलावा दूसरी कोई जगह नहीं थी। नाथ मन्दिर के ऊपर की तरफ नदी का पात्र गहरा था। आसपास विलायती बबूल का घना जंगल था। इसलिए वहाँ भैंसों को नहीं ले जा सकते थे। नाग घाट पर भी पानी बहुत गहरा था। वहाँ भी भैंसें ले जाना सम्भव नहीं था। इसलिए गाँव की सारी भैंसों को धोने के लिए नाथ घाट पर ही जगह बची थी।

भैंसें घंटों पानी में बैठी रहतीं। भैंसों के रखवाले नदी किनारे बीड़ी पीते। ताश खेलते। ताश की बातों पर हाथापाई भी कभी-कभार हो जाती। फिर कोई बीच-बचाव करता और झगड़ा मिटा देता।

शहाजी उठ गया। मुँह पर पानी का हाथ फेर दिया। दो-एक बार कुल्ली की और चूल्हे के सामने आकर बैठ गया। बीवी ने चाय का कप सामने रखा उसे उठाकर चुपचाप मुँह को लगा दिया। पास में बैठी बुआजी सन्तोष से उसकी ओर देख रही थीं।

भैंसों को खुला छोड़कर नाथ घाट की ओर निकल पड़ा।

बीस-पच्चीस भैंसों का रेला निकल पड़ा। चारों ओर धूल उड़ जाने से भैंसों को सँभालनेवाला शहाजी ठीक से नजर नहीं आ रहा था। छरहरे बदन का शहाजी हरी पतली टहनी से जमीन पर लकीर खींचता हुआ भैंसों के पीछे चल रहा था। चलते समय मुँह से कुछ बुदबुदाते हुए चलने की उसकी आदत थी। बीच ही में गर्दन को बाईं ओर झटका देकर कुछ देर के लिए रुक जाता था।

गर्दन के झटके के कारण नाथ घाट के बच्चे शहाजी को 'झटका आया' कहकर चिढ़ाते थे। चिढ़ानेवाले बच्चों की ओर ध्यान दिए बिना

शहाजी घंटों अपने आपके साथ बुदबुदाता रहता। बीच ही में दाढ़ी के छोटे बढ़े बाल उखाड़ता और उखड़े हुए बाल की नोक से नाक की नोक को धीरे से छुआ देता।

भैंसों के नाथघाट के पास आते ही चारों ओर उग्र गोबरगन्ध फैल जाती थी। भैंसों का झुंड चला आ रहा है, यह देखकर सड़क पर बैठे लोग कुछ दूर हट गए। टेढ़े-मेढ़े सींगवाली एक भैंस वहाँ से जा रही थी जहाँ दशक्रिया विधि का सामान रखा हुआ था। भैंस के पास आते ही जय-विजय 'हल्या-हल्या' कहते हुए उठ खड़े हो गए। पास से जा रही भैंस ने अपनी पीठ पर कुकुरमाछी को उड़ाने के लिए पूँछ हिला दी। पूँछ का फूला हुआ गुच्छा छपाक् से विजय की खुली पीठ पर जा लगा।

विजय आपे से बाहर हो गया। पीछे मुड़ता ही है तो दूसरी चोट पेट पर लग गई। चिढ़कर गुस्से से वह भैंस की पीठ पर कुहनी से मुक्के मारने लगा। हाथ से पूँछ मरोड़ने लगा।

भैंस को कुहनी से मुक्के मारनेवाले विजय की ओर देखकर शहाजी ने हाथों की टेढ़ी-मेढ़ी हरकत कर दी। मानो विजय उसी को पीट रहा हो। पीटने से बचने के लिए मानो उसने अपने अंगों को सिकोड़ लिया। भैंस की खुरदरी चमड़ी और बालों की नोकों से विजय की कुहनियाँ चुनचुनाने लगीं। विजय रुक गया।

पचास के आसपास की उम्रवाला भैंसों का मालिक शहाजी सामने आ गया।

"बेचारी भैंस को क्यों पीट रहे हो भाई ? तुम्हारे पीटने से तो उसकी चमड़ी का कुछ भी नहीं बिगड़ेगा।"

"दूर नहीं हटा सकते क्या भैंसों को ? यहाँ कार्यक्रम हो रहा है। भैंसों को सीधे यहाँ बैठे लोगों पर छोड़ देते हो। मेरी पीठ और पेट पर कैसी जोरदार चोट लगा दी," जिस स्थान पर पूँछ की चोट लगी थी उन स्थानों को हाथ से दिखाते हुए विजय ने कहा।

हाथ की लाठी को बाईं बगल में दबाते हुए शहाजी भगत ने कहा, "वाह ! वाह ! फिर तो आप बड़े भाग्यवान हैं। अरे, आपको तो नाथ के घर की भैंस ने परसाद दे दिया। एक दिया तो आप नसीबवाले, दो दिए तो हो गए बड़े भागवाले," और खिलखिलाकर हँसने लगा।

तीन दिनों की शहाजी की घुटन एक बार हँसने से गायब हो गई। जब शहाजी घर में रहता था तब उसकी हालत मवेशीखाने में बन्द मवेशी जैसी हो जाती थी। बीवी की उग्र नजर उसे डर से कँपा देती थी। गोठ में बँधी भैंस की तरह वह अपने आपको एक ही स्थान पर खूँटे में बाँधे जैसा चुप रह जाता था। गोठ से भैंसों को लेकर बाहर निकलते ही उसके मन पर चलनेवाली औरत की हुकूमत ढीली पड़ जाती थी और मन का तनाव धीरे-धीरे कम हो जाता था। नाथ घाट पर आने पर तो उसका मन और भी निथर जाता था। पिछले तीन दिन से वह घाट पर नहीं आया था। इसलिए उसके मन की दमघोंट अवस्था बढ़ गई थी। विजय के गुस्से से शहाजी खिल गया और खिलखिलाकर हँस पड़ा। अपने गन्दे पीले दाँत दिखाते हुए बढ़ी हुई दाढ़ी की सफेद नोकों को खुजाने लगा।

"अरे मालिक ! आप क्यों उस चंट के पीछे पड़ रहे हैं ? बेकार आपका टैम खराब हो रहा है," केशव भटजी ने बीच ही में रोक लिया।

विजय फिर नीचे बैठ गया।

एक वारकरी बाबाजी नाथ मन्दिर की ओर से आ रहे थे। सिर पर कोसले के रेशम की पगड़ी। गले में तुलसी की माला। माथे पर लम्बा खड़ा टीका। बीच में अष्टगन्ध का तिलक। सफेद मूँछें दोनों ओर झुकी हुईं। कन्धे पर लाल रंग का किनारीवाला उपरना। गले में वीणा और हाथ में करताल।

वारकरी बाबाजी विट्ठल नाथ का जयघोष करते हुए नंगे पैर धीरे-धीरे चल रहे थे। रास्ते में कोई स्त्री या पुरुष सामने आ जाता। पैर पड़ता। उतनी देर के लिए रुक जाते। फिर चलने लगते।

गोदावरी के किनारे एक कुआँ बनाया गया है। वहीं से पैठण को जल वितरण किया जाता है। बाबाजी वहाँ आ गए।

पश्चिम की ओर मुँह किया। गोदामैया की रेती को हाथ से छूकर वन्दन किया। आकाश की ओर देखा। गले की वीणा माथे को लगा दी और उन्होंने भारूड़ (उलटबाँसी जैसा लोकगीत) कहना शुरू किया।

इमली के पत्ते पर बाँधा है मन्दिर
पहले शिखर फिर नींव रे ॥

पूजा करने गया तो मन्दिर उड़ गया
पर मुझे मिल गया सद्गुरु राव रे
खेलनहार है मेरा सद्गुरु राव रे ॥1॥
दो मुँहवाली हिरनी आई पीने पानी
मुख बिन पानी वह पीवे रे
पाषाण की तरनी मृगजल ताल का
पूत बाँझ का तैर गया रे ॥2॥
अन्धे ने देखा रे बहरे ने सुना रे
लँगड़े ने पीछा कैसे किया रे
एका जनार्दन से एक ही प्रार्थना
राम नाम जपना सदा होवे रे ॥3॥

भारुड़ समाप्त हो गया। बाबाजी ने दोनों हाथ ऊपर उठाकर रसभरी वाणी में बोलना आरम्भ किया :

"मेरे देवता, माँ-बापजी, दुनिया में अजूबा हो गया।

"कलियुग की हवा आ गई। आदमी सूखी पत्ती बन गया। मोह की हवा ने उसकी गिरगिरी बना दी। पाप-पुण्य खूँटी पर टँगा रह गया। भक्ति का झरना सूख गया। मोहमाया की मृग मरीचिका भूत बनकर सवार हो गई। कर्मकांड का छत्ता खुल गया।

"यह देह दो घड़ी की पिंजड़ी। प्रभु बजाता है गुड़गुड़ी। इस कलियुग में विपरीत हो गया। नींव से पहले ही सबको शिखर की गड़बड़ी। मन्दिर में भगवान नहीं। पुजारियों ने दूकानें सजा दी। मन ही तुम्हारा मैला हो गया है, निर्मल गंगाजल क्या करेगा ? प्रभु भक्ति का इतना बड़ा सागर है लेकिन पानी पीने के लिए मुँह ही नहीं है। जो दिखाई नहीं देता जो सुनाई नहीं पड़ता, जिसका हम पीछा नहीं कर सकते उस अदृश्य मृगमरीचिका के पीछे आदमी, तू क्यों दौड़ रहा है ? इसकी अपेक्षा यदि हो सकता है तो उस अदृश्य शक्ति का नाम स्मरण कर।"

बोलते-बोलते बाबाजी रुक गए।

वह रोज एक भारुड़ कहते थे। दस-पाँच वाक्यों में उसका अर्थ समझा देते थे।

भानुदास सामने आ गया। बाबाजी ने पैरों पर माथा टेका।

"क्या है भानुदास महाराज ? आज की कमाई क्या कहती है ?" बाबाजी ने भानुदास को उठाते हुए पूछा।

"बाबा, झोन्या खरीद लिया। अब बम्मन के पास जाना नहीं पड़ेगा। किराया भी बच जाएगा," भानुदास ने कहा। उसके बात करने में आत्मविश्वास झलक रहा था। अपने स्वामित्व की वस्तु की जानकारी बाबाजी को देते समय उसके चेहरे पर विशुद्ध आनन्द का भाव था।

"अरे वाह ! वाह ! अपना खुद का झोन्या अपनी खुद की कमाई से खरीद लिया। बहुत ही बढ़िया। पंछी तिनका-तिनका इकट्ठा कर घोंसला बनाते हैं। आदमी पैसा-पैसा कमर को बाँध हवेली बनाता है। तुमने भी पाई-पाई इकट्ठा कर कमाई का साधन खरीद लिया। भानुदास महाराज, अब इस साधन को सँभालकर काम में लाना। लेकिन एक बात को गाँठ बाँध लेना। जिन्दगी-भर तुम्हें यह काम नहीं करना है। पढ़े बिना कोई बात काम की नहीं। पाठशाला की छुट्टी मारकर यह काम करोगे तो...झोन्या में पानी बचता है क्या ? नहीं ना ? वैसी हालत हो जाएगी अगर पढ़ोगे नहीं तो। छुटपन में तुम काम कर रहे हो। दो पैसे कमा लेते हो। अच्छी बात है। लेकिन पाठशाला की छुट्टी मारना भी कोई अच्छी बात नहीं है।" महाराज ने दीर्घ कथन किया। भानुदास ने उनकी बात का मतलब समझ लिया। माँ भी बार-बार यही तो कहती रहती है। वाघमारे गुरुजी आते-जाते यही सुनाते रहते हैं। निवृत्ति हरदम पढ़ता रहता है। भानुदास को यह सब स्वीकार था। फिर भी कमाई का दूसरा रास्ता कौन सा होगा ? उसका बालमन पसोपेश में पड़ गया। यह सिर झुकाकर खड़ा रहा। पास में तीन बहनें थीं और कुछ बच्चे थे।

बाबाजी फिर नाथ मन्दिर की ओर चल पड़े।

और एक सफेद अम्बेसडर आ गई। ड्राइवर ने अचकचाकर ब्रेक लगा दिया। चारों ओर धूल उड़ाती हुई गाड़ी रुक गई।

हेमा-मन्दाकिनी-रेखा-भानुदास गाड़ी की ओर दौड़ पड़े थोड़ी सी दूरी पर खड़े हो गए। गाड़ी के शीशे बन्द थे। भीतर का कुछ भी दिखाई नहीं देर रहा था। धूल की पर्त नीचे बैठ गई होगी यह सोचकर पीछे की तरफ

का बायाँ शीशा नीचे आ गया। भानुदास ने अधीरता से भीतर के ग्राहक का मुआयना किया। गाड़ी का बन्द दरवाजा अभी खुला नहीं था।

गाड़ी में बैठे लोगों की आपस में बातें हो रही थीं। एक ने कहा लगता है गलत जगह पर पहुँच गए हैं।

पीछे की सीट पर बैठे सफेद कपड़े पहने मोटे आदमी ने हाथ से सिर पर रखी सफेद खादी की टोपी को ठीकठाक किया। लच्छेदार मूँछों को दोनों उँगलियों से दोनों तरफ दबा दिया। दोनों होंठों को आदत से भीतर खींचकर होंठों को गड़ुए जैसा बनाकर भानुदास की तरफ हाथ से इशारा किया।

भानुदास पास आ गया। गाड़ी में बैठे आदमी को हाथ जोड़ते हुए बोला, ''राम-राम मालिक !'' बहन की ओर पीछे मुड़कर देखा। दाईं आँख कांइयापन से बन्द करके फिर मुड़ गया।

गाड़ी में बैठे आदमी ने पूछा, ''क्या नाथ घाट यही है ?''

''जी मालिक। यही नाथ घाट है।''

''यहाँ तो घाट जैसा कुछ भी नजर नहीं आ रहा है।''

''बाँधनेवाले हैं—अगले साल। बरसों पहले यहीं पर घाट था ऐसा सुना है। फिर क्या हो गया कि बाढ़ की मिट्टी में वह गुड़ुप हो गया।''

भानुदास ने सुनी-सुनाई जानकारी सुना दी।

मोटे आदमी के पास बैठे बुद्धू चेहरेवाले और मैले कपड़े पहने आदमी को इस बात ने बेचैन कर दिया कि यहाँ पर घाट नहीं है। अपनी इस बेचैनी को बिना छिपाए उसने पूछा, ''फिर नहाएँगे कहाँ ?''

नदी के पानी की ओर इशारा करते हुए भानुदास ने कहा, ''वहाँ उधर ! देखो ना, पानी ही पानी है। गोदामैया का इतना बड़ा किनारा फैला हुआ है। जहाँ जी चाहो वहाँ नहाने के लिए जगह है।'' भानुदास ने कहा और गाड़ी में बैठे लोगों के बारे में अनुमान करने लगा।

सब लोग सन्त्रस्त होकर पानी की ओर देखने लगे। भैंसों का दूसरा झुंड पानी में पहुँच चुका था। शहाजी भैंसों के बदन पर पानी उछाल रहा था।

गाड़ी में बैठे लोग नीचे उतर गए। तन पर पड़ी धूल को झटक दिया। एक ने गाड़ी की डिक्की खोल दी। बैग बाहर निकाले गए। पॉलिथिन के कपड़े में लपेटी एक गठरी भी बाहर निकाली गई।

एक ने ड्राइवर से कहा, "डालकर आ जाओ।"

ड्राइवर ने गठरी उठा ली। बाएँ कन्धे पर रख दी और वह चल पड़ा। रेती खत्म हो गई। जहाँ से पानी शुरू हुआ, वहाँ काई और चिन्दियों की बड़ी गन्दगी थी। काई और चिन्दियों से पानी ढक गया था। कन्धे की गठरी को सँभाले हुए ड्राइवर ने पीछे देखा। गाड़ी के पास खड़े लोगों में से किसी का भी ध्यान उसकी ओर नहीं था। विवश होकर एक कदम उठाकर पानी में चलने लगा।

कुछ दूरी रखकर भानुदास, मन्दाकिनी, हेमा उसके पीछे चलने लगे। बाकी के लोग गाड़ी के पास खड़े थे।

सूँघते हुए केशव भटजी गाड़ी के पास आ गए। हाथ जोड़कर खड़े हो गए।

"यजमान कुछ सेवा चाहते हैं ?" केशव भटजी ने पूछ लिया।

किसी ने कुछ नहीं कहा। मोटे आदमी ने झुँझलाकर केशव भटजी की ओर देखा। बिना एक शब्द बोले वह जोर से रेती में थूक दिया। थूक के कुछ छींटे मूँछों पर उड़ गए। दाएँ हाथ की कलाई से उसने मूँछें साफ कर दी। बाकी लोग भी केशव भटजी की ओर तुच्छता-भाव से देख रहे थे।

"आपका कौन गुजर गया है ?" केशव भटजी ने हार न मानकर फिर पूछ लिया।

किसी ने कोई जवाब नहीं दिया। ऐसे समय में धुन के पक्के, हार न माननेवाले केशव भटजी ग्राहक के पीछे पड़ जाते। स्वर्ग के पितरों का आवाहन करते। समूची जिन्दगी के अनुभव की पूँजी को दाँव पर लगा देते। ऐसे अवसर पर घाट के अन्य ब्राह्मण भी उनका साथ देते। ग्राहक किसका है, इसकी अपेक्षा विधि न करते हुए जानेवाला ग्राहक सबकी अप्रतिष्ठा का सवाल बन जाता। केशव भटजी ने अपने प्रश्न के उत्तर की प्रतीक्षा की। मन में वे अवश्य उस घाघ यजमान को गालियाँ दे रहे थे। अन्ततः ऊबकर वे वहाँ से हट गए।

ड्राइवर के पीछे-पीछे जा रहे भानुदास ने धीरे से पूछा, "ड्राइवर साब, आपने गाड़ी बहुत बेस्ट चलाई।"

ड्राइवर ने चौंककर पीछे देखा। उसने सोचा कि बच्चे को बता दे, वह ड्राइवर नहीं है। लेकिन उसके गँदलाए मन में और भी उलझनें पैदा हो गईं।

कुछ न कहते हुए वह उसी तरह पानी में चलता रहा।

गठरी लेकर वह घुटनों तक पानी में आ गया। उधर भैंसों का झुंड पानी में आराम से फैलकर बैठा हुआ था।

वह आदमी गठरी खोलने की कोशिश करने लगा। गाँठ खुल नहीं रही थी। बहुत देर तक उसने गाँठ खोलने की कोशिश की। आखिर हताश हो गया। राख की गठरी बाएँ हाथ से सीने के पास पकड़ ली। बाएँ हाथ से उसे खोलने की कोशिश की। उसे लगा कि सीने पर बोझ बढ़ रहा है। बढ़ते बोझ को सँभालने में उसका सारा बदन डगमगाने लगा। आँखें धुँधली होने लगीं। उस पार पत्नी का आक्रोश सुनाई देने लगा। आवाज ठंडी होते-होते एक चीख सुनाई पड़ी। घबराकर उसने दोनों हाथ कान पर रख दिए। हाथ की गठरी धप से घुटनों पर गिर गई। ड्राइवर की घिग्घी बँध गई। पूरा बदन पसीना-पसीना हो गया। भानुदास झट से आगे बढ़ गया। पानी में गिरी गठरी बाहर निकाली। उस आदमी के हाथ में देते हुए उसने कहा, "आप ऐसे पकड़िए।"

उसे दोनों हाथों में गठरी पकड़वाकर भानुदास ने गठरी के पेट पर जमकर एक घूँसा लगा दिया। भानुदास के घूँसे से वह डाँवाडोल हो गया। गठरी को ठीक तरह पकड़कर खड़ा हो गया।

धसककर राख का फौवारा छूट पड़ा।

भानुदास छलनी लेकर आगे बढ़ने ही वाला था कि किसी ने उसे पीछे ढकेल दिया। भानुदास पानी में पीठ के बल गिर गया। उसके नाक-मुँह में पानी चला गया। अपने आपको सँभालकर फिर खड़ा हो गया।

भानुदास को पानी में ढकेलकर पिराजी राख के नीचे छलनी चलाने लगा।

पिराजी को देख भानुदास, मन्दाकिनी, हेमा पानी के बाहर आ गए। जहाँ पानी खत्म होता है वहाँ भीगी रेत में फसकड़ा मारकर बैठ गए।

पिराजी दादा पास में नहीं था इसलिए तो मैं ग्राहक के पीछे चला गया। इसमें मेरा क्या दोष ? और पिराजी कहाँ नियमित रूप से घाट पर आता है ? भानुदास इस बात को जानता था। थोड़े पैसे मिलते ही अड्डे पर जाकर पड़ा रहता। कभी-कभार सट्टा भी लगाता। इसलिए राह भटका कोई ग्राहक यदि नीचे की तरफ आ गया तो जिसके हाथ पड़ जाएगा उसी

की कमाई समझी जाती थी।

पिराजी घाट के बाकी बच्चों से उम्र में बड़ा था। घाट के उत्तर भाग में नाथ मन्दिर के पीछे की ओर मुर्दों की राख डाली जाती थी। हमेशा आनेवाले लोगों को इस जगह की जानकारी थी। नए आनेवाले नदी में कहीं भी राख उँड़ेल देते थे। घाट पर सबने मिलकर और एक बात निश्चित कर ली थी। पानी में राख डालते समय छलनी बड़े लड़के ही पकड़ेंगे। उनके इस अधिकार को सबने स्वीकार किया था। हमेशा से बड़े लड़के न होने पर छोटे बच्चे भी छलनी चलाते थे। दशक्रिया विधि के पश्चात् अश्मा और अस्थि विसर्जन के समय मिलनेवाले पैसे छोटे बच्चों को लेना है, यह भी सामंजस्य से निश्चित था। इसलिए कोई भी दूसरे के क्षेत्र में अतिक्रमण नहीं करता था।

राख खत्म हो जाने पर आदमी के हाथ में प्लास्टिक की खाली थैली रह गई। उसकी समझ में नहीं आया कि उस थैली का क्या करें। आखिर उसने उसे पानी में छोड़ दिया। थैली पानी पर तैरने लगी।

पिराजी ने छलनी पानी के बाहर निकाली।

"हत् इसकी माँ की...!" कहते हुए उस आदमी की ओर तिरस्कार से देखते हुए वह पानी में जोर से थूक दिया। पानी में छलाँग लगाते हुए बाहर आ गया।

"क्या हो गया दादा ?" भानुदास ने पिराजी के पास जाते हुए सादर पूछा।

"ग्राहक पोला निकला।"

पिराजी, भानुदास, मन्दाकिनी 'पोला रे भैया हो गया पोला,' कहकर तालियाँ पीटने लगे।

वह आदमी बच्चों के कोलाहल से सिटपिटा गया।

उसे इस कोडवर्ड का पता नहीं था कि राख में एक भी पैसा न मिलने पर 'पोला हो गया,' कहा जाता है।

"अब तन पर से कपड़े उतार दीजिए और नहा लीजिए," पानी से बाहर आए उस आदमी को भानुदास ने कहा।

वह आदमी हिचकिचाया।

"अरे, नहाएँगे नहीं तो गला पकड़ेगा..."

'गला पकड़ेगा' इन शब्दों को सुनते ही वह फिर से चौंक पड़ा। राख की गठरी को पानी में छोड़ देने के बावजूद सीने का बोझ अभी कम नहीं हुआ था। रोनी सूरत से उसने एक बार भानुदास की ओर देखा फिर पिराजी की ओर देखा। "राख डालने पर बिना नहाए घर नहीं जाते भाई।" चलिए, जल्दी कीजिए। कपड़े निकाल दीजिए और एक डुबकी लगाइए पानी में। भानुदास बोलते-बोलते रुक गया।

आज्ञाकारी बनकर उस आदमी ने कपड़े निकालना शुरू किया। उसने पैंट निकाल दी। कमीज निकाल दी। बनियान निकाला। कपड़े नीचे रख दिए। भैंसों को धो रहा भगत लम्बी छलाँग लगाता दौड़ता हुआ आया। मन्दाकिनी उस आदमी की कमीज लेकर भाग गई। भगत ने पैंट पकड़ ली। भानुदास तैयार ही था। पैंट का दूसरा हिस्सा भानुदास के हाथ आ गया।

भगत और भानुदास के बीच खींचातानी शुरू हो गई।

दोनों बहनें भानुदास की सहायता करने लगीं।

वह आदमी हताशा में अपनी पैंट को देख रहा था।

भानुदास ने पैंट को एक झटका दे दिया। पैंट के दो पैर अलग-अलग हो गए। पैंट बीच ही में फट जाने के कारण भगत पीठ के बल गिर पड़ा।

वह आदमी चड्ढी में ही सीधा गाड़ी तक चलता आया। गाड़ी का दरवाजा खुल गया। बाकी लोग गाड़ी में बैठ गए। धूल उड़ाती गाड़ी चली गई।

नाथ मन्दिर के पीछे की ओर एक जीप आकर रुक गई। छलनी सँभालता हुआ पिराजी ग्राहक आया इसलिए ऊपर की तरफ चला गया।

"दादा, भागो जल्दी से। वह देखो ऊपर की तरफ से मोत्या आ रहा है," भानुदास ने कहा।

पिराजी की उम्र का और एक लड़का नाथ मन्दिर की ओर से जीप की तरफ आ रहा था।

पिराजी ने जल्दी से कदम बढ़ाए।

गोदावरी के किनारे जैकवेल के किनारे पर और दो-तीन लड़के बैठे थे। उस क्षेत्र में एक भी दशक्रिया विधि नहीं चल रही थी, इसलिए खाली-पीली

बीड़ियाँ फूँकने का काम चल रहा था।

"पिराजी दादा, एक कश मारो कड़क मसाले का।"

लड़के के हाथ से बीड़ी छीनकर पिराजी आगे बढ़ने लगा। बीड़ी का एक लम्बा कश लगाकर उसने बीड़ी फेंक दी।

जीप के लोग राख का बोरा पानी तक ले जा चुके थे। लम्बे डग भरता हुआ पिराजी उन तक जा पहुँचा। पिराजी से पहले ही भगत का मोत्या जा पहुँचा था। मोत्या गठीले बदन का, बाहु में बल और पिराजी का ही हमउम्र लेकिन बड़ा लगता था।

दो लोगों ने बोरा पानी में उलट दिया। पिराजी और मोत्या ने छलनियाँ आगे बढ़ा दीं। हरा पानी गँदला हो गया। छलनी से छलनी टकराने लगीं। खट-खट की आवाजें आने लगीं।

पिराजी की छलनी में एक पीला टुकड़ा चमक गया। मोत्या की आँखें चमक उठीं। उसने पिराजी के हाथ से छलनी छीन ली। हाथ से छलनी निकली जा रही है यह देख पिराजी ने मोत्या के पेट में सीधे लात दे मारी। मोत्या पानी में औंधा गिर पड़ा। उसने उठने की भरसक कोशिश की। उठकर पिराजी की छाती पर घूँसा जमा दिया।

दोनों की छलनियाँ पानी के तल में डूब गई थीं। छलनी के पैसे और सोने का टुकड़ा फिर राख में मिल गए।

दोनों में हाथापाई शुरू हो गई। आसपास के लोग हस्बेमामूल तमाशा देखने लगे।

केशव भटजी दोनों पैरों पर उकड़ूँ बैठे थे। सिर से ईंट के रंग की टोपी उतार दी। सिर का पसीना उपरने से पूरा पोंछ डाला।

"चलिए जजमानजी, पालथी मारकर अच्छी तरह से बैठ जाइए। बहुत समय तक इस तरह बैठना होगा। इस तरह बैठोगे तो पैरों में पीड़ा होगी। चुनचुनी भी हो सकती है। आप बड़े भाई हैं ना ? हाँ तो फिर ठीक ही है। आप छोटे भाई, इनके बाईं ओर बैठ जाइए।"

"आँखों को जल लगाइए। हाथ में जल लीजिए। आचमन कर हाथ जोड़ लीजिए।"

विजय ने बाएँ हाथ से दाएँ हाथ पर पानी ले लिया। मैला हरे रंग का गोदावरी का पानी ! उसके बदन पर काँटा खड़ा हो गया। आँखों को पानी लगाना तो ठीक है लेकिन ऐसे पानी से आचमन कैसे किया जा सकता है ? विजय केशव भटजी की ओर देखने लगा। क्या सोच रहे हैं, जजमान ? दुनिया में गंगा जैसा निर्मल और पवित्र पानी कहीं भी नहीं है। पानी के रंग की ओर मत देखिए। दुनिया की सारी गन्दगी को हजम कर देने की शक्ति है गोदामैया के पेट में। बरसों से वह सब कुछ उदार भाव से पेट में स्वीकार कर रही हैं। हम बहिरंग को देखकर ही शंका करने लगते हैं। "चलिए काम पूरा कीजिए। आचमन लीजिए," केशव भटजी ने हँसते हुए कहा। विजय ने पानी मुँह को लगाया। मटियाला स्वाद आया काई और सड़ी हुई चिन्दियों की बदबू से पेट में उबकाई-सी आई। मुँह हटाकर विजय ने दो-एक बार थूकने का प्रयास किया।

"क्या नाम बताया उनका ?" केशव भटजी ने पूछा।

"शिवाजीराव।"

"चबूतरे पर गाय का गोबर पतला बनाकर हल्के हाथ से पोत दीजिए। उस पर गंगा के विशुद्ध जल का सिंचन कीजिए। हल्दी कुंकुम, गुलाल चबूतरे पर चढ़ाकर नमस्कार कीजिए।"

"आटे के बने पाँच कुम्भों में से एक बीच में रखिए। बाकी चार-चार कोनों में ध्वजदंड के पास रखिए। कुम्भ में गंगा का विशुद्ध जल डाल दीजिए। भगोने के चावल से इस आकार के पाँच पिंड बनाइए। सर्वदेवताओं और प्रेतात्मा का स्मरण कर हाथ जोड़ दीजिए।"

"अब आगे की विधि ध्यान देकर कीजिए। सबसे पहले बीच में रखे कुम्भ पर पिंड चढ़ाइए।"

"शिवाजीरावप्रेताय क्षुधाप्रीत्यर्थ। पिंड को बीच में रखिए।"

"अब पूर्व की ओर प्रेतसखि क्षुधाप्रीत्यर्थ। पिंड को पूर्व की ओर रखिए।"

"अब दक्षिण की ओर। वैवस्वताय यमायप्रीत्यर्थ। रखिए पिंड को।"

"अब पश्चिम स्थान पर। वायसेभ्यः। इस स्थान पर पिंड को रखिए।"

"अब उत्तर का कोना। प्रेताधिपते। रख दीजिए अब।"

जय ने पाँच स्थानों पर पिंड रख दिए। विजय ने पाँचों स्थानों पर हाथ

लगाया।

"हाँ, अब पाँचों पिंडों पर तिलकोदक डाल दीजिए।"

केशव भटजी आराम से बैठ गए। मुद्दे की बात को शुरू करने से पहले उन्होंने यजमान की प्रमुख हस्तियों की ओर देखकर कहना शुरू किया, "अब जजमानजी, पददान विधि करना है। पददान दशक्रिया विधि की एक अहम विधि है। यह अपनी-अपनी श्रद्धा और औकात का विषय है। सब यही चाहते हैं कि मृतात्मा को सन्तोष की प्राप्ति हो। पददान इसलिए दिया जाता है कि उसकी आगे की यात्रा सुलभ हो। पददान तरह-तरह के होते हैं। बैठने का आसन, भोजनार्थ अन्नदान, तन ढकने को कपड़ा, काम के बर्तन, हर रोज काम में आनेवाली चीजें जैसे उदक कुम्भ, ताम्बे का घड़ा, पादत्राण, छाता, कमंडल, वस्त्र, लाठी, लोहदंड, सिगड़ी, दीप, ताम्बूल, चन्दन, पुष्पमाला और अन्त में धनराशि। इनमें से जो भी सम्भव हो और नाथ महाराज आपके मन में जो भी इच्छा उत्पन्न करें, उसे दान में दीजिए। इस दान से आप हम ज़ैसे लोगों का भला करेंगे जो आर्थिक रूप से पिछड़े हैं। इससे भी बढ़कर बात आपको होनेवाला आत्मानन्द है, जो पददान करने से आपको मिलनेवाला है। जिस आनन्द के लिए आप इतनी दूर...इस पवित्र नगरी में आए, वह आनन्द आपको प्राप्त हो यही प्रभुचरणों में प्रार्थना है।"

"अब मृतात्मा के नाम पर जो भी जूते, छाता, कपड़े आदि लाए हो उसे सामने रख दीजिए।"

जय की पत्नी ने सामान पास में लाकर रख दिया।

"इन चीजों को दोनों हाथ लगाएँगे। पिता का नाम लेंगे," दोनों ने हाथ लगाए। होंठों में कुछ बुदबुदाए।

"यह पश्चिम की तरफ का पिंड है न, उसे उठाकर बाजू में रख दीजिए।"

जय ने पिंड उठाकर बाजू में रख दिया।

"पिंड को कौए का स्पर्श हो इससे पहले मृतात्मा की अधूरी मनोकामनाओं को पूर्ण करने का वचन मन-ही-मन दे दीजिए। हाथ जोड़ दीजिए। प्रार्थना कीजिए। ऐसा करने पर कौआ पिंड को स्पर्श करेगा।"

दोनों ने हाथ जोड़ दिए।

"यह कौआ है," केशव भटजी ने दर्भ का एक तिनका जय के हाथ में दे दिया।

"पिंड पर रख दीजिए।"

जय ने दर्भ का तिनका पिंड पर रख दिया।

"काकबली हो गया। अब फिर अपने-अपने स्थान पर बैठ जाइए। अश्मा कहाँ है ?" केशव भटजी ने पूछा।

बाईं ओर थाली के पीछे छिपा अश्मा जय ने सामने रख दिया।

"जगह थोड़ी साफ कर लीजिए। जल से रेती में मंडल बनाइए। उस पर अश्मा रख दीजिए। अश्मा पर विशुद्ध जल डाल दीजिए। तिल का तेल लाए हैं ?" सहसा केशव भटजी ने पूछा।

जय-विजय औरतों की ओर देखने लगे।

"ठीक है, नहीं है तो। थोड़े तिल ले लीजिए। पिता का नाम लीजिए। अश्मा पर तिल के दो-तीन दाने चढ़ाइए। हाथ जोड़ दीजिए। हाथ धोकर आचमन कीजिए।"

दोनों ने वैसा ही किया।

"अब एकादश दिन पिंडदान विधि करेंगे। चलिए, गोमूत्र कहाँ है ? मिल गया ? दर्भ का तिनका गोमूत्र में डुबोकर अपने अंगों पर दो-एक बूँद सींच दीजिए। तात्पर्य, आज सूतक समाप्त हो गया। आपका अपवित्रता का दोष नष्ट हो गया। पंचगव्य का प्राशन कीजिए।"

पंचगव्य क्या है यह समझ में न आने के कारण दोनों केशव भटजी की ओर देखने लगे।

"दूध की दो बूँदें हाथ पर लेकर मुँह में डाल दीजिए।"

"दर्भ का पवित्रक करांगुली के पासवाली उँगली में पहन लीजिए। प्राणायाम कीजिए।"

दोनों ने उँगली की दर्भ का तिनका करांगुली के पासवाली उँगली में पहन लिया।

"विष्णु-विष्णु करिए कहिए और उदक छोड़ दीजिए।"

"आग्नेय दिशा की ओर मुँह कीजिए। बायाँ घुटना मोड़कर उसके बल पर आसन बनाइए। देखिए इस तरह," कहकर केशव भटजी ने आसन दिखा दिया।

“दर्भ का यह तिनका हाथ में लीजिए। दर्भ की जड़ की ओर से यहाँ जमीन पर एक लकीर खींचिए।”

“अपहतः ! अब हमने रास्ते के सारे असुरों और राक्षसों को भगा दिया है।”

“अब सामने की जगह पर प्रोक्षण कीजिए। यहाँ एक दर्भ रखिए। दर्भ की नोक दक्षिण की ओर होनी चाहिए। कहिए, प्रेत की शुद्धि हो। अब ऐसा कीजिए—अँगूठा और तर्जनी इन दो उँगलियों के बीच से पानी छोड़िए,” केशव भटजी ने कृति दिखा दी।

“शिवाजीराव के शव को पिंड प्राप्त है। यह पिंड यहाँ सामने रखिए।”

जय ने पिंड सामने रख दिया।

“पिंड को दही की मलाई लगाइए। मलाई न हो तो दूध से काम चल जाएगा। दो उँगलियों से आँखों में अंजन लगाइए,” केशव भटजी ने अबीर की पुड़िया सामने रख दी।

“वस्त्र परिधान कीजिए,” केशव भटजी ने जेब से ऊन के दो टुकड़े बाहर निकाले। जय के हाथ में दे दिए।

“हाथ जोड़ दीजिए।”

दोनों ने हाथ जोड़ दिए।

“अभिरम्यताम्, मृतात्मा, तुम सुखी रहो।”

केशव भटजी कुछ देर के लिए रुक गए। उन्होंने आसपास देखा। उधर जीपवाली मंडली नहाकर लौट आई थी।

“अरे तुक्या, शुरू कर। यहाँ का होते ही मैं आ जाता हूँ,” तुकाराम को पुकारकर काम बताया और केशव भटजी जय-विजय की ओर मुड़ गए।

“चलिए मालिक, अब थोड़ा रह गया। हाँ, इस तरफ मुड़ जाइए। पूरब की ओर मुँह करके बैठ जाइए।”

दोनों अपने स्थान पर से ही मुड़ गए।

“दो बार आचमन कीजिए। दर्भ के तीन पवित्तर पहलेवाली उँगलियों में डाल दीजिए। हाँ, एक बात रह गई। पहलेवाले पवित्तर फेंक दीजिए।”

“कहिए—शिवाजीराव मृत का सपिंडीकरण, काश्यप गोत्र का और वसु-रुद्र आदित्यरूप बने पिता-पितामह-प्रपितामह से मैं कर रहा हूँ,” दोनों ने लम्बा वाक्य रुकते-हकलाते कह दिया।

"अब फिर पहले जैसी पालथी मारकर बैठना है। मुँह फिर आग्नेय दिशा की ओर कीजिए। यह दर्भ का तिनका लीजिए। यहाँ जमीन पर लकीर खींचिए। दर्भ फिर दीजिए।"

"इस दर्भ की नोक दक्षिण की ओर करके यहाँ रख दीजिए। हाथ में पानी लेकर दर्भ पर छिड़किए।"

"शुद्धता प्रेतः। मृत आत्मा शुद्ध हो।"

"पितृतीर्थ दर्भ पर उँड़ेल दीजिए। ऐसा। अँगूठी और तर्जनी के बीच से।"

"यह बट्टे के आकार का पिंड है न ?"

जय ने हाँ कहकर गर्दन हिला दी।

"हाँ, कहिए–हे मृतजीव, यह पिंड तुम्हें प्राप्त हो। ऐसा कहते हुए चारों पिंड तिनके पर रख दीजिए।"

"यह दर्भ की जड़ लीजिए। प्रेत पिंड की पश्चिम में लकीर खींचकर तिनका फेंक दीजिए। इस दर्भ को यहाँ रखकर उस पर उदक छोड़िए। उस पर तीन पिंड रखिए। ऐसा और दो बार कीजिए।"

जय ने सारी कृतियाँ की।

"सुपारी जितना चावल लेकर सूँघिए। दूर रख दीजिए। हाथ धोकर आचमन कीजिए। हाथ साफ पोंछ डालिए।"

दूसरी दशक्रिया विधि का आदमी आकर खड़ा हो गया।

"आप चलिए। मैं अभी आया। भान्या, भाग उधर, मैं आया अभी।"

"पहले आप वहाँ चलिए। शुरू करके फिर इधर आइए," वह आदमी अनुरोध करने लगा।

"अरे, हो ही गया है यहाँ। सपिंडीकरण होते ही मैं आ ज़ाता हूँ।"

"देखिए जी, आपको नहीं आना है तो हम दूसरा बम्मन देखेंगे। इसकी माँ की..., यहाँ भी इन लोगों की दादागिरी !"

केशव भटजी ने स्थिति को भाँप लिया।

जय-विजय से समझाने के सुर में कहा, "अभी पाँच मिनट में आ जाता हूँ। तब तक थोड़ी चहलकदमी कीजिए। बहुत समय से बैठने के कारण अकड़ गए होंगे आप।"

जय-विजय के हाँ करने से पहले ही केशव भटजी उस आदमी के पीछे

दुलकी चाल से चले गए।

"अब अपने को देर होगी," लाल पगड़ीवाले बूढ़े ने कहा, "इसकी माँ की..., इसने तो आधा सिर मूँडकर रखने जैसी बात की।"

भानुदास सामने आया।

"मालिक, आपका तो खत्म होने को आया है। बस आखिर का रह गया है।"

"हाँ रे बाबा, आखिर का रह गया है। पर यहाँ किस नत्थू-खैरे को पता है कि आगे क्या करना है।"

भानुदास झट से पालथी मारकर दोनों के सामने बैठ गया।

"उसमें क्या बड़ी बात है। मैं आपको बता देता हूँ। इस पिंड को लीजिए। इसे प्रेतपिंड कहते हैं। दर्भ के तिनके से प्रेतपिंड के तीन समान भाग कीजिए।"

जय ने प्रेतपिंड के तीन भाग किए।

"पहले भाग को प्रेतपिता के पिंड में मिला दीजिए।"

"दूसरा भाग लीजिए। प्रेतपितामह के पिंड में मिला दीजिए। आखिरी भाग लीजिए यह इधर आग्नेय की तरफ का उसे प्रपितामह के पिंड में मिला दीजिए। इन तीनों पिंडों को उनके मूल स्थान पर रख दीजिए। आगे-पीछे मत होने देना। हाथ धो लीजिए।"

सब लोग भानुदास की ओर प्रशंसा-भाव से देखने लगे।

"अब आखिरी बात। हाथ जोड़ दीजिए। कहिए–हे मृतात्मा और मृत के पितरो ! तुम सब एक साथ आते रहो। एक मुख बोलते रहो। तुम सबका विचार एक रहे। तुम सबके हृदय एक हों। तुम्हारे मन भी एक ही रखें।"

भानुदास ने लम्बा-चौड़ा वाक्य कह दिया।

"हे पितरो, तुम पितृलोक लौट जाओ," भानुदास रुक गया। दाहिने हाथ से सारे पिंड कुछ आगे बढ़ा दीजिए। एक बात रह गई। इस अश्मा को इस तरह दोनों हाथों से उठाइए। दाहिने कन्धे के पीछे ले जाकर फिर नीचे रख दीजिए। दोनों हथेलियों से अश्मा पर छाँव कीजिए। बचे हुए आटे के दस टुकड़े करके चारों तरफ फेंक दीजिए। पहले तुम दोनों पैर पड़िए। हो गया। अब सब लोग अश्मा को तिलांजलि देंगे। आत्मा को शान्ति मिले

इसलिए दो पैसे दक्षिणा रखकर पैर पड़िए।"

भानुदास उठ गया।

केशव भटजी जल्दी-जल्दी लौट आए।

"भान्या, बेटा, तू एक दिन हमारे मुँह का निवाला छीन लेगा," विधि सम्पन्न हो गए यह ध्यान में आते ही केशव भटजी ने कहा।

एक के बाद एक अश्मा पर पानी चढ़ाने लगे।

"जिनके पिता जीवित हैं वे इस तरह पानी चढ़ाएँगे," केशव भटजी ने कृति दिखाई और वे दूसरे स्थान पर चले गए।

ग्यारह

नाथ घाट पर सब कामों में उलझे हुए थे। एक-डेढ़ घंटे पहले का सुस्त वातावरण बदलने लगा था। भीड़ बढ़ गई थी। हर काम में गति आ गई थी। बाजार में जिस तरह अनायास हलचल शुरू हो जाती है, उस तरह बातें हो रही थीं। इस समूचे क्रियाकर्म को बाँध रखनेवाली मजे की बात थी श्रद्धा। इस श्रद्धा की हुकूमत के कारण नाथ घाट के सौ परिवारों की रोजी-रोटी की समस्या सहज ही हल हो जाती थी। हर कोई यहाँ एक लय में काम करता था। इस काम को करवा लेने के पीछे विगत कई वर्षों के संस्कार प्रबल थे। इन संस्कारों के कारण ही कई बार गिरने को हुआ क्रियाकर्म का ढाँचा फिर से सँवर गया था। कमाई के नाम पर एक-दूसरे से जलनेवाले घाट के लोग अन्ततः व्यावहारिक समझौते के लिए राजी हो जाते थे।

आज भी ऐसी ही एक घटना घटी। नारायण भटजी और केशव भटजी का जोरदार झगड़ा शुरू हो गया। अपने कामों की लय में डूबी नाथघाट की शान्ति भंग हो गई। यन्त्र का बटन दबाते ही उसका काम बन्द हो

जाता है, उसी तरह मानो सबने अपने-अपने काम रोक दिए। इसके पीछे और भी एक कारण हुआ करता था। ऐसा कुछ हो जाने पर प्राप्त अवसर का लाभ उठाकर काम जिस अवस्था में है, उसी अवस्था में बन्द कर दिया जाता था। अब तक के काम की थकान दूर करने के लिए अँगड़ाइयाँ लेते हुए एक-एक आदमी आवाज की दिशा में एकत्र होने लगा। धीरे-धीरे दोनों के पास चारों ओर नाथ घाट की भीड़ लग गई। हनुमन्त, पिराजी, शहाजी, भानुदास आदि रंगमंच के रोजमर्रा के पात्र भी एक साथ आ गए। खुले रंगमंच पर नाटक खेला जाने लगा। इस नाटक का रंगमंच मध्य में होता है। दर्शक पात्रों के चारों ओर घेरा बना लेते हैं। नाटक में रंग भरने के लिए दर्शक नाटक में भूमिका करनेवालों को प्रोत्साहित करते हैं। अनजाने में दर्शकों में भी दो गुट बन जाते हैं, यह गुटों में विभाजन पुरानी अदावत की यादों पर आधारित होता है। पुराने रागलोभ ऐसे समय में उभरकर सामने आ जाते हैं।

नारायण ने दाहिने हाथ से केशव भटजी की कमीज की कॉलर को पकड़ लिया। नारायण भटजी का त्वचा रोगवाला हाथ चेहरे के पास आते ही केशव भटजी के मन में घिन पैदा हो गई। आँखों के सामने हाथ की चमड़ी पर उभरे व्रण दिखाई देने लगे। केशव भटजी नारायण के स्पर्श से सिहर उठे। दाहिने हाथ से नारायण भटजी की कुहनी के पास फटका मार दिया। नारायण भटजी ने तिलमिलाकर केशव भटजी की कमीज का कॉलर छोड़ दिया। कॉलर के छूटते ही हाथ के उपरने से झटका सा दिया। दोनों ब्राह्मण अलग-अलग हो गए हैं, यह देखकर पिराजी झट से सामने आ गया। दोनों के बीच खड़ा रहकर दोनों को दोनों हाथों से पीछे हटाने लगा।

"अरे, क्या हो गया है, इतना गरम क्यों हो गए हैं ?"

"जब देखो तब यह मादरचोद हमेशा ऐसा ही करता है। मैंने हर बार कहा कि जाने दो इस बार। तो इसको और भी जोश चढ़ जाता है," टेढ़े मुँहवाले नारायण भटजी ने मुँह की थूक उड़ाते तुतलाते हुए कह दिया।

"तू क्या कर सकता है ? हिम्मत है तो और उखाड़ दे," कमीज खुली हो जाने से उन्हें कुछ राहत मिल गई थी। उन्होंने दोनों कन्धे मुक्त होकर हिला दिए।

दो ब्राह्मणों का झगड़ा देख जैकवेल से कुछ दूरी पर हजामत कर रहा

तुकाराम नाई झट से उठ गया। अच्छा मौका मिल गया यह सोचकर वह फूला न समाया। बहुत दिनों से घाट पर कोई हरकत नहीं हुई थी। एक-दूसरे के बारे में अदावतें थीं लेकिन उसका मुँह नहीं खुल रहा था। आज झगड़ा शुरू हो गया। इस झगड़े से कुछ भी निष्पन्न नहीं होगा। फिर भी झगड़ा हो जाने पर घाट के कुछ दिन तो ताज़गी महसूस करते थे। तुकाराम ने बाएँ हाथ की कलाई पर उस्तरे से बाल पोंछ दिए थे। उन्हें बगैर साफ किए ही वह झगड़े के स्थान पर चला आया। उसे दाहिने हाथ का उस्तरा बन्द कर देने के भी होश नहीं थे।

"अरे मालिक, आप ऐसा क्यों कर रहे हैं अनाड़ी की तरह ? जरा सब्र से काम लीजिए आप ही ऐसे टकराने लगे तो ये नए बच्चे क्या करेंगे ? इस तरह तू-तू मैं-मैं करने से क्या सवाल हल होगा ? पर मैं पूछता हूँ, एक-दूसरे का गला पकड़ने जैसा क्या हो गया है ?" तुकाराम नाई बीच-बचाव करने के लिए आया है यह देख नारायण को फिर जोश चढ़ गया।

"तू चुप बैठ रे चीमड़े। बहुत खुसुर-पुसुर चलती रहती है ना तेरी केशा के साथ ? जा, बिठा ले उसे अपनी छाती पर।"

केशव भटजी और तुकाराम के बीच का मेल नारायण भटजी की आँखों में काफी दिनों से खटक रहा था। नारायण भटजी सोच रहा था कि तुकाराम काम रहा तो अपने पास आता है लेकिन काम हो जाने पर केशव के पीछे दुम हिलाता रहता है। इसी सोच के कारण नारायण भटजी का सन्तुलन बिगड़ गया।

"यह क्या बात करने का तरीका हो गया ? विट्ठल भगवान ने हमें भी मुँह दिया है। लेकिन मुँह है इसलिए हम पाखाना सूँघने नहीं जाते।"

टेढ़ा मुँह करके तुकाराम ने कहा, "तुम दोनों बम्मन एक-दूसरे पर जलकर मरो या नीचे धूप में जाकर औंधे मुँह गिर पड़ो। पर मैं कहता हूँ कि अगर आपको झगड़ा करना ही है तो ढंग से झगड़ा करो और कुछ-न-कुछ फैसला कर डालो। जब भी देखो तब यह टर्र-टर्र किस काम की ? लोगों को मुफ्त में तमाशा दिखाना अब बस करो," तुकाराम ने मन की बात बता दी। ये दो ब्राह्मण दो पैसों के लिए झगड़े का नाटक करेंगे और फिर एक हो जाएँगे। पिछले कई वर्षों से तुकाराम इस नाटक को

देखता आया है।

"तू बढ़-चढ़ के बात करने लगा है रे ?"

युवा हनुमन्त बीच-बचाव के लिए आ गया, "दोनों शान्त हो जाओ। जो कुछ हुआ है उस पर विचार हम बाद में करेंगे। पहले दोनों नीचे बैठ जाओ और शान्त हो जाओ। दो-तीन मिनट नाथजी का नाम ले लो तो सब कुछ ठीक हो जाएगा। आप जैसे बुजुर्गों ने इस तरह झगड़ना शुरू किया तो नाथ घाट की सारी माया-ममता ही लोप हो जाएगी और बच्चे तो किसी की भी बात नहीं मानेंगे। ऐसा हो जाने पर चलती गाड़ी में रुकावट पैदा होने में बहुत देर नहीं लगेगी। वैसे भी अपने व्यवसाय को आज पहले जैसी इज्जत नहीं रही है। कमाई भी कम-कम होती जा रही है। जो मिल रहा है उसे सबने मिलकर भाईचारे से बाँटकर खाने की अपेक्षा तू-तू मैं-मैं करेंगे तो दोनों के झगड़े में तीसरे का लाभ होगा। इसमें खतरा और भी बढ़ता जा रहा है। अपनी यह अन्धेर नगरी देखकर कई बार अब यजमान लोग साथ में अपना ब्राह्मण लाने लगे हैं। यह इसी तरह बढ़ता गया तो हम लोगों को तुकाराम नाई का भी काम नहीं मिलेगा," हनुमन्त की बातें सुनकर दोनों का गुस्सा कुछ ठंडा हो गया।

"पर मैं पूछता हूँ आज आखिर हुआ क्या था ?"

"मेरा तलपिंपरी का ग्राहक था। मुझे इसने जानबूझकर दूसरी तहसील का नाम बताकर वह काम अपने पास ले लिया। इस हफ्ते में यह तीसरा अवसर है। ऐसा ही होता रहा तो हम यहाँ पर क्या हड्डियाँ चुनते रहें ?"

"अरे ताकत है तुझमें तो..."

"ऐसी बात है ?"

केशव भटजी की चुनौती से नारायण भटजी का गुस्सा फिर उफन आया। हर बार मैं झुक जाता हूँ, इसका यह तो मतलब नहीं है कि केशव हर बार चड्ढी गाँठता रहे। आज भी जब मैं सोच रहा था कि सब्र से काम लेंगे तब केशव मुझे चुनौती देता है कि ताकत है तुझमें तो...नारायण भटजी को यह सब असहनीय हो गया। उसकी बेचैनी बढ़ गई।

नारायण भटजी का दस वर्ष का पोता साइकिल लेकर खड़ा था। नारायण भटजी ने उसे पास बुला लिया।

"राजा, वहाँ से मेरी लाठी ले आ। जल्दी ले आ। मैं आज इस भड़ुए

का इन्तजाम कर ही देता हूँ।"

दादाजी ने झगड़ा शुरू किया और अब वे लाठी लाने के लिए कह रहे हैं, यह देख पोता और भी गड़बड़ा गया। भानुदास इन दोनों के झूठ-मूठ झगड़े पर मन-ही-मन हँस रहा था। उसने कई बार देखा था कि ये बम्मन लोग अभी झगड़ा करेंगे और घंटे-भर बाद खुसुर-पुसुर करते रहेंगे।

पास में शहाजी भगत खड़ा था। भैंसों को हाँकने के लिए उसके हाथ में बबूल की हरी छड़ी थी।

भानुदास ने भगत के हाथ से वह छड़ी छीन ली और दोनों ब्राह्मणों के सामने आ गया।

"यह लो, किसे चाहिए थी लाठी ? ताजी बबूल की छड़ी है। हो जाने दीजिए एक बार। तुम दोनों आपसी झगड़े में ग्राहक को क्यों बेकार परेशान करते हो ?" भानुदास ने कहा।

बबूल की छड़ी देखकर दोनों ब्राह्मणों की हिम्मत पस्त हो गई।

"चलिए ब्राह्मण देवता। बस हो गया तुम लोगों का यह झगड़ा। पहले हमें मुक्त कर दीजिए। हमारा हो जाने के बाद तपी रेती में चाहे तो दिन-भर हाथापाई करते रहिए। साला, जहाँ देखो वहाँ लेन-देन को लेकर झगड़े हैं," लाल पगड़ीवाले बूढ़े ने जोर से कहा।

केशव भटजी झल्लाकर चल पड़े भानुदास के हाथ में बबूल की छड़ी देखकर मन में घबरा गए थे। नारायण ने यदि गुस्से में आकर प्रहार कर दिया होता तो चार लोगों के सामने क्या इज्जत रह गई होती ?

नारायण भटजी की भी यही दशा थी। केशव के बारे में उसका गुस्सा सही था फिर भी चार लोगों के सामने उस पर हाथ उठाने की हिम्मत नारायण में नहीं थी। बातों में जोर होना अलग बात है और शरीर का साथ होना दूसरी बात है। ऐसे समय में केशव प्रतिरोध करता। हो सकता है कि तब दूसरे भी उसका साथ देते। सबके सामने इस प्रकार फजीहत होना अच्छा नहीं। इससे पीछे हटना ही मध्यम मार्ग है। दोनों ने इस मार्ग को स्वीकार किया।

केशव भटजी लौट आए। नारायण भटजी भी अधूरी पूजा पूरी करने चले गए।

तुकाराम नाई पूर्व स्थान पर लौट आया।

वह आदमी गायब हो गया था जिसकी हजामत अधूरी रह गई थी।
''अरे ये कहाँ चला गया रे ?'' तुकाराम ने अचरज से पूछा।

''मूतने गया। क्या करेगा। बैठा-बैठा ऊब गया बिचारा। पैंदे को आँच लगने लगी। गया मूतने तुम लोगों के झगड़े के नाम पर।''

तुकाराम खिलखिलाकर हँस पड़ा।

''बात क्या है, मालिक, दोनों ही बम्मन बड़े घाघ हैं। किसी को भी अच्छा नहीं कहा जा सकता। अपन ठहरे गरीब आदमी। हजामत का काम दोनों के पास करना पड़ता है। इसलिए कहना पड़ता है कि भाई, तू भी अच्छा और तेरा बाप भी अच्छा,'' तुकाराम ने कहा।

उसे सन्तोष हुआ कि बहुत दिनों बाद उसने अपने मन की सच्ची बात कह दी। दिन-ब-दिन इस तरह सच बोलने के अवसर कम होते जा रहे हैं। कदम-कदम पर झूठ बोलना पड़ता है। हर बात पर छल-कपट का सहारा लेना पड़ता है। इसके बिना सामनेवाले ग्राहक को पटा ही नहीं सकते।

''अरे, लेकिन क्या यह ठीक है ? लोग दुःख का बोझ लेकर यहाँ आते हैं। पवित्र गौदामैया के किनारे दशक्रियाविधि श्रद्धा के साथ इसलिए करते हैं कि मृतात्मा को मुक्ति मिले। ऐसे लोगों की भावना का सवाल है। इसका तो कोई विचार ही नहीं।''

''तुम सब मिलकर हमारे जीते जी हमारी दशक्रिया कर रहे हो। इससे तो अच्छा है कि यहाँ आओ ही नहीं।''

''लाला, तुम सब यह क्या कर रहे हो ? क्या रखा है इस पवित्र विधि में ? पेठ बाजार बना दिया है और कुछ नहीं। हर एक ने अपनी दूकान सजा रखी है। तुम लोगों से तो धन्धेवाली औरतें अच्छीं। जिनसे कमाई होती है उनसे ईमान तो बरतती हैं। नहीं तो तुम लोग बात को घुमा-फिराकर धोखा देते हो, सबको कठपुतलियों की तरह नचाते हो। लोग भी पागल हैं जो ऊपर चले गए हैं उनका नाम लेकर यहाँ आते हैं रोने-पीटने। आदमी मर गया। सब खत्म हो गया। मुट्ठी-भर राख लेकर यहाँ आने के कष्ट किस काम के ? और तुम लोगों ने यह दशक्रिया-वशक्रिया बना रखी है। अब एक बात करो। पेठ बाजार की तरह घाट के कामों को हर्रास करो। जिसमें दम होगा वह कांट्राक्ट लेगा। एक बार कांट्राक्ट हो गया तो फिर तुम लोगों को पता चल जाएगा। राशन की दूकान के सामने

मिट्टी के तेल के लिए कतारें लग जाती हैं वैसी कतारें लग जाएँगी ठेकेदार के घर के सामने।" बड़ी देर तक तमाशा देखते हुए चुप बैठे छरहरे बदन और खुरदरी आवाज के आदमी ने सहसा धावा बोलकर सबको खामोश कर दिया।

तुकाराम ने हाथ जोड़ दिए। दोनों गालों पर चपत मारते हुए तौबा-तौबा किया। इस आदमी का कथन सच हो गया तो ? इस कल्पना से ही गिडगिड़ाते हुए तुकाराम ने कहा, "ऐसा मत कहिए मालिक। आदमी से कभी-कभी गलती हो जाती है। दोनों के कारण सबको दोष लग जाता है। सभी अगर ऐसा करने लगे तो हम गरीबों का क्या होगा ? आज गोदामाई के कारण पाँच-पचास लोगों का पेट भर जाता है।"

पेशाब के लिए गया आदमी लौट आया।

"आ गए क्या श्रीमान ? आइए ! बैठ जाइए। अभी बना देता हूँ," तुकाराम ने इस आदमी के उस हिस्से पर पानी लगा दिया जहाँ की हजामत बाकी थी और खरखर उस्तरा चलाना शुरू किया। लेकिन उसके दिमाग से यह बात नहीं जा रही थी जो अभी उस आदमी ने की थी। ऐसा कुछ हुआ तो...? तुकाराम का हाथ पहले जैसा नहीं चल रहा था।

और एक आदमी आगे बढ़ गया। सबको सुनाई देने और इस बहाने सबका ध्यान आकर्षित करने के लिए कुछ ऊँची आवाज में बोलने लगा, "आप लोग मुझे बताइएगा। इस कर्मकांड का भी कोई मतलब है ? दुनिया इक्कीसवीं सदी की ओर जा रही है। विज्ञान वहाँ पहुँच रहा है जहाँ नया आदमी निर्माण किया जा सकता है। परसों ही पढ़ा नहीं आप लोगों ने ? एक बकरी जैसी दूसरी बकरी पैदा की गई। क्या कह सकते हैं, कल एक आदमी जैसा दूसरा आदमी भी पैदा किया जा सकता है। और हम कब तक इस क्रियाकर्म के फेरे में चक्कर लगाते रहेंगे ?"

कुछ काम न होने से हनुमन्त खाली था। आगे बढ़कर उसने कहा, "मालिक, आप जो कुछ बता रहे हैं वह सब सच है लेकिन दूसरे आधे हिस्से के बारे में कुछ भी नहीं कह रहे हैं। आदमी ने नया आदमी पैदा करने की उड़ान भर दी। विज्ञान कल एक आदमी की प्रतिकृति भी बना सकेगा

लेकिन मेरा सवाल दूसरा है। क्या विज्ञान मौत को रोक सकेगा ? यह अभी तक कोई नहीं कर सका है। आनेवाले वर्षों में भी सम्भव नहीं दीखता। आदमी मर जाता है। आदमी के शरीर के भीतर जो प्राण होते हैं उनका आगे क्या होता है ?" हनुमन्त रुक गया। सामनेवाले आदमी का मुँह बन्द हो गया।

"क्या होता है, वे प्राण नाथ घाट पर आ जाते हैं।"

"श्राद्ध करने के लिए," किसी ने मजाक में कह दिया।

"नहीं मालिक, हँसकर उड़ा देने की बात नहीं है। जिस बात का जवाब हम नहीं दे सकते उसका इस तरह जवाब देकर हम अपने हाथ झटक देते हैं। जिनके कारण हम इस दुनिया में आए जिन्होंने हमें जनम दे दिया। जिन्होंने हमारे लिए मेहनत की, हमारी खुशी के लिए खून-पसीना एक किया—उन प्रिय आत्मीय जनों के परलोक सिधार जाने की बात को आप इतनी आसानी से छोड़ देंगे ? नहीं न ? आदमी अभी इतना एहसानफरामोश नहीं हो गया है। यह तो है ही कि गुजर जानेवाले आदमी के बारे में हमारा दुःख कम हो, उससे भी बढ़कर बात है अहसान मानना। इसी कृतज्ञ भाव से श्रद्धाविधि किया जाए तो जो आदमी चला गया उसकी अपेक्षा आप ही के मन को शान्ति मिल जाती है।"

"हाँ, अतिशयोक्ति है और विधि के आडम्बर को लेकर आप नाराज हैं इस बात को तो समझ सकते हैं लेकिन समय के साथ कमाई में कमी हो रही है इस बात से भी इनकार नहीं किया जा सकता। लोगों की अनास्था प्रसंगवशात् अपमान, भुखमरी और सनकीपन के कारण पुरोहित वर्ग का क्षय हो रहा है। इस दुरवस्था का बड़ा कारण है पढ़े-लिखे लोगों का इन धार्मिक कृत्यों के बारे में आस्तिकता का अभाव। मात्र परम्परागत बात है इसलिए दशक्रियाविधि की प्रशंसा या निन्दा करना बहुत बुरी बात है। अतिशयोक्ति से विधि का सत्यांश लुप्त हो जाता है। असत्य फैल जाता है। जिन बातों को सुरक्षित रखना चाहिए हम उन्हीं के विनाश का कारण बन जाते हैं। इसलिए हर विधि की मूलभूत अवधारणा को समझ लेना जरूरी है। पुराना है इसलिए अग्राह्य या विक्षिप्त मान लेने में बुद्धिमानी नहीं है। हमारे धर्म में हर विधि और संस्कार को योजनापूर्वक रखा गया है। मनुष्य की सहज उन्नति हो, उसके मन का विकास हो, इसलिए संस्कार

सहायक होते हैं। लेकिन आज संस्कारों की ओर ध्यान नहीं दिया जाता। इसके विपरीत धर्म की विधियाँ सबके लिए कठिन बोझ जैसी बन गई हैं। शरीर से प्राण भिन्न हैं। प्राण दस दिन प्रेतावस्था में रहते हैं। इस कल्पना पर दस दिन का प्रेतकर्म और विधियाँ आधारित हैं।"

हनुमन्त की बातों का सूत्र पकड़कर पहले ने कहा, "बिल्कुल सच कहा भैया आपने। आप सब तो इसी बोझ को उठाने का काम कर रहे हैं।"

"शास्त्रों में बताया है कि हर एक धर्मकृत्य को व्यक्ति स्वयं करे। उसके लिए ब्राह्मण को निमन्त्रण देने की रीति अशास्त्रीय है। अपने हाथ धर्मकृत्य ठीक तरह से किया जाता है या नहीं इसे देखने के लिए ब्राह्मण को बुलाया जाना चाहिए। काम करने के लिए नहीं। अब गृहस्थ धर्मविधि नहीं कर सकते इसलिए हम सहायता करते हैं।"

"काफी हद तक आपने सच कह दिया। पर मुझे बताइए लोग दशक्रिया करने लगे तो आपका क्या होगा ? इससे जो चल रहा है वह ठीक है ऐसा कहिए। चलो, हम चलते हैं भाई। बहुत दूर जाना है," सुननेवाले ने बातों का समापन किया।

भानुदास पैर फैलाकर रेती में बैठ गया। दिमाग में चक्र चलने लगा। जरा सा खाली समय मिलते ही विचारों को गति मिल जाती थी। मामा के गाँव सोमवार को पेठ लगती थी। बाजार में रंग-बिरंगी गुब्बारों की दूकानों में हवा से घूमनेवाली गिरगिरी मिलती थी। रंग-बिरंगी कागज से बनी गिरगिरी हवा चलने पर गोल-गोल घूमती थी। गिरगिरी घूमने लगते ही मूल रंग उड़ जाते थे और एक ही रंग दिखने लगता। चक्री की इस याद से भानुदास का बालमन भी भटकने लगा।

शकु का हाथ पकड़कर भानुदास बाजार के लिए निकल पड़ा। मामी ने शकु के हाथ पर एक अठन्नी रख दी। "हम बाजार करते हैं। तब तक तू और भान्या घूम आ। खाना भी खा लेना। शकुली, भान्या का हाथ पक्का पकड़ ले। बच्चा भीड़ में खो गया तो बेकार की तोहमत लग जाएगी," शकु की माँ ने हँसते हुए भानुदास के बारे में अपनी चिन्ता जता दी।

''माँ, तू बिल्कुल फिक्र मत कर। इतना सा तो बाजार है। मैं भान्या के साथ ही हूँ न ?'' शकु ने बेफिक्र होकर कहा। भानुदास के हाथ को खींचते हुए भीड़ में गायब हो गई।

''ठंडा-ठंडा। एक आने में ठंडा-ठंडा,'' आवाज की दिशा में शकु चलने लगी। भटकती आँखों से भानुदास दुकानों में सजी तरह-तरह की चीजें देखता हुआ चल रहा था। साइकिल के पास शकु रुक गई। ''भान्या, अपन ठंडा-ठंडा खाएँगे।'' भानुदास ने कुछ नहीं कहा। साइकिल पर पिटारा रखा हुआ था। जुल्फोंवाला आदमी बर्फ कस रहा था। गले में बूँदोंवाला रूमाल बँधा हुआ था। बाएँ हाथ में सफेद कसा हुआ बर्फ जम गया एक कमची बर्फ में घुसा दी। दोनों हाथों से दबाकर गोल आकार बना दिया। पिटारे से एक बोतल उठा ली। बर्फ के गोले पर लाल रंग डाल दिया। बर्फ का गोला भानुदास के हाथ में थमा दिया। भानुदास शकु की ओर कौतूहल से देख रहा था। ''भान्या, मेरा बन रहा है तब तक खाना शुरू कर,'' भानुदास ने मुँह खोल दिया। बर्फ के मीठे और ठंडे स्पर्श से मुँह एकदम ठंडा पड़ गया। कड़ी धूप में ठंडा-ठंडा। भानुदास कुरम्-कुरम् आवाज के साथ बर्फ खाने लगा। ठंड से दाँतों में टीस पैदा हो गई। शकु के लिए दूसरा गोला तैयार हो गया। दो आने देकर दोनों आगे बढ़ गए। पास में एक चौड़ा पत्थर था। शकु ने उस पर बैठक जमा दी। थोड़ा सा हटकर भानुदास से कहा, ''बैठ यहाँ।'' शकु के पास बैठकर भानुदास रंगीन बर्फ को चूसने में तल्लीन हो गया। शकु ने बर्फ का थोड़ा सा चूरा भानुदास की गर्दन के पीछे कमीज के अन्दर छोड़ दिया। बेखबर भानुदास बर्फ के ठंडे स्पर्श से झट से कूद पड़ा। पूरे तन में सुरसुराहट सी हो गई। वह झट से उठ गया। पीठ के पीछे हाथ डालकर हरकत भरने लगा। इस दौरान हाथ का बर्फ का गोला छूट गया। जोर से पत्थर पर गिर पड़ा। लाल रंग के बर्फ के कण बिखर गए। भौंचक्के भानुदास ने बिखर पड़े बर्फ के गोले को चुनने की कोशिश की। कुछ भी हाथ नहीं आया। भानुदास मायूस हो गया। उसके चेहरे पर निराशा फैल गई। शकु ने हँसकर भानुदास के गाल की प्यार से चुटकी ली। ''अहा रे सूरत देखो रोनेवाली। गोला भी ठीक से सँभाल नहीं सकता।'' भानुदास मन-ही-मन शकु पर नाराज हो गया। पहले तो कमीज में ठंडा-ठंडा डाल दिया और फिर मुझे रोनेवाली

सूरत कहती है। भानुदास को बाएँ हाथ से पास खींचकर शकु ने कहा, "अब रोइए मत। चाहे तो मेरा गोला ले लो।" उसने अपना बर्फ का गोला भानुदास को देना चाहा।

"मुझे नहीं चाहिए तेरा।"

"क्यों रे ?"

"मैं नहीं तेरा जूठा खाऊँगा।"

शकु खिलखिलाकर हँस पड़ी, "अच्छा। दैया री, तो यह बात है। अरे, अपनी औरत का जूठा खाने से कुछ नहीं बिगड़ता," भानुदास के चेहरे पर शर्म छा गई। शकु अपनी औरत है इसकी अपेक्षा बर्फ खाने की चाह अधिक थी। भानुदास ने शर्म से सिर नीचे झुका लिया। शकु के हाथ से बर्फ का गोला ले लिया। बर्फ का गोला चूसते हुए भानुदास अपने आपको भूल गया।

पास में दशक्रियाविधि चल रही थी। तीनों बहने करंजुवा खेलने में खो गई थी। भानुदास की तो मानो समाधि ही लग गई थी।

दूर से जानी-पहचानी आवाज सुनाई दी। आवाज की दिशा में मुड़कर उसने देखा।

झुरमुट के पास पिता खड़े थे।

भानुदास उठ गया। दौड़ता हुआ पिता के पास आ गया। विट्ठल डंडे के सहारे एक पैर पर खड़ा था। उसकी आँखों में विवशता भरी थी। रुपए-दो रुपए के लिए आदमी को लाचार होना पड़ता है। दूसरे का मुँह ताकने की इस विवशता के कारण उसे अपने पर ही क्रोध आया। अपने से नाराज विट्ठल जेब में पैसा न होने के कारण कमजोर पड़ जाता था। औरत के पास हरदम पैसा माँगना जान पर बन आता था। इसलिए छोटा भानुदास ही सहारा बन जाता था। भानुदास विट्ठल की मुश्किल को समझता था।

पिता कुछ पूछे इससे पहले ही भानुदास ने जेब में हाथ डाल दिया। मुट्ठी खोलकर दो-चार सिक्के चुन लिये। विट्ठल ने हँसते हुए हाथ सामने किया। अपने निकम्मेपन की वजह से छोटे बच्चे के सामने हाथ फैलाना

पड़ता है। भानुदास की उम्र तो खेलने-कूदने की है। गोली और खाजा के लिए जिसे मेरे सामने जिद करनी चाहिए वह बच्चा घाट पर कमाई करने के लिए मुर्दे के पैसे उठाने के कष्ट करता है और मैं अपने शरीर के चोंचले पूरे करने के लिए खारिश कुत्ते की तरह झोंपड़ी के सामने राह देखता रहता हूँ। विट्ठल अपने आप से शर्मिन्दा हो गया। आदत से लाचार बना बेशर्म शरीर एक पैर के सहारे शराब के अड्डे की राह चलने लगा। जानता है फिर भी मन के नियन्त्रण से मुक्त शरीर को कैसे रोके ? विट्ठल के मन में यही विचार आया। भानुदास ने कितने पैसे दिए हैं यह जाँचकर वह फिर चलने लगा।

लौट रहे पिता की ओर देखता भानुदास उसी तरह खड़ा रहा। बीड़ी के पैसे खत्म होने पर या अड्डे की याद आ जाने पर विट्ठल नाथ घाट पर आ जाता। हफ्ते में दो-एक दिन ही उसका यह चक्कर होता था।

''दादाऽ ओ !''

भानुदास ने पिता को आवाज दी। आवाज सुनकर विट्ठल रुक गया। भानुदास दौड़ता हुआ वहाँ पहुँच गया।

जेब में हाथ डालकर उसने फिर दो रुपए के सिक्के निकाले।

''आज अच्छी कमाई हो गई। आज अपनी नई छलनी आ गई। अब साहूकार को किराए के पैसे नहीं देने पड़ेंगे। जाते-जाते छटाँक-भर पकौड़े और लड्डू खाना होटल में। मैं माँ को नहीं बताऊँगा,'' एक साँस में भानुदास ने कह दिया।

विट्ठल ने भानुदास के सिर पर हाथ फेरा।

''मुझे नहीं चाहिए पकौड़े और लड्डू। तू मन्दी, हेमी खा लो इस पैसे से।''

''हम भी खा लेंगे। आप अब जाओ,'' भानुदास ने दो रुपए विट्ठल के हाथ में थमा दिए। वह लौट आया।

पीठ पीछे जा रहे भानुदास की ओर विट्ठल देखता ही खड़ा रह गया।

पहली बार उसे अहसास हो गया, मैं काम नहीं करता। बीवी-बच्चों की कमाई पर जिन्दा हूँ।

आज से बीड़ी पीना बन्द। अड्डे पर जाना बन्द। बीवी को बता देंगे, गागाभट्ट चौराहे पर गुमटी लगाकर काम शुरू करना है।

विट्ठल को कर्मज्ञान प्राप्ति का आनन्द हो गया था। चलते समय अनायास ही उसकी गति तेज हो गई।

नाथ घाट पर सब अपने-अपने कामों में जुट गए थे। तुकाराम नाई भतीजे की सहायता से ग्राहकों की हजामत करने लगा। दो ग्राहकों में अन्तर देखकर वह हाथ चला रहा था। घाट पर और दो नाई थे। लेकिन काम वितरण का अधिकार तुकाराम का था। सबने तुकाराम का अधिकार चुपचाप मान लिया था। किसी ने छिपकर विरोध किया तो उसे घाट के काम से निकाल दिया जाता। एक नए युवा नाई ने एक-दो बार तुकाराम का विरोध करने का प्रयास किया। तजुर्बेकार और बारहों ग्राहकों को आजमा चुके तुकाराम ने उसे तीन दिन बगैर काम का ही घाट पर बिठा रखा। तुकाराम ने कहाँ कौन सी चाभी घुमा दी इसका पता लगाने में ही तीन दिन चले गए। चौथे दिन बगावत करनेवाला नाई नरम होकर तुकाराम के झुंड में बिना शर्त के शामिल हो गया। चतुर तुकाराम ने घाट पर अपनी पकड़ को ढीली नहीं होने दिया। इतना ही नहीं नाथ घाट पर क्रियाकर्म करनेवाले हर एक को जोड़नेवाली कड़ी के रूप में उसकी सर्वत्र अखंड आवाजाही चलती रहे।

नाथ घाट पर चारों ओर दशक्रिया विधि शुरू हो गई थी। स्थान-स्थान पर जल रही उपलों का धुआँ दिखाई देने लगा। प्रायः सभी ब्राह्मणों को काम मिल गया था।

नारायण भटजी को भी काम मिल गया। सुस्ती को झटककर वह भी आगे बढ़ गए। नारायण भटजी मूलतः सुस्त स्वभाव के थे। काम नहीं रहा तो उन्हें अच्छा लगता। प्रतिदिन घाट पर वही क्रियाकर्म करते हुए नास्तिक नारायण भटजी ऊब जाते। इसलिए ग्राहक का रुझान देखकर वह विधियों में झटझट शॉर्टकट कर यजमान को मुक्त कर देते। जल्दी मुक्त हो गए इस सन्तोष में कोई यजमान हाथ खोलकर पैसे दे देता, तो कोई हाथ खींच भी लेता। ऐसे समय में पास चल रहे केशव भटजी या अन्य ब्राह्मणों की देर तक चल रही विधियों का सन्दर्भ दिया जाता। तब नारायण भटजी लीन होकर सच बता देते। "मालिक, आपको अधिक समय तक लटकाए रखने

की अपेक्षा मैंने कुछ शीघ्रता से काम लिया। लेकिन इसका मतलब यह नहीं कि किसी महत्त्वपूर्ण विधि को छोड़ दिया। यदि आप कहें और आपकी एक घंटा और बैठने की इच्छा हो तो मैं अभी भी तैयार हूँ।" नारायण का यह कथन सुनकर पहले शिकायत करनेवाला यजमान सामान समेटने लग जाता।

युवा हनुमन्त मन लगाकर पूजा बता रहा था। जो काम वह कर रहा है उसका सन्तोष और आनन्द उसकी मुद्रा पर दिखाई दे रहा था। काम मिले या किसी दिन न भी मिले तो भी हनुमन्त के बर्ताव में विशेष फर्क नहीं आता था। बल्कि वह अपने आपको समझा देता जिसने इस विश्व का निर्माण किया तथा जिसकी अदृश्य शक्ति से दुनिया की गाड़ी ठीक-ठाक चल रही है उस नियन्ता को सबकी चिन्ता है। हमें तो केवल कर्म करना है। जो काम करते हैं उसे श्रद्धा के साथ करना यही सच्चा मोक्ष है। इसलिए आनेवाला हर एक क्षण महत्त्वपूर्ण है। आनेवाले क्षण का उसी रूप में स्वीकार करना अपने हाथ में है। हम उस क्षण को बदल नहीं सकते। यही सत्य है। इस सत्य को अस्वीकार करने से सारी धाँधली मच जाती है। उस क्षण को स्वीकार करने पर सारी समस्याएँ सुलभ हो जाती हैं और हनुमन्त इसे अनुभव कर रहा था। इसलिए हर क्षण उसे एक जैसा आनन्द देकर चला जा रहा था।

केशव भटजी की बात दूसरी थी। उन्हें आज प्रतिदिन से भी अधिक काम मिल गया था। दो-तीन स्थानों पर एक साथ दशक्रिया विधि को प्रारम्भ कर दिया था। तीन स्थानों पर काम होने के कारण हड़बड़ी होने लगी। घाट के अन्य ब्राह्मणों की अपेक्षा अधिक काम तो मिल गया लेकिन एक ही समय में तीन स्थानों पर विधि बताने में खींचातानी होने लगी। सन्तोषी स्वभाव नहीं था। केशव भटजी को तीन-चार दिनों का स्मरण हुआ। तीन दिन तो बस कान साफ करने में ही गुजरे थे। आनेवाला ग्राहक अपना होगा–इस आशा से वह पल-भर खुश हो जाते थे। ग्राहक का नाम सुनने पर हाथ की बही के पन्ने उलट-पलटकर देखते। हाथों की हलचल जम सी जाती। मन में दुखी हो जाते। यहीं से उनकी पीड़ा का आरम्भ हो जाता। दूसरे की कमाई हो रही है, मुझे बिल्कुल ही नहीं–यह भाव उन्हें घेर लेता। धीरे-धीरे केशव भटजी के मन में घाट के लोगों के प्रति

गुस्सा-झुँझलाहट और द्वेष के भाव उत्पन्न होने लगे। मन की तिलमिलाहट असहनीय हो जाने पर कभी-कभी सामनेवाले पर गुस्सा कर चीजों को पटक देते थे।

आज तीन स्थानों पर काम मिलने पर भी केशव भटजी को सन्तोष नहीं था। कल-परसों की यादें उनका पीछा कर रही थीं। उनका भीतरी मन उन्हें धीरज बँधा रहा था। आज अच्छी कमाई होगी। फिर कल-परसों की कड़वी यादें दोहराकर दुःख का सामना क्यों करें ? अन्दर की आवाज तुरन्त बगावत कर देती। मुझे ही सबसे अधिक काम मिलना चाहिए! क्योंकि यह मेरा अधिकार है। मेरी कमाई दूसरों से अधिक होनी चाहिए। मन के इस द्वन्द्व में केशव भटजी तीन स्थानों की विधि जैसे-तैसे किए जा रहे थे।

केशव भटजी ने अदल-बदलकर दो स्थानों पर जाकर कार्य बता दिया। एक स्थान पर आकर भानुदास से कहा, ''भान्या, तू यहाँ बैठ।''

केशव भटजी से अधिकृत अनुमति मिलते ही भानुदास आगे बढ़ गया। केशव भटजी के प्रति कृतज्ञता का भाव उसके बालमन में संचरित हो गया।

यजमान की ओर मुड़कर केशव भटजी ने कहा, ''मैं अभी आ जाता हूँ। इस चावल के पकने तक।'' और वह त्वरा से दूसरी पूजा के स्थान की ओर चले गए।

आसपास सारे मेहमान घर के लोग सब टँगी हुई दशा में बैठे थे। जैसे-जैसे सूरज माथे पर आने लगा, गला सूखने लगा। पेट में चूहे दौड़ने लगे। उपलों पर खदबदानेवाले चावल की गन्ध से भूख की याद सताने लगी और हर कोई सोचने लगा कि यह विधि कब समाप्त होगी।

जय-विजय की माँ को मधुमेह का विकार था। हर रोज सुबह गोली लेने से पहले कौर-दो कौर कुछ न कुछ पेट में डालना आवश्यक था। आज सुबह से पेट में कुछ भी नहीं गया। हर रोज सुबह कलेवा करने की आदत थी। बरसों इस क्रम में कभी बाधा नहीं आई थी। गड़बड़ शुरू हो गई। भूख की भावना से वह बेचैन हो गई। आज इस दुःख के अवसर पर तो भूख की याद नहीं होनी चाहिए थी। अपराधभाव असहनीय होने लगा।

एक महिला ने चावल के दो दाने उँगली पर लेकर दबाकर देखे।

"अभी थोड़ी सी कसर बाकी है ना ?" पास बैठी बुजुर्ग महिला ने पूछा। बहुत देर तक चुप बैठी महिला को एक वाक्य बोलने से कुछ राहत का अनुभव हुआ। चुप बैठकर यन्त्रवत् विधि देखने से वह ऊब गई थी। घर में लगातार बोलते रहने या दूसरों को आदेश देने की आदत थी। इसलिए यहाँ घाट पर चुप बैठना, उन्हें सजा ही लग रही थी।

"लगता है, पानी कुछ कम हो गया है," दूसरी ने कहा।

"शुरू में ही नापकर पानी डालना चाहिए था, नहीं ?"

"यहाँ पानी नापने के लिए कुछ था भी नहीं।"

"गंगा के पानी में चावल ठीक से नहीं पकता," भानुदास ने बीच ही में कह दिया।

इसे सुनकर सब हँस पड़े।

केशव भटजी दूसरे स्थान पर उलझ गए थे।

जीप के सारे लोग प्रतीक्षा करते रहे। आगे क्या करेंगे ?

"मालिक, चावल का भगोना उपलों पर से उतार दीजिए। वह गर्म है। कपड़े से ठीक पकड़िए। छूट गया तो पैरों पर गर्म पानी गिरेगा। हाँ, ऐसे। भगोना सामने रख दीजिए। सारा चावल उस थाली में डाल दीजिए। तीनों तिनकों के पास आटे के लम्बे गोले और उन पर सपाट गोले रख दीजिए। उन पर थोड़ा सा गुड़ डाल दीजिए। चावल परोसिए। चावल के दानों के चारों ओर पानी फेर दीजिए। हाथ जोड़िए।"

भानुदास ने शॉर्टकट से सारी क्रियाएँ करवा ली।

"जो गुजर गए हैं उनका नाम लीजिए।"

"आटे के इन गोलों को कतार में रख दीजिए। पास में लम्बे गोले रखिए। तिल और पानी छोड़िए। इस तरह। माथा टेककर दर्शन कर बाजू हट जाइए। अपनी इच्छा- शक्ति से दक्षिणा रख दीजिए," हँसते हुए भानुदास ने कहा।

केशव भटजी लौट आए।

हो चुकी विधियों का अनुमान लगाया।

"चलिए सब एक-एक करके दर्शन करिएगा। जिनके पिता जीवित हैं वे इस तरह से पानी डालेंगे। जिनके पिता का स्वर्गवास हुआ है वे इस तरह अँगूठे की तरफ से पानी डालेंगे। इच्छा के अनुसार अस्थि पर दक्षिणा

रखिए। और हाँ, उन्हें कौन सी चीज पसन्द थी ?''

सब एक-दूसरे की ओर देखने लगे।

''बीड़ी-माचिस, चाय, पकौड़े, जलेबी,'' भानुदास ने बीच ही में कहा। किसी ने कहा, ''उन्हें पकौड़े पसन्द थे।''

''तो छटाँक-भर पकौड़े ले आइए,'' भानुदास केशव भटजी के कान में कुछ बुदबुदाया।

''चलेगा। चलेगा। फिर तो काम ही हो गया। ला इधर।''

भानुदास ने जेब से कागज में लपेटी सुबह की बची पकौड़ियों की पुड़िया निकाली। केशव भटजी के हाथ में थमा दी।

''यह लीजिए। आज का काम तो चल गया।''

उस आदमी के हाथ में पुड़िया दे दी। चार-पाँच बासे पकौड़े थे। ''पकौड़ों की पुड़िया अस्थि के सामने रख दो।''

सबने दर्शन कर लिये।

''अब सब दूर हट जाइए। कौआ जब पिंड को स्पर्श करेगा तब अस्थि और पिंड का विसर्जन होगा। और विधि समाप्त होगी,'' केशव भटजी के कहने पर सब दूर हट गए। किसी की कुछ समझ में आने से पहले एक मोटी गाय गर्दन नीचे झुकाकर तेजी से चली आई।

''अरे गाय को निकालो। निकाल दो उसे,'' किसी ने जोर से कहा।

दो-एक गाय के सामने आकर उसे हटाने लगे।

गाय सामने से ही आ रही थी। फिर दो जन सहायता के लिए दौड़ पड़े। हाथों से गाय को हटाने लगे। चपत मारने लगे।

गाय ने बिना मुँह ऊपर किए सब कुछ खा डाला।

सब हताशा में एक-दूसरे की ओर देखने लगे !

''अच्छा हो गया। कौए की अपेक्षा गोमुख में पिंडदान हो गया। अब चलिए। अस्थि और अश्मा थाली में रख दीजिए। दो जन जाकर अस्थि और अश्मा का गंगा में विसर्जन करेंगे। फिर स्नान करेंगे तो सब कुछ हो गया।''

जय-विजय ने थाली में अस्थियाँ रख दीं। अश्मा रख दिया। चिल्लर सिक्के रख दिए। थाली उठाकर गंगा के पानी की ओर चल पड़े।

जय की माँ जिसने अब तक अपने रोने को दबा रखा था, अब धाड़ें

मारकर रोने लगी।

"मौसी, ऐसे वक्त में रोते नहीं," मन्दाकिनी की बात सुनते ही जय की माँ सहम गई। उन्होंने रोना रोक लिया। आँखें पोंछ डाली।

भानुदास ने छलनी उठाई। जय-विजय के आगे पानी में दौड़ता गया। हेमा, मन्दाकिनी, रेखा, अपने भाई के पीछे-पीछे पानी में आ गई।

"आगे बढ़िए। ऐसे खड़े रहिए। इधर ऊपर की तरफ मुँह कीजिए। पिता का नाम लीजिए। दाहिने कन्धे पर से बिना पीछे देखे अस्थियों को पानी में छोड़ दीजिए।"

भानदास ने सारी कृति हाव-भाव के साथ समझा दी।

जय-विजय आज्ञाकारी बनकर उत्तर की ओर मुँह करके खड़े हो गए। साथ आए लोग जहाँ खड़े थे वहाँ मुड़कर जय ने देखा। अच्छी-खासी लम्बी माँ कमर से कुछ झुक सी गई थी। दाहिने हाथ से आँचल मुँह को लगाकर वह रो रही थी। पास में जय की बहन माँ को सहारा दे रही थी।

भानुदास और उसकी बहनें झट से जय, विजय के पीछे आ गईं।

जय ने दाहिने कन्धे पर से पीछे की ओर अस्थियाँ पानी में छोड़ दी। अस्थियों के पानी में गिरते ही भानुदास की छलनी पानी के नीचे तैयार ही थी। पानी में सिक्कों के गिरने की धप् से आवाज आ गई।

भानुदास ने छलनी को बाहर निकाला। छलनी से अश्मा और अस्थियों को उँगलियों से चुनकर पास में फेंक दिया। फूल पानी पर तैरने लगे। पैसे चड्ढी की जेब में डालकर भानुदास पानी के बाहर चला आया। उसने पीछे मुड़कर देखा भी नहीं।

जय, विजय हाथ में थाली लेकर खड़े थे।

"पानी में एक डुबकी लगाकर जल्दी से बाहर आ जाओ भाई," किनारे पर खड़े लोगों में से किसी ने पुकारकर कहा।

हाथ की थाली के साथ जय ने पानी में डुबकी लगा दी। फिर विजय ने भी डुबकी लगा दी। एक के पीछे एक दोनों पानी के बाहर चले आए।

सूरज माथे पर आ गया था। सुबह से लोगों की आवाजाही में कुचली गई ठंडी रेत धीरे-धीरे तपने लगी थी। ग्राहक मिलेगा या नहीं इस चिन्ता से ब्राह्मणों के चेहरे सुबह से परेशान थे जो अब दशक्रिया की कमाई के कारण कुछ सन्तुष्ट दिखाई दे रहे थे। फिर भी पूर्ण तृप्ति या पूर्ण सन्तोष

उनके चेहरे पर नहीं था। जो मिल गया है वह कम ही है यह भाव उनका पीछा नहीं छोड़ रहा था।

भानुदास केशव भटजी के पास आ गया।

"दशक्रिया के सामान के पैसे लेकर रखिएगा," भानुदास ने कहा।

सामने तुकाराम नाई दाहिने हाथ से कान के पीछे खुजाता हुआ खड़ा था।

भानुदास ने जेब में हाथ डाला। हाथ की उँगलियों से सिक्कों की चिल्लर को टटोला। उँगली के स्पर्श से पचास पैसे का एक सिक्का निकाला। सिक्का पचास पैसे का ही है यह देखकर उसे तुकाराम के हाथ पर रख दिया। फिर जेब से एक रुपया निकाला।

"आपका हिस्सा।"

भानुदास से एक रुपया लेते समय केशव भटजी ने सहमकर इधर-उधर देखा। झट से रुपए का सिक्का जेब के हवाले कर दिया।

"मन्दी, चल, कल से पाठशाला की बिल्कुल छुट्टी नहीं मारना। माँ को पता चल गया तो जान से मार डालेंगी।"

"माँ आज कुछ नहीं कहेंगी।"

"क्यों भला ?"

"आज तूने धन्धा कर दिया है ना ?"

बहन की चतुराई पर भानुदास रीझ गया।

भानुदास जाने के लिए निकला।

सामने राम फाटक का आदमी खड़ा था।

"यह और एक मुसीबत आ गई," कुछ सन्त्रस्त होकर केशव भटजी ने कहा।

राम फाटक का आदमी मानो विजय की मुद्रा में हँस रहा था। केशव भटजी ने जेब में हाथ डाला।

राम फाटक साहूकार के पड़ोस में रहता था। एक जमाने में उसके पिता घाट पर दशक्रिया करते थे। पिता की अकाल मृत्यु के पश्चात् पन्द्रह-सोलह वर्ष का राम पीछे रह गया था। राम गलत दोस्तों की संगत में था। नौवीं कक्षा में स्कूल छूट गया। आवारा लड़कों की सोहबत में शीघ्र ही राम उनका दादा बन गया।

और एक दिन दशक्रिया सम्पन्न कर घर लौट रहे ब्राह्मण को ऐन सड़क पर रोककर राम ने उसकी दिन-भर की कमाई छीन ली। दूसरे दिन दूसरे के साथ ऐसी ही घटना घटी। मना करने पर हर हफ्ते राम एक-दो ब्राह्मणों को रोकने लगा।

"दशक्रिया घाट की कमाई पर हमारा अधिकार है। मेरी कृपा से तुम लोग अपना पेट पाल रहे हो। तुम्हें अगर पेट भरना है तो हर दिन का मेरा हिस्सा बीस रुपए चुकाना होगा। नहीं तो मुझसे मुकाबला है।"

कुछ युवा लड़कों ने राम का प्रतिरोध करने का प्रयास किया लेकिन राम और भी बौखला गया। उसने पुलिस थाने पर जाकर शिकायत की। पुलिसवालों ने राम का ही पक्ष ले लिया।

चार लोगों में बदनामी के डर से और कहाँ नंगे से दुश्मनी मोल लेंगे–इस विचार से सबने समझौता कर लिया।

राम का प्रतिदिन दस रुपए हफ्ता देना।

राम ने हफ्ता वसूली के लिए एक लड़का नियुक्त किया। और राम फाटक दिन-भर ताश के अड्डे पर नशे में चूर पड़ा रहने लगा।

राम फाटक का आदमी हफ्ता वसूल करके चला गया। भानुदास दूर चले जा रहे उस आदमी को देख रहा था।

अब घर लौटना चाहिए यह सोचकर उसने बहनों को पुकारा।

पैरों तले तपी रेत की आँच लगने लगी। भानुदास के दिमाग में चक्र शुरू हो गया।

धूपकाल आने तक बड़े भाई की मशीन के लिए थोड़े-थोड़े पैसे इकट्ठा करने चाहिए।

हर रोज की कमाई में से तुकाराम नाई के पचास पैसे और ब्राह्मण का एक रुपया बच जाता तो उतनी ही बचत बढ़ जाती। लेकिन नाथ घाट की यह खंडनी तो जैसे हर रोज के क्रियाकर्म के एक भाग के रूप में सबने स्वीकार कर लिया था।

एक जमाने की वैभव सम्पन्न पैठण नगरी आज दोपहर की कड़ी धूप में श्रीहीन लग रही थी। धर्म का अधिष्ठान, पवित्र तीर्थक्षेत्र। एक युग में विद्या का आश्रय स्थान रहा आज औंधी नगरी के रूप में मौजूद था। बच गई है अतीत के अवशेषों की अनगिनत निशानियाँ।

इस श्रीहीनता का हरापन गोदावरी गँदले पानी में पनपनेवाली काई और चलपर्णी के साथ घुल-मिल गया था।

पाप-पुण्य का घट नाथजी की स्मृति को पीछे रखकर पहले ही चटक गया था। मोक्ष की मालाएँ गले में सजाकर सब गोदामैया के किनारे कमाई के पीछे पड़े थे।

अन्ततोगत्वा धर्म क्या है ? पाप किसे कहते हैं ? पुण्य किस बात में है। तीर्थक्षेत्रों की कौन सी महत्ता बची है ? दान का बड़प्पन क्या बाकी बचा है ?

सबका धर्म छिपा है दो बित्तोंवाले पेट में। पेट का गड्ढा भरने के लिए सबने मोक्ष की दूकानें खोल दी हैं। सब हैं उसमें—केशव, नारायण, तुकाराम, शान्ता, भानुदास और पत्रे साहूकार भी।

घर की ओर निकल पड़ा भानुदास रुक गया। धूल उड़ाती एक जीप आती हुई दिखाई दी। आज दिन-भर अच्छी कमाई होने के बावजूद उसके पैर थम गए।

झुरमुट के पास जीप रुक गई। जीप के रुक जाने से धूल के बादल उसके आसपास फैल गए। धूल के बादल में जीप और जीप से उतरनेवाले लोग कुछ देर के लिए डूब गए।

भानुदास जीप के पास पहुँच गया।

एक युवक जीप से नीचे उतरा। उसके हाथ में राख का थैला था। उस युवक के पीछे से पीली पगड़ी बाँधे मँझली उम्र का एक आदमी नीचे उतरा। उसके पीछे से दो-एक औरतें बाहर आ गईं।

भानुदास ने पास आकर निरखने की कोशिश की। लोगों के बदन पर तथा चेहरे पर धूल की पर्त जमा हो गई थी इसलिए उन्हें पहचानना मुश्किल हो रहा था। फिर भी कमर में झुककर खड़े मामाजी को भानुदास ने तुरन्त

पहचान लिया।

हाथ को झोन्या हेमांगिनी को सौंपकर भानुदास जीप तक दौड़ता गया।

मामाजी और मामी से आँखें चार हो गईं।

''बापूजी, तुम्हारी औरत तुमको छोड़कर चली गई ना ! अब तुम्हें कौन नहलाएगा, बापूजी ?''

मामी ने भानुदास को देखा और वह झट से रेती में बैठ गई। दोनों हाथ मुँह पर मारते हुए मामी जोर-जोर से रोने लगी।

भानुदास एक बार मामी की ओर तो दूसरी बार मामाजी की ओर हक्का-बक्का होकर देखने लगा।

दुःख के कारण मामाजी की घिग्घी बन्द हो गई थी और होंठ काँपने लगे थे।

''भान्या, तेरी साली चल बसी जचगी में। डॉक्टर को लाने की फुर्सत भी नहीं मिली। दो दिन पहले तुम सब लोगों को याद कर रही थी,'' मामाजी को बोलना मुश्किल हो गया। भानुदास का बालमन जो अब तक मौत से कभी डरा नहीं था, इस बार पथरा गया। हर रोज ढेर सारे लोगों की राख गोदावरी में डाली जाती थी। दशक्रियाएँ होती थीं। भानुदास सब तरफ सूखे मन से देखा करता था।

यह सूखापन आज तक तो जैसे जीने का ही एक हिस्सा बन गया था। लेकिन शकु की मृत्यु का समाचार सुनते ही उसका बालमन अचानक निश्चेतन हो गया।

मामाजी का मुख्य मार्ग से दूर एकान्त गाँव। मामाजी की गरीबी की हालत। डॉक्टर के उपचार से पहले ही जचगी में सबको छोड़कर चल बसी शकु...

शकु के विवाह से पहले आम के पेड़ पर लपकडंडे का खेल।

सारा चित्र आँखों के सामने सरकने लगा।

पिछले कितने ही दिनों से भानुदास नाथ घाट पर आता रहा है। मरे हुए लोगों की राख के साथ जैसे उसका एक रिश्ता ही कायम हो गया था।

दशक्रिया के पश्चात् अश्मा और अस्थियों के पैसे इकट्ठा करते समय मृत व्यक्ति उसे एक तरह का आनन्द ही देकर चला जाता था।

किसी की मौत में आनन्द की खोज क
रनेवाले भानुदास की दशा अब आँधी में पड़े सूखे पत्ते जैसी हो गई थी।

मामाजी ने शकु की राख की पोटली उठा ली।

मामाजी पानी की दिशा में चलने लगे।

भानुदास पथराई आँखों से गोदावरी के पानी की ओर निश्चेतन होकर देख रहा था...